浮雲

林芙美子

李彥樺／譯

麥田出版

Hayashi Fumiko
Ukigumo/Floating Clouds

目次

總序

幡：日本近代的文學旗手

楊照

認識日本的近代文學，一定會提到夏目漱石。夏目漱石在一九〇〇年到英國留學，一九〇三年才回到日本。具備當時極為少見的留學資歷，夏目漱石一回到日本，就受到文壇的特別重視。在成為小說創作者之前，夏目漱石已經先以評論者的身分嶄露頭角，取得一定地位。

一九〇七年夏目漱石出版了《文學論》，書中序文用帶有戲劇性誇張意味的方式如此宣告：

……我決心要認真解釋「什麼是文學？」，而且有了不惜花一年多時間投入這個問題的第一階段研究想法。（在這第一階段中，）我住在租來的地方，閉門不出，將手上擁有的所有文學書籍全都收藏起來。我相信，藉由閱讀文學書籍來理解文學，就好像以血洗血一樣（，絕對無法達成目的）。我發誓要窮究文學在心理上的必要性，為何誕生、發達乃至荒廢。我發誓要窮究文學在社會上的必要性，為何存在、興盛乃至衰亡。

這段話在相當意義上呈現了日本近代文學的特質。首先，文學不再是消遣，不再是文人的休閒娛樂，而是一件既關乎個人存在、也關乎社會集體運作的重要大事。因為文學如此重要，所以也就必須相應地以最嚴肅、最認真的態度來看待文學，從事一切與文學有關的活動。

其次，文學不是一個封閉的領域，要徹底了解文學，就必須在文學之外探求。文學源於人的根本心理要求，也源於社會集體的溝通衝動。弔詭地，以文學論文學，反而無法真正掌握文學的真義。

夏目漱石之所以突出強調這樣的文學意念，事實上，他之所以覺得應該花大力氣去研究並書寫《文學論》，是因為當時日本的文壇正處於「自然主義」和「浪漫主義」兩派熱火交鋒的狀態，雙方尖銳對立，勢不兩立。夏目漱石不想加入任何一方，更重要的，他不相信、不接受那樣刻意強調彼此差異的戰鬥形式，於是他想繞過「自然主義」及「浪漫主義」，從更根本的源頭上弄清楚「文學是什麼」。

日本近代文學由此開端。從十九、二十世紀之交，到一九八〇年左右，這條浩浩蕩蕩的文學大河，呈現了清楚的獨特風景。在這裡，文學的創作與文學的理念，或者更普遍地說，理論與作品，有著密不可分的交纏。幾乎每一部重要的作品，背後都有深刻的思想或主張；幾乎每一位重要的作家，都覺得有責任整理、提供獨特的創作道理。在這裡，作者的自我意識高度發達，無論在理論或作品上，他們都一方面認真尋索自我在世界中的位置，另一方面認真提供他們從這自我位置上所瞻見的世界圖像。

每個作者、甚至是每部作品，於是都像是高高舉起了鮮明的旗幟，在風中招搖擺盪。這一張張自信炫示的旗幟，構成了日本近代文學最迷人的景象。

針對日本近代文學的個性，我們提出了相應的閱讀計畫。依循三個標準，精選出納入書系中的作品：第一，作品具備當下閱讀的趣味與相關性；第二，作品背後反映了特殊的心理與社會風貌；第三，作品帶有日本近代文學史上的思想、理論代表性。也就是，書系中的每一部作品都樹建一杆可以清楚辨認的心理與社會旗幟，讓讀者在閱讀中不只可以藉此逐漸鋪畫出日本文學的歷史地圖，也能夠藉此定位自己人生中的個體與集體方向。

導讀

道盡日本戰後「餘生」徬徨的《浮雲》

楊照

一九四五年八月日本戰敗，正式結束了從「明治維新」開始的戲劇性擴張歷程。兩百多年的嚴格鎖國，從一八五三年「黑船事件」硬是被西方列強勢力打開門戶，突然之間，和「尊王倒幕」同步發展了一百八十度扭轉的心態，將眼光看向國境以外，先是快速引進各種西方物質、制度與精神內容，翻攪改動日本，接著又不停歇地讓日本人走出原有的島嶼國境。

一八九五年跨海到了台灣，一九二〇年代開始進入滿洲，一九三〇年代大舉侵略中國華北華中，一九四〇年代在擴展到「南洋」——從法屬安南到原本由英國進行殖民統治的緬甸、泰國、馬來亞、香港，以及擁有石油資源的荷屬印度尼西亞。

發動戰爭，原本就有人口與糧食的壓力。「明治維新」快速變化，造成了農工部門之間愈來愈不平衡的差距，到了明治後期就已經惡化為極難處理的內部社會動亂，使得社會主義、共產主義的思想與組織一時風靡。日本政府只能先後兩次藉由將問題「外部化」，先是和俄羅斯開戰，後來又參加了第一次世界大戰，來暫時壓抑掩蓋。但第一次世界大戰結束後，發生了「米騷動」，危機狀況更為升級，於是一方面緊急在台灣種植「蓬萊米」供應日本國內所需，另一方面接受來自德國的「生存空間」理論，積極尋找可以紓解人口壓力的移民新去向。

靠著戰爭，將人口帶出地小人稠的島國，然而遂行戰爭卻又反過來需要更多的人口與糧食。三十年間，日本陷入了這樣的循環中，口號愈喊愈響，野心愈來愈高，戰線愈拉愈大，終至耗盡國力無法支撐。

一夕崩壞瓦解。所有過去半世紀中去到外面的日本人，一九四五年之後都必須回到殘破不堪，比戰前更缺乏資源的本國。那是野坂昭如筆下永遠在飢餓狀態中的社會（見《螢火蟲之墓》），也是刺激產生了金子光晴的「絕望精神」觀念的時代（見《絕望的精神史》）。

林芙美子的《浮雲》從另一個角度寫戰後的飢餓與絕望。體驗飢餓與絕望的，是從法屬安南回到日本，帶著濃厚「曾經滄海難為水」失落感的由紀子。戰爭對她有特殊的、偶然的人生變數意義，讓她得以擺脫了原本在靜岡鄉下成長的背景，竟然能夠遠航到法屬安南，在陌生到宛如仙境的熱帶森林環境中度過了一段青春歲月。

她得以擺脫的，還不只是封閉的傳統社會。以日本社會的固定標準評斷，由紀子幾乎沒有任何足以自傲的條件，無論要戀愛、擇偶或就業，作為一個容貌、身材、知識、談吐都極度平庸的女性，她都沒有出眾的機會。

戰爭打亂了這一切。僅憑著會打字的一點本事，加上願意離鄉背井去到千里之外，剛剛被日本軍事占領的安南，她在深山中成為日本林業機構裡唯一的年輕女性，竟然體驗了被兩個男人激烈爭奪，甚至經歷了其中一位加野忽忽如狂，持刀襲擊她以至被逮捕法辦的事件。

那是正常時期無法想像，絕對不可能發生的可生可死、驚心動魄的愛情。愛情會那麼激烈，爆發時似乎便取得了超越生命的價值——因為是發生在戰爭裡，在那不像真實的陌生異地中，人的生命感覺上是借來的，隨時可能被收回去，也就隨時可以揮霍在愛情的追求與痛苦中。

由紀子帶著這樣的記憶回到了日本，她無法放掉和富岡之間的激烈愛情，更是絕對無法想像自己再度成為一個鄉下女人。她抗拒著現實，努力要在戰爭結束後抓住戰爭帶給她的強烈情感衝擊，她不可能安定下來，於是她就必須付出「放浪」的代價。

而「放浪」正是林芙美子的文學印記，尤其是女性的「放浪」經驗描繪，是她帶給日本文壇最大最難忘的震撼。

林芙美子有著天生的「放浪」身世，不只作為私生女，而且七歲就隨著母親和繼父到處搬遷，惶惶不可終日。青少女時期，純粹靠著自身表現出的文學與繪畫天分，才得到了升學的機會，而為了要升學，也早早就經歷了在工廠打工和為人幫傭的艱辛。

十八歲開始發表作品，二十歲選定了「林芙美子」為文學筆名，但在過程中，她仍然必須幫傭、當服務生、甚至在東京街道上叫賣賺取生活費。到她二十五歲寫《放浪記》時，林芙美子已經又累積了和三個男人未婚同居的非常體驗，而在《放浪記》之後，她寫下了《清貧之書》，書名清楚反映了這段時期的動盪不安。

《放浪記》是她寫作生涯的關鍵轉折。她成功地將自己置放到當時方興未艾的「女流文學」行列中，成為代表性的一員。但她和出身名門的宮本百合子（見《伸子》）或投入左翼團體陣營的壺井榮（見《二十四隻瞳》）都不一樣，她的成就在於塑造了一種「放浪」的風格，將「私小說」中的自我敗德揭露風格運用在社會底層女性的掙扎與追尋題材上，讓當時的讀者既覺震撼又感同情。

《放浪記》之後，林芙美子神奇地以女性邊緣經驗的描述，站穩了體制內的地位，進入了多產的高峰期，不只有主流報紙雜誌的邀約，甚至還受台灣總督府的招待到過台灣，曾經隨軍到中國南京、武漢等地「見證」，也去過滿洲、朝鮮遊歷。

《浮雲》小說中對於越南山林的精確抒情描繪，顯然取材自林芙美子一九四二年的親身經驗，而那次南洋行旅，她的身分也是日本陸軍隨軍報導作家。

日本敗戰之後，林芙美子當然終止了和軍部合作的寫作，然而她的女性身分以及在社會底層「放浪」的過往，尤其是戰爭期間《放浪記》曾經一度被禁售的紀錄，讓她得以快速返回文壇，持續大量寫作發表。

一九四九年，經過了一段沉澱，林芙美子開始撰寫反思戰爭與戰敗意義的《浮雲》，此作成了她在一九五一年因心臟病突然去世前，最後的一部小說，而且在一九五五年由成瀨巳喜男導演改編拍成電影，進而使得小說成為林芙美子除了《放浪記》之外，知名度、流傳度最廣的一部作品。

在林芙美子筆下，由紀子與富岡兩人從戰爭中如同借來時光裡迸發出的激情，戰後無以為繼卻又無法割捨。現實條件徹底改變了，要如何繼續異域所產生的關係？但另一方面，對照現實的悲慘破敗，過往如夢情境如此美好，又必然時時神牽夢縈吧！

除非死亡才能解決這樣的糾結羈絆。小說與電影都凸顯了兩個人在溫泉鄉過年的那段情節，相約要殉情卻終究沒有死成，格外強烈地傳遞了敗戰中日本人普遍的「餘生」傍徨，知道自己竟然活過了戰爭，卻不確定如此活著是否真的比在戰爭中死去要來得好、來得有意義。

到底該拿這樣的「餘生」怎麼辦？由紀子「放浪」著走到了終點，雖然回到日本卻又死在一個完全陌生的荒島上，由一群完全陌生的女人圍繞著。留下了富岡那個連要死都無法決斷的男人，回顧自己生命中四個都已徹底消失的女人，慨歎著：「自己就像一片浮雲。一片可能會在任何時間、任何地點，淡淡地從世上消失的浮雲。」

浮雲

倘若理性為萬物之根源，萬物即理性，
倘若摒棄及憎恨理性為最大的不幸……

——列夫·舍斯托夫（Lev Shestov）

1

為了盡可能搭乘在深夜時抵達的火車，由紀子離開待了整整三天的收容所之後，故意在敦賀的街道上閒晃了一整天。與六十多名女人在收容所內道別後，由紀子在海關倉庫附近找到了一間兼營雜貨店的旅舍，獨自走了進去。直到這一刻，由紀子才終於能夠輕鬆地躺在故國的榻榻米上。

旅舍裡的人相當親切，特地為由紀子加熱了洗澡水。由於人手不多，洗澡水似乎沒有時常更換，顯得有些混濁。但是對於好不容易才結束漫長船旅的由紀子而言，這種他人所浸泡過的灰白混濁洗澡水，反而泡起來更加舒服。洗澡間裡有一扇布滿了灰塵的陰暗窗戶，帶雪的雨水不斷在玻璃上拍出唰唰聲響，更在由紀子的孤獨內心增添無盡的感慨。大風也不停地颳著。由紀子拉開髒汙的玻璃窗，仰望鉛灰色的天空。這種故國的蕭瑟天空，不知已有多少日子不曾看過了。由紀子看得入神，幾乎忘了呼吸。由紀子將雙手倚靠在橢圓形澡盆的邊緣，左手腕上一條宛如蚯蚓一般高高隆起的明顯刀傷映入眼簾，令由紀子不由得打了一個哆嗦。但由紀子一邊將熱水淋在刀傷上，一邊卻也不禁想起令人懷念的點滴回憶。由紀子早有覺悟，從今天開始，就要過起一成不變、幾乎要讓人窒息的生活了。那將是一段多麼枯燥的日子。最美好的時光一旦流逝，等著自己的只有乏善可陳的時間。由紀子以髒汙的毛巾緩緩擦拭自己的身體。如今的自己，竟然在這骯髒、狹窄的洗澡間裡洗著身體，這一切宛如夢境。刺骨的冷風不斷自窗外灌入。由紀子的身體不知已有多久沒接觸過這樣的寒風，不禁從中深深感受到了季節的變遷。洗完澡，回到房間一看，紅褐色的榻榻米上已鋪好了床。一具簡陋的方火爐，正不斷吐出火舌。火爐的旁邊有個托盤，裡頭放著一個小小的碗公，碗公裡高高堆著薤白。由紀子拿起煮得滾燙的鋁製茶壺，泡了一杯茶，然後吃了一顆薤白。紙拉門外的走廊上，兩、三個女人正一邊發出吵吵鬧鬧的說話聲，一邊走進隔壁房間。兩個房間只隔著一道紙隔板，由紀子偷偷豎起了耳朵聆聽。那幾個女人都是藝妓，由紀子曾經跟她們同船。

「不管怎麼說，好歹是回來了。現在這裡已經是日本，沒什麼好擔心的，對吧……」

「我就只擔心太冷……我可是連禦寒的衣物都沒帶，接下來要想辦法安身，可不是一件容易的事。」

那女人雖然嘴裡說擔心，口氣卻頗為開朗。接下來還嗤嗤笑了起來，不知在笑些什麼。

由紀子百無聊賴地躺在床鋪裡，發了好一會愣。原本心情就陰霾不開，偏偏隔壁房的女人又一直聒噪地聊個不停，不知還要吵到什麼時候。以燥熱的身體躺在潮溼又老舊的床墊上，感覺相當舒服，但是一想到接下來還得歷經一趟漫長的火車之旅，心中卻又不禁感到有些不安。雖然可以見到久違的父母，但是對由紀子而言，看見父母已不是什麼具有吸引力的事。由紀子甚至考慮過，不如就這麼直接前往東京尋找富岡。富岡的運氣相當好，在五月就離開了海防。雖然富岡曾經答應過，他會先回來打理好一切，等待由紀子前往與他相聚，但如今由紀子回到了日本，被現實的寒風這麼一吹，已開始感覺當初兩人的海誓山盟，幾乎就像浦島太郎與乙姬[1]的約定一樣虛幻飄渺。在兩人真正重聚之前，一切都還是未知數。事實上船一到達港口，由紀子就發了一封電報給富岡。接下來的三天，由紀子待在返國者的臨時收容所內接受調查，搭乘同一艘船的乘客們一個接著一個離開，

1　乙姬：日本民間傳說《浦島太郎》故事中的龍宮城公主。「浦島太郎與乙姬的約定」意指幾乎不可能實現的約定。

啟程返回故鄉去了。但是在這三天之中，由紀子完全沒有收到富岡發出的回覆電報。由紀子的內心已有一半放棄了希望，畢竟如果自己跟富岡交換立場，或許自己也會做出相同的決定。由紀子睡了一覺醒來，發現這一覺並沒有睡去太長時間。紙拉門變得更加昏暗，房間內點起了燈火。隔壁的幾個女人似乎正在吃飯，由紀子察覺自己也是飢腸轆轆，於是拿起枕邊的背包，從裡頭取出當初在船上所領到的口糧盒。打開那茶褐色的小盒子一看，裡頭有一組四根的駱駝牌香菸，以及衛生紙、乾麵包、湯粉及豬肉馬鈴薯罐頭等物，塞了滿滿一盒。由紀子從裡頭取出巧克力，趴在床墊上一咬，只覺得味如嚼蠟，一點也不好吃。

——越南塗山（Đồ Sơn）海灣那紅褐色的海面景致，浮現在由紀子的眼前，勾起了心中的懷念。塗山的那海角，那白色的燈塔，以及那綠意盎然的紅島（Hòn Dấu），這輩子恐怕再也沒有機會見到了。在船上的時候，由紀子曾目不轉睛地看著那景色，想要將它深深烙印在心裡，但如今那些異鄉風景已變得模糊不清，光是要回想就是一件相當吃力的事情。隔壁的那幾個女人吃完飯之後，就叫來老闆娘付了住宿費，似乎是打算搭乘夜間火車離開。由紀子聽著隔壁傳來的喧鬧聲，將湯粉倒進茶杯裡，加入滾燙的熱水喝了，順便也將剩下的薤白吃得乾乾淨淨。又過了一會，那些女人一個個嘴裡說著「謝謝關照」，跟在老闆娘後頭吵吵鬧鬧地沿著走廊離開了。由紀子想著那些女人一定也是各自將啟程返鄉，內心忽然有股跟著她們一起離開的衝動。當初在船上時，由紀子曾經聽人說過，那些藝妓原本都是在一家位於金邊的日式餐館內工作。以兩年為期，往來於日本及金邊之間。名義上是藝妓，但其實都是受軍隊徵調的慰安婦。事實上聚集在海防收容所的女人，除了少數的護士、打字員及辦事員之外，絕大部分都是慰安婦。任何人看見這群從各大都市聚集到海防的尉安婦，想必都會驚愕於原來從日本來了這麼多的女人。幸田由紀子的工作地點，則是在位於大叻（Đà Lạt）與德蘭（D'Ran）之間的巴斯德生物研究院奎寧樹園栽培實驗所，身分是一名打字員。昭和十八年的秋天，由紀子抵達了大叻。這座都市的標高約海拔一千六百米，氣溫最高二十五度，最低六度，或許因為屬於高原地帶的關係，氣候相當舒適宜人。許多法國人在這裡經營茶園，明明頭上頂著清澈的高原天空，耳中卻能聽見甜膩膩的法語，對由紀子來說實在是相當奇妙的體驗。

驀然間，由紀子興起了寫信給富岡的念頭。雖然不知道該寫什麼才好，但總覺得寫信的行為能夠讓自己的心情恢復平靜。一想到自己此刻正跟富岡站在相同的泥土上，當初在海防收容所裡萌生的那股憂愁與空虛似乎也消褪了不少。於是由紀子請雜貨店的孩子幫忙買來了信紙及信封。

2

由紀子的心情逐漸產生了變化。此時的由紀子，決定先到東京拜訪伊庭。在與富岡重逢之前，先在伊庭的住處權且窩身似乎是不錯的主意，當然前提是伊庭的家沒有因空襲而燒毀。雖然一想到伊庭這個人，不舒服的記憶就湧上心頭，但如今也沒有其他選擇。畢竟自己一直沒有寄信回靜岡的老家，此時就算回去了，家人也不會給自己什麼好臉色看。打定主意後，由紀子便搭乘深夜的火車，離開了敦賀。在昏暗的月台上，由紀子看見了兩個當初搭乘同一艘船回日本的男人，但由紀子故意走向後頭的車廂，遠離他們。火車上擁擠的程度，令由紀子咋舌不已，月台上的乘客們只能從窗戶鑽進車廂內。由紀子也有樣學樣，好不容易從窗戶進入了車廂，其實內心早已嚇得有如當年的俊寬[2]一樣。因為由紀子身上的衣物相當單薄，一看就知道是剛從南洋返回日本，周圍的乘客都不時往由紀子的方向偷眼窺望。由紀子也擠在人群裡，觀察著四周的乘客。每個人的模樣都是落魄窮酸，一看就知道是戰敗國的國民。而且或許是因為正值深夜，每個乘客的面容都是無精打采且蒼白無血色。一張張絲毫沒有抵抗能力的臉孔，在狹窄的車廂內層層疊疊，簡直就像是載滿了一整車的奴隸。由紀子也逐漸受到了那些臉孔所反射出的不安所影響。現在的日本，到底是什麼樣的狀況……？從前那些在旗海歡送下光榮出征的士兵們臉上的那種表情，如今再也看不到了。昏暗車窗外的山河，彷彿也是由疲勞困頓、歷盡滄桑的神色所串連而成。

火車抵達東京的時候，已是隔天晚上。天空正下著雨。由紀子在品川車站下了車，省線[3]月台的前方可看見舞廳後牆的窗戶，昏黃的燈光下，幾組舞客的頭正在窗內繞著圈子跳舞。熠熠發亮的綿綿細雨中，隱約可聽見哀戚的爵士音樂聲。由紀子凍得直打哆嗦，仰望著那宛如位於懸崖上的舞廳窗戶。兩個身材高挺、頭戴光亮白帽的美軍憲兵站在月台的角落。月台上擠滿了蓬頭垢面的乘客。由紀子聽著爵士樂的旋律，原本緊繃的情緒稍得舒緩，一股什麼也不想管了的心情油然而生。但是另一方面，連明天的生計都成問題的恐懼，卻也讓由紀子的腦袋一片空白。群聚在月台上的乘客，絕大部分都背著背包。偶爾會突然出現塗著鮮豔口紅的女人，跟外國人手牽著手，從階梯上走下來。由紀子忍不住直盯著那些濃妝豔抹的女人，彷彿看見了什麼珍禽異獸。現在的東京生活，已經跟從前截然不同。

由紀子在西武線的鷺宮站下車時，那班電車已是當天晚上的最後一班。由紀子橫越平交道，沿著寬廣的道路，朝著心中依稀記得的發電廠方向前進。三個年輕女人在雨中快步從由紀子的身旁通過。那三個女人都以華麗的針織布包著頭，身穿長大衣，豎起了衣領。

「今天我送他到橫濱去了。反正他在自己的國家也有老婆，就算捨不得也沒用……不過無所謂，反正人本來就是應該活在當下……臨走之前，他還把我介紹給他的朋友。這可真是古怪，怎麼會讓朋友接手自己的女人？我們日本人實在沒辦法理解那種想法……」

「唉喲，有什麼不好？反正一旦分手之後，就再也見不到面了，何必想那麼多？我也差不多，男朋友快要回去了……以後要到厚木[4]也不容易，得趁現在趕快找個後繼人選才行……」

由紀子快步跟在那三個不停談笑的女人身後，聽著那些大嗓門的女人你一言我一語地說著，內心五味雜陳。如今的日本，竟然變成這個樣子。

走到一座郵筒處，女人們轉向右走。此時由紀子早已淋成了落湯雞，而且疲累不堪。這一帶的街景，跟由紀子前往南洋時完全沒有任何改變。在一塊上頭寫著「細川」的助產婆招牌處往左轉的第二間，位於狹窄巷弄內最深處的那棟房子，就是伊庭的家。那些人見了自己這副狼狽的模樣，應該會大吃一驚吧。由紀子走到石牆的門前，靠著微弱的街燈把全身上下稍微整理了一下。頭髮跟肩膀都早已溼透。任何人一看，都會覺得自己是個走投無路的女人吧。按下門鈴的瞬間，由紀子不禁

2　俊寬：日本平安末期的僧侶，因參與討伐平氏而遭流放至鬼界島，數年後在島上抑鬱而終。

3　省線：指日本在二戰前後由鐵道省（後改名運輸省）負責營運的鐵路路線。

4　厚木：指厚木海軍基地，位於日本神奈川縣。

覺得自己前往法印[5]的這段日子，宛如做了一場夢。玄關處的玻璃門亮起了燈光，一道碩大的影子投射在土間[6]上。由紀子登時一顆心七上八下。看那身影雖然是個男人，卻不是伊庭。

「哪位？」

「我是由紀子……」

「由紀子？哪個由紀子？」

「剛從法印回來的幸田由紀子。」

「呃……妳要找誰？」

「請問伊庭杉夫在嗎？」

「妳說伊庭嗎？他疏開[7]去了，還沒回來。」

那男人這時才有氣無力地慢慢拉開門。男人的身上穿著睡衣，他一看見站在門外的是個全身溼透、背著背包、連外套也沒穿的年輕女人，登時愣住了。

「我是伊庭的親戚，今天才剛回到這裡……」由紀子說道。

「噢，妳先進來吧。伊庭大約三年前就疏開到靜岡去了。」

「這麼說來，他已經完全不住在這裡了？」

「不，我只是代替伊庭暫住在這裡而已，伊庭的行李還是會寄送到這裡來。」

此時一個懷抱嬰兒的女人也來到了玄關處。大概是這男人的妻子吧。由紀子向兩人解釋，自己剛從法印返國。從男人的話中聽來，他與伊庭之間似乎因為屋子的問題而有了一些糾紛。他在面對由紀子的時候，臉色一直不太好，但最後他還是說道：

「外頭很冷，妳先進來吧。」

當初在敦賀的旅舍裡，由紀子請服務生多製作了一餐份的飯糰帶在身上，但除此之外，由紀子在搭乘火車的過程中什麼也沒吃，甚至連水都沒喝，此時早已腳步虛浮，感覺整個人輕飄飄的。走向茶室的時候，由紀子還撞著了走廊上的縫紉機。那是一間六張榻榻米大的房間，從前伊庭一家人總是當成寢室使用，此時卻堆滿了大包小包的行李，看起來相當沉重，連榻榻米也陷了下去。男人的妻子得知由紀子剛從法印歸來，或許是心生同情吧，為由紀子泡了杯茶，還拿出地瓜乾給由紀子吃。男人的年紀約四十多歲，身材魁梧粗壯，看起來像是退役軍人。妻子則是身形嬌小、膚色白皙，雖然滿臉雀斑，但笑起來臉上會出現兩個酒窩，相當平易近人。

這天晚上，由紀子向他們借了兩條棉被，在伊庭的行李縫隙之間窩了一晚。由紀子從背包中取出兩盒口糧，送給男人的妻子當作謝禮。

躺在被窩裡時，由紀子試著將手指插進身旁一個以粗草蓆包住的行李內，但發現裡頭釘了厚厚的木板，根本難以判斷裡頭裝了些什麼東西。妻子剛剛告訴由紀子，伊庭在今年年底前就會回來，到時候必須空出兩個房間給他。由於男人一家共有六人，到底要空出哪兩間房間，目前還拿不定主

5 法印：「法印」為「法屬印度支那」的簡稱，指法國曾經在東南亞擁有的殖民地領土，涵蓋現在的越南、寮國、柬埔寨等國。

6 土間：指日本傳統屋舍中，屋舍內部的夯土區域。由於沒有鋪設地板，所以會比屋內地板低一些，而與屋舍外的地面齊高。通常位於玄關大門處，要進出屋舍的人都會在此處穿脫鞋子。

7 疏開：二戰後期因日本主要都市常遭美軍轟炸，日本政府下令將都市人口疏散至鄉下地區，稱為「疏開」。

意。而且妻子還聲稱他們一家人在空襲期間一直守護著這個家，如今戰爭結束了，就要他們立刻離開，實在沒道理，何況他們也無處可去。但是另一方面，由紀子也能體會伊庭一家人急著把家當從鄉下寄送回來的心情。對伊庭來說，遲遲無法從鄉下搬回東京，想必心裡也感到非常焦躁吧。由紀子接著又得知伊庭一家人都平安無事，心頭反而有種莫名的落寞。

3

昭和十八年的十月中，幸田由紀子抵達了法印的大叻。在農林省的茂木技師一行人的帶領下，五名打字員首先到達了海防。茂木技師是受了軍方派遣，前往法印進行林業調查，上頭從任職於農林省的打字員內招募自願者，在法印的每個部門皆配置一名。志願者共有五人，幸田由紀子也是其中之一。一行人先搭乘醫療船抵達海防，接著搭乘軍方的汽車前往河內。打字員之中，有三人就在河內任職。幸田由紀子繼續前往位於高原地區的大叻，另一人名叫篠井春子，則任職於西貢[8]。五個打字員之中，幸田由紀子的運氣最差。或許是因為由紀子的外貌平凡、性格低調不引人注意的關係，才被上頭故意分配到那種地方吧。由紀子有著寬大的額頭，眼睛細小而膚色白皙，平常從不向人撒嬌示好，表情永遠帶著三分惆悵，因此無法吸引男人的目光。軍方核發的那張證明書上所貼的照片，看起來更是蒼老，完全看不出來年紀只有二十二歲。除了適合穿有白色衣領的服裝之外，不管穿什麼，給人的印象都大同小異，因此讓人有一種似乎一年到頭都穿相同服裝的錯覺。相較之下，前往西貢的篠井春子則是五人之中最美的女人，與李香蘭[9]有幾分相似，吸走了所有人的目光，更是讓幸田由紀子成為乏人問津的女人。一行人分乘兩輛汽車從河內出發，途經清化（Thanh Hóa）、晃江（Hoang Giang）及榮市（Vinh），第一個晚上在榮市投宿。從河內到位於南印度支那的榮市，足足有三百五十公里的車程。下榻的飯店為榮市大飯店。沿途的山巒經常可見焦黑處，似乎是燒過的痕跡，不時還可看見正在燃燒中的樹林，冒出濃濃的黃色煙霧。絕大部分的區域都是種植著油桐樹及松樹的造林地帶，或許是因為放眼望去淨是森林，篠井春子好幾次深深嘆氣，故意露出憂心忡忡的表情。至於由紀子，則因為不習慣長途奔波，早已累得精疲力竭。車子離開了清化之後，以極快的速度奔馳在彷彿沒有終點的黃昏道路上，當接近榮市的時候，天色早已黑了。碩大的蛾群飛舞在車輛的周圍，車頭燈所照出的前方道路上更是聚集了無數的白色蛾群，有如飄揚著無數紙片。

飯店的左手邊有一條運河，安南[10]船伕的聲音不時在水面上迴盪，夾雜著震耳欲聾的牛蛙鳴叫聲。一行人將車子停在一棵棵檳榔及合歡樹的內側，進入了飯店。篠井春子及幸田由紀子被分配在一樓的房間，房內看起來乾乾淨淨，窗外可望見運河。

春子打開窗戶，運河的潺潺水聲傳入了房內。兩人各自將自己的簡陋行李箱擺在點著橙色燈光

---

8 西貢：今越南胡志明市。

9 李香蘭：二戰前後的日本著名歌手兼演員。李香蘭為其中文名，日文名為山口淑子。

10 安南：越南北部地區的古稱。

的桌子上。桃紅色的花紋壁紙及蓋著柔軟淡藍色毛毯的雙人床十足是典型的法式風格，不僅清潔而且相當可愛。當時的日本正處於戰爭時期，對於過慣了貧困生活的兩人來說，這裡簡直就像是童話世界一般夢幻。兩人洗了臉，到餐廳享用晚餐，手臂上別著白色臂章的憲兵還特地走過來，查看兩人證件。那憲兵相當年輕，多半只是很久沒在這裡看見日本女人而已。那天晚上，由紀子及春子都是輾轉難眠。剛離開日本的時候，明明是冷颼颼的氣溫，但是隨著一行人不斷沿著海防、河內、清化等城市南下，氣溫也愈來愈高，簡直像是退回了夏天一般。而且睡在柔軟又有彈性的床上，反而更讓人難以入眠。牛蛙的鳴叫聲不斷鑽入兩人耳中，既像是綿綿不絕的雨滴聲，又像是粗桿三味線的彈奏聲。

半睡半醒之間，由紀子回想起了離開東京之前的種種往事。在伊庭家發生的那些事，朋友們為自己舉辦的歡送會，以及匆匆忙忙跑到陸軍省接受疫苗注射的情景。從前的由紀子，做夢也沒想到自己會來到法印這種地方。對於命運的奇妙安排，連由紀子自己也感到不可思議。伊庭杉夫是姊姊的丈夫伊庭鏡太郎的弟弟，已經結婚，也有孩子。由於對由紀子而言，伊庭杉夫是唯一住在東京的親戚，因此由紀子從靜岡的女學校[11]畢業之後，就借住在伊庭杉夫的家裡，就讀位於神田的打字學校。杉夫在保險公司的人事課工作，在外頭的風評不錯，大家都說他是個相當老實的男人。但是就在由紀子住進他家大約一星期後的某天夜裡，由紀子竟然被杉夫強暴了。當時由紀子所睡的房間，原本是供女傭使用，只有三張榻榻米大。那天晚上，由紀子剛好有些睡不安穩，昏昏沉沉中隱約聽見杉夫走到廚房喝水的聲音。不久之後，房間的紙拉門忽然被人拉開了。但由紀子那時已是快要入眠的狀態，只是愣愣地聽著。接著紙拉門輕輕關上，一陣踏在榻榻米上的腳步聲朝著由紀子靠近。

直到沉重的男人肉體壓在由紀子的胸口，由紀子才忽然驚醒，在黑暗中睜開雙眼。鼻中聞到了一股類似皮革的臭氣，耳中聽見杉夫對著自己呢喃細語，但由紀子並沒有聽懂杉夫在說什麼。緊接著，杉夫將腳探進了棉被裡，由紀子感覺到了杉夫腳上的粗糙皮膚，想要大喊，卻又不敢發出聲音，只能全身僵硬地默默躺著不動。

自從有了那一晚的事情之後，由紀子一直對杉夫的妻子真佐子心懷愧疚。但是每到深夜，卻又不禁期待杉夫的到來。杉夫每次侵入由紀子的房間，都會以手帕將由紀子的嘴塞住。杉夫的妻子真佐子不僅長得很美，而且聰明伶俐，由紀子實在不明白杉夫怎麼會棄妻子於不顧，反而將如此激烈的愛情投注在外貌毫不起眼的自己身上。由紀子在伊庭家住了三年。從打字學校畢業後，由紀子進入農林省工作。真佐子似乎一直被蒙在鼓裡，完全沒有察覺由紀子與杉夫之間的關係。有時真佐子會帶著孩子到位於橫濱的娘家過夜，這種日子杉夫總是會早早躺在床上，並且把由紀子叫進房間。由紀子沒有辦法抵抗，只能默默地任憑杉夫擺布。杉夫從來不跟由紀子談論未來的事，對待由紀子就像對待娼妓一樣。由紀子下定決心要前往法印，有一部分原因也是為了擺脫跟杉夫之間的婚外情關係。在事已成定局之前，由紀子並沒有把自己要前往法印的事情告訴伊庭夫婦，甚至對住在靜岡的母親及姊姊、弟弟也沒說。等到一切都確定了，由紀子才告知了親人及伊庭夫婦。杉夫在得知此事時，臉色毫無任何變化。

由紀子偷眼窺望杉夫，發現他的表情異常冷淡，內心驀然有股強烈的屈辱感。但除此之外，卻

11　女學校：日本二戰前實施的五年制女子學校制度，約相當於現在的中學至高中。

也有一種莫名的快感，彷彿自己離開伊庭家的行為，就像是在杉夫的心頭釘上一根粗大的釘子。至於對真佐子，則反而產生了一股恨意。有時真佐子會以不知是開玩笑還是譏諷的口吻說出「最近由紀子真愛生氣，得趕快把她嫁出去才行」之類的話。就在由紀子即將啟程前往法印的兩、三天前，杉夫忽然為由紀子買來了藥、手提包、內衣等物，讓由紀子帶走。由紀子看見杉夫為自己做這種事，反而懊惱不已。真佐子似乎也相當不開心，不明白為什麼丈夫要對由紀子這麼溫柔體貼。

4

就在天快亮的時候，由紀子夢見了杉夫。或許是因為遠赴他鄉，由紀子忽然變得極度渴望肌膚之親，內心寂寞得有如墜入了地獄深淵一般。好不容易來到了異鄉，內心卻渴望著回到日本。杉夫將手帕塞進自己嘴裡時的急促喘息聲，彷彿依然迴盪在耳邊。當初自己明明那麼厭惡杉夫這個人，如今來到了遠地，卻反而對他懷念不已。與杉夫在床上纏綿的回憶，完全占據了由紀子的內心。由紀子心想，杉夫應該也很寂寞吧。只是他是個沉默寡言的人，所以什麼情話也沒說。兩人的祕密關係，一直持續到由紀子啟程前往法印的那天才結束。由紀子不禁感到納悶，這樣的關係明明維持了三年，為什麼自己完全沒懷孕，反而是真佐子生了一個男孩子。

無數的回憶不停地竄上心頭，由紀子愈想愈是心情煩悶，於是悄悄下了床。打開通往陽台的窗戶，眼下便是閃閃發亮的運河。高大的合歡樹在運河邊排成了一整排，過去從未見過的小鳥正吱吱喳喳地叫個不停。微微瀰漫著水汽的運河上，隱約可看見好幾艘安南人駕駛的小船。由紀子倚靠在石造的陽台上，承受著清晨的微風，感覺莫名的神清氣爽。原來在地球上，有著這種宛如夢境一般的國度。由紀子聆聽著小鳥的叫聲，凝視著運河發愣了好一會。天空可看見成群飛翔的燕子。以海防那混濁的海水為界，彷彿過去的一切都已消逝在虛無飄渺的遠方。未來有著什麼樣的人生在等著自己，由紀子完全無法預測。

一行人一大清早吃完了早餐，就再度搭上汽車，朝著法印南部的古都順化前進。路旁有著一整排的木麻黃，從樹幹與樹幹之間，可看見運河畔的茅草屋正冒著裊裊炊煙。黃色的雪鐵龍汽車馳騁在寬廣的殖民道路上，不斷發出瑟瑟聲響，彷彿整個車身被柏油路面牢牢吸附住了。

根據一路上男人們的對話，由紀子得知榮市的人口約兩萬五千多人，為安南北部相當重要的都市之一。車子開了一會，殖民道路分岔為二，其中一條通往位在高原地區的寮國。右手邊的森林地帶不時可看見燃燒所冒出的濃煙。在遼闊的森林地帶，車子沿著通往順化的道路開了許久，四周終於因微弱的晨曦而變得明亮，迎接了清晨的來臨。隨著陽光愈來愈耀眼，空氣也變得乾燥，頭頂上是浩瀚無垠的藍天，眼前是一片涼爽的夏天景致。

第二天晚上，一行人便住在順化。下榻的地點，同樣是順化的大飯店。許多日本的軍隊都是駐紮在這一帶。飯店的前方，就是寬廣的順化河[12]。克里蒙梭橋[13]就在附近。沒想到距離日本如此遙遠

---

12 順化河：即香江。

13 克里蒙梭橋（Pont Clemenceau）：現稱場錢橋（Trang Tien Bridge）。

又有些髒汙的黑鞋。由紀子心裡憤恨不已，有一種徹底敗北的屈辱感。而且因為長途旅行，由紀子所穿的那件藏青色的褲子早已髒汙不堪。由紀子以嫉妒的眼神看著臉上濃妝豔抹的春子，說道：

「篠井，妳真幸福，能夠在西貢工作。」

「唉喲，那到底是什麼樣的地方，還是得去了才知道。幸田，妳任職的巴斯德奎寧樹園，不也相當新潮嗎？而且妳這麼會念書，一定馬上就能學會法語及安南語。那也是相當好的地方，不是嗎？我反而羨慕妳能夠在那麼涼爽的地方工作呢……」

由紀子心裡很清楚，春子只是抱著春風得意的心情在安慰自己。

「但是要去那種沒什麼人的地方，還是讓我覺得很寂寞。何況要跟曾經同甘共苦過的妳們分開，獨自一人進入那種沒聽過的深山，不僅會寂寞，還會很枯燥無聊吧……」

火車在彷彿永無止境的山巒之間一邊劇烈搖晃一邊前進。

抵達西貢的時候，已經入夜了。

5

由紀子因為不習慣這種長途跋涉的旅行，早已累得使不出半點力氣。而且一整天下來，曾經有數次發起毫無原因的高燒。一行人抵達西貢之後，在這裡逗留了大約五天。但由於辦理軍方手續相當耗費時間，根本沒有辦法獨自到街上觀光。自從離開海防之後，一行人沿途所住的都是高級大飯店，但是到了西貢，下榻的地點卻變成了軍方所指定的窮酸旅館，讓一行人彷彿又回復到原本的平民身分。住到第四天的時候，即將任職於軍隊新聞部的一個姓中渡的男人，帶著篠井春子搬進了任職地點的宿舍。由紀子等人所住的旅館，似乎是由華僑的住處改建而成，每一間房間都是冷冷清清，幾乎沒有任何裝飾，只有一張摺疊式的床鋪。兩個安南女人慢吞吞地打掃著房間，看起來有氣無力。一行人之中，接下來即將前往大叻市的只有茂木技師、黑井技師、瀨谷及由紀子，這幾個人幾乎一整天都待在食堂的角落，哪裡也沒去。灰泥材質的藍色牆壁上，張貼著一張簡陋的大地圖。除此之外，就只有三張紫檀木的高腳桌。許多基於不同理由而住宿在此的房客，都在這間食堂裡用餐，走進食堂裡的人每天都不一樣。在這個許多人來來去去的食堂裡，卻有一張臉孔從來不曾改變。那是個男人，平常總是坐在靠窗的陰涼處。由紀子不知不覺地注意起了這個男人。在用餐的過程中，男人不是在看書，就是在看報紙。男人似乎沒有其他同伴，每天坐在食堂裡的時間及位置都一模一樣。膚色頗為黝黑，頭髮蓬鬆雜亂，臉型修長。每當他專心看書，那張側臉簡直就像是死屍一樣毫無生氣。每到晚上，男人不知從何處歸來，總是會走進冷冷清清的食堂裡，將一瓶威士忌擺在桌上自飲自酌。男人的身上穿的是鯊皮布材質的短袖襯衫，下半身穿著茶褐色的長褲。在由紀子的眼裡，這男人看起來跟安南人並無太大差異。由於由紀子經常發燒，每次發燒就會到食堂要冰塊。每次進入食堂，必定會看見那男人以粗魯的姿勢坐在椅子上，豎起了膝蓋喝著酒。就算由紀子走進食堂內，男人也從來不曾對由紀子流露出感興趣的神情。他一直散發出一種令人難以捉摸的氛圍，彷彿在享受著孤獨的滋味。旅館的附近到了晚上總是相當熱鬧，有著不少華僑所開設的餐飲店，播放著唱片或收音機。有時風向對了，即使是在食堂裡，也能隱約聽見遠方傳來「爸爸，你很堅強」之類日本歌的歌聲。由紀子原本正在食堂角落吃著藥，聽了那歌聲，內心忽然萌生了想要冒個險，跟那個喝酒的男人說說話的衝動。由紀子總覺得天底下所有的男人都有著跟杉夫一樣的性癖好，而且或許是因為遠遊至異鄉，由紀子漸漸開始覺得就算是跟不認識的男人，也可以在沒人介紹的情況下聊聊天。於是由紀子故意逗留在食堂裡，隨手拾起凌亂地落在一旁的日本報紙讀了起來。

男人似乎有著絲毫不顧慮周遭的我行我素性格，依然一邊看書，一邊喝酒。一喝了酒，他的皮膚就開始泛紅，從白色短袖襯衫的袖口露出的修長雙臂，深深吸引由紀子的視線。年紀看起來差不多三十四、五歲吧。由紀子既不知道他的名字，也不知道他的職業。一想到以後再也沒有見面的機會，由紀子獨自躺在狹窄的床上，滿腦子依然全是那男人的身影。

到了第五天，茂木技師一行人找到了一輛預計開往大叻的卡車，於是由紀子再度收拾起了行囊，跟著大家啟程出發。從前的高棉族人將西貢這座都市稱作Prei Nokor，意思是「森林之都」。坐在卡車上往外看，可以看見西貢的大道旁有著一整排壯觀的高大楊樹，樹下便是平滑的柏油路面，無數的三輪計程車像一隻隻昆蟲一樣在路面上爬行。繁華的卡提拿街[16]上，身穿水藍色衣服的法國孩童正在路旁的羅望子樹下嬉戲著，看起來就像一幅美麗的街景畫。羅望子樹上頭結實纍纍，果實的外觀有點類似梨子，給人一種彷彿置身在田園裡的恬靜感。道路上沒有半點垃圾，悠閒往來於行道樹下的安南人及華僑的服裝都穿得相當體面，令平時看慣了日本人的窮酸服裝的由紀子不僅感到驚奇，內心也突然更加羨慕起篠井春子。光是能夠待在這麼美的城市裡，就是一件令人嫉妒的事。鬱鬱蒼蒼的行道樹，遮蔽了頭頂上的豔陽，一整隊的日本士兵正在其下方行進著。那些士兵所散發出的氛圍，只有孤獨與孱弱可言，完全令人感受不到故鄉日本的氣息及軍隊的威武精神。不，與其說是在那裡行進著，或許形容成被人拋棄在那個地方更加貼切。坐在卡車上的一行人，也因為旅途勞累，不僅面容憔悴，還滿臉油膩。由紀子一想到自己也是其中之一，內心便感到萬分淒涼，彷彿自己成了苦力的女兒，沒有一絲一毫的尊嚴。由紀子的心裡好想返回內地。大叻到底是個什麼樣的地方，對由紀子來說已經不重要了。獨自一人住在大叻的高原上，那種處境令人情何以堪。自從篠井春子離開了之後，礦山班的瀨谷跟由紀子說話時變得滿臉堆笑，態度跟以往截然不同。

「妳看起來氣色好差。打起精神來吧。不管去了哪裡，附近一定有日本的軍隊，完全不必擔心。而且妳在那個地方，是唯一的日本女性，這個責任可是很重大的。妳應該要跟著皇軍一起奮鬥，不是嗎……？」

6

打從距離大叻還有十六公里遠的普蓮（Prenn）村附近開始，道路就變成了彎彎曲曲的上坡路。為了登上林園（Lam Vien）高原，車道可說是九彎十八拐，卡車不斷發出刺耳的引擎聲，費力地往上爬。此時正值傍晚時分，道路旁的森林陰暗處不時有白色孔雀竄飛出來，令一行人數次受到驚嚇。

16 卡提拿街（rue Catinat）：即現在的同起街（Duong Dong Khoi）。

高原上正瀰漫著暮靄，卡車在行駛過程中不時與成排的緋櫻枝葉擦肩而過。梯狀山丘上的森林裡，偶爾可看見山莊風格的氣派建築物。有的山莊周圍盛開著牡丹色的九重葛，有的山莊在網球場的旁邊種植著大量的銀荊樹。銀荊樹上盛開著金黃色的花朵，每當卡車通過旁邊時，就能聞到那些花朵所散發出若有似無的淡淡香氣。由紀子不禁有種置身在夢境之中的錯覺。相較於森林之都西貢，這座高原還多了一股壯闊感。還有頭戴斗笠、肩挑扁擔的安南農家婦女，正讓在路旁，等待卡車先行通過。

高原上的大叻街道，在由紀子的眼裡簡直就像是懸浮在空中的海市蜃樓。後有林園山、前有湖泊的大叻，是一座梯狀丘陵的都市。其景色之美，徹底顛覆了由紀子過去的不安與想像。卡車駛入了一座白色建築物的庭園內。據說那建築物過去原本是日本軍隊在大叻市的屯駐地，庭院的正中央還高高懸掛著日本國旗。石門上釘著一塊全新的看板，上頭寫著「地方山林事務所」。其下方還釘著另一塊板子，以墨書文字寫著較小的安南語及法語。一行人走進一間可以遠眺湖泊的會客室，會見了事務所長牧田。由於由紀子將在這裡工作一段日子，所長叫來一名安南人的女傭，將由紀子帶往她所分配到的房間。房間的位置在二樓最角落，雖然沒辦法看見美麗的湖泊及街景，但是朝北的窗戶卻能遠眺壯觀的林園山。庭院裡盛開著九重葛的花朵，幾條有著白色蓬鬆體毛的狗兒正在草坪上嬉戲著。

由紀子終於結束了漫長的旅程，進入了屬於自己的房間。柚木材質的地板上雖然沒有地毯，但反而增添了一股清涼感。房間裡放著一張不知從何處搬來的簡陋床鋪、一張高腳桌，以及一張椅子。一座塗著白漆的狹小西式衣櫥，反而破壞了陰暗房間內的協調。正要歸巢的一群雀鳥，在傍晚的紅霞中不停地鳴叫。牧田開著車子，將茂木技師及瀨谷等人送往了林園飯店，那裡是大叻最高級的飯店。牧田的全名是牧田喜三，據說他原本任職於鳥取縣的林野局，後來進入了農林省工作。年紀約四十多歲，身材肥胖但體格矮小。昭和十七年的歲末，他以軍屬人員的身分來到了此地。聽說他總共有四名部下，但此時他們都各自前往山中的負責區域視察去了。除此之外，還有兩名安南人的通譯、一名林務官，以及一名據說是混血兒的女性辦事員。由紀子此時已累得全身無力。本來按照預定計畫，接下來必須前往林園飯店和其他人一同用餐，但由紀子實在感覺相當不舒服，因此推辭不去了。由紀子整個人倒在床鋪上頭的毛毯上，身體彷彿依然能感受到卡車的震動，兩隻耳朵簡直像是被塞住了一樣。此時由紀子只想躺著好好大睡一覺。但是一閉上眼睛，卻又聽見有如蟬鳴一般的聲響不斷自森林裡傳來，在耳內盤旋迴盪。不僅如此，那衣櫥還不斷散發著濃濃的油漆味。

這天晚上，由紀子在寬敞的食堂裡，一個人吃了安南女傭所製作的日式餐點。食堂的正中央有著一座彷彿岩塊一般的暖爐，入口附近還擺著一座泛著光澤的鋼琴。由紀子將自己的雙手放在漿熨得平整服貼的白色桌巾上，才發現那黃澄澄的手看起來比安南女傭的手還髒。玻璃製的洗指碗裡，漂浮著一枚九重葛的花朵。有如香腸一般的深紅色魚板及豆腐湯，對由紀子來說都是相當稀奇的料理。女傭的年紀看起來已過了三十歲，但有一雙非常漂亮的眼睛。額頭的髮際線很高，臉上的膚色是柿褐色，五官輪廓不明顯，化妝的方式看起來像是撒了一層粉，耳朵上戴著藍色假玉的耳環。她稍微會說一點日語。拉下了紗窗的大窗戶上，聚集了不少白色蛾群。就在由紀子剛用完餐點時，前方庭院處忽然傳來汽車的引擎聲。難道是牧田所長回來了嗎？但如果真的是他回來了，這個時間也未免太早了一點。由紀子於是豎起了耳朵仔細聆聽。女傭奔出了門外，以甜膩的聲音喊了一句法文的招呼語「Bonsoir」。接著是一陣粗聲粗氣的男人說話聲，以及腳步聲。猛然推開門板走進食堂的男人，赫然正是當初在西貢的宿舍裡吸引了由紀子目光的那個男人。身材高䠷的男人快步踏進了食堂，一看見由紀子，先是愣了一下，接著以眼神輕輕打了招呼，旋即轉過身，進入了走廊。

直到由紀子用完餐點，女傭還是沒回到食堂。當初男人走進來的時候，由紀子也紅著臉向他打了招呼，但是男人離去之後，就再也不曾踏入食堂，這讓由紀子的心頭驀然萌生了一股焦躁感。原本由紀子已經累得像個死人，此時卻感到強烈的哀戚，彷彿內心被人點燃了熊熊的烈火。由紀子趕緊躡手躡腳地回到自己房間，照著衣櫥裡的鏡子，在嘴唇上塗了厚厚的口紅，將頭髮梳理得整整齊齊，還在臉上抹了白粉，接著才匆匆回到食堂。但是寬闊的食堂裡一片死寂，耳中只聽得見飛蛾拍打著紗窗的翅膀振動聲。由紀子稍微等了一會，女傭終於端來了咖啡。但是女傭放下咖啡之後，便又跑得不知去向。由紀子接著又等了許久，男人終究還是沒有回到食堂。由紀子最後只能失魂落魄地走回自己的房間。回到房間之後，寬大的階梯下方竟傳來了上樓的腳步聲。由紀子趕緊將耳朵貼在門板上偷聽，一顆心有如小鹿亂撞。等到聲音完全消失後，由紀子決定再下樓回到食堂看看。但由紀子在食堂裡不知該做什麼才好，於是掀起了鋼琴的琴蓋，以單手彈起了從前在女學校經常彈奏的一首《海邊之歌》。牆壁上有一面玻璃框，裡頭展示著各種與森林有關的統計資料。由紀子沿著思茅松、南洋松、楊樹、青剛櫟、錐栗等植物的標本圖一一望去，內心不禁感慨自己可真是來到了一個遙遠的地方。等了半晌，完全沒有人進入食堂，由紀子於是走進了庭院。滿天的星辰清晰可辨，透明的晚風發出了有如互相摩擦氣球的聲響，將由紀子所穿的那沉重的府綢布料長裙吹得上下翻飛。不知從何處飄來了花香。小徑的方向，隱約傳來有女人說了一句「Bonsoir」。薄薄的雲片，在天空上的星辰之間穿流而過。從庭院裡看不到湖泊。由紀子回到了房間裡，倚靠在窗邊，過了一會，樓下不知何處響起了刺耳的電話鈴聲。不久之後，又傳來了牧田所長開車歸來的聲音。樓下突然變得吵吵鬧鬧，好幾個男人的歡笑聲傳到了樓上。

7

黎明的山風將松樹吹得沙沙作響。早上起床之前，由紀子夢見自己跟那個男人在寬廣的草坪上打著網球，心頭有一股莫名的懷念感，但試著細細回想那夢境，卻是怎麼想也想不真切。過個幾天，他大概又會離開吧……由紀子心裡如此想著。但是能夠跟同一個人兩次相聚在相同的屋簷下，這樣的奇遇還是讓由紀子感到雀躍不已。這天早上，由紀子特別用心地化了妝，穿上一件白色絲質的連身裙。雖然質地有點差，但那也是沒辦法的事。下樓走到食堂外一看，窗戶的紗窗已被拉開，牧田跟那個男人正坐在寬敞的窗邊喝咖啡。牧田臉上氣色極佳，笑嘻嘻地朝由紀子道了早安，那個男人卻對由紀子連瞧也沒瞧一眼。他的坐姿相當不雅，兩條腿還掛在窗台上，正凝視著因晨霧而朦朧不清的湖面。那種板著臉擺出冷漠姿勢的模樣，在由紀子的眼裡簡直像個頑固的國中生。

「幸田，要不要過來聊一聊？長途跋涉來到這裡，應該很累吧？聽說在西貢的時候，妳剛好跟富岡住進同一間宿舍。」

由紀子惴惴不安地朝那男人瞥了一眼。牧田見狀，低聲朝那男人說道：

「我跟你說，幸田接下來會有好一段時間，在我們這裡幫忙打字。不過大概半年後，我會把她轉調到巴斯德研究院那邊去……」

男人這時才終於將身體轉向幸田由紀子，但依然坐在椅子上。

「我姓富岡。」男人朝由紀子說道。

「咦？你們是第一次說話？我還以為你們早就互相自我介紹過了呢。他是富岡兼吾，同樣是農林省出身，三個月前剛從婆羅洲轉調過來。很難得會有日本女人跑到這麼遠的地方，妳一路上應該很受歡迎吧？幸田，在我們這個地方，日本女人可是只有妳一個。」

由紀子故意挑了較遠的皮革沙發坐下。昨晚在飯店的大廳裡，瀨谷曾經提到，由紀子因為外貌平凡，不會造成工作上的妨礙。不像留在西貢的那個篠井，因為太漂亮了，反而可能惹出一些麻煩。但此時牧田自遠處觀察幸田由紀子，並不認為她的外貌有如瀨谷所說的那麼平凡。而且像由紀子這樣沒燙髮的日本女人相當少見，更增添了牧田心中對由紀子的好感。最重要的一點，是由紀子看起來端莊賢淑。裸露在裙下的兩條豐腴雙腿整整齊齊併攏著，好似故國的東京練馬區特產的白蘿蔔，令牧田不禁看得面露微笑。由紀子的外貌就是個典型的日本女性，能夠讓人產生一股思鄉情懷。看著由紀子，內心會不由得想起日本的榻榻米及紙拉門。那低垂的肩膀及蒼白而光滑的肌膚，都給牧田一種同鄉故人的親近感，令牧田忍不住想要合掌讚嘆。就連那有些寬大的額頭，也比女傭柔兒好看數倍。此外，由紀子不像混血兒瑪麗一樣戴著六角眼鏡，也是令牧田感到非常中意的一點。對牧田來說，光是能夠有日本年輕女人願意千里迢迢來到這高原之地，就是一樁宛如夢境似的美事。從前牧田對離開日本前往海外的女人都沒什麼好感，但是幸田由紀子給牧田的印象卻相當不錯。在化妝方面，由紀子也算是頗為高明。總而言之，由紀子並不像瀨谷所形容的那麼平凡，這一點帶給牧田滿心的幸福。大桌子的上頭，插著一些美人蕉的花朵。牧田雖然與富岡討論起一些專業性的話題，臉上的表情卻是眉開眼笑。由紀子是一臉陶醉地看著明亮的窗外，內心早已沉浸在幻想之中。富岡則是吸著菸，兩隻手掌在椅背上交握，枕著自己的後腦杓。他的左手腕戴著一支有著黑色錶面的手錶，上頭的紅色秒針正在慢慢轉動。身上穿的是熨得沒有一點皺紋的茶褐色防暑服，腰際繫著一條看起來像玻璃一樣充滿清涼感的細塑膠皮帶。剛刮過毛的後頸附近皮膚微微帶著青灰色。不一會，食堂的鈴聲響起。由紀子故意讓牧田走在前面，自己則是跟在富岡的身後走進食堂。白色的桌巾上擺著玻璃盆，裡頭插著白色及紫色的珍奇花朵。另有一個經過陽極處理的鋁製紅色容器，裡頭盛著加了豆腐的味噌湯。此外還有煎蛋及桃紅色的鹽醃蝦米，也都一一端上桌。由紀子與富岡並肩而坐，面對著牧田。投宿在飯店的茂木、瀨谷及黑井三人似乎還沒來到事務所。裝設在天花板上的電風扇，正發出令人不舒服的吱嘎聲響。牧田一邊啜飲著味噌湯，一邊朝著由紀子說道：

「內地的生活應該愈來愈辛苦了吧？比較起來，這裡是不是像極樂世界？」

跟極樂世界相比，恐怕也是有過之而無不及。但由紀子過去從未體驗過如此美好的生活，反而有些不安。此時由紀子內心的不安與空虛，就有點像是趁著富翁出遠門的時候，偷偷住進其豪宅裡。

富岡有時會批評起西貢的農林研究所，以及日本人對山林局的法籍局長所做出的種種無禮行徑。牧田也跟著低聲附和，直說身材矮小的日本人，根本不應該在歐式飯店裡頭露出一副囂張跋扈的態度。把那麼大的飯店當作軍方營舍，任憑軍人在裡頭胡搞一通，雖說是占領政策之一，但這麼做只會引來反感。

「我們真的很幸福。不管軍方的目的是什麼，我們只要盡自己的本分，把森林管好就行了。光是能夠有這樣的工作，就應該心懷感謝……」

富岡曾經在西貢住了十天左右。當時他一直待在盧索街上的農林研究所，進行著木炭瓦斯的研究。富岡是個習慣以麵包為主食的人。由紀子幫他把放著黃奶油的盤子挪到他面前，他竟一直盯著由紀子的手看。日本女人的豐腴手腕，在他眼裡彷彿成了相當稀奇的東西。

那隻手看起來既美麗又溫柔。

上頭還長著纖纖柔毛。

「四、五天之後，我可能會去隆城（Long Thành），在那裡觀摩竹筋混凝土的研究。加野已經提出了薪炭林中間作業的詳細報告，不知道你過目了嗎?木炭汽車可是有著不容小看的潛力，聽說內地很多地方也開始採用了，我們這邊發展得更早……加野的那篇報告，請你務必過目。過一陣子，我會到壯奔（Trảng Bom）的研究所，和加野談一談……」

富岡低聲細語地說完這些話，就獨自起身朝會客室的方向走去了。

「真是一位奇特的先生……」

由紀子看著富岡那我行我素的舉動，忍不住對牧田說出了這樣的話。

「他這個人的脾氣有點古怪，卻是個很重情義的人。聽說他每隔三天必定會給家鄉的妻子寫一封信……這一點我可做不到。而且他是個責任感很強的人，一旦接下工作，必定會做到分毫不差才肯罷休……」

由紀子聽到「每隔三天給妻子寫一封信」這句話，不知為何竟感覺心頭一震。

8

第二天傍晚，牧田突然聲稱有急事，必須到西貢及金邊出差大約十天左右。瀨谷老人剛好要離開，於是兩人便一同搭著卡車出發了。茂木及黑井則是帶著安南通譯，前往負責區域視察，只留下富岡及由紀子。富岡的房間在二樓的中央，可說是建築物東側最好的房間。但雖說是最好的房間，裡頭卻只像是乾淨的病房。自從得知富岡每隔三天就會寫信給妻子之後，由紀子就對富岡這個人有些失去了興趣。富岡就算在食堂遇上了由紀子，也只會簡單地說一聲「早」或「嗨」。打字的工作，也全是交給瑪麗處理。瑪麗的身分也是打字員，每次她打字打得心情煩悶，就會跑到食堂彈鋼琴。或許是因為置身在高原上，那音色聽起來美極了。瑪麗的運指技巧相當高明，雖然彈的都是由紀子從未聽過的曲子，卻常常讓由紀子聽得渾然忘我。富岡似乎也很喜歡音樂，經常坐在他的辦公桌前，愣愣地聽著琴音發呆。據說瑪麗的年紀約二十四、五歲，但或許是戴著眼鏡吧，看上去的年紀更大一些。聽說她從小生活在管教非常嚴格的家庭。宛如羚羊一般細長的雙腿，平常總是穿著藏青色的襪子及白鞋。腰線相當纖細，若從背後看，十足是個楚楚可憐的美女。頭髮為淡金色，有一點波浪鬈，垂掛在肩膀上，看起來極有分量。沒有任何才藝的由紀子每次聽見瑪麗的鋼琴聲，都會萌生一股人種上的自卑感。瑪麗會說英語及法語，連安南語也說得很好，工作起來也是動作俐落又有效率。由紀子有時總是忍不住會想，他們根本沒必要把自己這種無能的女人叫到如此遙遠的法印高原來。或許自己負責的是比較重要的文件，例如日文文件或是機密文件之類吧。由紀子只能這麼安慰自己，過著無所事事的每一天。

由於牧田突然離開，原本打算要前往隆城的富岡只好將計畫延期。沒想到五天後，原本應該在壯奔的加野久次郎竟然帶著一名安南助手，悄悄回到了大叻。

加野在事務所裡一看見幸田由紀子，先是露出吃驚的表情，接著竟然滿臉通紅。在富岡的介紹下，加野與由紀子互相打了招呼。加野看起來是個會把所有心力投注在同一件事情上的耿直青年，他立刻把椅子拉到富岡身邊，兩人談起了工作上的事。

「你在這裡能待多久？」富岡問。

「最近我的身體不太好，老是拉肚子。何況我也很懷念文明的大叻。富岡，只是我沒想到連你也回來了……」

兩人談了許久的工作之後，忽然有了這樣的對話。他們兩人似乎頗有交情，還吩咐女傭送上咖啡，兩人一起喝了。加野看起來比富岡年輕一些，以男人而言膚色頗為白皙，身材也不高。身上穿著藏青色的開領襯衫及白色短褲，給人一種宛如運動選手般的輕盈感。雖然體格不錯，個性卻有些畏畏縮縮，說話時甚至不敢直視對方的眼睛。

這天的晚餐時間，食堂難得變得熱鬧一些。富岡開了一瓶從西貢買來的白葡萄酒當作餐前酒，還給由紀子也倒了一杯。

「幸田，妳是千葉人嗎？」

或許是因為喝醉了，原本沉默寡言的富岡，忽然這麼詢問由紀子。

「我可不是千葉人，真是失禮……」

「噢，我看妳很像千葉人……不然妳是哪裡人。」

「東京……」

「東京？少騙人了。東京人可不會像妳這樣。如果勉強要說妳是東京人，大概也是葛飾、四木那一帶的……」

「才不是呢，太過分了。」

由紀子感覺受到了侮辱，氣呼呼地說道。

加野在一旁打起圓場。

「富岡這個人，嘴巴毒得很，這是他的毛病，妳不用放在心上……」

「原來妳是東京人……但妳說起話來，怎麼有股鄉下腔？妳今年幾歲？」

「我才不要告訴你呢……」

「二十四、五歲吧……？」

「唉喲，我才二十二歲。富岡先生，你真的太壞了……」

「噢，原來是二十二歲。我說妳二十四、五歲，代表妳這個人看起來聰明伶俐。喜歡被人家當年輕，是最笨的想法。」

富岡接著又取出一瓶君度酒，拉開了瓶栓。聽說加野與富岡都畢業於東京高農，加野跟隨著學長富岡及安永教授，來到法印從事森林業的研究工作。富岡跟加野都很喜歡閱讀文學作品，富岡喜愛托爾斯泰，加野則是夏目漱石及武者小路實篤的忠實讀者。

「讓我們為千里迢迢來到法印大叻的幸田乾杯！」

加野一邊說，一邊將酒杯遞到由紀子的面前。由紀子此時已是眼眶含淚，心裡滿是委屈。富岡以醉茫茫的雙眼，凝視著由紀子那閃爍著淚光的眼眸。在由紀子的雙眸之中，富岡感受到了一股不可思議的魔力。富岡回想起自己的妻子，眼神中也常流露出這樣的神采。一股沒來由的悸動，令富岡忍不住灌下了杯裡的酒。由紀子無法再忍受，於是輕輕拉開椅子，走出了食堂。原本由紀子想要回到二樓房間，但是屋外的夜色實在太美，便走下了泛著夜露光澤的寬廣路面，漫無目標地走著。

「她氣得跑走了……」

加野跟著走出食堂，想把由紀子找回來。他走上二樓，敲了由紀子的房門，但門內毫無回應。由於門沒上鎖，加野打開了門，發現房間內的燈沒關，床上扔著一條女學生的黑色內褲。加野愣住了，久久沒有移動腳步。

回到食堂之後，加野依然忘不了剛剛看見的那條黑色內褲。

「真是高傲的女人。」

富岡不悅地說道。加野猜測由紀子很可能跑到屋外去了，心裡很想出去尋找她。

「你不覺得她跟女演員三宅邦子很像嗎？」

加野說道。

「那關我什麼事？我就是不喜歡看見年輕女人跑到這種地方來。」

「沒想到你的想法這麼古板……我覺得大叻有了她是有益無害……」

「幸田由紀子那個女人並不適合你啦。」

加野拿起君度酒自斟自飲，以一對帶著血絲的眼睛凝視著天花板上動也不動的白色電風扇葉片。富岡則是慵懶地將腳擱在紗窗的窗框上，後腦杓靠著椅背。

「這樣的生活……還能持續到什麼時候……？」

富岡嘆了口氣後說道。

「日本絕對不會贏的。」

加野一聽，不禁皺起了眉頭。

「自從去了西貢之後，我就有了這樣的想法。這種話只能偷偷對你說……我認為大概只能撐到明年春天。」

「我在深山裡待久了，對世事可說是一無所知。現在的狀況那麼糟嗎？你聽到了什麼消息？」

「總之絕對不會贏，就是這樣而已。」

「是嗎？我總覺得應該不會輸……日本的海軍不知都在幹什麼……」

「大概是有什麼盤算吧……他們不是每天都在對外公布戰果嗎？」

浮現在眼前的黑色內褲一直揮之不去，加野不由得心生煩躁，起身走向門口，按下了電風扇的開關。電風扇上的螺絲開始旋轉，不久之後白色的風扇葉片就逐漸發出了嗡嗡聲響，桌上的花在風中劇烈地搖擺。

9

過了好一會，幸田由紀子依然沒回來。富岡承受著電風扇的吹拂，仰靠在椅子上睡著了。

加野關掉電風扇，悄悄走出食堂，到屋外尋找由紀子。緋櫻茂盛生長的陰暗處，不時傳出夜烏的鳴叫聲。整片天空帶著一股溼潤感，彷彿完全停止了運轉。灰暗的燈影，穿插在前方的樹叢之間。山林事務所的下方不遠處，有一棟裝飾得氣派華麗的建築物，看起來像是華僑的別墅。但似乎已有好一陣子沒住人，庭院裡雜草叢生。籬笆上頭開著一些有如雪片一般的細小花朵，那是一種俗稱「南洋玫瑰」的植物。籬笆內隱約傳出了歌聲，而且是日本歌。加野心想，那應該就是由紀子，於是從草坪的方向走進了庭院內。四周圍不時傳來蟲鳴。前方有一座椅背向後翻轉的寬大木製長椅，由紀子就坐在上頭，正在唱著歌。

由紀子發現加野來了，收起了歌聲。由於庭院裡相當陰暗，她瞇著眼睛站了起來。

「怎麼了？妳生氣了？」

「沒什麼……」

「要不要回去了？夜露會害妳著涼的。而且要是被蚊子咬了，也有可能會染病……」

「我等等自己回去……」

「他其實人不錯，只是嘴巴壞了點。而且他可能有點精神衰弱……」

加野將手搭在由紀子的肩膀上。隔著薄薄的絲質布料所觸摸到的女人肌膚，比想像中還要更加柔軟，令加野不由得全身發燙。或許因為有了三分醉意，加野有些克制不了自己，以火熱的手掌在由紀子的柔軟肩膀上輕捏了兩、三下。由紀子輕輕轉動身體，掙脫了加野的手。但由紀子自己也感覺胸口燥熱煩悶，難以自我克制。胸中的一股本能，讓由紀子忍不住萌生一股反抗的衝動，想要讓那個說話惡毒的富岡嘗嘗苦頭。由紀子默默地站著不動，內心告訴自己，那種細皮白肉的男人，自己一點興趣也沒有。加野再次以笨拙的動作將身體湊向由紀子。往來此地及飯店之間的汽車引擎聲，不時自遠方傳來。

明明今天才剛從壯奔歸來，自己怎麼會被由紀子這個女人深深吸引？加野不禁心想，或許自己只是被欲火沖昏了頭。但是另一方面，加野卻也感覺到，自己如果想得到眼前這個女人，現在正是唯一的機會。加野於是再次將身體朝由紀子貼了上去。由紀子凝視著加野，雙眸閃爍著異樣的神采。雜草味及花香瀰漫在夜晚的空氣中，草枝不時發出瑟瑟聲。

「加野先生，我是因為在內地真的待不下去，才自願來到這個地方……現在正值戰爭時期，在『一億玉碎』[17]的精神下，內地的女人過的是什麼樣的生活，我想你應該也很清楚……我可不是覺得好玩，才一時興起，跑到這麼遠的地方來……我是想盡了辦法，要逃離那個痛苦的地方……沒想到富岡先生竟然對我說出那麼過分的話，我怎麼可能不在意？何況我們三人可都是日本人……什麼葛飾來的，什麼四木來的，這關他什麼事？我可是逼不得已才逃到這裡，那個人卻只會站在高處嘲笑我，真是太失禮了……」

17　一億玉碎：日本軍方二戰後期所喊出的口號，意指全日本一億國民要與敵人同歸於盡，絕不投降。

由紀子忽然尖聲大喊。加野感受著心中無處發洩的欲火，凝視著由紀子那宛如野獸一般綻放光芒的雙眸。一聽到由紀子是因為活得太痛苦才逃到這裡來，加野的眼前彷彿可以看見內地的悲慘狀況。

「富岡只是喝醉了而已……」

加野說完這句話後，再度大膽地伸出雙手，緊緊握住由紀子的手臂。

「不要！加野先生，你才喝醉了！我沒有那個意思……」

由紀子緊張得全身僵硬，閉起了眼睛，但並沒有用力甩開加野的手。驀然間，由紀子感覺加野的灼熱雙唇碰觸到了自己的臉頰。由紀子趕緊將頭一轉，加野的嘴唇與由紀子的臉頰撞個正著，加野只好將頭移開。

此時道路的方向傳來了呼喚聲。「喂！加野！」那是富岡的聲音。加野低聲對著由紀子說道：

「我先走了，妳晚點再回來。」

加野說完這句話之後，便踏著雜草朝道路的方向快步前進。富岡見加野忽然不發一語地從雜草堆中走出來，胸中忽然燃起了一絲怒火。加野也沒有辯解，只是默默跟隨富岡的步調，感受著對方心中的不悅，兩人一同朝著事務所的方向走回。夜晚的氣溫愈來愈低，柏油路面因夜露而變得溼滑，如果不小心還可能會滑倒。

「內地差不多快下雪了吧……」

富岡打了個呵欠後呢喃說道。

「唉，好想回去……就算只是回去看一眼也好……」

加野不禁感覺胸口彷彿壓了一塊重石。由紀子剛剛那句「逼不得已才逃到了這裡」，不斷在加野的胸中迴盪，令加野說不出話來。

「幸田由紀子很生氣嗎？」

富岡一邊問，一邊漫不經心地取出香菸及掛了條長繩的打火機，以指尖點著了火。

「是啊，她很生氣。」

「噢……」

「她是個好女孩。」

「呵……她算是女孩嗎……？」

「當然，她可是深深受了傷。」

加野不要有所隱瞞反而對自己有利，因此老實說出了現況。富岡只是默默地一邊抽菸一邊走著。

「你在內地沒有喜歡的人？」

「倒也不是沒有……」

「噢……」

加野在彎道處轉頭朝身後瞥了一眼，但由紀子並沒有出現在坡道的下方。

「喂，明天要不要開車到普蓮釣魚？」

富岡很喜歡釣魚，普蓮是他相當熟悉的釣魚地點，那一帶有四座瀑布。但是加野對於釣魚沒有太大興趣，同時也沒有那種悠閒自在的心情。好不容易從深山回到了大叻，加野的心中充塞著寂寞的情緒，只想親近人群。這次回來能見到久違的富岡，加野的心裡當然很高興，但因為與幸田由紀子的偶然相逢，一股強烈的感情在加野的心中像野火一樣蔓延了開來。看見了黑色內褲的瞬間，那種令加野雙腿痠軟的感覺，如今加野再也無法抑制了。因此加野沒有回答，只是噘嘴吹了一聲呼喚狗的口哨，車庫的方向隱約傳來狗吠聲。

「牧田可真會安排，往來於西貢、金邊兩地，這下子可有得他享受了……」

「嗯……」

「富岡，你在西貢有沒有遇上什麼趣事？」

「哪可能遇上什麼趣事？」

「是嗎……那也不見得吧？」

「回壯奔前，我建議你也到西貢走走，放鬆一下心情吧。」

「西貢嗎……好久沒去那裡了……」

加野的心裡其實對西貢一點興趣也沒有。今晚在那星光之下，由紀子露出的那野獸一般的眼神，在加野的心頭一直揮之不去。好想找個機會再跟由紀子聊聊。好想撫慰她心中的寂寞。或許是因為吹了晚風，剛剛內心的強烈悸動已經平復，加野不禁為自己的猴急與粗魯而深深後悔。加野想起了由紀子泫然欲泣地說著她來這裡絕對不是一時興起。這讓加野不禁感覺，或許由紀子的處境與自己有幾分相似。來到這個地方，總比從軍打仗要好得多。由紀子的幾句話，令加野感覺心中的舊傷口隱隱作痛。加野回想起了當年受東京赤羽工兵隊徵調，參與南京爭奪戰的往事。那真是一場想起來就讓人心頭鬱悶的戰爭。還記得某個沒有月色的深夜，在某不知名的湖面上，自己曾經跟女人躲在船上胡搞，那一幕宛如皮影戲的畫面一般浮現在加野的眼前。

10

富岡心裡頗覺得無趣，在食堂前與加野道別之後，就逕自回二樓。舉起夜光手錶一看，已經十一點多了。走進房間一瞧，女傭柔兒正以相當緩慢的動作，慢條斯理地將洗好曬乾的衣物一件件摺好，放進櫃子裡。那動作實在太細心，富岡看得五味雜陳，一股百無聊賴的情思湧上心頭，於是富岡又走出房間，走下屋後的長梯，進入了標本室。富岡打開標本室的電燈，坐在圓木椅上，將陳列在周圍的乾燥標本一一看過一遍。為什麼自己會在這種時候坐在這種地方，富岡自己也說不出個所以然來。

富岡原本想要回房間，給妻子寫封信。回想起來，自從去了西貢之後，自己已經有十多天沒有寫信回國了。心中這種深刻的寂寥感，除了對妻子之外，已不知該向誰傾訴。富岡彷彿可以看見妻子獨自待在那一切物資都相當匱乏的內地，含辛茹苦地過日子卻無處抱怨的景象。富岡想要告訴妻子邦子，自己在西貢幫她買了米契爾（Mitchell）牌的口紅及粉底，最近將挑選適當的船運送回內地給她。

由於喉嚨乾渴，富岡走出了標本室。走進食堂一看，加野竟然還坐在那裡，喝著剩下的君度酒。

「幸田回來了？」

「嗯，已經回她自己的房間去了。」

富岡喝了水，再度緩步走上二樓。此時柔兒已不在房間。富岡將房門上了鎖之後，仰頭癱倒在床上。聽著床墊裡的彈簧發出吱嘎聲響，凝視著天花板上的毛玻璃電燈。心頭一片空白。寂寞有如潮水一般襲來，令富岡感覺彷彿有一條濡溼的毛巾沉重地壓在自己的額頭上。一旦躺上了床，富岡已提不起勁下床給妻子寫信。半晌之後，富岡才起身換上一件黃色睡衣。那睡衣看得出洗得非常用心，以熨斗燙得服服貼貼……柔兒的這份心意，令富岡不由得心生憐憫。

富岡踢開毛毯，放鬆全身的力氣躺在床單上。此時樓下忽然傳來拉開食堂門板的聲響，接著是一陣加野走上樓梯的腳步聲。加野那傢伙、加野那傢伙……富岡竟忍不住在心裡如此咒罵了起來。幸田由紀子不僅那纖瘦的肉體與妻子邦子有幾分神似，連說話的口吻也很像。這個奇妙的發現，深深撼動了富岡的心。唯有相同人種的男人與女人，才能在言談與生活上如此契合與親近。幸田由紀子的出現，讓富岡再次體會了這個道理。加野今天晚上多半會失眠吧……富岡心中驀然想到這一點，忍不住露出微笑。不一會，隔壁的房間果然傳來粗魯地拉椅子、開衣櫥的聲響，那正反映出了加野心頭的焦躁。

富岡在床上躺了一會，卻沒有辦法順利入眠。忽然間，富岡想起剛剛似乎忘記關標本室的電燈了，於是只好慢吞吞地下了床。走出房間，來到一樓時，富岡看見身穿水藍色居家服的柔兒正站在標本室的門口。

「我好像忘了關燈，所以下來看看。」

富岡以安南語低聲說道。

「我也是剛要來關燈。」

柔兒說完這句話後，抓住長長的居家服前方下襬，踮起了腳，按下牆上的開關。驀然間，富岡感覺到柔兒的肉體整個朝自己撞來，於是伸手將她抱住。柔兒似乎想要開口說話，富岡立即將自己的嘴唇貼了上去，堵住柔兒的嘴。經過漫長的一吻之後，富岡將柔兒的嬌小身軀扶好，讓她靠著牆邊，接著轉身上樓。背後隱約傳來了柔兒的嗤嗤竊笑聲。走在通往二樓的樓梯上，富岡臉上的表情宛如團十郎[18]的銅像，圓睜著雙眼，慢慢踏進了房間。

這是一個安靜的夜晚。

每當起風的日子，松樹所響起的沙沙聲響，總是有如整座山都在發出低鳴。但今天晚上聽不見一絲一毫的松樹聲。富岡試著在心中想像松樹林的景象。馬尾松那茂盛而嬌柔的長葉，南洋松那晚如掃帚一般的形狀，思茅松那淡淡的色彩，以及枝葉層層交錯的畫面，一一在富岡的眼前閃過。當初為了尋找南洋松，而在南婆羅洲的山林裡遊走的山野景象，在富岡的腦海裡盤旋。富岡不禁深深懷念起當初在馬辰（Banjarmasin）的時候，剛好遇上五月信子[19]在這裡舉行勞軍表演。當時表演的好像是菊池寬的戲曲《和事老》吧……富岡還記得在那宛如大海一般遼闊卻泛黃而混濁的河面上，懸浮著大量的水生植物「鳳眼藍」，乍看之下與風信子有幾分相似，令自己看得目瞪口呆。這

18 團十郎：指歌舞伎演員市川團十郎（第九代）的銅像。此銅像製作於一九一九年，如今放置於東京的淺草寺。

19 五月信子：日本女演員。

一切的一切，都宛如一場夢境……植物若不是土生土長，必定難以長得茂盛而茁壯。例如在這大叻的山林事務所，庭院裡種植了大量的日本杉樹，卻是一棵比一棵瘦弱。富岡心想，或許同樣的道理，也可以套用在民族的差異上吧。就像植物一樣，民族只會在自己的土地上確實扎根……富岡的心中產生了這種奇妙的念頭。根據大叻附近的南洋松分布圖記載，南洋松混雜在廣達三萬五千公頃的土地上。自己只不過是一介駑鈍的日本山林官，如何能夠精確掌握這異鄉土地的植物分布數據？這一整座森林的南洋松，就算幹形及木理再怎麼漂亮，又能賣到世界上的哪個地方？這些松樹都是經過漫長歲月才長成的人間珍寶，包含自己在內的日本山林官只不過是局外之人，如何能在這裡胡作非為？如此壯觀遼闊的山林，而今落入日本人的手中，將遭逢什麼樣的命運？人心是難以受到拘束的。富岡在半夢半醒之間，滿腦子天馬行空地想著這些幼稚的事情，遲遲無法入眠。

富岡關掉了燈火。

在燈火熄滅的同時，睡在隔壁房的加野竟然打開了門，慢條斯理地朝樓下走去……他想做什麼？富岡將心中的奇妙念頭拋出腦海，卻忍不住豎起耳朵聆聽。過了一會，食堂忽然傳來斷斷續續的鋼琴聲，宛如一滴滴水珠落入了深邃的井中。富岡一邊聽著，一邊不禁心想，大概是長年待在深山裡的禁欲生活，奪走了加野心中的理性吧。富岡靜靜地躺在枕頭上。過了一會，富岡卻又不禁深深埋怨自己太過卑劣，剛剛竟然偷偷吻了柔兒。不管是加野還是自己，其實都只是在談著稱不上戀愛的戀愛。和從前在內地時相比，此時兩人都已喪失了心中的堅定理智。就好像是那些移植到了大叻高原後變得委靡不振的日本松樹。或許包含自己在內，所有人都已經被南洋搞得暈頭轉向了……富岡在心中如此呢喃著。

11

「Bonjour……」

樓梯間傳來了瑪麗那輕柔的早晨問候聲。富岡將沉重的腦袋從枕頭上抬起，看了一眼手錶。竟然已經九點了。富岡緩緩起身，坐在床上抽了一會菸。腦袋隱隱抽痛，內心不知道該做什麼才好，身體則是什麼也不想做。眼前一片朦朧，什麼東西看起來都模糊不清。窗外不時傳來可愛的雀鳥鳴叫聲。富岡慢吞吞地打開窗戶，外頭是一片涼爽而壯闊的景象。上方的明亮高原天空，與下方的翠綠森林正互相輝映著。柔兒穿著一件泛著冰冷光澤的深色服裝，正站在寬廣庭園的花圃內。富岡不禁羨慕起這女人的健康，彷彿永遠不會感到疲累。在那長長的一吻之後，柔兒怎麼會發出那宛如昆蟲一般的笑聲？直到現在，富岡還是無法明白柔兒的心裡在想些什麼。富岡用力伸了個大大的懶腰，又慵懶地在床邊坐下。此時不管做什麼事，都感覺毫無意義。

富岡走到盥洗室洗了把臉，順便敲了敲加野的房門。房內毫無回應。抓著把手輕輕一轉，那帶著一絲亮光漆氣味的門板應手而開。富岡朝門內一瞧，窗戶呈開啟的狀態，脫下的衣物凌亂地掉在地板上，加野本人則是光著身子趴在床上，身上只穿著一條茶褐色斑紋的內褲。他睡得正熟，皮膚看起來有如剛剝殼的雞蛋一般光滑，還微微帶了點青色。雙唇微張，不時發出宛如大量雨水流過屋頂聚水管一般的鼾聲。富岡看著加野那放空一切的睡相，不禁按住他那冰冷的肩膀，用力將他搖醒。加野緩慢地睜開雙眼。或許是因為昨晚情緒起伏太大，加野不僅視線飄忽不定，而且眼中布滿了血絲。

富岡接著又走進盥洗室，沖了個冷水澡。天一亮，彷彿什麼事也沒發生過……昨晚的種種脫序行徑，似乎都已煙消雲散。裹上一條大浴巾，富岡感覺精神一振，快步奔上了二樓。穿上熨得服貼的白色短袖襯衫及軋別丁材質的茶褐色長褲，對著鏡子以笨拙的動作剃去鬍子。咖啡的香氣自一樓飄了上來，遠方傳來教堂的鐘聲。

梳理完畢之後，富岡走下樓，一進入食堂，便看見幸田由紀子正坐在窗邊獨自用餐。

「早安……」

由紀子聽見了富岡的問候聲，只是以哭腫了的雙眼望著富岡微微一笑。富岡看見由紀子那溫柔的表情，不禁感到有些尷尬，便板起了一張臉，露出一副彷彿正在生氣的表情，走向自己的座位，自顧自地吃了起來。負責端餐點的柔兒，簡直像變了個人。當她在送上咖啡及吐司的時候，臉上毫無表情，有如佛像一般。事務所的方向，不斷傳來瑪麗的急促打字聲。

吃完了早餐，富岡一顆心定不下來，決定到四公里外的曼金去看一看。於是便獨自朝外走去，目的地是安南王陵墓附近的林野巡視駐所。當心情陰霾不開的時候，與其釣魚，其實更適合走在森林裡，重複著心中的自問自答。在大叻的各村落之間，到處有著大大小小的伐木所。富岡聽著那有如尖叫一般刺耳的樹木切割聲，在蜿蜒起伏的車道上默默走著。沿途可見巨大的錐栗樹、桉樹、竹柏及思茅松。這一帶是常綠闊葉樹林，林內枝幹盤繞、群葉相貼，遮蔽了晨曦，形成一片鬱鬱蒼蒼的景象。天空宛如一條從森林中央鑿切而成的藍色小河。驀然間，富岡聽見了腳步聲，轉頭一看，赫然是幸田由紀子。她正快步朝著富岡的方向走近，白色的裙襬隨著步伐翩翩搖曳。

一時之間，富岡還以為自己看錯了。富岡停下腳步，由紀子氣喘吁吁地來到面前。

「怎麼了？」

「請問我今天該做什麼工作？」

「妳的工作？」

「是的……」

「加野呢？」

「還沒醒呢。」

事務所裡有安南人的林務官，但幸田由紀子才剛來，當然不懂安南語。

「牧田臨走之前，沒有交代工作給妳嗎？」

「沒有，他什麼也沒說……」

兩人不約而同地朝著曼金的方向邁步。富岡不發一語地走著，由紀子也只是默默跟在富岡身後。不時有軍方的卡車及汽車通過兩人的身旁，開車的士兵看見日本女人，都露出了吃驚的表情。由紀子故意與富岡拉開了距離。

由於富岡一直不開口說話，由紀子又低聲問了一句：「請問我現在該做什麼才好？」

富岡緩緩轉頭說道：

「前面有一座安南王的陵墓，要不要去看看？」

富岡說完之後，便大跨步往前邁進。由於他的口氣聽起來像在發脾氣，由紀子實在無法判斷富岡到底是不是一個親切的人。富岡將安全帽拿在手裡甩來甩去，背影看起來實在是有點猥瑣。他的腳下穿著一雙膠鞋，走起路來無聲無息，似乎相當舒服。由紀子的腳下則是穿著自己忍痛在西貢購得的白色鞋子。

前方的道路分岔為兩條，富岡走進了較狹窄的行人步道。又前進一會，由紀子發現富岡不知在何時放慢了速度，兩人不知不覺變成了並肩而行的狀態。由紀子仔細一想，才明白富岡剛剛走得那麼快，應該是因為車道上常有軍方的車輛通過。

「聽說妳昨晚生氣了？」

「為什麼突然問這個……？」

「加野說妳昨晚在生我的氣……」

「嗯，真的很生氣。」

富岡此時戴上安全帽，從腰際的圖囊中抽出植林地圖，攤開來一邊看一邊走著。森林裡不時傳出山鳩的鳴叫聲，彷彿近在咫尺。似乎是因為白色的地圖太過刺眼，富岡突然從胸前口袋掏出淡紅色的墨鏡，戴在他那高挺的鼻子上。這一戴，連地圖也染成了淡紅色。高原的豔陽日照自天空穿透了狹小的縫隙，灑落在路面上。跟日本女人走在一起，令富岡不由得特別在意四周是否有他人的視線。雖然來到了遙遠的異鄉，但內地的習俗及日本人的天性依然讓富岡一顆心七上八下。

12

雖然是一時興起才並肩而行，但畢竟周圍是鬱鬱蒼蒼的常綠闊葉樹林，放眼望去淨是罕見的參天巨木，彷彿有無數甜膩、黏稠的花粉瀰漫在四周，令兩人感覺光是默默走著便已呼吸困難。頭頂上傳來飛機飛過森林上空的聲響，卻看不見蹤影。陵墓附近淨是陰森的原始森林，不少思茅松及竹柏也混雜在其中。好不容易穿過了這片原始森林之後，接下來是一片約十二、三公頃的思茅松人工播種造林地區。附近一帶的民宅不時可見燒炭的炭窯。

由紀子漸漸感到疲累。或許是昨天晚上沒睡好，走起路來上氣不接下氣，而且背上隱隱作痛。幸好每次深呼吸的時候，清涼的空氣充塞在胸中，總是會感到舒暢不已。然而由紀子對森林一點也不感興趣，只是被富岡那高挺的背影吸引，才不斷往前走。心中唯一的動力，是希望能夠拉近雙方距離的甜美孤獨感。一股如夢似幻的情感，讓由紀子刻意表現出孤獨的一面……由紀子的臉上彷彿蓋了一層哀愁的面紗，讓富岡不管任何時候回過頭來，都會看見一個漂泊異鄉的寂寞女人。在那層面紗的背後，由紀子其實正隱藏著亢奮的情緒，彷彿有著無盡的嘆息。

富岡回頭問道：

「累了嗎？」

「嗯……」

「我半天可以走大概十二公里。在森林裡走路不太會感覺到疲累，而且晚上會很好入眠。」

「請問……加野先生會一直待在這個地方嗎？」

「應該還會再待一段日子……」

「我有點害怕加野先生。」

「為什麼？妳覺得他脾氣不好嗎？」

「他昨晚醉醺醺地跑來找我，讓我覺得有點可怕。」

富岡沒有回應，只是慢條斯理地往前走著。昨天晚上，自己也是輾轉難眠。富岡忽然感覺這正是讓自己一夜睡不安穩的原因，內心不由得對加野產生了一股憎恨……為了配合緊跟在身後的由紀子步伐，富岡刻意停下了腳步。由紀子以相當自然的舉動朝著富岡靠近，富岡忽然下意識地按住了由紀子的肩膀，在陰暗雄偉的竹柏樹下將由紀子緊緊摟入懷中。由紀子竟然毫無抵抗，只是不斷喘氣，將臉埋在富岡的懷裡。一切彷彿理所當然，富岡將由紀子的臉從自己的胸口拉開，近距離凝視著那豐厚的雙唇。一個語言能夠完全相通的同族女人，是如此的難能可貴。這跟昨晚親吻柔兒的感覺截然不同。富岡看著由紀子那紅通通的臉龐，胸中有種完全得以放鬆的安心感。由紀子閉上了雙眼，壓抑著急促的呼吸，那表情與富岡的妻子極為神似。早已麻痺的內心，彷彿夾帶著現實中由紀子的沉重臉孔奔流了千里，對進一步關係的渴望讓富岡再也無法克制心中的焦躁情緒。自從來到了南方之後，對愛情的純淨心靈似乎已逐漸喪失。就好像是一頭原本在森林裡能夠自由選擇對象的公獅子，突然被關進了狹小的牢籠之內，只能猴急地追逐著人類所安排的母獅子。在吻著由紀子的過程中，富岡實在無法將那一股煩人的空虛感拋出腦外。富岡不停地吻著由紀子，由紀子的反應愈來愈激烈，扎在富岡肩頭的指甲流露出強烈的欲望。但是相較於由紀子心頭的熊熊欲火，富岡的內心卻逐漸開始降溫，慢慢喪失了採取進一步行動的熱情。一頭嬌小的野生白孔雀忽然發出振翅聲，竄入了森林裡，消失得無影無蹤。

兩人接下來一直在附近的森林、村落及寬廣的農園一帶散步，直到過了中午許久之後，兩人才返回事務所。富岡立即回房間拿了一條毛巾進浴室沖澡，由紀子則是若無其事地走進了事務室。窗邊有張大辦公桌，加野正獨自一人坐在桌邊，不知在寫著什麼。電風扇並沒有開啟，整間事務室裡相當悶熱。加野似乎寫得正起勁，對由紀子連瞧也沒瞧一眼。一旁的打字機上頭蓋著罩子，瑪麗似乎已完成工作離去了。由紀子於是又走出事務室，上了二樓，回到自己房間，沒想到房門竟然是開啟的狀態，這讓由紀子有一種非常不舒服的感覺，似乎有人偷看過自己的房間。由紀子忍不住直盯著房裡的床鋪及桌子。床墊上有一處明顯的凹陷，似乎有人曾經在那裡坐過，這讓由紀子的內心充滿不安。由紀子鎖上了門，也沒有脫鞋，就這麼輕輕躺在床上，一顆心卻還是七上八下。窗戶也是開的，外頭只看得見蔚藍的天空。由紀子的內心不禁有一股疑似焦躁的感覺，彷彿有一道聲音在問著自己到底來這種地方做什麼。終日忙碌地活在戰爭陰影之中的內地景象，在由紀子的心頭毫無意義地像泡沫似的出現又消失。這裡的現實生活雖然不必像在內地一樣忙碌奔走，取而代之的卻是宛如石頭一般沉重的寂寞與孤獨，彷彿在自己的體內深處不斷啃食著。但由紀子的臉上不時露出了微笑。雖然自己與富岡稱不上深深結合在一起，但成功擄獲一個男人的心，帶來了自信與滿足。在伊庭家發生的事情已變得如此遙遠，似乎一點也不重要了。在由紀子的眼裡，富岡的身上彷彿散發著無窮的魅力。即使眼淚為他像河水一般流乾了也在所不惜。富岡雖然裝出冷酷的態度，內心其實相當溫柔，那種逐漸流露出本性的過程帶給由紀子暢快感。而且能夠讓這個說話尖酸刻薄又深愛著妻子的男人老老實實對自己流露感情，更是帶給由紀子無上的喜悅。由紀子感覺自己已經戰勝了富岡的冷酷試煉。幸好昨晚自己足夠堅定，沒有因加野的熱情而屈服，今天才能獲得這樣的幸福。由紀子不知不覺在滿足中沉沉睡去。

富岡沖了澡，整個人神清氣爽。換了衣服，下樓走進食堂一看，加野坐在一張面對著陽台的木椅上，正在愣愣地發著呆。富岡的手上拿著一本極厚的書，那是謝瓦利埃[20]所著的植物誌。他帶著手裡的書，走到加野身旁的木椅坐下。遠方可見林園的山脈，眼下則是閃爍著白色光芒的湖面。空無一人的身後食堂裡，電風扇正不斷發出聲響。柔兒依著富岡的指示，端來了冰涼的啤酒及一大盤的涼拌鴨肉。

「喝一杯吧！」

富岡朝加野說道。加野有氣無力地接下杯子。四周不時傳來雀鳥的鳴叫聲。兩人一邊喝著啤酒，一邊欣賞景色。隨著太陽光的變化，山巒的顏色也不斷改變著。加野還願意默默陪著自己喝酒，令富岡不禁暗自感到慶幸。放眼望去，不管是山巒還是湖泊，甚至就連天空也是一片異鄉之色。富岡實在沒辦法完全適應這塊土地，沒辦法像法國人一樣徹底消化這塊土地。這片廣大的土地彷彿正在排擠著日本人那狹隘而膚淺的思想。就算日本人再怎麼橫行跋扈，包含富岡在內的所有日本人，在這片土地上畢竟不過是小小的異物。尤其是最近這陣子，富岡深深覺得自己完全沒有任何才能，只是在這個職位上混日子而已。就像是個只會幼稚戲法的魔術師，每天都惴惴不安，擔心他人會看穿自己的底細……相較之下，眼前這片湖面景色之美，卻是值得永遠留存在心頭。在這片所有人都對日本人不屑一顧的土地上，日本人宛如螞蟻一般匆促而忙碌地四處奔走。雖然來到此地的每個日本人臉上都帶著精明而務實的神態，骨子裡卻是大相逕庭。這裡的每棵松樹，樹齡至少都長達五、六十年。日本人卻毫無計畫地加以砍伐，只是把砍伐的結果轉化為數字，向軍方報告而已。就連那些數字，彷彿也在嘲笑著日本人。日本人奴役著山地人，長期命令他們將砍下的木材放入河中使其順流而下，或是開著車子載運木材，但是在富岡的眼裡，這些砍伐下來的木材根本沒有受到妥善的運用。有很多木材都還堆積在貨車上，或是達尼河（Da Nhim River）的河岸上，有思茅松、桉樹，也有竹柏，每一棵樹的斷面都令人怵目驚心。只有砍伐的數字，從這張辦公桌快速移動到另一張辦公桌。像沒頭蒼蠅一樣忙個不停的日本軍隊，惡毒地勞役著那些樸實而稚拙的山地人，把他們當成了懶惰的奴隸……富岡一邊喝著啤酒，一邊閱讀起植物誌。法國人克雷沃[21]、謝瓦利埃等人在旅居法印數十載後所寫下的印度支那產物誌及植物誌，對富岡而言可說是彌足珍貴。尤其是手上這一本，想要了解法印的林業狀況，這可說是無上的不朽名著。

加野似乎也有了幾分醉意，臉色已不像剛剛那麼難看。他忽然像是想起了什麼，大聲問道：

「幸田已經睡了嗎？」

「這個嘛……我也不清楚。」

「你剛剛帶她去了曼金？」

「是她自己從後頭跟了上來，所以我陪她逛了一會……」

「拜託你高抬貴手吧，你明知道我喜歡她……」

「是嗎……？」

「我不是在意這些小事，只是剛剛工兵隊的軍官跑來告訴我，富岡跟一個日本女人很親密地走

---

20 謝瓦利埃：全名為奧古斯特·讓·巴蒂斯特·謝瓦利埃（Auguste Jean Baptiste Chevalier），著名法國植物學家。

21 克雷沃：全名為朱爾斯·克雷沃（Jules Crevaux），法國探險家。

在一起，還問我那女人是誰……我心想你的手腳未免太快了吧。」

「看來你真的挺在意……我們只是一起散散步而已。對你說那種話的軍官，應該是車輛部的那個少尉，對吧……？」

「後來我也趕緊跑到了曼金，在那裡找了很久，就是沒看見你們的蹤影……」

富岡悄悄轉頭望向湖面，心頭不禁有些發毛。要是被加野知道自己故意帶著由紀子走進森林小徑，不知他會作何反應？

「果然每個人的眼睛都是追著女人跑……」富岡假裝若無其事地說道。

「你的手腳那麼快，才令我吃驚呢。竟然趁我睡覺的時候，把幸田帶到曼金去，真是太狡猾了。女人談戀愛，最注重當下的氣氛，就算是說話尖酸刻薄的富岡，也不能掉以輕心。」

「是她自己從後面追上來的。所長離開前沒有交代她工作，你又還在睡覺，她跑來問我該做什麼才好，所以我帶著她到處參觀了一會。就只是這樣而已，我們並不是故意約了要一起去那個地方……」

「好吧，算了。是我自己喜歡上了她，我一定會想辦法把她追到手。」

加野露出靦腆的微笑，彷彿在暗示著「你別再來攪局」。他拿起啤酒瓶，在兩人的杯子裡添了啤酒。富岡點起了一根菸，緩緩吐出一口煙霧，心裡悄悄說了一句「太遲了」。但富岡轉念又想，若說加野已經太遲了，其實也不見得。剛剛自己明知道由紀子的心情，卻沒有對她進一步的舉動，這種莫名的身心俱疲感，讓富岡有些放心不下。在出發前往西貢之前，富岡每天晚上都與柔兒偷偷幽會。正因為如此，富岡才能不像加野這樣因心焦而變得脾氣暴躁。然而對富岡來說，與柔兒的私情也只不過是逢場作戲而已。真正能讓富岡打從心底深愛的人，只有妻子邦子。事實上就連所長牧田，似乎也早已隱隱察覺了富岡與柔兒之間的關係。但是對於所員的越矩行為，只要是在他自己能夠負起責任的範圍內，他從來不會出言干涉。正因為所長有著這樣的溫和性格，富岡才會漸漸得寸進尺。

太陽不知不覺已染上了一圈橘紅色，朝著林園山的方向西墜。湖面彷彿被人撒上了無數的金針，不時出現小小漣漪。食堂的深處飄來了一陣油香味。美麗的夕陽，讓兩個男人各自陷入了沉思，久久不能自已。

「這裡的生活雖然平靜，但內地的狀況應該很慘吧……對內地人來說，談戀愛恐怕是種奢侈的行為。」加野說道。

「你認為這場戰爭能贏嗎？」

「那當然。到了這個地步，要是輸了的話，日本的下場可不知會有多慘。我從來沒想過日本會戰敗，牧田跟你都太愛杞人憂天了……要是日本真的戰敗，我應該會切腹自殺吧……」

「說來簡單，要切腹可沒那麼容易。雖然我也不希望日本戰敗，但擔心日本戰敗的想法絕對不是杞人憂天。過去我一直不願意談論這個話題……但我聽到的消息可不全都是捷報。關於戰爭的最新狀況，住在這塊土地上的人可都是相當敏感的。雖然日軍還是以他們獨特的手法向敵人施壓，但其實他們的手中早就沒有王牌了。最近這陣子，日本也漸漸失去了表面上的氣勢，只能漫無目標地胡搞一通，完全失去了深思熟慮的能力……儘管他們用盡各種手段將戰爭合理化，卻根本不知道下一步該怎麼走，就像是一群拿著刀子的猴子……」

「你別說得那麼可怕。雖然軍隊的做法確實有些矛盾之處，但天底下有很多事情是必須嘗試過才能知道結果的。反正不過是一條命，最壞的情況，大不了同歸於盡……」

「這樣的想法太不負責任了。」

富岡不屑地丟下這句話，就起身朝著廁所的方向走去。富岡剛踏出食堂沒多久，幸田由紀子就精神奕奕地走了進來。此時的由紀子身穿紅色格紋連身裙，全身上下打扮得非常用心，頭髮上還綁了一條藍色的細蝴蝶結。加野轉頭看見由紀子，吃驚地朝由紀子打量了好一會，才開口說道：

「妳沒吃午餐，應該餓了吧？」

加野拉過椅子請由紀子坐下，由紀子老老實實地坐在加野的身邊，以裸露的雙腳翹起了二郎腿。金色的陽光，將由紀子的臉龐照得異常清晰明亮，雙唇宛如剛飲了血一般，散發著鮮紅的光澤。加野聞到了一股日本傳統香料的氣味，心中懷念不已。為了確認那氣味是什麼，加野再仔細一聞，豁然想起那是茶花油的味道。由紀子連頭髮也是烏黑油亮，泛著美麗光澤。加野從口袋裡掏出一枚厚厚的長方形信封，迅速放在由紀子的膝蓋上，說道：

「等等請妳讀一下。」

由紀子連忙以白色手帕將信封包住。就在這時，富岡剛好從廁所走了回來。他故意對由紀子連瞧也不瞧一眼，只是瞇著眼睛愣愣地望著金色太陽。加野從食堂取來杯子及啤酒，倒了一杯啤酒遞給由紀子。

三人維持了短暫的尷尬沉默之後，富岡捧起沉重的謝瓦利埃植物誌，默默起身走出食堂。加野滿心以為富岡是不想打擾他們才先行離去。

13

雨勢愈來愈大了。

沿著屋頂集雨管傾瀉而下的雨水聲有如瀑布一般激烈，將由紀子從半夢半醒的狀態拉回了現實。心情煩悶不已，遲遲難以入眠。從前在法印的那些美好回憶，有如走馬燈一般在腦海中忽隱忽現。或許是因為入夜之後寒意更增，只蓋一條薄被實在是冷得難以入眠。雖然身體感到疲累不已，心情卻有如野營在荒郊一般忐忑不安。沒有人可以依靠的無助感，以及難以壓抑的寂寞，讓由紀子在黑暗中睜開了雙眼，靜靜地聽著屋外的劇烈雨聲。此時伊庭不在這個家裡，可說是不幸中的大幸。當然就算見了面也不可能舊情復燃，畢竟對於由紀子而言，自己是好不容易才能夠與伊庭整整四年沒有見面。歷經了在法印的這段歲月之後，由紀子早已習慣在完全沒有熟識臉孔的地方睡覺。當初在海防的收容所裡，由紀子並沒有遇見篠井春子，甚至沒有遇見任何可能知道春子近況的女人。加野在戰爭即將結束的不久前遭西貢的憲兵隊帶走，從此音訊全無。富岡則是一直平安無事，而且他非常幸運地搭上了五月的船，比由紀子早一步回到了內地。從五月到今天，富岡的心情產生了什麼樣的變化，由紀子不得而知。但她的心頭還抱著一點自信，認為只要能見到富岡，兩人之間的問題都能迎刃而解。

隔天早上，雨終於停了。乾燥爽朗的初冬天空，徹底吹散了大雨過後的潮溼空氣。凌亂不堪的狹窄庭院裡有棵柿子樹，上頭結了好幾顆小小的澀柿子，宛如凝結了一顆顆的霜塊。那棵柿子樹跟當年比起來已大了不少，讓由紀子深深感受到了四年的歲月流逝。如今住在這個家裡的男人的妻子邀請由紀子一同吃早餐。「我們只有看起來黑壓壓的麥飯，如果不嫌棄，請來一起吃吧。」妻子如此告訴由紀子。男人似乎一大清早就出門了，從妻子的話中聽來，丈夫似乎是到信州[22]買蘋果去了。妻子還告訴由紀子，信州是他們的故鄉，最近丈夫一直在做著蘋果的批發買賣。但由於政府似乎再過不久就會解除水果的管制令，因此他們想要設法到靜岡買些鹽，將鹽拿到信州販賣，然後再從信州買一些味噌回來東京。

「如果我們跟伊庭處得好，原本可以拜託他幫我們買鹽，可惜我先生實在不太喜歡伊庭那個人。請問妳有門路嗎？知不知道哪裡可以買到鹽？」

由紀子當然沒有買鹽的門路。此時坐在餐桌邊吃飯的人，還有一個八歲男孩、一個七歲女孩，及一個三歲的男孩。除此之外，還有一個襁褓中的嬰兒。聽說丈夫的么弟也跟他們一家人住在一起，但今天兩人一起買蘋果去了。

由紀子心裡也有著總之設法找份工作的念頭，但在此之前，還是想先跟富岡見上一面再說。妻子告訴由紀子，如果不嫌棄睡在堆滿伊庭行李的房間裡，可以暫時在這個家待一陣子。由紀子一聽，登時放下了心中大石，由衷感謝妻子的好意。從前的職場還能不能回去工作，由紀子並不清楚，而且由紀子的心裡一點也不想回歸原本的職場。吃完了早飯，由紀子在妻子的指點下，到附近的配酒所借打了一通電話。由紀子所打的電話號碼，是富岡在農林省辦公桌上的電話，沒想到接電話的是個女人，而且還聲稱富岡已經不在那裡工作了。由紀子一咬牙，決定依著富岡的住處地址，到他位於上大崎的居所看看。在目黑車站下了電車之後，由紀子沿著省線的鐵路前進，走在古棧道的下方，沿途不時向人問路。通過了伏見宮邸的前方之後，進入一片沒有在戰爭中燒毀的宅邸街道，依著富岡家的地址慢慢尋找。坐在電車上時，看見的窗外景色大都是燒成了斷垣殘壁的屋舍，這一帶的街景已跟當年截然不同。費了好一番工夫，才終於看到了一座張貼著富岡名片的玄關大門。但是到了這裡，由紀子的內心反而產生了一股退縮之意。門邊除了富岡的名片之外，還貼著兩張紙，上頭分別寫著兩個不同的姓氏，這意味著可能有好幾家的人都住在這棟屋子裡。屋子本身看起來殘破不堪，每扇窗戶的玻璃上都貼著修補裂痕的細膠帶。一棵受了一整晚大雨洗滌的箭竹，倚靠著毀損的木板圍牆，看起來簡直像一把掃帚。由紀子實在很不想與富岡的妻子相見，但發了電報之後卻完全沒有收到回應，除了親自登門拜訪也沒有其他辦法。由紀子最後還是鼓起勇氣，拉開了玄關處的玻璃格門，聲稱自己是農林省派來傳達消息的使者。屋裡先走出了一名年約五十多歲、舉止頗為優雅的老婦人。但老婦人什麼話也沒說，立刻又走回屋內去了。不一會又走出一名身穿和服、身材高瘦的男人，赫然正是富岡。富岡看見由紀子，似乎一點也不吃驚，他穿上木屐，慢條斯理地默默走出門外，由紀子也趕緊跟了上去。兩人就這麼一前一後彎過了好幾條不知名的小巷，來到一條放眼望去淨是焦炭廢墟的冷清道路，這時富岡才終於轉頭向由紀子說道：

「妳看起來精神不錯。」

「收到我發的電報了嗎？」

「嗯。」

「為什麼不回？」

---

22 信州：即日本古代的信濃國，相當於今日的長野縣。

「反正妳一定會來東京，何必要回？」
「你辭掉工作了？」
「七月的時候辭掉了。」
「現在做什麼工作？」
「在我老爸的身邊幫忙……」
「剛剛那位是你的母親？」
「嗯。」
「你們長得很像，我一下就猜到了。」
「妳現在住在哪裡？」
「鷺宮的親戚家……」
「妳能不能在這裡等我一下？」
「好……」

富岡聲稱要回去拿些東西，沿著兩人走來的道路往回走。此時富岡的身上穿的是一件有著白色紋底的藏青色和服，那背影看起來簡直像變了一個人。由紀子只好坐在一排坍塌的石牆上，默默承受著寒風的侵襲。由紀子的身上穿的是一條嗶嘰布材質的黑色長褲，以及一件向伊庭住處的妻子商借來的藍色外套。那外套磨損嚴重，讓由紀子彷彿完全融入了周圍這荒涼的景色之中。直到這一刻，由紀子才深深感覺到自己正在做一件相當危險的事，不由得滿臉通紅。

過了大約三十分鐘，富岡走了回來，身上換了一套西式服裝，看起來終於恢復了幾分過去的風貌。但或許是因為身上那套冬季的服裝有些破舊，當初在大叻時的年輕氣息蕩然無存，反而顯得有些落魄窩囊。不僅如此，連身形也憔悴瘦削了不少。富岡從遠處看著坐在坍塌石牆上的由紀子，心中竟沒有一絲一毫的感動。畢竟已時過境遷，如今在這宛如廢墟一般的日本，富岡實在沒有興致再做一次大叻的美夢。他壓抑下心中的焦躁，帶著一股結束一切的決心走向由紀子，像鸚鵡一樣又重複說了一句：

「妳看起來精神不錯。」

「我一心一意只想見你，當然得振作起來。」

由紀子彷彿在強調著自己的心情，瞇著眼睛由下往上凝視著富岡。富岡只是揚起嘴角淡淡一笑，什麼話也沒說，心裡想著由紀子剛回到日本，一定做夢也沒想到自己想要跟她分手吧。自從接到了電報之後，富岡的心情就一直相當鬱悶。即使如此，富岡還是認為應該負起自己的責任。原本富岡的心裡抱著快刀斬亂麻的想法，因為如果拖拖拉拉，反而會讓自己看起來像個壞人。但是實際上與由紀子見面之後，富岡開始認為這樣的擔憂是沒有必要的。富岡認為自己有著十足的決心，能夠在度過今晚之後與由紀子徹底一刀兩斷。「妳想去哪裡？」富岡這麼詢問，由紀子當然答不出來。富岡回想起不知聽誰提過，最近池袋多了不少小規模的賓館，於是便帶著由紀子前往了池袋。那附近一帶確實有著一些相當簡陋的賓館，連建築物本身也是由薄得像煎餅一樣的木板搭建而成。放眼望去，到處是擅自興建的臨時住宅。再加上一些市集及小餐廳，在短時間內快速形成了雜亂無章的混亂地帶。像這樣的地方，正適合用來跟女人幽會。賓館的招牌雖然寫著飯店，但實際的外觀就只是一棟木造小賓館。富岡推開玻璃門走了進去，剛好遇到一個女人從裡頭走出來。那女人的頭髮有些凌亂，臉上毫無血色，嘴裡嚼著口香糖。腳下雖然穿著鞋子，但沒有綁鞋帶。她並沒有伸手推門，而是用身體將門撞開。由紀子見了那女人的模樣，心頭已涼了半截。服務生將兩人帶進了二樓房間，房間約四張半榻榻米大，從窗戶剛好可以俯瞰市場。榻榻米不太乾淨，上頭還有一些黑點，似乎是被菸頭觸焦的痕跡。壁龕裡什麼也沒放，綠色的牆面上有好幾道刮痕。房間角落疊著兩條素面的紅色棉被，同樣不太乾淨。棉被的上方擺著枕頭，枕頭沒有罩上罩子，棉質的印花布料竟然泛著一層油光。

富岡拿出錢來，點了餛飩及酒。房間裡冷冷清清，既沒有桌子也沒有火爐，兩人甚至不知該坐哪裡才好。富岡只好倚牆而坐，抱著長長的膝蓋。由紀子則是斜坐在棉被旁，將一邊的手肘抵在棉被上。才剛坐下，由紀子就伸手到外套的胸口處，朝著碩大而渾圓的乳房用力抓了抓。

「真沒想到日本會改變那麼多。」

「打了敗仗，沒變才奇怪吧……」

「這麼說也對……不過，我還是一直思念著你呢。沒想到你會這麼冷淡。對於我們這種遭驅逐回國的人，你已經絲毫不感到同情了嗎？」

「妳在說什麼傻話？我自己不也是遭驅逐回國的人嗎？全日本像我們這樣的人多得數不清，可不是只有妳而已。」

由紀子那種彷彿遭驅逐回國的人特別偉大、應該受到特別關照的口氣，令富岡不禁心生反感。那種態度就好像是為了博取同情而突然躺在泥水坑裡不動一樣，實在讓富岡感到無法認同。另一方面，由紀子則是在心中期待看見男人表現出更加激動的情感。如今兩人明明已經是獨處的狀態，周圍完全沒有其他人的目光，為什麼富岡對自己的態度依然像初次見面一般疏遠？由紀子實在無法明白富岡心中的想法。當初在大叻的時候，兩人之間那種心意相通的感情，竟然如此禁不起時間的考驗……但如今的由紀子已顧不得這麼多了。經歷了風風雨雨的磨練之後，由紀子已不像從前那麼青澀。由紀子大膽地將身體湊向富岡，將下巴抵在他的膝蓋上，說道：

「為什麼你要這麼對我？」

「什麼意思……？」

「你已經開始討厭我了？」

「妳在說什麼啊？在這種局勢之下，妳們女人還是整天只會胡思亂想……」

「這不是胡思亂想。我獨自回到內地，可不是為了被你拋棄。早知道會這樣，我應該跟當初對我好的加野先生一起回內地……若不是我知道你的心意……」

「妳別胡說八道，加野跟我們之間的事情無關。何況他變成那樣，妳也該負起一些責任。妳們女人就像狗一樣，看到男人就會搖尾巴。那個地方對妳們女人來說，就像天堂一樣吧……被周遭所有的男人喜愛，是不是讓妳洋洋得意……？」

「你……竟然到了這種時候，才對我說這種話……你是故意對我這麼說，想要讓我生氣，對吧？看來你已經對我完全沒有感情了……你等著看吧，我會像剛剛在門口看見的那個女人一樣自甘墮落，再也不會對任何人有所顧忌……」

「妳別這麼歇斯底里，我想表達的只是如今回到了內地，沒辦法再像從前在大叻一樣，過著絲毫不用負任何責任的生活。想要把當初在大叻的生活直接搬到內地來，那是不可能的。但為了讓妳能好好過日子，我還是會盡可能幫妳。這方面的責任，我還是會負的。」

「什麼樣的責任？」

14

幾杯酒下肚之後，富岡的心情逐漸變得開朗，內心的微妙隔閡也緩緩消失，甚至開始覺得就算跟由紀子恢復原本的危險關係，似乎也沒什麼大不了。此時富岡的腦中充滿了不切實際的幻想，將關於家庭及關於幸田由紀子的複雜問題全都拋到了九霄雲外。潛藏在軀體內的寂寞天性，讓富岡忍不住想要拋開所有煩惱，緊緊抱住依偎在自己身旁的這個淚眼汪汪的女人。當初富岡一回到日本，立刻在心中不斷否定兩人所發生過的一切，如今好不容易才讓記憶變得模糊了，沒想到此刻一看見幸田由紀子就在自己的面前，富岡的心情簡直就像是毫無預警地目睹了自身命運中出現的斷層。這次富岡主動將身體湊向由紀子，與她並肩而坐。由紀子忽然開口說道：

「我想起了好多回憶……那時候的我們，實在是太瘋狂了。我還記得有一次，你們要去江區視察保護林，你跟牧田先生，還有一個內地來的不知道叫什麼名字的少佐，三個人一起坐進車子裡的時候，你突然說了一句『幸田要不要也一起去』，那個少佐竟然跟著附和，於是我們四個人就一起去了江區。晚上投宿在安南的那個不知道叫什麼的旅館裡，四個人還一起喝酒，直到喝得爛醉才回房睡覺。我偷偷記下你睡在最角落的房間，三更半夜連鞋子也沒穿，躡手躡腳地溜進你的房間裡。

一整排房間的前面，就是一片沼澤，森林裡還不時傳出可怕的鳥叫聲。我故意不將門上鎖，輕輕轉動門把，將門拉開的時候，竟然看見庭院裡站著一個安南人的衛兵，真是嚇壞了……但是就在那一晚，我們第一次發生關係，對吧？」

由紀子拉起富岡的手，與富岡十指相扣。富岡這才想起，確實有過這樣的事情。在那每天都有無數士兵流下鮮血的時期，自己卻跟女人搞七捻三。那段瘋狂的日子，對此時的富岡而言有如一場夢境。

旅館的房間簡直就跟馬廄沒兩樣，與隔壁房只以簡陋的隔板隔開，就算是再微小的聲音也會被隔壁的人聽見。富岡閉上眼睛，回想起那段只屬於兩個人的往事。在那座思茅松森林的地面上，長滿了黃背草及白茅草，不時還夾雜著牡丹、楊梅及丁香。對富岡而言，江區的森林同樣相當令人懷念。富岡回想起當時自己是森林官，命令苦力們以兩人為一組，將大樹砍倒後截掉細枝，每一組苦力一天下來只能處理四棵大樹。這些負責砍樹的苦力大都是山地人或安南人，但是當時森林地區流行瘧疾，大家都害怕染病，就算張貼公告，也很難徵到人。富岡只好親自前往江區，連續好幾天在街上招募苦力。接著富岡派人在山上建了一座裁木廠，在那裡將原木切割成小木塊及木板，以軍方的卡車運送到大叻。苦力的酬勞是採日薪計算，使用的貨幣為皮亞斯特幣[23]，支付的薪水相當微薄，但苦力們卻與富岡建立起了深厚的交情。在戰爭結束前的那段時期，苦力們已隱隱察覺日軍正在節節敗退，卻還是相當認真地為日本工作。

23 皮亞斯特幣：原文Piastre，法屬印度支那在一九五二年之前使用的貨幣。

「我們這輩子應該再也沒有機會前往法印的深山了吧？你還記得嗎？我們在那裡曾經說過，只要能夠在一起，就算是當苦力，兩個人在那裡砍一輩子的樹也沒關係。」

「嗯……」

「而且這句話還是你先說的。」

「我們再也沒辦法回到那裡了。」

「是啊，我們再也回不去了。但如果加野先生沒有鬧出那件事，或許在戰爭剛結束的時候，我們兩個已經逃到江區去了。為什麼我們沒有辦法自由決定想要住在哪裡？為什麼人跟人沒有辦法和平共處，過著幸福快樂的日子？」

富岡的心情其實也大同小異。如果可以的話，委實不想在這種戰敗後一片混亂的日本過著苟延殘喘的日子。野性的呼喚聲一直在胸口迴盪著。類似戀愛的思鄉之情自胸中油然而生。如果說耶穌的故鄉是拿撒勒，那麼自己的靈魂故鄉就是那片遼闊的大森林。

不知不覺已到了傍晚時分。

窗戶正下方的市場不斷傳出喧鬧聲，無數的燈火紛紛亮起。由紀子獨自走出房間，買來了壽司及裝在啤酒瓶內的廉價私釀酒。對於無處可去的由紀子來說，能夠跟富岡多聊一會，正是求之不得的事情。隨著醉意愈來愈濃，兩人都感覺就這麼沉淪下去也不是什麼大不了的事。富岡很自然地開始撫摸由紀子的身體。沒有任何感動，兩人的肉體就只是貼合於打從白天就早已鋪好的棉被上，有如蟋蟀的交尾，墜入了虛幻而短暫的習慣之中。富岡注視著眼前的落日，想像著耶穌在客西馬尼園的痛心疾首，內心忍不住想要將未來的一切交由自己在現實中的另一個分身來決定。倘若神與我同在，又有誰能與我為敵？或許與眼前這個女人一起走下去，才是最正確的決定。不管是父母還是家庭，都像是暫時架起的籬笆牆。富岡在酒醉之中，彷彿聽見心中有一道聲音在這麼告訴自己。不如翻越籬笆，與這個女人共度接下來的人生。反正日本人最美好的萌芽期已經結束了。喝醉了酒的富岡，內心產生了自己正在對著群眾演講的錯覺。他懷抱著由紀子，兩人互相咬著對方的嘴唇，享受著久違的深吻。

入夜之後，旅館裡也開始變得嘈雜喧鬧。偶爾會有粗魯的賣身女郎，因為搞錯了房間而突然將由紀子、富岡房間的紙拉門拉開。但即使門被拉開，兩人也毫不在意，身體依然緊密貼合。或許是因為順風，省線電車的轟隆聲異常清晰，彷彿近在咫尺。凌亂地拋在棉被上的兩人長褲，反而比活人更像活人且更引人遐想。

由紀子雖然感受著富岡的體溫，內心卻渴望著更加激烈的愛情。如今的行為，或許只是男人一時的逢場作戲。回想起來，當初跟伊庭那三年偷情的日子，自己也有過類似的感覺。由紀子認為自己需要的是更加強力的某種事物。心頭的一股焦躁感，讓由紀子想盡一切辦法，要從富岡這個人身上找到更加強而有力的要素。至於富岡，則是雖然正在跟女人做愛，內心卻有種彷彿置身在灰燼之中的寂寥感。偶爾富岡會伸手拿起私釀酒的酒瓶，倒在小小的玻璃杯裡一口喝下。由紀子也不時會喘口氣，拿起壽司來吃。由紀子將壽司放在舌頭上慢慢咀嚼，發燙的雙腿慵懶地癱放在榻榻米上，總覺得這個夜晚似乎特別漫長。明明彼此之間有著數不清的回憶，實際上兩人的心情卻是愈想要努力挽回，愈是反其道而行，彷彿雙方的心靈正毫無意義地空轉著。他們完全不曾討論過未來，似乎早已把現實拋在腦後，所有的行為都只是在試圖找回當初的熱情。有時兩人甚至會感覺寂寞難耐，全身的力氣好像都流失了。兩人會告訴自己，這一切都是環境太差的錯，並且將鼻頭互相貼近，聞著對方氣息中的異味。

「你變得好瘦。」

「少了美食，當然會瘦。」

「我是不是也瘦了？」

「妳倒是沒瘦多少……」

「是嗎？你抱著我的時候，沒有感覺我變瘦了？我跟你的妻子比起來，誰比較胖？」

富岡再次伸手拿起酒杯，一口喝光杯裡的酒。

富岡心裡很清楚，兩個人內心的火焰都已熄滅。或者應該說，兩人都做出了錯誤的判斷。在本質上，兩人都在戰敗之後不斷向下沉淪，心中再也沒有辦法擁有火焰。只是兩人忘了這個事實。

「仔細想想，當初加野先生遭到我那樣的對待，真的很可憐。因為你太疼愛我，讓我忍不住想要捉弄他……如果我要加野先生陪我一起死，他應該也不會皺一下眉頭吧。他真的是個完全不懂得懷疑他人的人……像他那樣一心一意地相信日本會戰勝的人，天底下大概沒有第二個了吧。他真的是個好人，很適合在我們的戀曲裡擔任伴奏。」

「妳真是個惡毒的女人。」

「是嗎？所有女人應該都有這一面吧。」

富岡盡可能不去回想關於加野的事。相較之下，由紀子卻是不時在話題中提起加野。或許由紀子只是想要讓加野以「伴奏者」的身分，發揮讓兩人找回當年熱情的效果吧。富岡已感到有些疲累，由紀子的臉上卻是毫無疲累之色，依然滿不在乎地吃著壽司。只見她吃著已經泛黑的鮪魚壽司，一張嘴不停地說著。這種宛如擁有無窮精力的強韌，或許正是女人最原始的本質，有時實在讓富岡懊惱不已。由紀子的臉孔從紅色的棉被裡探出來，肌膚光滑透亮，彷彿剛經過洗滌一般，卻讓富岡感覺庸俗而猥瑣。

「你在想什麼？」

「什麼也沒想。」

「你在想你的妻子，對吧？」

「笨蛋！」

「沒錯，我是笨蛋。天底下的女人大都是笨蛋。你們男人都很了不起，是嗎？要照顧我們這些笨蛋，真是可憐呢。像我從來不曾想過未來的事，只是一心一意地想要跟隨在你身邊，除了笨之外，還真找不到其他理由，你說是嗎？但我千里迢迢回到日本，終於見到了你，還是很開心。我的心裡就只有這樣的念頭。在海防的時候，我一想到你跟妻子已經見了面，就覺得很難過。她是個什麼樣的人？是不是個大美女？一定是既有教養，長得又漂亮吧……」

由紀子在腦海中想像著富岡的妻子。楚楚可憐的完美女人形象，浮現在由紀子的眼前。富岡聽由紀子絮絮叨叨說個不停，已呈現昏昏欲睡的狀態。

「當初你說在我回到日本之前，你會跟妻子分手，把身邊的一切都打理好，等待我回日本跟你團聚……那都是騙我的，對吧？你們男人最喜歡騙人了。只會在嘴巴上哄女人開心，卻不讓女人改變你的生活。你把我帶到這種地方來，正是想要勸我放棄，對吧？真是太過分了。當初還說什麼一旦回日本，就會將過去的生活徹底做個了結，從此跟我在一起，就算當碼頭的臨時工人也沒關係……」

由紀子閉上雙眼，眼中滿是淚水，伸手撫摸著富岡的身體。不僅腰骨摸起來凹凸明顯，而且皮膚相當粗糙，不難想像富岡這陣子過的是不得溫飽的生活，令由紀子不由得心生憐憫。由紀子接著摸了摸自己的下腹部，卻是光滑細緻，內心不禁感到頗為不可思議。為什麼女人即使過著這樣的生活，皮膚依然可以如此光滑？為什麼連國家的戰敗，也沒有辦法改變年輕女人的肌膚……？由紀子再次伸手撫摸富岡的下腹部，說道：

「明天天一亮，我們就要分開了。下次見面，大概也是在這樣的地方，你還是會在喝醉了酒之後呼呼大睡……為什麼我從那麼遙遠的地方回來找你，你卻似乎一點也不感動？你不認為我能夠回到你身邊是個奇蹟嗎？你害我操那麼多的心，一定要比當初在大叻時更加疼愛我，否則我可不會放過你！快起來，你怎麼睡著了？真是太過分了，我不喜歡你睡覺！」

由紀子說完，在富岡的身上捏了一把。

富岡原本已是半睡半醒，被這麼一捏，睜開了醉茫茫的雙眼。他先是往左右看了兩眼，彷彿不明白自己為什麼會在這種地方。但是下一瞬間，睡魔再度襲來。富岡再次緊緊閉上他那凹陷的雙眼，說道：

「吵死了，妳應該也很累了，快睡一下吧，從前的事情多想也沒用。」

「你說什麼？真是太無情了！那些往事對我們很重要！如果沒有那些事情，就沒有現在的你跟我了。你明明還這麼年輕，怎麼像個老頭子一樣營養不良，還一副無精打采的模樣？大家不是都說，日本變得自由了嗎？你聽聽隔壁的聲音，他們正打得火熱呢……快起來，別像個老爺爺一樣不中用……如果你不起來，明天我就去找你的妻子，對她說出一切，你聽到了嗎？」

15

隔天下午，由紀子與富岡分開之後，回到了位於鷺宮的伊庭家。

富岡並沒有給予由紀子任何明確的承諾，只說就算將來要在一起，也得從長計議，沒有辦法那麼快就實現。由紀子雖然心有不甘，但也只能同意了。

不過富岡也保證過段日子會幫由紀子找個合適的住處，並且會盡快籌出一筆錢給由紀子過日子。雖然聽起來只是敷衍之詞，但是到了這個地步，也只能相信他會實現諾言了。

兩人在池袋車站分開，富岡迅速走入了人群之中，絲毫沒有停留。由紀子實在放心不下，不禁倚靠著月台的柱子發起了愣，茫然看著上下電車的人潮。無數的人影川流不息地通過由紀子的身旁，每張臉看起來都是營養不良，顯然飽受了戰火的摧殘。

由紀子已不知道接下來該何去何從。

就算回到了鷺宮，也沒人在等著自己。由紀子曾想過乾脆回靜岡算了，但一想到要離開東京，又捨不得與富岡分開。自從見到了富岡，由紀子心中的執著在本質上已有些許變化，但能夠與富岡重逢，對由紀子來說畢竟還是一件開心的事。然而另一方面，由紀子心裡也很清楚，自己現在的狀況只會成為富岡的沉重負擔。至少自己得先試著融入群眾的生活，找到一條謀生之道才行。驀然間，由紀子想到了當初在品川車站時看見的舞廳。乾脆當舞孃算了。由紀子的心中冒出了這樣的想法。

由紀子試著想像自己梳妝打扮之後，隨著曼妙的音樂起舞的畫面。但由紀子旋即深深體會到，以自己如今的外貌要從事舞孃的工作，幾乎是不可能了。

由於富岡給了自己一點零花錢，由紀子決定到新宿走一走。許久不見的新宿，還是一樣擠滿了熙來攘往的人潮。放眼望去一張熟悉的臉孔也沒有，令由紀子有種走在異鄉街道的錯覺。路上不時有新型的汽車駛過，每個路人都穿著厚重的衣物，走在這東彎西拐的街道上。由紀子來到了一棟沒有玻璃的巨大建築物前，抬頭仰望那壯觀的大樓，心裡想著「啊，這就是傳說中的三越百貨吧」。沿著那建築物往右轉，好幾條小巷子都有著密密麻麻的地攤商。有些賣的是放在汽油桶裡的沙丁魚，有些賣的是裝在小玻璃盒裡的糖果。有些攤商把橘子堆得像金字塔一樣高，有些攤商賣的是橡膠鞋，還有攤商販賣一碗五圓的冷凍烏賊。不論是哪一條巷子，路面上都擠滿了像這樣的地攤。路旁一些荒涼的斷垣殘壁裡頭，一群滿身髒汙的孩子正聚集在一起抽菸。

由紀子買了二十元一堆的橘子，爬到瓦礫堆上，坐下來剝橘子吃。就好像革命過後一樣，傳統的弊端及陋習都遭到打破，一股清爽感稍微撫平了由紀子心中的寂寥。由紀子將橘子上那層酸酸的薄皮隨口吐在身旁，感覺坐在這裡倒也悠閒自在，勝過任何地方。

或許是這種形式的革命，毫不容情地改革了每個人的內心，由紀子看著街上熙來攘往的路人，覺得每個人臉上的神態都有如自己的親人一般熟悉。

一想到富岡回家後要怎麼對妻子解釋一夜未歸的原因，由紀子就忍不住想要笑出聲音。但是另一方面，由紀子也明白依富岡的性格，肯定會裝出一副什麼事也沒發生的模樣吧。而且富岡的家人多半也不會對他有絲毫懷疑。想到這裡，由紀子的心頭又萌生了一股妒意。原本由紀子還幻想著一回到日本的當天，富岡就會前來迎接自己，兩人一同搬進新的住處。如今由紀子明白自己太天真了，不由得懊惱不已。

這天的下午，由紀子回到了鷺宮。她將剩下的兩顆橘子分給孩子們，走進擺著伊庭行李的房間。蕭瑟而冷清的房間，讓由紀子的心中更添寂寞。

由紀子看著伊庭的行李，內心驀然產生一個念頭。乾脆從這裡頭找些值錢的東西拿去變賣了吧。在由紀子的心裡，這也算是對伊庭的一種復仇。而且把值錢的東西賣了，短時間內應該可以獲得溫飽。就算家人們看見自己拆開伊庭的行李，只要聲稱自己是在尋找當初交給伊庭保管的東西，應該也不會遭到懷疑。何況就算伊庭回來看見自己的家當不翼而飛，當他得知做這件事的人是由紀子，應該也不會再追究。

到了這天傍晚，家人們炊了地瓜，分了一些給由紀子。

由紀子一邊吃著地瓜，一邊從紙拉門下方的玻璃框望向狹小的庭院。看起來骯髒不堪的杜鵑花叢裡，靜靜蹲坐著一隻又瘦又小的三色貓。由紀子回想起從前每到春天，那杜鵑花就會綻放牡丹色的花朵，不禁感覺那簡直就像是昨天才發生的事情。不一會，那貓兒就懶洋洋地走向旁邊的枇杷樹，鑽到籬笆外去了。

由紀子拉開紙拉門，來到走廊上，呼喚了幾聲，但那貓兒沒有回來。

16

剛開始的兩、三天，富岡很認真地思考由紀子的事。但不久之後，如何為由紀子找到棲身之所及如何籌錢的煩惱，都已漸漸在心中淡忘。富岡只暗自期盼著從此別再與由紀子有任何往來。與由紀子的重逢，令富岡幾乎感到窒息。倘若由紀子能夠從此走上自己的人生道路，不知該有多好。

富岡最近正盤算著，要跟一個經營木材生意的朋友到山區採購木材。如果可以，富岡實在很想立刻前往北信州的鄉下，採購一些杉木。但一來朋友的資金調度出了問題，二來如何把木材編成的木筏運往溪邊流放，也有著難以克服的瓶頸。因此這個計畫一天拖過一天，要加以實現可說是遙遙無期。要是能成功，必定能夠獲得相當可觀的收入。畢竟在如今這個時期，黑市裡的木材交易不僅價格水漲船高，而且還供不應求。就算為此冒些風險，也是值得的。自從回到日本之後，富岡已徹底厭倦了官僚生活，因此想要趁著這個機會，完全改變自己的人生。

今天富岡再次外出，打電話給熟識的木材商人田所。但對方表示至少還需要四、五天才能籌到錢，富岡只好悻悻地踏上歸途。一回到家，妻子邦子立即告知有個女人前來拜訪，那女人還請妻子傳話，說是希望明天在池袋的「布袋商會」碰面。富岡一聽，立刻便猜到那個女人必定是由紀子。

所謂的布袋商會，指的其實是兩人上次投宿的「布袋飯店」吧。富岡心裡厭煩，臉色也變得相當難看。邦子依然毫不知情，問道：

「那個女人是誰啊？她一進門，就問太太在不在。她是田所先生那邊的人嗎？」

「應該跟田所無關。最近因為事業的關係，我跟布袋商會有些往來，她應該是商會老闆的太太吧……」

「原來是這麼回事。可是那個女人讓我感覺很不舒服。自從戰爭結束之後，真的是什麼樣的人都有。她是我最討厭的類型，我完全沒辦法喜歡那個女人……她一下子問你去了哪裡，一下子又問你什麼時候回來，裝得好像跟我們很熟，真是沒有禮貌。」

富岡心裡不禁有些發毛。女人的直覺真是太可怕了。好像心中的想法會互相反射一樣，馬上就能隱隱察覺對方的底細。

想必是心中的一股直覺，或者該說是第一印象，讓邦子覺得由紀子這個女人不太對勁。富岡不由得感到如坐針氈，甚至考慮過要把由紀子的事情老老實實告訴邦子。但是看著身穿燈籠褲的妻子，正將冬天的棉被攤開放在膝蓋上縫縫補補，內心又有些不忍讓她知道自己曾經在外地偷腥。邦子沒有做錯任何事，如果因為得知真相而深受打擊，實在是太可憐了。畢竟過去這些年來，邦子一直陪伴在富岡的雙親身邊，忍受著內地的貧窮生活，等待著丈夫歸來。

隔天中午過後，富岡一到布袋飯店，由紀子早已等在那裡。由紀子倚靠在火盆邊，身穿一件紅褐色的外套，頭上的劉海蓋住了額頭，打扮得華麗亮眼，簡直像變了個人。

「昨天我又去了你家……」

「嗯……」

「你太太看起來很文靜。」

「妳今天怎麼打扮得這麼漂亮？」

「我買了這件外套，好看嗎？」

「哪來的錢？」

「我偷偷把親戚的家當賣了。這兩天又冷又寂寞，我實在是受不了了……」

「做這種事好嗎？」

「當然不好，但我也沒辦法。」

富岡目不轉睛地看著衣著華麗的由紀子。那慵懶之中帶了幾分惆悵的神態，透著一股莫名的哀愁。富岡不禁聯想起歌舞伎《朝顏日記》中的〈大井川〉一節的劇情。女主角深雪像發了瘋一樣抱著木椿唉聲嘆息的模樣，正與眼前的由紀子有幾分相似。如果自己在此時拋棄這個女人，她肯定會一蹶不振，從此掉入墮落的萬丈深淵吧。如果她變得自暴自棄，真不曉得她會做出什麼樣的傻事。

「你在想什麼？」

「沒什麼，只是感慨接下來我們都得吃不少苦……」

「一想就停不下來了，對吧？我也只能放任自己的思緒，沒有辦法克制。看了你太太之後，我走著走著，心裡愈來愈難過，愈想愈無奈。一個完全相信丈夫的妻子，真是既純潔又美麗呢。要讓那麼好的一個女人變得不幸，我心裡也很害怕……」

富岡愣愣地凝視著由紀子，不禁懷疑她這番話有幾分是發自內心。富岡的腦海裡，不禁可以想像由紀子在自己家門口徘徊不去的畫面。由紀子從外套的口袋裡掏出一條手帕，輕輕擦拭眼角。那正是富岡在大叻時所使用的手帕。

「你一定想要拋棄我吧？我早就看出來，你已經完全不在意我這個人了。我讓你愈來愈痛苦，是嗎？但我如果被你拋棄，一定會墜入地獄，化成灰，從此消散無蹤。我沒辦法每天只是看著你的影子過活。我沒辦法看著你深愛你的妻子，還向你乞討剩下的那一點點愛情……」

「你在說什麼蠢話？真是個傻女人。我們都已經走到了這個地步，還談什麼愛情？我可是很認真地思考許多現實問題。我知道如果不趕快想出解決辦法，妳也會很困擾，所以我今天才特地抽了空來見妳。」

「夠了！別說得好像你對我有多大恩情……你根本無法體會我的心情。為什麼我不能盡情對你撒嬌？為什麼你總是在想著其他事情……？不過現在我也不敢奢求了，只求你幫我找個讓我可以安身的地方，以及偶爾出來跟我見個面……如果可以，我想要立刻開始工作。我沒辦法像你真正的妻子那樣，這是我的天性。」

富岡啜著早已涼了的茶，因為天氣冷而不斷抖著腳，一邊聽著由紀子那些歇斯底里的言詞。三天沒見面，似乎已經讓由紀子寂寞難耐，一看見富岡的臉就劈頭說個不停。

「你開始幫我找房子了嗎？」

「已經開始找了。妳心裡或許認為找間房子有什麼大不了，但現在很多房子都在戰爭中燒毀了，要幫妳找到合適的住處實在不太容易。就算有合適的地方，往往也要先付好幾萬的權利金，所以妳得耐著性子再等一等……」

「你住的那一整棟屋子都是你的家，你當然可以無憂無慮地過日子，但我可是無家可歸的狀態。現在我雖然住在親戚家，但也不是住得名正言順……所以我才希望你趕快幫我找一個只屬於我的住處。如今我住的那個地方，親戚都疏開去了，還沒回來，現下住的是非親非故的一家人，我只是在那裡借住幾天而已，實在是有些抬不起頭……」

「我會盡快幫妳找到，妳不用擔心，我也不是每天閒著什麼事也不做。只是以現在的局勢，要找到房子真的很不容易。對了，這旅館怎麼不幫客人在房間裡生個火？真是冷得讓人受不了……」

「是啊……不然就像上次一樣，我向旅館老闆借個空酒瓶，去買一些私釀酒回來，好嗎？」

由紀子心情一轉，拿起自己帶來的提袋，伸手往裡頭探摸。不一會，她找到了錢包，興匆匆地站了起來。

「喂，買一點就好，今天我不想喝太多……」

「你等一下就要走了？」

「倒也不是等一下就要走……」

「要不要睡一晚？別擔心，我有錢。」

「今晚不行。」

「噢，真沒意思。為什麼不行？上次被罵了？」

「又不是三歲小孩，有誰會罵我？總之今晚就是不行……」

由紀子也不勉強，轉身走出房間。今天兩人所待的房間已不是上次的那一間，房間裡不僅寒氣逼人，髒汙且磨損嚴重的榻榻米還帶著一股陰森感。

富岡點起一根菸，心中回想起邦子說過的那句話。邦子說，由紀子這種女人是她最討厭的類型。

比起在這種破爛的旅館裡跟女人偷偷幽會，富岡更喜歡坐在家裡的客廳，聽著熱水的沸騰聲，坐在邦子的旁邊看報紙。如果由紀子當初能死在法印就好了……富岡的心裡甚至產生了這種可怕念頭。富岡回想起不知曾經在哪篇文章中讀到過，每個人的心裡隨時都有著兩種心願，其中一種來自於惡魔的呢喃。

富岡以視線追著香菸的一縷煙霧，眼角餘光忽然瞥見了由紀子那一袋高高鼓起的手提袋。富岡忍不住拿起那手提袋。那手提袋是毛氈材質，看起來有些髒汙，裡頭塞著一大團東西。那東西以紫色的包袱巾包住了，摸起來像是一套和服。除此之外，還有一些化妝品、一支派克鋼筆、一盒Peace牌的香菸，以及手帕、肥皂等雜七雜八的東西。那鋼筆的上頭有著藍鑽標誌，是富岡自西貢買來的禮物。另外還有兩封由紀子寫給住在靜岡的親人們的信。富岡看了半晌，又將手提袋放回原處，將香菸拿到火盆裡，插入凝結的灰燼之中。對於如今幾乎無法在自己心中占有一席之地的由紀子，富岡不由得產生了一絲愧疚。但是另一方面，富岡的腦海裡也浮現了邦子那賢淑溫厚的面容。自己背叛了如此完美的妻子，跑到這種地方與由紀子廝混，企圖靠著由紀子來排遣生活上的寂寞，沉溺於那祕密的誘惑之中。對於自己的任性自私，富岡不禁慚愧得冷汗直流。

富岡接著又想起了許多往事。邦子原本早已嫁為人婦，是自己橫刀奪愛，讓她變成自己的妻子。沒想到如今自己竟然死性不改，再度背負相同的罪孽。對於自己的見異思遷，富岡甚至感覺這似乎是一種宿命。當初在大叻的時候，女傭柔兒因為懷了富岡的孩子，被迫回鄉下去了。雖然富岡給了她不少錢，但這種花錢了事的想法，反而讓富岡心痛不已，經常在夜裡夢見柔兒。如今柔兒應該已經把孩子生下來了吧。生下了混血兒的柔兒，在故鄉必定受了不少屈辱。富岡不禁懷念起從前在法印的那種生活。

過了一會，由紀子走進房間。或許是因為外頭的風太冷，由紀子的臉頰微微泛紅。

「你看，我又買了壽司，還買了這麼一大瓶酒。」

由紀子將啤酒瓶舉到窗邊，讓富岡透過陽光看那瓶裡的酒。接著由紀子將杯裡的冷茶粗魯地倒進火盆的角落，拿起酒瓶往杯裡倒。

「我先喝，試看看有沒有毒。」由紀子將茶杯拿到嘴邊，一口氣就喝了半杯。

「哇，好好喝，胸口跟肚子好像都燒了起來。」

由紀子也為富岡倒了一杯，富岡同樣舉起杯子灌了一大口。由紀子重新在杯裡斟滿酒，說道：

「今晚留下來……好不好？只要今晚就好，以後我不會再說這種任性的話了。如果你不想睡在這種旅館裡，也可以去其他地方。不用擔心錢不夠，我身上還帶著值錢的東西，今晚我們可以睡在更舒適的地方。」

富岡忽然感覺到情緒一陣激動，忍不住握住了由紀子的手。由紀子這種不管任何感情都無法藏在心裡的直腸子性格，反而讓富岡憐愛不已。就在這一瞬間，富岡感覺自己終於從家庭及環境的沉重壓力中獲得了解脫。或許是因為已有醉意，富岡將由紀子的手指放到嘴裡咬了一口。

「大力一點……再咬大力一點……」

富岡一次又一次地咬著由紀子的手指，由紀子似乎再也無法壓抑，將臉埋在富岡不停抖動的膝蓋上，啜泣了起來。

「我也不知道，自己為什麼會變成這樣的女人。我真的不知道自己到底是怎麼了，不管你怎麼處罰我，我都不會反抗……」

由紀子一邊哭，一邊以雙手撫摸著富岡的膝蓋。房間裡已逐漸昏暗。或許是因為風向改變，市場的嘈雜聲響忽然變得異常清晰。富岡在由紀子的頭髮上吻了一下，內心卻覺得自己這樣的行為既做作又空虛。

富岡只有在喝了酒之後，才會有如將明亮的反射燈照射在臉上一般，清晰地看見由紀子所散發出的那種不存在於妻子邦子身上的野性。

「我好後悔去見了你的妻子。她看起來就是個很好的女人。但我一想到她是你的妻子，就忍不住憎恨起她那張臉孔。自從去過了你家，我經常想起你妻子的臉孔，每次想起都感覺胸口好像被扎了一針……我猜你妻子應該也看出我不太對勁了吧？她是不是對你說了些什麼話？」

「她什麼也沒說。」

「你騙人。那時候我可是擺著一張臭臉，凶巴巴地瞪著她。我還記得她露出一臉納悶的表情，朝著我上下打量，接著露出很討人厭的笑容。那笑容好可怕，讓人很不舒服。我還看見了她嘴裡閃閃發光的金牙……怎麼會有人把金牙裝在門牙的地方……」

由紀子抬起頭來，露出若有深意的微笑。因為哭過的關係，她臉上的妝被淚水沖掉了大部分，反而流露出一種莫名的生命力。額頭的劉海變得凌亂不堪，也帶有一種過去不曾展現過的嫵媚。而且或許是因為喝了酒，難以分辨遠近，由紀子的臉孔在富岡的眼前微微搖擺，忽濃忽淡，宛如電影畫面一般。

「而且她的年紀看起來比我大得多……」

「妳好像很在意她的事？」

「那當然，誰叫她獨占了你。我實在不敢相信，怎麼會有人想跟那種將金牙裝在嘴巴前面的女人接吻……」

富岡聽她故意譏刺邦子的缺陷，心裡頗不是滋味，因此什麼話也沒說，只是走到房間角落，拖了一條棉被過來，蓋在膝蓋上。那棉被不僅骯髒不堪，而且既潮溼又冰涼。

「當成暖桌的被子來蓋嗎？我從另一邊把腳伸進來，好不好？」

由紀子也早已喝醉了。

「妳剛剛說妳想要工作，妳想做什麼樣的工作？」

喝了三、四杯酒之後，富岡問道。由紀子一臉認真地回答：

「我想當舞孃，不知道好不好……」

由紀子露出妖豔的神態，眼神綻放出異樣的神采。富岡心想那也不錯，但嘴上不置可否，什麼話也沒說。

到了接近十點的時候，富岡呢喃說道：

「我差不多該回去了……」

接著富岡從外套的內側口袋裡掏出一疊揉成了一團的紙鈔，放在由紀子的膝蓋上。

「這裡有一千圓，在這些錢花光之前，趕快找份工作吧。我這邊也會幫妳找地方住，找到了就會通知妳。明天晚上我要到信州一趟，大概有十天不能見面。妳回去之後，拿一點錢給那個家裡的人，讓他們再留妳住一陣子……」

由紀子拿起那一千圓，心裡感覺像遭到了拋棄，說道：

「我不要錢，我只希望你今晚留下來。我覺得好寂寞，不想跟你分開。你說要去信州十天，一定是為了躲我吧？沒錯，一定是這樣，你給我老實說清楚……」

富岡一口氣喝光了剩下的酒，情緒愈來愈焦躁，忍不住再度抖起了膝蓋。

「沒那回事，妳誤會了。老實說，我覺得對妳很不好意思。當初我們是因為住在那麼美的地方，才做了那樣的美夢。我說這種話，或許妳會生氣，但我回到日本之後，看見了完全不同的世界，不忍心再讓我的家人受苦。他們這些年來已經吃了很多苦，卻一直咬牙苦撐了過來。對於那些一直等著我歸來的家人，我實在沒辦法從此棄他們於不顧。雖然我沒有辦法遵守跟妳的約定，我還是會盡全力讓妳活得幸福。我是很認真地思考著這件事……因為我是真心愛著妳。可惜我心有餘而力不足，沒有辦法跟妳長相廝守。今晚的事也一樣，妳要我在這裡睡一晚，其實我不是做不到，但我認為不應該再欺騙妳，所以我不斷告訴自己，今天要早點回家。我說要去信州的事，絕對沒騙妳。我本來想要等到回來之後，再把這些心聲告訴妳，但我現在按捺不住，突然想要立刻對妳說出一切。如果要跟妳分開，我一定會捨不得讓妳吃苦，但我實在沒辦法獨自一人離開現在的家。因為如今全家人都是靠著我一個人在維持著生計……」

由紀子拚命搖頭，以雙手摀住了耳朵。兩道犀利的目光毫不留情地射向富岡的嘴唇。富岡輕輕推開棉被，將雙手放在由紀子的膝蓋上，以呻吟般的口氣說道：

「與妳分開，是我唯一的選擇。」

「我不要！你只顧著讓你的家人幸福，卻不管我的死活？我才不要你這些錢！你以為只要給我一些錢，我就會覺得幸福嗎？我可沒辦法當一個乖巧聽話的女人，什麼事都配合你。如果要我老實說出心裡的感受，我不明白我跟你的妻子有什麼不同？我知道你心裡只在乎你妻子的幸福，卻完全不在乎我過得好不好……當初我到你家找你的時候，為什麼你不在門口直接對我這麼說？」

由紀子因酒醉而一時鬧起了脾氣，自己也不明白怎麼會說出這些話，或許是富岡那套自私的說詞實在太讓人生氣的關係吧。

更讓由紀子無法接受的一點，是這個男人當初在法印的時候，明明總是一副悠閒自在、無拘無束的模樣，怎麼回到了日本，突然變得如此畏畏縮縮，口口聲聲為了家庭及家人而什麼也不敢做。由紀子抓起富岡的雙手用力搖晃，接著突然捲起左手的袖子，將那道宛如粗大蚯蚓的縱長傷痕舉到富岡面前。

「你還記得這個傷痕吧？全都是因為你對加野撒了謊。還有，你對柔兒做的那些事，我也一清二楚。那些努力追求幸福的人，一定都被你當成了瘋子吧？像你這樣的人，總是能夠立刻獲得他人的信任，相較之下，像加野及我這樣的人，總是會被視為不正常，沒有辦法獲得信任……但是在我看來，那時候你對我的感情實在不像是裝出來的。分手這句話說得簡單，但你真的願意嗎……？就算你照顧好了你的家，就算你讓你的家人開心，讓你自己的心中放下了大石，但你可別忘了，為了要獲得這些幸福，你犧牲了好幾個人。你怎麼可以裝作毫不知情，真是太過分了。如果你真的那麼在意你的家庭跟妻子，為什麼你不打從一開始就像石頭一樣，不跟任何人扯上關係？其實我根本沒有想過要把你的妻子趕走……但我似乎還是對你有了太多期待。總之今晚我會睡在這裡，如果你想回去，你就走吧……」

由紀子的眼神充滿了怒意。接著她放開了富岡的手，整個人躺在榻榻米上，拉起棉被蓋住了頭。富岡看著由紀子那自暴自棄的模樣，只是默默坐著不動。

17

四天之後，伊庭突然回到了東京。

當時由紀子正要出門，在路口突然遇到伊庭從另一頭慢慢走了過來。剛開始，由紀子沒有認出那個人就是伊庭，還以為他是伊庭的哥哥。伊庭也吃了一驚，說道：

「啊，妳是由紀妹吧？」

由於事出突然，由紀子霎時滿臉通紅。

「妳什麼時候回來的？怎麼沒有先回靜岡一趟？我看看，真的是由紀妹……」

四年不見，伊庭變得蒼老不少，整個人看起來截然不同。

「你怎麼知道我在這裡？」由紀子問道。

伊庭拉起了黑色外套的衣領，轉身說道：

「在家裡沒有辦法好好聊天，我們找個地方喝杯茶吧……」

伊庭說完之後，便在颼颼作響的寒風中，朝著乾燥蕭瑟的大馬路走去。由紀子從未見過伊庭這種歷盡滄桑的背影，於是默默跟在伊庭身後。伊庭穿過了平交道之後，並沒有走進車站內，而是沿著道路繼續前進，最後走進了車站斜對角的一間蕎麥麵店。店內頗為陰暗，沒有點上任何暖氣設備，桌子都直接擺在夯土地面上，桌面沾著不少白色灰塵。兩人走到角落的座位坐了下來，但因為太冷，兩人都把腳微微抬起，不想放在夯土地面上。而且由於玻璃門的外側有一層細方格，讓店內的角落更顯陰暗。

「你們已經能做蕎麥麵了？」

伊庭詢問。一個戴著紗布口罩、頭頂上綁著傳統桃瓣髮型的女孩子回答：「蕎麥麵目前還沒辦法。」伊庭又問：「那你們現在賣什麼？」女孩子回答：「紅茶、紅豆湯、蘇打水。」天氣這麼冷，總不可能喝蘇打水，伊庭只好點了兩碗紅豆湯。這是一間歷史悠久的蕎麥麵店，給人的感覺就像是旅館旁的小店面。伊庭從口袋中取出香菸，點了一根，正要將光牌香菸的盒子放回口袋裡，由紀子忽然打了個哆嗦，說道：

「也給我一根吧。」

「妳抽菸？」

「沒抽過，但是我好冷，有點想抽抽看。感覺抽了菸，應該會暖和一點……」

由紀子拿起一根菸叼在嘴裡，伊庭為她點著了火。接著伊庭嘮嘮叨叨問了許多問題。不一會，女孩子送來了紅豆湯。碗蓋上有不少蒸汽凝結成的水珠，但翻開碗蓋一看，紅豆湯的顏色卻有點像麥芽糖。整碗紅豆湯看起來稠糊糊的，而且似乎使用的是人工甘素。紅豆湯的表面懸浮著兩小顆湯圓。

「聽說妳擅自拆了我家行李？」

伊庭一邊低頭以筷子夾起紅豆湯裡的湯圓，一邊問道。由紀子只是沉默不語，學著伊庭夾起湯圓放進嘴裡，心裡想著定是那一家人告了密。

「我只要回家一看，馬上就會知道了，妳也不用隱瞞。為什麼妳要做這種事？如果妳需要錢，大可以直接跟我說。而且妳來到東京，為什麼沒有告訴靜岡的家人……？有人寫信給我，說妳賣掉了我不少家當，是真的嗎？」

伊庭將快要熄滅的香菸重新點上了火，猛抽了好幾口。此時由紀子已對伊庭不帶絲毫感情。

「因為天氣太冷了，所以才拆開哥哥的行李，拿走了兩、三件和服。」

「噢，妳拿去賣掉了？」

「是啊，雖然覺得對哥哥很不好意思，但現在無家可歸的人那麼多，我只不過是拿走幾件衣服，相信哥哥應該不會見怪才對。這件外套就是用賣和服的錢買來的。」

「妳為什麼沒有先回靜岡一趟？」

「我暫時不想回去。一來我是跟朋友一起回日本，二來我想趕快找到工作。等到穩定之後，我就會回去了……」

由紀子說完，從手提袋中取出了兩封寫給故鄉家人的書信。這些信其實已經寫好四、五天了，只是一直忘記寄出。

「妳賣掉了哪些東西？」

「兩件絽縮緬[24]，還有一組成套的和服。」

24 絽縮緬：和服布料材質名稱。其特徵為布面帶有空隙，因此多穿於炎熱的夏季。

「妳怎麼可以做出這麼過分的事？去了法印之後，妳好像變了個人。」

由紀子沉默不語。

「我辭去了銀行的工作之後，這些年一直在鄉下種田，但是畢竟過慣了都市生活，實在沒辦法適應鄉下。所以我打算在今年年底一家人搬回東京，才先把一些東西送了過來。其中有些東西最近價格高漲，我原本打算賣了，湊些本錢來做生意呢。當初妳不是把外套寄回鄉下了嗎？何必再買新的外套？」

「我留在鄉下的那些東西，你們都可以拿去賣了。我過一陣子會結婚，所以才先來到了東京。」

「噢？什麼時候結婚？」

「還很難說，目前出了一些變卦。對方是個有家室的人，還有父母要照顧。一回到日本，他就毀約了。」

「對方是做什麼的？」

「原本同樣是農林省的人，跟我一起在法印工作。回到日本之後，現在聽說正在經營木材生意。」

「他幾歲？」

「比哥哥你年輕得多。」

「妳一定是被他欺騙了感情……」

「不，他倒也沒有騙我，只是最近他想要跟我分手……」

伊庭目不轉睛地看著由紀子。原本沉默又文靜的由紀子簡直像變了個人，似乎讓他感到有些驚奇。由紀子變得比以前成熟許多，而且已經能夠明確表達自己的想法。由於天氣冷，由紀子將包袱巾綁在頭上，紫色的影子投射在白皙的臉龐上，顯得格外亮眼。

「哥哥，你會在東京待很久嗎？」

「嗯，我會住個三、四天，拜訪一些住在東京的朋友，順便到處看看再回去。如果妳想的話，可以跟我一起回去。」

「這次回來，沒有帶行李？」

「有，都寄放在轉角處的助產婆那裡。正是助產婆將妳的事情告訴了我。」

「噢……」

兩人走出了蕎麥麵店，由於沒有其他地方可待，只好站在車站前一座損壞的公共電話亭前面說話。

由紀子說得毫無愧色。

「我等等要去新宿，你如果想回去看看行李，就自己回去吧。」

伊庭似乎冷得受不了，一直躲在比較沒風的地方，背對著風口。「我跟妳一起去好了。」伊庭說著便跟由紀子一同走進車站，買了兩張車票。

兩人於是來到了新宿。由紀子一直表現出落落大方的態度，反而讓伊庭感到些許不安。由紀子的心裡在想些什麼，伊庭完全猜不出來。這天雖然透著一點陽光，但是風勢特別強。搭電車的時候，由於車廂的玻璃大都已破損，冷得簡直像是坐在冰櫃裡一樣。

「東京被炸得可真慘。」

伊庭看著車站與車站之間遭空襲蹂躪後的殘破街景，彷彿看見了什麼稀奇景象。

「哥哥，我想當舞孃，你覺得我當得成嗎？」

由紀子驀然若無其事地問道。伊庭被由紀子這沒來由的話嚇了一跳，愣了半晌後才問道：

「妳不想做打字的工作了嗎？」

「我已經厭煩那種工作，而且人家都說打字的收入很少。如果能夠到進駐軍專用的舞廳跳舞，收入應該會好得多吧。」

「嗯，話是這麼說沒錯，但是這種工作能做得久嗎？」

兩人雖然到了新宿，卻也只是漫無目標地走著。走了一會，兩人決定到電影院「武藏野館」看一部名為《居禮夫人》的電影。回想起來，已不知有多少年沒看過西洋電影了。兩人並肩坐在破爛的椅子上，才發現電影院裡冷得讓人受不了。整間電影院看起來殘破不堪，跟當年完全不能相提並論。在這冷颼颼的簡陋建築裡看著久違的西洋電影，有種彷彿脫離了現實的奇妙感覺。

伊庭不知在打著什麼主意，竟然在黑暗中握住了由紀子的手。那隻手掌異常灼熱。由紀子雖然感到相當厭惡，但是一直暗自忍耐，任憑伊庭握著自己的手。在電影銀幕的銀色光芒映照下，伊庭的側臉看起來簡直像死人一般。由紀子驀然想起不久前與富岡分開的事，不禁悲從中來。如今自己那麼寂寞，全是富岡的錯。想著想著，不知不覺熱淚盈眶。

兩人走出電影院的時候，天色已經有些昏暗。

附近的路邊攤都已經收了，周圍一帶變得冷冷清清。放眼望去，雖然廢墟的許多角落都點著街燈，卻反而更加增添了戰敗的落魄氛圍。兩人頂著刺骨寒風，走到了電車街道上。兩旁雖然都是商店，但建築物本身卻都是臨時搭建而成，有如簡陋的小木屋，而且商店也都已打烊。聽說最近這陣子街上常常出現強盜，因此太陽一下山，所有店家都趕緊關門。

由紀子帶著伊庭走進一家位於角筈電車街道的中華蕎麥麵店。這是一家開設在臨時建築內的小店，由紀子過去曾來過兩次。每天一到深夜，由紀子就忍不住想要喝烈酒。如果不借酒澆愁，實在不知道如何化解心中的煩悶。店內難得點起了一座小小的火爐，兩人要了竹筍麵，在火爐邊坐了下來。由紀子忍不住以指尖輕輕觸摸那泛著淡藍色光芒的馬口鐵煙囪，心裡想著自己已不知有幾年不曾見過火爐中的熊熊烈火。

「我不贊成妳當舞孃。」

伊庭一邊抽菸一邊說道。由紀子還在懊惱剛剛伊庭厚臉皮地握住自己的手，因此連應也沒應一聲。伊庭以觀察稀奇事物的眼神看著由紀子臉上的濃妝，說道：

「我這幾年一直在為妳擔心，怕妳沒辦法平安回到日本。不過日本現在的狀況也很不平靜，很多高官都被抓了，整個社會好像被翻轉了過來。從前那些有頭有臉的人物，現在都像過街老鼠，讓人忍不住想要大聲叫好。」

伊庭說得百感交集。

「都怪日本人太得意忘形了。接下來沒了戰爭，反而是件好事。話說回來，哥哥你竟然沒有被軍隊徵調，真是太幸運了。」

「是啊，我原本也一直擔心會被徵調，還為了躲避當兵而跑到濱松的兵工廠服務。如今回想起來，那簡直就像一場夢……後來濱松被炸成廢墟，我就跑到鄉下務農，直到現在。為什麼我沒被抓去當兵，連我自己也覺得不可思議。戰爭結束之後，我最擔心的就是妳了。沒想到妳能這麼輕鬆鬆地回到日本……」

服務生送上了熱騰騰的蕎麥麵，兩人皆捧著麵碗吃了起來。麵裡真的有染成了紅色的竹筍。

「真好吃……」

「很好吃，對吧？這家店是三國人[25]開的，不僅分量多，而且價格便宜。」

由紀子忽然想起位於池袋的那家布袋飯店。一想到等等必須跟伊庭回到鷺宮的住處，兩人擠在那狹窄的房間裡睡覺，一股厭惡之情便油然而生。為什麼自己追求的東西總是得不到，不想要的東西卻宛如命中注定一般不請自來？由紀子有一種自己的內心正在快速乾燥、風化的錯覺。

「今晚你要睡在家裡？」由紀子問。

「嗯。」

「但是已經沒有房間了。」

「妳睡在哪一間？」

「茶室，裡頭堆滿了行李。」

「一起睡不就得了？」

「但是沒東西吃。」

「這次我帶了三升米回來。那本來就是我家，我們就自己到廚房炊飯來吃，一點也不需要顧忌。而且我那些行李裡頭，還有一條不錯的棉被，回去我們就拆開行李，把棉被拿出來用。」

「不必了，我在池袋另外有地方住，今晚就不回去了。」

「何必這麼小心翼翼？」

「我不是那個意思。只是我得跟朋友討論工作的事，非得到池袋一趟不可。明天早上還要特地出門，實在太麻煩了……」

「我們這麼久沒見了，今晚我想多聊聊，跟我一起回去吧。我不知道妳賣掉了多少件和服，但是妳放心，我絕對不會罵妳。」

「賣掉和服的事，你愛怎麼罵都可以……今晚我真的得跟朋友討論工作的事。」

一想到要與伊庭共枕而眠，由紀子便不由得感到背脊發涼。

18

富岡的信州之行一再延期，田所那邊的問題依然遲遲無法解決。如今的世局可說是瞬息萬變，再不採取行動，肯定會喪失先機。聽說過一陣子貨幣的價值會產生大幅波動，無論如何一定要在那之前多訂購一些木材才行。而且最近據說紙張在黑市的價格也快速飆漲，如果可以的話，紙張的投資也不想放過。但是如今自己在社會上孑然一身，失去了組織的力量，富岡才驚覺自己的能力有多麼薄弱。如今的社會，每個人都是一臉值得信賴的神情，不時互相傳遞一些小道消息，其實每個人

25　三國人：原意為「當事國以外的第三國國民」，後專指曾經是日本殖民地居民的韓國人或台灣人。

心裡還是只為自己打著如意算盤……在這種戰敗的局勢下，絕大部分的人依然毫無危機意識，反而天真地認為這是千載難逢的好機會。大家都相信自己一定會遇上某種只屬於自己的成功力量，幫助自己出人頭地……比起戰爭時期，絕大部分的人更加喜歡現在這種宛如革命剛結束一般充滿刺激的日子。人是一種容易感到枯燥無聊的動物。富有變化、運轉不息的年代，才能讓人感到刺激有趣。至於以什麼樣的形式產生變化，就不那麼重要了。

為了開創自己的事業，富岡認為第一步唯有賣掉房子來獲得資本。只要能有五、六十萬的現金，藉由這筆錢打下事業的基礎，接下來不論任何困難應該都能迎刃而解。假如什麼也不做，放任時代賜予的大好機會從眼前流逝，那實在是太可惜了。

這天早上，正在吃早飯的時候，邦子忽然說道：

「上次曾經來家裡拜訪的那個布袋商會的女人，昨天晚上我又在附近看到她。是不是她在這附近有熟人？」

富岡原本刻意不去想由紀子的事，如今聽妻子這麼說，由紀子的那張臉孔再度浮上心頭。富岡默默喝著味噌湯，內心不禁想像由紀子在這附近走來走去時，臉上那副焦躁、不耐煩的表情。

「她問我『尊夫什麼時候會從信州回來』，我一時不知該怎麼回答，又怕你在回家的路上碰巧被她遇上，只好說你昨天已經回來了……接著我對她說，如果有什麼話要告訴你，我可以代為轉達。她說她只是剛好來到這附近，還要我告訴你，她現在每天都住在布袋商會裡，要你有空時去找她談談事情，就算是晚上也沒關係……她還說只要告訴你『希望你能歸還她上次代墊的那筆錢』，你就知道要談什麼事了。說完這些話之後，她就匆匆離開了。我看她臉上的妝化得好濃，真是奇怪的女人。」

富岡得知了由紀子的近況，胸口反而有種喘不過氣的感覺。從她所轉達的那番話聽來，她現在似乎無處可住，所以一直住在那間小旅館。上次見面時，富岡要給她一千圓，她堅持不肯收下，在池袋車站硬塞還給了富岡。那一天，由紀子還哭訴富岡為了自己的幸福而犧牲了他人，那句話如今依然在富岡的耳畔盤繞、激盪著。

想當初，富岡為了獲得由紀子，不惜讓個性耿直的加野幾乎變成了瘋子，由紀子也因而遭加野傷害。但那時候的富岡，是真心想要與由紀子結婚，而且也認為兩人都已做好了結婚的心理準備。富岡忽然覺得這頓早餐吃得味如嚼蠟，無奈地放下了筷子。由紀子那不幸的模樣浮現在心頭，讓富岡深感內疚。雖然是在遠赴他鄉時做出的行為，但是自己這麼做實在是太不負責任了。富岡甚至幻想著自己應該把房子賣掉，把全部的錢分給雙親及妻子，自己一毛錢也不拿，身無分文地跟著由紀子一同離去……但是這樣的幻想並沒有對富岡發揮任何安慰作用。

「你是不是跟那個商會借了錢？」

臉上不施脂粉的邦子不安地問道。

「妳昨晚幾點見到她？」

「大概七點左右吧。我出門買東西，回來時剛好遇上。昨晚你太晚回來，所以我忘了告訴你。今天早上我聽廣播，尋人啟事剛好有人在找一個姓『布袋』的人，我才想起這件事……那個布袋商會做的是什麼生意？」

富岡沒有回答這個問題。兩人吃早飯的時間總是比較晚，所以這時父母親都已經到其他房間去了。邦子一邊摺起報紙，一邊問道：「我能到那個商會去看一看嗎？」

富岡像著了魔一樣，凝視著邦子那瘦削的臉孔，好想對妻子說出心中的祕密。富岡覺得好累，不想再隱瞞了。好想讓妻子知道一切。對於自己的自私任性，富岡心知肚明。既沒有長久忍受不安的勇氣，也不曾真心誠意地想過如何解決由紀子的問題。這一切都是自作自受。自從回到日本之後，富岡就像變了個人，戴上牢固的面具，從此不再把感情顯露在臉上。對於丈夫的改變，邦子感覺到一種引人心焦的疏遠。那個濃妝豔抹的女人，必定與丈夫有著某種關係……邦子的心中有著如此陰鬱而不安的直覺。最近的富岡，眼神總是飄忽不定，即使是在愛撫、擁抱著邦子的時候，也常常突然停下動作，發出深深的嘆息。從前的富岡是如此激烈，彷彿要用盡體內每一分精力才肯罷休，如今的富岡卻常常中途放棄，甚至將邦子冷冷推開。

「老公……從法印回來之後，你變得跟以前完全不一樣了……」

剛回到日本後不久，邦子就曾一臉納悶地說過這種話。富岡其實也很清楚自己的改變。每天早上刮鬍子的時候，富岡看著鏡中的那張臉，都有如史塔夫羅金[26]一般令人厭惡。雖然自己並非舉世罕見的美男子，嘴唇並非珊瑚色，臉孔也不白皙而細緻，但是眼前這張泛青、浮腫的東洋臉孔，卻讓富岡聯想到《群魔》中的史塔夫羅金那陰鷙的噁心外貌。

田所最近似乎刻意與富岡疏遠，或許是因為看穿了富岡的心態變化吧。從前富岡追求邦子的時候，給田所添了不少麻煩，任勞任怨的田所絲毫沒有流露出不悅之色。再加上富岡剛從法印回來的時候，在社會上孤立無援，也全靠田所伸出援手。因此即便田所最近有些消極，也不好責怪於他。

「我實在不希望看見那種女人在我們家附近走來走去。老公，你跟她是不是有什麼瓜葛……？你這樣子真的跟以前完全不同。」

「別胡言亂語，我一點改變也沒有。」

「既然是這樣，由我來代替你前往那個商會還錢，好嗎？」

「這是男人的事，妳不必操無謂的心。」

「但我總覺得放心不下。」

「我都跟妳說不必擔心了，妳還不相信嗎？」

「我當然相信你，但我怕的是你有什麼把柄落在那個女人手上。每次只要一提到那個女人，你就會變得很容易生氣。」

「是妳老是喜歡疑神疑鬼，才惹我生氣。田所那邊的事情，已經讓我夠煩惱了，不要再增添我的不安，好嗎？」

富岡不禁再次心生感慨，好希望回到法印的山林裡。富岡總認為自己一旦離開了森林，不管做任何事業都格格不入，就連父母、妻子及家庭，也成了讓自己心煩的理由。在那片廣大的森林裡當一輩子的苦力，都比現在的生活要幸福得多。

驀然間，腦海中浮現了一幅色彩鮮豔的景象。那是在一大片泥濘的灘地上，有如將船錨組合交錯的紅樹林景色。耀眼的陽光不斷自天空灑落，將油亮的葉子照得閃閃發光。有如章魚腳一般的

26　史塔夫羅金：俄國作家陀思妥也夫斯基的著名小說《群魔》（*Demons*）中的男主角。

無數氣根，支撐著紅樹的枝幹。不管是在海防，還是在西貢，都有這樣的紅樹林連綿到港灣的入口處。富岡實在無法忘懷那些有如天鵝絨一般的帶狀樹林。好想再次回到南方去看一看。

如果能夠再去一次的話，相信這次自己一定能夠徹底擺脫戰爭的狂熱心態，好好靜下心來進行研究。但是不管再怎麼魂牽夢縈，終究是不可能加以實現，多想也只是空費心神而已。

富岡曾經思考過，既然不能搭船前往，不如乾脆游泳過去算了。家庭的問題，在富岡的心中根本無足輕重。或是偷偷跳上一艘航向南方的走私船，從此在日本的社會消失，再也不用忍受這種喘不過氣的感覺。

邦子見丈夫板著臉默不作聲，忽然流下了眼淚。

「妳在哭什麼？」

「我好痛苦，真的好痛苦。我一定是遭到了遲來的報應。因為那個人的關係，讓我遭到了報應。」

「妳想起了小泉的事？」

「不是，我早就把他忘了……我知道你最近有想要跟我分手的念頭，一定是各種報應落在我的身上了。」

「妳只是因為生活太苦，才會情緒不穩定。我從來不曾想過要跟妳分手……」

富岡的心中充滿了無奈。因為富岡知道自己又撒了一個謊。自己的體內彷彿有一團謊言，有如石榴的果實，正在張開大口嘲笑著自己。

19

最近這陣子，由紀子變得很愛哭。有時由紀子甚至懷疑，這是變成瘋子的前兆。每當哭泣的時候，對於未來的直覺就會化為一道不安的陰影，懸浮在自己眼前。由紀子知道這個直覺非常準確，甚至可以說是必定會實現，從來不曾出錯。既然自己沒有任何強而有力的人脈背景及支柱，當然只能像一顆小石頭一樣，一天到晚被他人一腳踢開。

由紀子對富岡的愛，已經逐漸被富岡現在的心情所同化。兩人即使見了面，往日的激情也早已褪了色，只剩下彷彿正在遭人指指點點的膚淺感受。無處宣泄的感情，強迫兩人想方設法見上一面，強迫兩人回想起那些只屬於兩人的遙遠回憶，強迫兩人沉浸在那些早已流失色彩與香氣的美好回憶之中……明知毫無意義，由紀子還是一次又一次地想要與富岡見面。但每次見了面，也只是再次確認回憶早已褪色罷了。置身在這戰敗的現實生活中，兩人心中的那些遙遠回憶已無力再點燃一絲一毫的火苗。

當初在大屻的時候，富岡曾經說過，在相愛的瞬間如果不立刻在一起，未來一定會抱憾終身。如今回想起來，富岡所說過的這句話，反而成了兩人現實處境的唯一答案。

以由紀子手頭的錢，當然無法在池袋的旅館裡久住。數天之後，由紀子只好又回到了位於鷺宮的伊庭家。此時伊庭已回靜岡去了，還聲稱再過兩、三天之後，就會舉家正式搬回東京，因此要家裡的人空出六張榻榻米大的茶室，以及另外一間四張半榻榻米大的會客室。所謂的會客室，也只是空有其名，抬頭可看見屋頂的紅色屋瓦，地板鋪著無邊榻榻米，除此之外既無壁龕也無衣櫥。

由紀子只在伊庭家睡了一晚。伊庭特地留了一封信給由紀子，上頭寫著：「行李我都檢查過了。我並沒有生氣。東西賣了就賣了，那也沒辦法，但妳可別再給我添其他麻煩。家裡實在太窄了，等我們搬回來之後，沒辦法繼續留妳在家裡住。妳想要去哪裡，就去哪裡吧。如果無處可去，我勸妳先回鄉下一趟，跟家人們好好討論妳的未來。我不在的這段期間，如果妳又偷拿我的行李，到時候我也會有因應之道。」

茶室裡的行李都以繩索緊緊綁住了，還貼上了紙封條。由紀子讀完信之後暗自竊笑，忍不住想要拿剪刀把綁著行李的細繩全部剪斷。

男人都是這樣。真的遇上了事情，只會當縮頭烏龜。由紀子不禁感慨，男人的心態真是既貪婪又猥瑣。既然伊庭說他有因應之道，那就看看他要怎麼因應吧。隔天早上起來，由紀子從行李之中挑出了一包棉被，交代附近的運送業者送至池袋的布袋飯店。住在伊庭家的那一家人也沒有阻止由紀子。由於他們跟伊庭原本就互有嫌隙，因此對於由紀子的行動，他們一直採取中立態度，完全沒有出言干涉，甚至可能還在心裡暗暗叫好。

由紀子接著來到了池袋的旅館，打開那包棉被一看，裡頭除了有棉被之外，還有伊庭的一件棉襖、一件老舊的斗篷大衣，以及一袋大約五升的紅豆。棉被的部分，則有兩條木棉墊被、一條毛毯，以及一條棉絲混織的蓋被。光看到這些棉被，由紀子就感覺到胸口有一股暖意。由紀子立刻將斗篷大衣及紅豆拿到車站旁邊的市場賣了。原來偷東西是這麼有趣的事。伊庭的行李那麼多，自己就算拿走這點東西，也沒什麼大不了。由紀子一想到自己被那個男人玩弄了三年，便感覺胸口噴出一股遲來的怒火，巴不得想要把他的行李一股腦全部偷走。

透過池袋旅館老闆的介紹，隔天由紀子向附近的雜貨店租下了一間老舊的置物間。那家雜貨店在老屋子的旁邊蓋了一棟新的屋子。

置物間約有三坪大，裡頭堆了一捲捲的馬口鐵。牆上沒有窗戶，只有天花板處有個天窗。沒有電也沒有水。雜貨店的老闆特地為由紀子在置物間裡鋪了兩張老舊的榻榻米。這樣的空間，容一個女人窩身已是綽綽有餘。由紀子終於擁有了屬於自己的房間，心裡突然好想見到富岡。接著由紀子將一條墊被賣給了布袋飯店的老闆，以這筆錢買了釜鍋、小炭爐，並且第一次買了一升黑市的米，以及少許的炭。由紀子用那帶著些許金屬臭味的全新鋁鍋炊了飯，並將剩下的火燙木炭放在桌爐裡。由紀子將生雞蛋鋪在熱騰騰的白飯上，吃了一口，深深感覺到能夠自己炊煮食物是件多麼難能可貴的事。以白米飯飽餐一頓之後，由紀子坐在桌爐裡發起了愣。雖然食欲已獲得了滿足，但寂寞的煎熬卻有如大雨一般灑落心頭。由紀子有時數著棉被上的縫針數量，有時看著以木材隨意切削而成的木牆。寒風不時從木牆的縫隙灌入，吹得蠟燭燈火劇烈搖曳，好幾次差點熄滅。由紀子愈來愈不安，不禁開始擔心自己能否適應這種獨居生活。房間的角落還擺著一個裝滿了水的水桶，更讓房內顯得冷清蕭條。由紀子的心頭一方面感受到小小的幸福，一方面卻也明白這幸福有多麼不可靠。雖然要活下去已不成問題，但明天的自己該何去何從，依然毫無著落。

隔天早上開始下起了雨。

由紀子睡到很晚才起床，出門後先寄出一封給富岡的信，接著到公眾澡堂洗了個澡。回程的路上，由紀子繞到車站，買了一份報紙。一翻開來，首先便尋找徵人啟事中是否有人徵求打字員。由紀子的內心一方面巴不得明天就立刻開始工作，另一方面卻又有種無欲無求的失落感，彷彿身心都已成了虛無的空殼，只想在這陰暗的小屋裡渾渾噩噩地度過每一天。

這樣的心情大概維持了四、五天左右，富岡一直沒出現。算起來他應該已經從長野縣回來了才對，但他卻遲遲沒來找自己，這或許意味著他根本沒收到那封信。

這一天，由紀子漫無目的地來到了新宿。不知不覺已到傍晚，寒風陣陣襲來。大部分的攤販都已經收攤了，整個新宿街頭宛如冷清蕭條的沙漠。由紀子走在路上，裝出一副有事要辦的表情，內心卻感覺空虛寂寥。由紀子甚至曾經考慮過乾脆回靜岡算了，但好不容易才得到了棲身之所，實在捨不得放掉。自己接下來的人生，彷彿就從那小小的房間開始。由紀子一邊沉思，一邊走到了伊勢丹百貨的附近，忽然被一個身材高䠷的外國人叫住。外國人問由紀子要去哪裡，由於事出突然，由紀子只是笑著停下腳步。接著外國人與由紀子並肩而行，由紀子的內心也變得愈來愈大膽。那外國人有如連珠砲般說個不停，由紀子只是緊貼在外國人的身邊走著，一句話也沒說。命運似乎正慢慢朝著不同的方向轉動。兩人內心的衝動，在這短暫的邂逅之中，為心靈帶來了一種旺盛的活力。

外國人不時微微彎下腰，一邊以手指輕觸由紀子的下巴，一邊以極快的速度對著由紀子說話。由紀子回想起從前在大叻的時候，跟安南人說話有時也會夾帶法語及英語。此刻的情境，讓由紀子產生了彷彿回到當年的錯覺。她也開始以生澀的英語斷斷續續地回應。

「我只是漫無目的地隨便亂走。」

「那太好了，我也正在漫無目的地隨便亂走。」

不知不覺，由紀子伸手攬住了外國人的手臂。明明沒什麼好笑的事，由紀子卻嗤嗤笑個不停，簡直像喝醉了酒一般。

兩個人就這麼勾著手，走進了新宿車站。在外國人的帶領下，由紀子第一次搭上了外國人專用的省線電車。由紀子感覺既得意又自豪，故意縮起了身子，將身體緊緊貼在自己的男伴身上。

由紀子回想起西貢的街道，感覺好像又回到了當年。最後由紀子將外國人帶回自己簡陋的小房間裡。那外國人的身材實在太高大，頭頂幾乎快碰到天花板。他以粗魯的動作將一雙長腿伸進冰冷的桌爐底下，一對眼珠不時左顧右盼，彷彿在觀察著什麼稀奇的事物。蠟燭的火光不斷搖曳，為陰暗的房間帶來了微弱的光芒。由紀子點起了小火爐，大量的濃煙開始在屋內翻舞盤繞。由紀子指著天窗，向外國人下令：「Window! Get up!」那外國人也很隨和，乖乖起身打開了天窗。成束的煙霧就這麼竄入天窗之中，迅速排出了屋外。

20

隔天下午，那外國人再度來訪。他提著一個綠色旅行袋，走進了低矮的小房間。接著拉開旅行袋，將裡頭的禮物一一取出，同時嘴裡說個不停。他取出的東西，有一顆大枕頭、一個沉甸甸的小盒子、一些口糧及零食。那小盒子原來是電池式的收音機，外國人一轉動開關，旋即傳出了甜美的音樂聲。由紀子將那迷你收音機貼在耳邊，故意像個孩子一樣雀躍不已。那收音機彷彿正訴說著歷史的動盪與變遷，飄揚出的旋律好似夾帶著超越一切的命運。雖然兩人在語言上無法充分溝通，但彼此並不十分在意。透過肉體的接觸，他們像是可以完全理解對方的人性特質。這為由紀子增添了不少自信，讓由紀子能夠毫無畏懼地踏出生活的第一步。那顆碩大的枕頭，似乎讓兩人特別有感觸……由紀子看著乾淨潔白的枕頭套，忍不住眼眶含淚。

對於孤獨而飢渴的人而言，一顆大枕頭或許有著特別的意義，甚至可以說是擁有一種力量，能夠讓由紀子重新振作起來，過正常人的生活。由紀子一點也不感到可恥或丟臉，反而佩服男人能夠帶一顆枕頭來，認為那是相當了不起的行為。

——懷念的人兒啊。如今雖已凋零，昔日卻如瑠璃。這鮮豔的花兒，好似過去與妳的快樂時光，撫慰著我的心——

外國人自稱名叫喬，他輕聲哼出了收音機正在播放的一首《勿忘草》，同時在紙上寫下英文歌詞，交給由紀子。他告訴由紀子，希望在他下次前來拜訪之前，由紀子能夠將歌詞記住。由紀子一一指著紙上的每個單字，向喬請教發音，並且試著哼唱出來。那令人聯想到豐饒大陸的男性特質，深深打動了由紀子的心。由紀子在喬的身上感受到了一種不存在於富岡身上的爽朗性格，一種不論到了世界上任何角落都能活得自由自在的民族性。每次由紀子與富岡見面，總是會感受到宛如一針針刺入胸口的寂寥，但是與喬相處的時候，卻完全沒有那樣的感覺。甚至不會因為失焦的對話，而讓自己的情緒隨著對方高低起伏。兩人能夠相處得如此自然且自在，或許正是因為不必互相揣測對方的想法。能夠自行發出聲音的收音機，對由紀子而言就像是一個珍奇的玩具。這天傍晚，喬離去之後，由紀子拿著富岡所送的肥皂，去了一趟公眾澡堂。這塊「棕欖」牌的肥皂，據說是從西貢買來的，更是讓由紀子的心頭五味雜陳。就算富岡從此再也不出現，由紀子仍有自信能夠獨自一人活下去。比起等待那種老是讓自己傷心難過的男人，不如維持現在的生活，或許反而更加愉快而愜意。但是另一方面，由紀子也心知肚明，如今的快樂時光也不過是一場夢幻泡影。

搬到了小房間的十多天後，某個傍晚，富岡終於來了。由紀子原本以為是喬來了，興匆匆地打開了門，沒想到竟然看見富岡縮著身子站在門外，一副很冷的模樣。「原來是你！」由紀子吃驚地說道。

富岡也吃了一驚。在黃昏的夕陽餘暉下，由紀子竟然梳妝打理得頗為豔麗，簡直像變了個人。盤在頭頂上的頭髮抹得油油亮亮，眉毛剃得極細，眼睛畫上了眼線，耳朵上還掛著人造鑽石的耳環。不過兩隻腳卻有些髒汙，而且明明天寒地凍，由紀子卻連厚底襪也沒穿，只穿著一雙涼鞋。

「妳怎麼搬到了這種奇怪的地方？」

「哪裡奇怪了？在我的眼裡，這裡跟宮殿沒兩樣。」

此時房間裡的牆壁已經貼上了一整面白紙，還釘上釘子，吊上了花籠，裡頭插著菊花。一張小矮桌上，蠟燭正搖曳著火光，旁邊的小盒子不斷傳出廣播聲。造型華麗的巧克力盒，以及吃完了巧克力後剩下的銀色包裝紙，在蠟燭的火光下熠熠發亮。富岡沒有坐下，在小房間裡環顧左右，心裡已明白在這短短數天內，女人已有了極大變化。

「這些東西看起來真是新潮。」

「是嗎？」

收音機正傳出舞曲。由紀子見富岡愣愣地站著不動，露出了宛如孩子惡作劇被大人發現的笑容，將腳伸進了桌爐內，問道：

「你是什麼時候從信州回來的？」

「兩天前……」

「噢……我的信，你看了嗎？」

「正是因為看了信，所以來找妳。」

「怎麼不坐到桌爐裡來？」

富岡將帽子的前端往上推，粗魯地將膝蓋伸進桌爐內。那顆白色的大枕頭就擺在平常喬所坐的位置，看起來特別醒目。富岡目不轉睛地瞪著那顆大枕頭，說道：

「妳看起來好像很幸福。」

「是嗎？我只是運氣不錯，沒有變成人乾……」

富岡聽了這句酸溜溜的話，只是默默凝視由紀子的臉。在燭火的照耀下，由紀子的臉孔竟與柔兒有幾分神似。身為女人的堅韌特質，清晰地烙印在那張臉孔上。富岡看著那與過去截然不同的由紀子，內心竟產生了一股不知該說是羨慕還是嫉妒的感情。如今的由紀子，體現出的是一種完全不受任何事物影響、而且唯有女人才能擁有的獨特生活方式。富岡目睹了女人與生俱來的強韌生命力，反思自己此時的可悲現況，不禁暗自感到憂心。對於這種無拘無束且擁有絕對二元性的女人生活方式，富岡不由得驚嘆原來這也是活下去的方法之一。但是另一方面，原本一直認為這個女人是沉重包袱的卑劣念頭，竟也跟著一掃而空。富岡此刻反而萌生一股強烈的欲望，就好像看見了正要逃走的魚兒，內心產生非要吃到不可的飢渴。

「真羨慕妳……」

富岡忍不住說道。

「唉喲，你說這是什麼話？你羨慕我什麼？我過著這種生活，有什麼好羨慕的？為什麼你這個人說話總是反反覆覆？」

「如果讓妳不舒服，我道歉。我只是心裡有這種感覺而已。當一個人時運不濟的時候，總是會羨慕起別人。」

「你在開我玩笑嗎？日本的男人，每個都是像你這副德性，滿肚子都是自私的想法，只會想到自己而已……」

由紀子愈說愈是氣憤。富岡在桌爐裡抖著膝蓋，一邊拿起小收音機，抓著上頭的旋鈕轉來轉去。由紀子走出屋外，來到車站附近。原本打算如果喬來了，就請他今天先回家。但是等了三十分鐘左右，喬一直沒出現，由紀子不想繼續等下去，於是只好到市場買了一啤酒瓶的私釀酒，回到小房間。富岡正趴在桌爐上，一副快要睡著的模樣。那背影是如此不起眼，跟當初在大叻時的意氣風發截然不同。

「我買了一些酒，你要喝嗎？」

「噢，妳要請我？」

由紀子換上一根新買來的蠟燭，倒了兩杯酒，自己也拿起杯子喝了一口。

「工作的事進行得順利嗎？」

「不太順利，我現在決定要把房子賣了，能不能成功就賭這一把。」

「那你的家人要怎麼辦？」

「我有個姑姑住在浦和，可能全家先搬去跟她住吧。事到如今也只能這麼做了……依賴他人提供資金總不是辦法。」

「看來做生意真不是件容易的事……」

「聽聽妳那局外人的口氣……沒想到妳現在生活過得不錯，比我原本所想的要安定得多，讓我有些佩服……」

「這是諷刺嗎？」

由紀子幾杯酒下肚，膽子漸漸大了起來，已不在意喬到底會不會來。此時由紀子已深深明白，自己真正的生活，一直是不知何去何從的。看不見未來，只能走一步算一步的狀態，正是自己此刻的寫照。由紀子變得愈來愈大膽，目不轉睛地看著眼前這個身上沾滿了灰塵且散發出體臭的男人，不禁覺得他實在是有些可憐。此時由紀子已經醒悟，環境對一個人的改變之大，已經到了不可思議的地步。不過由紀子並沒有察覺，像這樣的觀察力愈來愈好也是一種悲哀，只是抱著隔岸觀火的心情，冷漠地注視著富岡。

富岡其實也籌來了一些錢。他伸手到外套內側口袋掏摸，取出了一疊裝在牛皮紙信封袋裡的鈔票，隨手拋在桌上。

「雖然不多，但妳收下吧。我怕妳沒錢過日子，特地籌來的……」

由紀子看著那牛皮紙信封袋，也沒特別感動，只是說道：

「自從回到了日本之後，我最近漸漸明白了一些事情。其中一件事，就是日本真的戰敗了。既然這是無法改變的事實，我這陣子漸漸開始認為沒必要恨你……」

由紀子在小火爐裡添加了一些炭，烤起了魷魚。烤好之後，由紀子將魷魚撕成一片片的碎塊，放在盤子裡。看著油油亮亮的指尖，由紀子的內心產生了一種膚淺的幸福感。自以為人生將會一帆風順的短暫幸福，或許就像是這魷魚的味道吧。由紀子在心裡暗自竊笑。我現在過得很好，那你呢？怎麼看起來像是一條口吐泡沫的泥鰍？由紀子在心裡說著。

不遠處傳來省線電車的聲響，整個地面也隨之隱隱震動。由紀子急忙起身，將門鎖上。隨著醉意愈來愈濃，富岡與由紀子都自然而然地感受到一股哀愁，彷彿內心正墜入萬丈深淵。

「早知道就留在大叻不回來了，是嗎？」

富岡沉思後說道。

「是啊……不過既然已經回來了，住在日本也沒什麼不好。我心裡其實認為回來才是正確的決定。如果繼續住在大叻，我們兩個人都不可能獲得幸福。因為我們不可能過像以前一樣的生活，我們成了戰敗國的國民，再加上身無分文，那樣的日子我們兩人都過不下去吧。還是應該像這樣乖乖跟其他日本人一起過苦日子，才是最踏實的做法……」

真的是這樣嗎？我自己的心裡真的這麼認為嗎？由紀子思索著自己說出的話，總覺得那只不過是在自圓其說而已。

人的想法其實是極不可靠的。不論在思考之後得到任何答案，到頭來不過都是在自圓其說，為自己的行為尋找合理的藉口。由紀子吃著魷魚，聞著魷魚的氣味，不帶情緒地思考著自己回到日本之後歷經這種種事情所展現出的勇氣。

富岡拿起收音機，轉動上頭的旋鈕。小盒子傳出字正腔圓的新聞播報聲，卻帶著一股蕭條肅殺之氣。

富岡似乎再也按捺不住，關掉了收音機，開口說道：

「聽說加野回來了。」

「噢……真的嗎？」

「上次我遇見了一個許久不見的朋友，他在鳥取縣的林野局工作，這是他告訴我的消息。」

「原來如此……他還好嗎？」

「妳想見他？」

「是啊，當然想。他是個正直的人，跟你完全不一樣。」

「我想也是……」

由紀子一得知加野已經歸來，不由得懷念起當年在法印的生活。自己這一生之中，恐怕是沒辦法再得到那樣的青春回憶了。同時由紀子也不禁心想，富岡跟自己之間，一旦少了加野，似乎什麼都不對勁了。就在這時，突然響起了敲門聲。由紀子連忙起身，開門走出屋外。果然喬就站在門口。由紀子告訴他，今天有故鄉的親戚來訪，要他明天再來，同時推著他往車站的方向去了。富岡聽著門外傳來的外國話，感覺幾乎快要喘不過氣，彷彿有什麼沉重的東西壓在肩膀上。富岡極想問個清楚，由紀子到底是怎麼認識了這個外國人。看著那顆碩大的枕頭，富岡不禁心想，由紀子可能會就這麼離自己而去。大約一個小時後，由紀子才獨自回到房間。

「我是不是打擾妳了？」

「沒關係，我已經請他先回去了……」

「妳跟他是怎麼認識的？」

「這一點都不重要吧？他也是個內心寂寞的人，這就跟你當年疼愛柔兒的心情一樣。」

「別說這種奇怪的話……」

「我接下來也會不斷改變嗎？」

「或許吧，但那也沒什麼不好。我不會對妳抱怨什麼。」

「他不懂年輕，而且非常溫柔，還教我唱歌呢。」

「噢……」

「他真的是個很好的人，但是再過兩個月，他就要回故鄉去了。」

「那妳得趕快找下一個才行。」

「你真是的，哪壺不開提哪壺……他可是我在走投無路的時候，好不容易遇上的貴人。或許你心裡會抱怨這就是女人，但是既然你沒辦法好好照顧我，又怎麼能說我什麼……滿腦子只想著自己，從來不把女人放在心上，一點擔當也沒有。如果你只是抱著半吊子的心情，就別想要隨便干涉我的想法。」

此時蠟燭的燈火忽然熄滅，天窗看起來反而異常明亮。由紀子摸黑找到蠟燭，擦亮火柴點上。

「你剛剛那樣說，是抱著就這麼結束也無所謂的心情，對吧？」

由紀子說得憤憤不平。富岡喝下杯裡的殘酒，脫下帽子放在榻榻米上，內心無論如何不想離開這裡。藉由這短暫的醉意，富岡感覺內心萌生了一股勇氣。即使拋棄過去的一切習慣，跳進危險的深淵也無所畏懼。毫無目的的酒醉，帶來了缺乏深思熟慮的衝勁，就好像身邊多了一群瞎起鬨的朋友一樣，整個人的膽子都大了起來。

或許這也是剎那間的歡娛時光長年累積所帶來的任性。富岡看著坐在眼前的女人，想像著即將到來的剎那時光，忍不住想要測試看看自己能夠多卑劣。女人有如貂鼠一般，雙眸閃爍著靈動的光芒，在酒精的催化下，散發出往日的魔力。兩人自從回到日本之後，心靈都變得委靡不振，面對強烈的陽光甚至會感到難以招架。但是在醉意之中發自體內的剎那呼喚聲，卻是如此強而有力，彷彿充盈在全身每個角落，不會因為些許的痛苦而退縮。

「今晚我能睡在這裡嗎？」

「打從一開始，你就打算今晚睡在我這裡？」

「當然……」

「少騙人了，你只是突然想這麼做而已吧。我現在變聰明了，可不像以前那麼傻。你就是這樣的人，嘴裡只會說些好聽的話，自以為能夠把我騙得團團轉，你們日本男人都是這樣。今晚你可別想睡覺，看我怎麼好好整治你……」

「我不是那個意思。如果妳不方便，我今晚就不住下來了……我只是心情浮躁，沒有辦法克制自己……」

由紀子又轉起了收音機，富岡想也不想地說道：

「找找看有沒有外國的節目吧，例如舞曲什麼的。我實在不想聽日本的廣播節目，聽了心好痛，別再放了。」

收音機新聞正播報的是審判戰犯的軍事法庭的最新進展。由紀子想要捉弄富岡，故意將收音機放在桌上。富岡一時怒上心頭，抓起收音機關掉開關，粗魯地扔在地板上。

「你幹什麼！」

「我說過我不想聽！」

「當然要好好聽個仔細，怎麼能不聽？這可是跟我們息息相關的事情。所以我說你想法幼稚，太不會想了……」

由紀子雖然嘴上這麼說，但也沒有起身拾起那小收音機盒，只是瞪著富岡，啜了一口酒。當初那有如驚濤駭浪般的戰爭，如今竟然已完全平息，簡直就像是沒有半點漣漪的平穩水面，甚至給人卑微的感覺。在由紀子的眼裡，這一切根本就像是一齣喜劇，而兩人也是其中的演員，在這破爛寒酸的屋子裡相對而坐。富岡脫下了發出臭氣的襪子，但依然穿著外套，就這麼橫躺了下來。明明那看起來潔白又柔軟的大枕頭就在旁邊，但富岡連瞧都沒瞧一眼，只是將手枕在頭下。就連由紀子也露出一副彷彿根本沒有枕頭的態度。在富岡的眼裡，由紀子這個女人是如此無所畏懼，不受一切束縛。

「我知道你根本沒有能力解決眼前的問題。既然你不能跟我一起生活，我只好以自己的方式過日子，你可別怨我。」

「我不會妨礙妳的。偶爾來找妳玩玩，應該可以吧？」

「我才不要！而且你今晚就已經妨礙我了。」

「讓妳沒辦法工作？」

「你說什麼？原來你心裡是這麼想的。你老是想裝成循規蹈矩的好人，卻在心裡嘲笑他人的弱點！加野先生跟我，都上了你的當！」

「妳的意思是說，從頭到尾都是我欺騙了妳？」

由紀子霎時陷入沉默。實際上的狀況，甚至不能說是各占一半。如果要追究的話，自己主動愛上富岡的成分還是比較多。由紀子忽然呸的一聲，將嘴裡的魷魚吐在掌心，大聲喊道：

「是我不對！是我不該愛上你！這樣你滿意了嗎？」

由紀子接著將手中那塊魷魚扔進了小火爐內。小火爐冒出藍色火光，同時飄出了魷魚的焦味。富岡在深夜離去了，終究沒有留下來過夜。臨走之際，兩人鬧得非常不愉快。由紀子默默屏住了呼吸，聽著富岡的腳步聲逐漸遠去，心頭忽然一陣難過，匆忙推門來到了屋外。頭頂上方是閃爍著無數星辰的夜空，前方是瀰漫著霜氣的寒冷街道。由紀子穿過一片漆黑的市場後方，奔到了車站附近，卻沒有發現富岡的蹤影。

淚水忽然奪眶而出。無處宣泄的悲愴，讓由紀子哭著奔回了小房間。第三根蠟燭就在這冷冷清清的房間裡，一邊搖曳著火光一邊慢慢變短。由紀子深感後悔，不該說出那麼過分的話。那一句又一句尖酸帶刺的言詞，事實上並不全是在指責富岡。但富岡卻拋下一句「被妳說成這樣，想要睡一晚的心情都沒了」，慢條斯理地穿上襪子，站了起來。由紀子吃了一驚，抬頭仰望富岡，但既然話已說出口，也不好收回。其實由紀子的心裡是希望富岡住一晚的。希望富岡留下來，互相排遣寂寞。

由紀子吹熄了蠟燭，鑽進桌爐內，像一頭野生動物一樣瑟縮著身子哭泣。

21

富岡在深夜回到了家中，心情卻因為跟由紀子吵了一架而陰霾不開。時間已經很晚了，邦子卻還在收拾行李。想到要將這棟住了這麼多年的房子賣掉，不如乾脆讓它在戰火中燒毀，反而落得清爽。

富岡感覺自己周圍的一切事物彷彿正在一一消失。對於未來的一切都還說不準的自己而言，擁有那麼多家人反而像是身體被卡在堅硬的岩石之中一般，幾乎讓自己喘不過氣來。富岡一方面羨慕由紀子的生活方式，一方面卻又為由紀子那大膽的作風感到極度悲哀。富岡不禁埋怨自己太過沒用，無法好好保護她。近期之內，一定要再跟她見一次面才行。再次確認她的內心已變得暴躁而尖酸刻薄，然後跟她徹底分手。否則的話，自己簡直就像是個可憐的輸家。繼續像這樣拖拖拉拉地維持著關係，自己跟她之間是絕對不會有結果的。但富岡不禁轉念又想，「結果」指的到底是什麼？自己跟由紀子的心情為什麼會形成對立的關係？自從回到日本之後，富岡第一次感受到了這種微妙的女人心思。但是對於自己的心境變化，富岡也不由得大感失望。原來人心是如此見異思遷，會因為環境的改變而發生截然不同的變化。富岡不禁垂下了頭，深深感到沮喪。原來山盟海誓與堅定不移的純潔之心，會如此輕易地被沙土掩蓋其光芒……即使就這麼與由紀子分手，似乎也沒什麼大不了，但一股任性又自私的想法，卻帶著鮮豔的色彩在富岡的心頭不斷閃爍。至少再見一次面，再次確認由紀子的心態之後，再來分手也還不遲。

天快亮的時候，由紀子做了一個夢。夢中的自己回到了大叻的官舍，與加野兩人在陽台相擁而坐。那場夢莫名地真實，而且帶有一種莫名的感傷。

醒來之後，由紀子回想起從前在昂特列村的茶園裡發生的一件往事。那一天，由紀子跟加野、富岡三人一同前往了位於阿爾卑・普羅伊的茶園。當時正值新年期間，地位較高的安南人都身穿黑色上衣與白色絲質長褲，前往位在山坡上的昂特列村中央的教堂。昂特列村是一個受廣大森林包圍的村落，景色美得像油畫一樣。

海拔高度約一千六百米，氣溫最高二十五度，最低六度，土壤為玄武岩質的紅土。富岡告訴由紀子，這一帶的氣候條件雖不利於種植茶葉，但由於土壤相當優良，足以彌補氣候上的缺點。或許是因為高原上的氣溫較低，茶樹都長得不高，只是往橫向成長。由紀子身穿有著蕾絲邊的白色連身裙，依偎在富岡的身邊，走在宛如棋盤格線一般交錯縱橫的茶園小徑上。加野不時停下腳步，露出不悅的表情。最後他終於開口說道：

「我好痛苦……快要流鼻血了……」

富岡與由紀子聽加野說了奇怪的話，同時轉頭朝他望去。

「怎麼了？身體不舒服嗎？」由紀子問道。

「由紀子，妳真是個殘酷的女人。原來妳帶我來這裡，是為了這麼捉弄我？」

「咦？為何這麼說？我沒那個意思……」

由紀子滿臉通紅，還想要說話，卻看見加野的臉上露出了詭異的笑容。

「請妳不要攬著富岡的手臂好嗎？」加野說道。

一時之間，富岡不禁懷疑加野這個人是不是瘋了。由紀子急忙放開了富岡的手。

下一秒，富岡突然哈哈大笑。擔任嚮導的安南人嚇了一跳，露出一臉慌張的表情，以為自己做錯了什麼事。

三人雖然繼續前進，但逐漸拉開了距離。

「我們會將栽培了十八個月的健壯茶苗種植在這裡。每年約施行五、六次的除草及間耕。施肥方面，每公頃使用三十公斤的氮及四十公斤的磷酸。此外每兩年還會施一次鉀肥，以五十公斤為基準量。從種下茶苗算起，大約兩年後可以開始採收茶葉。到了六、七年的時候，茶葉的採收價值已經能夠與經營費用打平。到了大約第十年，茶樹開始進入成年期……」

由紀子聽著嚮導說明茶園的經營細節，內心不禁佩服法國人的熱情。法國人竟然願意耗費這麼漫長的歲月與精力，在這種地方開闢茶園，其大陸精神令由紀子著實感到敬畏。雖然說明的內容及理論全都聽得似懂非懂，但可以肯定的一點是，要建立起一座眼前這樣的茶園，必須歷經相當漫長的努力。由紀子一方面聽得咋舌不已，另一方面卻也為身為日本人感到可恥。日本人竟然企圖在這麼短的時間裡就徹底掌控這片廣大的茶園，這種坐享其成的心態實在是非常要不得。

曾經有無數的人在這片土地上揮灑汗水，才能打下基礎，心胸狹隘又卑劣的日本人竟然在上頭跋扈橫行。由紀子不禁代替日本人深切反省，認為自己的行為就像一群短視近利的野貓。另一方面，剛剛加野要求兩人不要攬著手的那句話，也讓由紀子一直牽掛在心上。嚮導依然拚命說個不停，但由紀子的心裡實在不認為日本人接下來還能占據這片法印的土地數十年。在不久的將來，日本人必定會以某種形式遭到報應。

「就算日本派大軍壓境，也沒辦法在一朝一夕間將這些廣大的茶園及奎寧樹園完全掌握在手中。頂多只能巧取豪奪，以骯髒的手法加以利用，最後棄之不理……」

富岡不屑地說道。加野什麼話也沒說，看見安南人的胸前吊著一枚象牙製的大官印，竟然強行摘下，掛在自己的胸口。由紀子看了不禁皺起眉頭。正是在那天晚上，由紀子遭喝醉酒的加野割傷了手腕。

如今這一切，也都成了過往雲煙。當年散布在那片美麗土地上的日本人全都被趕回了日本。這說穿了，不過是理所當然的結果。由紀子睜大了雙眸，凝視著天窗外那片正在下雨的黎明天空。

唯有那顆柔軟而碩大的枕頭，帶給由紀子極大的心靈慰藉。昨晚富岡的來訪，如今回想起來也成了夢境的一部分。

由紀子拿起收音機，正轉著旋鈕，忽響起了敲門聲。由於這個時間不可能有人會來拜訪自己，由紀子滿心以為是布袋飯店的人，想也不想地起身開了門。沒想到竟然是伊庭，他面目猙獰地站在門口，身後還跟著布袋飯店的女服務生。那女服務生什麼話也沒說，就這麼轉身走進了巷子裡。

「我就知道會有這種事。」

伊庭脫下鞋子，大跨步走進房間裡。由紀子全身打顫，一句話也說不出口。

「妳一定沒料到我會找到這裡來吧？沒想到妳竟然變了那麼多……」

「你別大聲嚷嚷。」

「妳還有臉對我說這種話！」

「什麼事情惹你這麼生氣？」

「能不生氣嗎？我可是找了運送業者，才問出妳的下落。妳偷了我的棉被，還把棉被拿到旅館賣掉，難道我不該生氣？而且聽說妳還成了『潘潘』[27]……」

由紀子氣得說不出話來，見了伊庭那凶惡的模樣，更是一陣作嘔。如果可以的話，巴不得讓自己立刻從世上消失。

「我也是為了活下去。不過是棉被而已，有什麼好大驚小怪？」

「沒有棉被，妳就沒辦法工作賺錢嗎？」

「你這麼嚇人，到底要我怎麼樣？你可是玩弄了我三年，我只不過是拿了你的棉被，有什麼大不了？如果你想要，那你就拿回去吧。」

「不用妳說，我也會拿回去。雖然有點髒，但洗一洗還是能用。這也是我重要的家財。」

伊庭語帶譏刺地說完，掏出一根菸叼在嘴裡，一邊找著火柴，一邊左顧右盼。他看見了收音機及那顆大枕頭，忽然露出嘲諷般的笑容。由紀子看了伊庭那表情，氣得彷彿胸口有一把火在燒。但伊庭心裡在想著什麼，由紀子也不想管，只希望他立刻離開。此時伊庭似乎又想起了另一件事，說道：

「看妳好像混得不錯，是不是有什麼好門路……？只要能夠讓我分點好處，棉被我可以借妳一陣子。」

27　潘潘：原文作パンパン，指二戰結束後專以駐日美軍為對象的日本娼妓。當時由於日本正值混亂時期且物資匱乏，淪為「潘潘」的日本女性不在少數。

由紀子沉默不語。從前自己年紀小不懂事，竟然任憑這個男人予取予求，由紀子不禁為自己深感悲哀。由紀子實在不明白，為什麼自己身旁的男人一個比一個更加墮落、窩囊？

「妳是不是知道什麼搖錢樹？有沒有辦法弄到香菸或是衣物什麼的？」

「你在說什麼？快拿著你的棉被離開，我不要了……」

由紀子眼眶含淚，已顧不得面子。心裡懊惱不已，不想再看見伊庭的臉。此時伊庭忽然伸出手，拿起那小收音機盒子。一轉開旋鈕，收音機傳出了三味線的清脆旋律。

「噢，這玩意裝電池就能用，真是方便。」

伊庭拉開小盒子的背蓋，裡頭排列著好幾根有如玩具一般的真空管。由紀子站在一旁看著，心裡再也按捺不住，轉身從棉被底下抽出桌爐的架子，接著以極快的速度將棉被摺好。

「慢慢來，我不急著走……」

打從昨天起，由紀子便感覺這小小的收音機不斷給自己惹麻煩。如今那三味線的音色，聽來帶了三分哀愁。

「對了，我帶來了七、八串烤地瓜，妳知不知道有誰會買？」

伊庭一邊蓋上背蓋一邊問道。由紀子當然不會知道有誰要買烤地瓜，一句話也沒說。

「這收音機應該值不少錢吧？」

「不知道有沒有辦法模仿這個做出一樣的東西，然後在日本申請專利……？唉，大概沒那麼簡單吧……」

伊庭露出一臉欽佩的眼神，將那收音機吊在手上，凝神傾聽著那三味線的旋律。

22

為了與由紀子再見一面，富岡寄了一封限時信到由紀子的住處。但是富岡實在不想再踏進那個小房間一步。一想到那天的事情，富岡便感覺一股恐懼湧上心頭。因此富岡約由紀子在四谷見附車站碰面，並且在信裡寫明了時間及日期。

可惜當天下起了雨。這時已過了聖誕節，日子接近歲末，整條街上瀰漫著一股忙碌而熱絡的氛圍。或許因為這個緣故，放眼望去似乎沒有人把下雨一事放在心上。總而言之，這是個下著毛毛細雨卻無人在意的日子。

富岡在車站等了大約十分鐘。

雖然在這一站上下車的乘客並不算多，但還是有形形色色的人物進出剪票口，自富岡的面前通過。富岡的心頭有著一股難以言喻的絕望感。打從當年在法印的時候，這股絕望感就已盤據在富岡的內心。就好像有著無盡的不安與徬徨無助，形成一股陰鬱糾結的情緒，不時侵襲著富岡的胸口。

富岡仰望著坡道的上方，鞋尖不停地上下擺動。泛著鉛灰色光澤的坡道上，一條全身淋溼的雜種狗來來去去地遊走著，彷彿在找著什麼人。

富岡看了一眼手錶，心裡開始懷疑由紀子可能不會來了。再等一會，如果由紀子真的沒來，那就回去吧。富岡如此告訴自己，同時朝著那條繞來繞去的野狗吹了聲口哨。那條狗聽見口哨聲，轉頭朝富岡上下打量了好一會，露出悲傷的神情，彷彿在說著「我想找的人不是你」。狗兒接著轉過了身，快步奔向八角金盤樹的樹叢方向。

「等很久了吧？」

由紀子朝著站在車站屋簷下的富岡走了過來，兩人肩膀相碰。

「我遲到了三十分鐘，本來以為你一定已經走了，剛剛還考慮乾脆不要過來呢，真是對不起……」

由紀子將一條紅色絲巾從頭頂綁到下巴，緊緊打了個結，表情看起來精神奕奕，仰頭看著富岡的臉。富岡聽她說因為遲到三十分鐘所以原本打算不要來，內心有些惱怒，有一種被她玩弄在掌心的感覺。每次看見女人表現出遊刃有餘的態度，富岡就會心生厭惡。這也讓富岡更加確信自己沒有辦法再跟這個女人相處下去。

富岡邁開步伐，由紀子也跟著踏入雨中。富岡有著滿腔難以忍受的孤寂，雖然一個人快步走在前方，心裡卻暗自在意著後方踏著溼濘地面跟上來的由紀子。偷偷在心裡想像著她的表情，渴望著在孤獨的道路上拉她作伴。但是另一方面，富岡又覺得跟由紀子走在一起時心裡極不踏實，甚至有一種正在犯罪的感覺。

富岡一邊思考著自己的孤獨，一邊感受著孤獨所帶來的強烈戰慄與恐懼。到了此時這個地步，富岡已經無法承受這種一無所有的孤獨感。富岡甚至失去了自己心中的神，失去了心中的慰藉。空虛與自暴自棄在體內蠢蠢欲動，壓迫著胸口。

好想跟由紀子抱著此時的心情一同結束生命……富岡回想起過去曾經發生過的一起案件，某個日本男人跟外國女人私奔，為了不被抓回去，兩人竟然在某郊區的車站服毒自殺。

富岡感受到了身為人的悲哀，以及那有如浮雲一般的無助感，已經完全失去了活下去的自信。

由於兩人都不知道要去哪裡，只好漫無目的地走向市營電車的候車亭方向。

「我好冷……要不要找一家店喝杯茶？」

「嗯……」

「你怎麼看起來死氣沉沉的……？」

「死氣沉沉？」

「是啊。」

「這話聽起來真刺耳……」

「是嗎？獨處的時間變多之後，學會了不少奇怪的說法……這種心靈逐漸失去平靜的感覺，連我自己也相當害怕。」

「噢……真的嗎？在我眼裡，妳似乎過得輕鬆又快樂。」

「怎麼可能，你真的這麼覺得？其實我過得一點也不輕鬆。聽你這麼說，讓我感覺很不舒服……你還不是一樣，跟從前相比簡直像換了個人……唉，我真的……已經完全不知道接下來該怎麼過日子了……」

富岡站在下著雨的街道上，遠眺著昔日的東宮御所[28]。那一帶有著美麗的行道樹。那些建築物如今改作何種用途，富岡並不清楚。隔著鐵欄杆，御所的建築物在煙雨濛濛之中呈現淡灰色，再配上行道樹所形成的黑色團塊，儼然有如外國的街景畫。

---

28 東宮御所：指皇太子的住處。

凝視了一會，忽然有股強烈的空虛及難以捉摸的絕望朝著自己襲來。

富岡於是朝著通往御所的道路邁開步伐。由紀子也默默跟隨在富岡的身旁。

「還是法印的生活比較好……」

「咦？你也正在想這個嗎……？其實我也一樣，正在想著法印的事。好懷念當時的生活……那簡直就像一場美夢，我們都做了一場美夢……當時的我們，都置身在夢境之中……但我們竟然能夠在夢境中相遇，真是不可思議……」

「有時我不禁感慨，我們竟然能夠經歷那樣的生活……」

「那個時候，你跟我都還是很好的人，流露出最自然的人性……」

「嗯，雖然如此，但是當時的幸福，可能並不真實。現在我有這樣的感覺。我看著那御所，心裡忽然覺得或許現在的我們才擁有真正的幸福……落敗者的悲哀，是如此美麗，妳不覺得嗎？如今那建築物不知道變成什麼用途，但從前可是御所。在我們的四周，如今依然殘存著許多從前的回憶，這讓我有一股深深的感傷。」

由紀子仰望御所的土牆，不禁發起了愣。鼻中聞到了淡淡的土牆氣味。雖然無法對富岡的感傷產生共鳴，但由紀子的心中確實也感受到了一絲惆悵。或許因為下了雨，天氣太冷，四周圍的景色深深烙印在心中。御所旁的寬廣道路上，不斷有著鈷藍色的新潮汽車呼嘯而過。

富岡在心中細細咀嚼著自己的寂寞，渴望著讓這個女人在沒有一絲一毫的強迫下，自然而然地願意陪著自己走上死亡之路。

富岡活到今日，已失去了包含國家在內的所有一切。一想到這點，富岡便感覺背脊發涼，宛如這場冬雨一般蕭瑟而虛無。在這個孤獨的國度裡，所有的人彷彿都被釘子釘住了。不論任何戰爭，都必須在落敗之後，才能變得惹人憐愛。戰敗者的靈魂會靜悄悄地喚醒從前的美麗幻想，而那美麗幻想不時能夠誘發每個人心中的反省。為什麼女人能夠單純地為自己的生活奮鬥，彷彿什麼也沒有多想？富岡一方面感到羨慕，一方面卻也為那過於簡單的心態萌生些許不滿。低頭看著走在身邊的由紀子，富岡忽然覺得其實女人什麼也不缺。更可怕的一點，是富岡進一步發現，女人不會因漫長的戰爭之苦及過去的傷痕而變得裹足不前。所有女人都一樣，這並非僅是眼前這個女人的特質。

「我們現在要去哪裡？」

「妳累了嗎？」

「全身都溼透了，再走下去，我可受不了。可能會感冒……」

「不然走到赤坂之後，從那裡搭乘都營電車到澀谷去吧。」

「好……你有什麼話想跟我說？」

「這個嘛……其實我也沒有什麼要對妳說的。」

「你滿腦子只想著你自己吧……」

「是嗎？我只是想見妳而已。」

「你騙人！我知道你在說謊。什麼想要見我，這種溫柔的話，你從來不曾對我說過。」

「女人總是愛聽溫柔的話，是嗎？」

「那當然……」

這樣的對話，讓富岡愈說愈是心煩意亂。明明見了面，卻沒有任何收穫。不僅沒有收穫，而且身為戰敗者的鬱悶情緒及每一天汲汲營營的辛勞，還像一片黑雲似的籠罩在每個人的靈魂之上。明知道自己就是自己，沒有必要牽扯到他人，但是富岡還是忍不住想要將一無所知的他人拉進自我之內，與自己一同步上絕路。為什麼會有這種任性又膚淺的欲望，富岡自己也說不出個所以然來。富岡愈來愈覺得自己是個狡猾的人，明明每天活得渾渾噩噩，心中卻帶著彷彿有所收穫的錯覺。

23

到了澀谷之後，兩人走進了一家位於高架橋底下的中華料理餐廳，挑了靠近煉炭[29]烤爐附近的座位，面對面坐下。形狀宛如蓮藕的煉炭，上頭的孔洞不停噴發出青色火焰。店裡沒有其他客人，顯得冷冷清清，唯獨角落站著三名女服務生，身上都穿著皺巴巴的白色工作服。

由紀子將手掌舉到煉炭火盆上頭烘烤，同時將被雨淋溼的絲巾放在鐵網上烘乾。

女服務生前來詢問兩人要點什麼，富岡點了炒麵。

「再給我們一瓶酒。」

由紀子笑嘻嘻地從塑膠製的綠色手提包中取出一盒外國牌子的香菸，遞到富岡面前，富岡抽出一根。

「我們好像沒地方可去……」

「嗯……」

富岡雖然津津有味地抽著菸，卻因為在雨中走了太久，感覺相當疲累。而且自己雖然寄了一封限時信給由紀子，但其實並沒有什麼非討論不可的話題。

「什麼時候搬家？」

「家人都已經先搬過去了。這次的新年，我得在冷冷清清的屋子裡度過了……」

「整個屋子只有你一個人？」

「我老婆應該會留下來吧……」

「搞什麼，炫耀恩愛嗎……？」

由紀子像個孩子一樣露出失望的表情。此時女服務生送上了酒。

「我已經問出加野的地址，想不想去見他一面？」

「真的嗎？他住在哪裡？」

富岡取出一本小記事本，翻了幾頁之後，將加野的地址以鉛筆寫在自己的名片背後，交給由紀子。

「啊，他住在小田原？」

「聽說跟他母親一起住，目前還是單身。」

由紀子聽了富岡這若有深意的一句話，惡狠狠地瞪了他一眼。但是另一方面，對於自從離開法印之後就再也沒見過面的加野，由紀子的內心深處確實充滿了懷念，極想跟他見上一面。

29 煉炭：帶有蜂窩狀孔洞的壓製煤炭，發熱效能較一般煤炭高，在某些華人地區又稱作「蜂窩煤」。

幾杯酒下肚之後，原本早已凍僵的身體終於有了一些暖意。由紀子也陪著喝了兩、三杯。

「只剩下三天了。」

「什麼？」

「新年呀。」

「噢，原來是新年，我連想都沒想過。」

「如何？今天要不要乾脆到伊香保或日光走一走？」

「啊，伊香保嗎？聽起來不錯，我還沒去過呢……好想泡個熱騰騰的溫泉。我們真的可以去嗎？」

「住個一、兩晚，應該沒問題。要去嗎？」

既然人生就像是永遠只能在海上浮浮沉沉，那麼依循那小小的心靈，縱情地做一些自己真正想做的事，又有什麼關係？富岡早已抱定了主意，如果真的走投無路，就跟由紀子一同在那滿是枯木的山裡結束生命吧。

（妳完全不知道自己即將被我以冠冕堂皇的理由殺死，還笑得這麼開心……）

富岡看著狼吞虎嚥般地吃著炒麵的由紀子。一對鍍金的耳環在她那小巧的耳垂上輕輕搖擺，一頭黑色秀髮剪到大約領口的高度。

「伊香保會不會很冷？」

「就算冷也沒關係。」

「也對。」

由紀子說得興高采烈，簡直像是正在跟丈夫討論旅行計畫的新婚妻子。她將寫著加野地址的名片放進手提包內，接著取出小鏡子，在鼻子的前方翻開。

富岡在心中幻想著將女人殺死的畫面。簡直就像是演著默劇一樣，滿身是血的由紀子在幻想的景色中無聲無息地緩緩移動。雖然這是相當危險的決定，但是勇敢做出這種危險決定的瞬間，心中卻產生了一種爽快感。富岡決定殺了眼前這個女人。接著自殺，讓兩人的屍體疊在一起。不過就是這樣而已，沒什麼大不了。沒有任何人能夠對他們倆提出抱怨。富岡又點了第二瓶酒。由紀子正在補妝，富岡怔怔地看著她那扁平的臉孔。富岡不禁感到好奇，像她這樣的長相，怎麼會有外國人喜歡？那張臉可說是既鄙俗又平凡。五官扁平，下巴寬大，沒有任何優點。如果仔細觀察，會發現她長得有點像是原始人。額頭、眉毛及眼睛一帶還有點像是佛像。

「妳沒回去一趟，不要緊嗎？」

「不要緊，我把門上了鎖，就算有人來了，也會知道我不在。」

「聽說伊庭來找妳拿回了棉被？」

「啊，你已經收到我寄給你的信了？沒錯，所以我現在睡覺只能蓋毛毯。」

由紀子也沒有露出特別困擾的表情。她拿起酒瓶，為富岡斟滿了酒。富岡喝著酒，將早已涼了的炒麵上頭的蔥花及竹筍當成下酒菜。雖然每天的生活是如此無趣又值得同情，此時的富岡卻不禁覺得自己的所作所為就像在演一齣喜劇。其他人也一樣，雖然大家都是一臉認真地反覆上演著悲劇，但是數千年來，恐怕根本沒有一場真正足以撼動人心的悲劇。每個人所做的每件事，其實都是一場又一場的喜劇。每個人都只能提心吊膽、小心翼翼地活在喜劇當中。自以為是地伸張正義是喜劇，人心的善惡也是喜劇。在這些可笑到令人不禁流淚的喜劇當中，每個人都只能找出最符合自己的歪理，為自己的生活做出解釋。或許必須要等到臨死之前，每個人才會鬆口氣，放下心中的大石。

富岡下定了決心，帶著由紀子前往了伊香保。抵達伊香保的時候，已經是深夜時分了。在攬客人員的招呼下，兩人走進了一家名叫金太夫的旅館。伊香保是個有著許多坡道的溫泉鄉，這家旅館所在的坡道狹窄得簡直像是暗巷一樣。一抵達此地，溫泉的氣味便撲鼻而來。由紀子露出一臉好奇的表情，不斷朝著坡道兩側的建築物左顧右盼。伊香保因德富蘆花的小說《不如歸》而聲名大噪，如今親眼一見，原來是這麼一個樸素中帶著浪漫的地方。但或許是因為抵達時已是深夜，這裡的水聲，這裡的山風，都像一根根冰針一樣刺入骨髓。服務生將兩人帶進了一間位於旅館深處的房間。房裡有一張大桌爐，上頭擺著一枚桌板。由紀子將凍僵的膝蓋伸進桌爐裡，頓時感覺到一陣暖意。

「真是個好地方。你怎麼會知道這裡？從前來過嗎？」

由紀子以甜膩的聲音問道。

「學生時期來過……」

「這個地方真棒，簡直就像大叻一樣。真希望我們有錢，能夠在這裡多住一些時候……」

「嗯，但是待得太久也會膩吧。頂多只能兩天左右……」

「這麼說也對，兩天確實剛剛好。」

房間裡相當狹窄，但是窗戶的正下方就是溪流，隨時可以聽見潺潺水聲。一名臉色泛紅的女服務生送來了柿乾及茶。壁龕裡擺著花籠，裡頭插著小菊花，還掛著石版山水畫掛軸。雖然只是平凡無奇的旅館房間，但或許是因為來到了溫泉鄉，今天早上所感受到的寂寥與落寞早已煙消雲散。不管多麼絕望，不管多麼沮喪，只要學會了這招轉換心情的法子，內心馬上就能豁然開朗，沉浸在短暫的愉悅氣氛當中。富岡甚至感覺到了一陣溫馨。這種奇妙的心境變化，連富岡自己也不禁莞爾。為了跟女人殉情，特地裝模作樣地尋找最合適的死亡舞台……這種事情在遼闊無邊的宇宙當中，也不過如同一粒小小的泡沫。富岡連外套也沒脫，就在桌爐邊躺了下來，以手枕著後腦杓，凝視著早已被燻黑的天花板。

「兩位要不要換上棉襖？」

女服務生送來了棉襖，由紀子立刻到隔壁房間換上了，順便向女服務生要了毛巾。富岡想到要泡澡，只覺得懶洋洋地不想動，彷彿移動身體成了一件艱辛的工作。如果可以的話，好想就這麼沉入地底下，消失得無影無蹤。

「喂，你怎麼不換衣服？」

「嗯……」

「快點換一換，讓人送餐點來，我餓死了。」

「吵死了，讓我休息一下。我看不如妳先去泡澡如何？」

由紀子將脫下來的衣物堆在房間角落，來到桌爐邊，舉起棉襖的袖子聞了聞。

「哇，好臭，有人穿過的味道……」她抱怨道。

24

富岡喝得爛醉如泥。好久不曾像這樣放鬆身心了，富岡將身體仰靠在壁龕旁的木柱上，哼起了安南語的流行歌。

你的心，我的心，只真誠了一天。你的眼睛帶著真誠，我的眼睛帶著真誠，只在那天的那個當下。現在的你跟我，眼神充滿了猜忌……

歌詞大概是這樣的意思。由紀子也早已醉了，依著模糊的記憶跟著哼唱，心中懷念著當初在大叻的生活。

明知如今不管再怎麼回想，也是無濟於事，由紀子還是忍不住懷念起那段遙遠的美夢。由紀子故意在桌爐下伸長了腳，以火燙的腳碰觸富岡的腳掌，說道：

「富岡，你要永遠健健康康的。偶爾如果想起大叻的事，就來見見我吧……我已經看開了，只要你能夠常常像這樣來見我，我就心滿意足了。嗯，這樣才是最好的做法……剛剛那首歌的歌詞，彷彿在形容著我們的關係……」

富岡依然閉著眼睛，輕輕地哼著那首安南的歌。由紀子站了起來，走到富岡身邊，與他身體相貼，重新鑽進了桌爐裡。富岡只是哼著歌，並沒有睜開眼睛。

「你為什麼要像這樣一個人想事情？告訴我，你在想什麼！跟我分享你的心事吧……」

富岡聽到這句話，終於睜開了雙眼。

由紀子真是太可愛了。那自然流露的溫柔言詞，宛如瞬間出現的彩虹，讓富岡忍不住抓起由紀子的手指，放到自己的唇邊。

「我好寂寞、好寂寞、好寂寞、好寂寞……」

由紀子緊緊依偎在富岡的懷裡，嘴裡不住輕聲喊著「好寂寞」。富岡目不轉睛地看著女人那失去理智的神態，心中卻一點也沒有受到感動。女人的心就像窗下那溪水一樣，只會竄流在瞬間的當下。富岡滿腦子只想著如何自殺才是最好的方法。如何確實地讓眼前這個女人徹底斷氣，以及殺死女人之後該以什麼樣的方法自殺。富岡不斷在心中計算著各種情況，彷彿在計算著一道數學題。在自己死了之後，多半不會有人發現自己跟這個女人並非相愛而殉情吧……不過那都無所謂了。

在如今這個當下，「死」對富岡而言是必要之物。但是眼前這個女人呢？為什麼要拖這個女人一起死？對我來說，這個女人只不過是將我導向死亡的工具而已。我真是一個自私的傢伙。沒錯，我就是這麼一個人……富岡有時會緊緊握住由紀子的手指，在心裡不斷如此自問自答。或許有些人會認為這樣的行徑太可怕、太虛偽，或是太卑劣。但是那些都只是局外人的想法。一個想死的人，心中的唯一想法或許只是想要演一齣悲劇而已。

桌爐上一個紅色的方盒，裡頭堆滿了食物的殘渣，反射著電燈的光芒。紅豔的底色上頭，以金筆描繪著小松圖案。再過不久，自己就連這方盒也看不到了……富岡想到這裡，決定把房間裡的所有擺設好好看個清楚。來到山中的一對男女，即將結束自己的生命……富岡在心中暗自呢喃著。

一想到自己即將度過生涯的最後一刻，富岡不由得感覺到眼前的一切都是如此淒涼而美好。依依不捨的心情愈是強烈，房間內的擺設看起來愈具有難以言喻的美感。一幅有些髒兮兮的山水畫掛軸，被風吹得微微搖擺。上頭題著一首俳句：「菊花淡黃，何其白皙。」富岡見了，不禁回想起今天早上所看見的那雨中的東京御所。

伊香保這邊的雨已經停了。

「生意做得還好嗎？」由紀子問。

「生意？」

「是啊，你不是在做買賣木材的工作？」

「噢，妳說工作嗎？應該沒什麼問題吧……」

「房子還沒賣掉？」

「已經賣了，拿到了一半的錢，預計明年登記，一月底的時候把屋子交出去……」

「賣了多少？」

「這不重要吧？」

「是不重要……但我就是想知道嘛。」

由紀子逐漸從如癡如醉的狂態中恢復了冷靜，目不轉睛地看著富岡，心裡也不明白自己到底是愛上了這個男人的哪一點。甚至有一種感覺，彷彿兩個人都只是逢場作戲而已。由紀子於是站了起來，拿起毛巾，再度泡澡去了。

她走下狹窄的階梯，進入了大澡堂。此時已是深夜，大澡堂裡卻還有兩個年輕女客人正在大聲說話。只見她們都留著燙鬈了的長髮，濡溼的頭髮凌亂不堪，實在相當難看。

紅色混濁的溫泉水，滿溢到了磁磚的邊緣。由紀子默默走到兩個女人面前，將一隻腳伸入了浴槽之中。或許是因為喝醉了，由紀子腳下一個不穩，竟然整個人摔進了水裡，登時水花四濺。兩個女人往後閃躲，同時皺起了眉頭。她們的臉上顯露出明顯的不悅，各自咂了個嘴，從浴槽中站了起來。

「對不起……」

由紀子向她們道歉，她們的臉上卻絲毫不帶笑意。由紀子心裡也氣了，故意在紅色的溫泉水裡伸直了雙腿。那兩人應該都是都市來的女人，腰卻都極粗，簡直像是身材粗壯的農家婦女。

由紀子對於自己的苗條身材相當有自信，心裡甚至有股想要故意坐在她們旁邊的衝動。兩個女人走到沖洗處，各自坐在磁磚地板上，繼續聊起剛剛的話題。

「聽說多美在跟她男友分開時，說了一句『come again』。除了這句之外，她也不會說別句了。結果她男朋友竟然做出游泳的動作，叫她別在男人之間游來游去，應該好好找一間公司待著……但是她男朋友一走，她還是老樣子，又開始游來游去了……她還跟我說，她現在看到日本男人就厭惡……」

其中一個女人說到這裡，兩人同時哈哈大笑。

由紀子心想，原來是兩個專門釣美軍的女人。這讓由紀子不禁想起了自己在池袋的小屋子。或許如今喬正在敲著那個屋子的門也不一定呢。那兩個女人拿出了味道很香的肥皂，洗起了身體，接著又拿出塑膠製的大梳子，互相幫對方梳頭髮。

在醉意正濃的由紀子眼裡，這兩個女人的態度充滿了對自己挑釁的意味。她們接著還故意拿出裝在造型新穎的大瓶子裡的含水乳液，以及大尺寸的毛巾，彷彿在宣示著我們跟妳是不一樣的人種。由紀子卻只能用向旅館女服務生借來的乾癟日式毛巾，以及帶有一股魚腥味的肥皂。

「明天回去之後，我要到洋服店逛一逛，妳要不要一起來……？上次他送我鮮紅色的套裝，上頭還有金色的鈕釦呢。」

「哇，真棒。YOU的HEART應該被他擄走了吧？」

「那還用說嗎？他送了我那麼多東西。」

由紀子忍不住嗤嗤笑了起來。兩個女人之中，嘴唇顏色特別紅潤的女人朝由紀子瞪了一眼，氣呼呼地說道：

「妳笑什麼？」

「我在想自己的事情，笑了幾聲不行嗎？妳在胡言亂語什麼？」

「嘖，妳這個醉鬼，還敢裝瘋賣傻，剛剛妳還濺了我們一身的水。」

「我不是已經跟妳們道歉了嗎？」

另一個身材粗壯的女人制止自己的同伴，說道：「跟一個醉鬼有什麼好吵的？」

接著兩人同時以粗魯的動作站了起來，甩著身上的水，走向更衣間。

「那女的戴著耳環，卻用那麼髒的毛巾，真不曉得是什麼來頭……」

「看就知道了吧？還能是什麼來頭……？」

兩人各自發出竊笑聲。由紀子一邊將溫泉水潑在身上，一邊大聲唱起了歌。

你的心，
我的心，
只真誠了一天……

安南語的歌聲，聽起來格外妖豔柔媚。兩個女人的竊笑聲戛然而止。

你的眼睛帶著真誠，
我的眼睛帶著真誠，
只在那天的那個當下。
現在的你跟我，
眼神充滿了猜忌……

由紀子唱著唱著，心情愈來愈煩躁，有一種彷彿流浪到了世界盡頭的錯覺。

25

富岡與由紀子就這麼毫無意義地在伊香保住了兩天。兩天都下著雨。由於明天就要過年了，旅館裡幾乎沒有客人，顯得冷冷清清。

在這兩天裡，富岡完全沒有想出任何結論。雖然很努力地不斷思考著，卻總是沒辦法切入問題的核心。

矛盾的心情讓富岡陷入了兩難。富岡實在不知道該拿自己怎麼辦才好。或許在戰爭剛結束之後，任何一個從遠方歸來的人，都會像這樣畏畏縮縮，對什麼事情都裹足不前吧。

差別只在於有些人察覺到了這個心情，有些人沒有察覺而已。只要是被牢牢釘死在這狹窄的天地之間的人種，每個人都必須忍受寂寞，過著孤身一人的生活。

在這塊戰敗之國的狹窄土地上，想要追求全面性的真理實在是太艱難，只能說是一種空虛的理想。

在任何一個瞬間，生活中的任何可能性都可能會在毫無預警的情況下遭到否定……在這狹窄的世界裡，富岡感覺到疲累至極，光是要讓家人們好好過日子，便足以讓自己精疲力竭。

每個人的脾氣都變得愈來愈暴躁。每個家人彷彿都鑽進了獨自一人的孤獨洞穴之中。

「有沒有菸？」由紀子問道。

「沒有。」

「你到底在想些什麼？為什麼你看起來這麼焦躁？我說啊，我們要不要乾脆在這裡過年算了？如果你的錢不夠，可以拿我這件外套來抵債。啊，還有這只手錶也可以。如果你覺得這樣太丟臉，我可以自己到街上去，把手錶賣了……」

由紀子說完之後，從菸灰缸裡挑了一根菸蒂，將那短短的菸蒂塞進菸斗裡，點起了火。

富岡縮進桌爐裡，轉身趴了下來，拿起昨天的報紙又讀了一遍。驀然間，他像是下定了什麼決心，以一隻手肘撐著榻榻米，轉頭仰望著由紀子，喊了一聲：「喂……」

「什麼事？」

「倒也不是有什麼事，我只是想要告訴妳，我厭煩了這個世界……」

「為什麼這麼說？什麼意思？」

富岡聽由紀子這麼問，竟感覺臉頰一陣痠麻，半晌說不出話來。他睜大了乾涸的雙眼，凝視著由紀子那妝容斑駁的臉孔，最後冷冷地說道：

「活著覺得好無趣……」

一時之間，由紀子不明白富岡這麼說是什麼意思。富岡見由紀子胸前鈕釦快掉了，一邊故意以手指拉扯，一邊說道：

「我們這樣下去也不是個辦法……」

「不是個辦法是什麼意思……？為什麼你的心情好像已經跌到了谷底……？」

「嗯，這個形容真是貼切……沒錯，我的心情已經跌到了谷底，難道妳不是嗎？妳覺得很有趣？妳覺得這個世界很有趣嗎……？」

「很有趣是指什麼事情？」

「就是如今這個局勢……」

由紀子似乎隱約可以體會富岡想要表達的言下之意，霎時感覺彷彿有一股甜美的淚水，即將從咽喉滿溢出來。

「讓我來猜猜你想說什麼……」

「不，妳不用猜……」

「你想要跟我分手？」

「不是！」

就在這個瞬間，由紀子胸口的鈕釦完全脫落。富岡握著那顆鈕釦，在溫暖的桌爐裡縮起身子，橫躺了下來。

「我出去把手錶賣掉，好不好？我想在這裡過年……」

窗戶玻璃上開始出現白色雨滴。鳥雀飛過屋簷，發出吱吱喳喳的聲響。由紀子起身打開了窗戶。眼前的山巒及天空都呈現出灰濛濛的乳白色，與法印那煙雨之中的山景有幾分相似。富岡將那貝殼材質的鈕釦放在手上把玩了一會，接著還放在榻榻米上，像孩子的彈珠玩具一樣，以小指及食指彈著玩。

「看來這個年要在雨裡過了。」

由紀子關上窗戶，又鑽進了桌爐裡。富岡緩緩起身，將鈕釦放在桌爐上，以不知是對由紀子說，還是對自己說的口吻，說道：

「我想死……」

由紀子的臉上帶著滿不在乎的表情，拿起鈕釦到胸前比了比，接著忽然用力拉扯原本縫住鈕釦的細線，一邊呢喃說道：

「我也想死。」

「妳沒那麼容易死的。接下來妳還會有很大的發展，妳可以好好享受妳的人生……」

「什麼意思？我能發展什麼？你別胡說八道。」

「那我問妳，妳是真的想死嗎？如果妳不是真的有這個打算，就不要隨口亂說。」

「不，我是真的想死，而且我早就有這個打算了。當初在海防的時候，我就有尋死的念頭，在大叻發生加野那件事的時候，我更是認真地想過要自殺……死對我來說，並不是什麼可怕的事情。」

「哼……聽妳這麼說，我就知道妳還死不了。妳說死一點也不可怕，代表妳還在逞強，妳對死的看法還太樂觀。真正的死，是一件很可怕的事情……如果不能讓自己進入完全無法思考的真空狀態，是死不了的。我再問妳，如果妳真的要尋死，妳會用什麼方法？」

「吃氰化鉀應該最輕鬆吧？」

「如果妳已經進入了真空狀態，但是妳身上沒有那種毒藥，妳要怎麼辦？」

「事情總是得遇上了，才會知道該怎麼辦。既然已經進入了真空狀態，應該也無法好好思考該怎麼死吧？」

「那如果是兩個相愛的人一起殉情呢？如果其中一方沒有辦法進入真空狀態，感覺心情就是不對，是不是就死不了？」

「不能這麼說吧？想要殉情，不能只是靠腦袋無法思考，必須進入更深一層的境界，兩個人的內心都變得完全冰冷，才能夠不用說一句話，默默地做到這種事……如果對死感到害怕，那麼對思考怎麼死也會感到害怕。所以兩個人如果要殉情，一定要事先好好計畫過才行……」

「我一直在幻想著，跟妳一起登上榛名山自殺……」

「真是太巧了，我前陣子也想過這種事。」

兩人對死的意識，在心靈交流的過程中，逐漸化為昏暗的黑影，掠過兩人的眼底。富岡雖然覺得這實在是很愚蠢，但是一想到回東京之後必須面對的現實，又有一種落寞湧上心頭。當初富岡感受到痛苦與煩惱的沉重壓力時，心裡還有著一股能夠繼續活下去的力量，但如今這些痛苦與煩惱，卻都像一縷輕煙一樣消失得無影無蹤。

26

富岡點了一根菸，心中忽然閃過一個念頭。自己就算帶著這個女人一同自殺，這個世間也不會有所改變。不管是昨天還是明天，都不會有所改變。就算自己再怎麼喊著對這個世間徹底絕望，世間對自己的死也不會有一絲一毫的想法。充其量，不過就是死了一個人。明明這個世間對自己沒有絲毫情感，自己卻必須在這個世間任憑擺布，最後甚至因為活得太痛苦而到處尋找合適的死亡地點，這不是相當滑稽的事情嗎？富岡趴在床墊上，愣愣地看著黑暗中的香菸光芒，心裡如此想著。

到頭來，只有兩種過程，一是盡情縱欲而死，一是絕望而死。但是所謂的絕望，其實就只是一種裝腔作勢而已。一個人就算因為某些契機而選擇死亡，心裡也不會感到一絲絕望吧。富岡不禁露出了苦笑。這個深邃的黑暗雖然不會維持太久的時間，但是在這關掉了燈火的房間裡，所有過往旅客的旅行回憶宛如衣物摩擦聲，在黑暗中蠢蠢蠕動著。

或許曾經有男人在這裡跟女人立下了山盟海誓也不一定。富岡忽然感覺有人把棉被推到自己的身上。轉頭一看，睡在旁邊那一床棉被裡的由紀子，正在睡夢中不斷發出呻吟。富岡聽了一會，再也按捺不住，摸著黑將香菸伸到菸灰缸裡捻熄，然後點亮了床邊的檯燈。

周圍驟然變得明亮，深邃的黑暗消失無蹤。

「喂，快醒醒！妳怎麼了？」

富岡扯起由紀子的枕頭。由紀子的頭原本朝向另外一側，此時她睜開眼睛轉了過來，翻向檯燈的方向，說道：

「啊啊……我做了一個很不舒服的夢……一個奇怪又可怕的夢……」

「我看妳一直在呻吟……」

「嗯，那是個很討人厭的夢……我夢見自己被一匹馬追趕，那匹馬被剝掉了皮，身上都是血……不管我跑到哪裡，牠都會立刻追上來……而且馬上還坐著一個身穿藍色和服，臉上沒有五官的人。我只感覺好痛苦、好痛苦，想要大喊救命，卻發不出半點聲音……」

富岡在桌爐裡伸直了腳。微弱的炭火依然相當溫暖。由紀子瞇著眼睛看著檯燈的亮光，呢喃說道：「今天是元旦了……」

兩人彷彿已經在這間旅館裡住了相當久的日子。明明只住了三晚，卻彷彿打從很久以前，就過著這樣的生活。富岡不禁心想，這一切都是緣分吧。如果沒有發生戰爭，自己不僅不會跟這女人相遇，也不會跑到法印那種遙遠的地方。如今的自己，肯定只是個老老實實的基層官吏，過著公務員的生活。正是這場戰爭，讓日本人見識到這個世界有多麼多采多姿。富岡看著泛黑的天花板，找到了一些宛如地圖一般的斑紋，驀然想起了順化的街景。從車站到市中心的道路，到處是長滿了金色嫩芽的樟樹。順化河又名香水河，旁邊的散步道路上種滿了美人蕉及鐵線花，有如友禪[30]和服一般絢爛華麗。隨處可見椰子、檳榔、北京丁香等樹種。富岡回想起來，當時常有身上只穿著一條紅色丁字褲的山地人，拿著一個鳥籠，沿街兜售裡頭的兩、三隻鸚鵡。

令人懷念的那段大叻生活，有如布匹上的紋路一般，深深烙印在富岡的心頭。順化的山林局長馬爾岡，如今應該又回到了順化，此時可能正坐在露台上，悠哉地抽著雪茄吧。日本的軍隊，一定帶給了馬爾岡相當不好的印象吧。馬爾岡那好好先生的臉孔，不禁令富岡感到相當懷念。馬爾岡是在一九三〇年，以山林官的身分抵達法印。據說他畢業於法國的南錫山林學校。當初他第一眼看見富岡這些年輕、無知、不諳世事又不知禮節的日本山林官時，內心一定感到哭笑不得吧。當初在開城迎接日軍的時候，馬爾岡表現得不卑不亢，完全沒有丟臉。他對富岡尤其青睞，經常對富岡說起法印的林業狀況細節。

回想起來，馬爾岡經常告訴富岡，法印的山林就像是一頭巨大的老虎。但是富岡等人完全是遵從軍方的指示而前往了法印，對於法印的山林一無所知，根本不具備任何知識。出發之前，富岡等人只看了地圖，還以為那無非是平地上的一大片稀疏松林。

當初第一次受馬爾岡招待，到他位於順化的宅邸時，馬爾岡朝富岡問了一句「你能不能說得出庭院裡所有植物的品種」，富岡卻連檳榔樹也認不出來。陸均松、鐵刀木、落新婦、坎樫樹、鐵線子、楊木、異翅香、大花紫薇……馬爾岡一株一株指出來，同時說明該樹種的產地及性情。

法印的山區地帶由於多雨潮溼，森林面積非常廣大。馬爾岡告訴富岡，自己雖然已在法印待了很長時間，但是針對山區森林的研究還太淺。他希望富岡在下令胡亂砍伐樹木之前，能夠先將森林好好研究清楚。此外，山地原住民為了開闢農田而放火燒山的行為，對原始森林的傷害也很大，希望能夠想個辦法解決。北部安南地區的榮、清化兩省據說有較多的日軍進駐開發，但中部地區由於山麓緊鄰著海岸，地勢相當陡峻，能夠使用木筏作為運送工具的河川太少，就算砍下了木材，要運送出來也不太容易。唯有北部及南部，由於地勢較平緩，可以利用木筏的地方較多。但是馬爾岡也提醒，千萬不能只是單方面地想要擷取資源。他憂心忡忡地強調著造林事業的重要性，更主張不管戰爭的結果為何，這都是必須重視的事情。

「你還記得嗎？峴港的旁邊不是有個城鎮，我們還去那邊的日人墓園掃墓過。」

富岡突然從回憶被拉回了現實世界，將視線從天花板上的汙點移開，轉頭望著由紀子。

「那城鎮叫什麼來著？」由紀子問道。

「妳說的是會安嗎？」

「對、對，就是會安。當時加野、你跟我三人一起去會安旅行了三天，加野緊張得不得了，一直監視著我們，你還記得嗎？後來我們還是躲過了他的監視，在深夜裡偷偷幽會。那時候我們簡直像兩個瘋子。」

30　友禪：日本最具代表性的布料染色技法之一。

「嗯，我記得。」

「那時候路旁的行道樹好像叫福木？我還記得我們把車停在一棵茂盛的老樹下休息，忽然有一群孩童跑過來，嘴裡喊著『日本人、日本人』。我印象很深刻，那時候我很懊惱，還拿出小鏡子來看自己的長相，恨自己長得不夠美……因為那些孩子對身為女人的我完全不感興趣，反而圍繞在身材高瘦的你身邊，不斷找你搭話……通往墓園的一路上，有不少高大的仙人掌，如今我還記得很清楚。如果我是像山田五十鈴[31]那樣的大美女，那趟旅行應該會更加開心吧。」

由紀子說出了這麼一段令富岡哭笑不得的話。

27

會安是一座打從三百五、六十年前就有許多日本人入住的都市。當時許多日本人搭乘朱印船[32]頻繁地往來會安與日本，將紫檀、黑檀、伽羅[33]、肉桂等貿易品輸入日本。但後來日本進入鎖國時期，許多日本人無法歸國，只好留在此地與當地人同化。墓園裡的墓碑上常有「太郎兵衛田中之墓」之類的銘文。

古代的日本人就像椰子的果實一樣，即使在大海裡漂流到遙遠的異鄉也毫不畏懼。那股熱情與勇氣，令由紀子深深感到欽佩。一座座墳堆上頭的墓碑，也常有「花子」之類的女性之名，更是令由紀子嘆息不已。

「會安真的是座很美的城市，可惜道路太窄了，只能勉強容一輛汽車通過。那邊的每棟房子都塗上了白色的灰泥，形狀看起來簡直像是把兩個火柴盒疊在一起。你還記得嗎？那邊有一座有屋頂的小橋，名叫日本橋呢。加野還在那裡幫我們拍了照片，可惜照片都沒帶回日本。回想起來，那時候我們過的生活可真是奢侈。現在如果要像那樣旅行，肯定要花上不少錢吧……」

「所以我們遭到報應了。」

「是啊，這麼想應該是不會錯的……現在幾點了？」

由紀子翻身趴在床墊上，伸手拿起枕頭邊小桌上的手錶。時間才剛過四點。昨天兩人明明大談死亡，此時由紀子的心裡卻已完全沒有死的念頭。死在這種地方，實在是太蠢了。就連富岡說的那些話，由紀子也認為他並不是認真的。今天賣掉了這支手錶之後，由紀子打算回到池袋的住處。雖然當初在法印的往事成了兩人之間共通的回憶，但睡著之後的兩人或許做的是南轅北轍的夢。

由紀子一直擔心旅館服務生會來索討住宿費，因此雖然還待在伊香保，心情上卻一點也不浪漫。富岡則是愁容滿面，完全沒提到要離開旅館的事。

「今天是元旦？」

「嗯。」

---

31 山田五十鈴：日本二戰時期前後的著名女演員。

32 朱印船：指古代由日本官方核發貿易許可證的船隻。

33 伽羅：高級沉香木。

「今天要回去了？」

「妳不是說想要待個三、四天？改變心情了？」

「倒也不是改變心情，只是法印的事能聊的都已經聊完了，而且你好像已經開始厭煩了……」

「是妳開始厭煩了吧？」

「你說這是什麼傻話……？」

由紀子為了表現出自己完全沒有厭煩，故意大聲這麼說道，但心裡確實有些懷念起池袋那個小房間。難道自己真的是個善變的女人……？由紀子試著細細感受自己的內心，卻只聽見峽谷之間的潺潺流水聲。

「想要在這樣的生活中往前邁進，我們就得吃更多的苦才行。當然這對妳來說，或許一點也不重要吧……過去的事已經過去了，就算再怎麼懷念也沒用。喜歡聊這種往事，可以說是妳的壞習慣。從前的事情就算說得再多，妳跟我的關係也沒辦法恢復往日的激情了……現在的我，就算是對妻子，也已經無法像從前那樣愛她。戰爭讓我們做了一個可怕的夢，讓我們變成了沒有靈魂的人……讓我們變得如此平凡，不知該何去何從。時間久了，從前的往事遲早會褪色，這就是人生。如今我們心中的渴望愈來愈強烈，而且愈來愈狡猾，讓我們不肯認真面對眼前的現實。或許這是一個人人都變成了浦島太郎[34]的時代吧。如果沒辦法真正接納現實，將永遠不可能找到棲身之所。或許當初我們根本就不該跑到那麼遙遠的地方去……」

「嗯，我明白你的意思。但既然還活著，總不能一直像浦島太郎一樣嚇得坐在地上動彈不得，對吧？總得想個辦法把那個冒煙的盒子蓋上，重新過自己的日子。如果自己不振作起來，是沒有人會養我們的……但我們每次分開個兩、三天，就會開始想念對方，想想也很奇怪，你不認為嗎？我總是會忍不住想起你的事，有時覺得你好可恨，有時卻又覺得你好可愛……人真是一種左右為難的動物，不是嗎？可是如果再過個幾年，或許這種心情也會漸漸淡了吧……」

兩人又逐漸睡去。或許他們只是抱著隨波逐流的心情，就這麼消磨著時間吧。

兩人就這麼睡得昏昏沉沉，過了許久才又醒來。

遠方響起了鼓聲，由紀子因鼓聲而睜開雙眼，才發現富岡並不在旁邊。仔細一聽，那鼓聲原來是從收音機傳出來的。由紀子站了起來，將棉襖的前襟拉合，一看時間，已經十點多了。女服務生走了進來，在火盆裡加了炭火，一邊說道：

「妳先生正在入浴。」

由紀子於是拿起昨晚借來的毛巾，走向澡堂。

富岡正在小澡堂裡泡澡。由紀子拉開玻璃門，問了一聲：

「我能一起泡嗎？」

「嗯。」

由紀子一脫掉棉襖，登時冷得直打哆嗦，趕緊將玻璃門粗魯地拉開，走進了澡堂內。檜木製的浴槽裡有著幾乎滿溢的紅褐色溫泉水，不停冒著熱氣，瀰漫在狹小的澡堂空間內。

34 浦島太郎：出自日本傳說，漁夫浦島太郎受邀一遊海底龍宮，臨走前獲贈一個寶盒。浦島回到陸地上一看，竟然已過了數百年，打開寶盒，盒中冒出煙霧，自己也變成了佝僂老人。

「新年快樂……」

由紀子笑著說道。富岡也回應了一句「新年快樂」。雖然只是淡淡的幾句話，卻感覺到一股溫馨滲入了赤裸的肌膚之中。儘管名義上兩人正在進行一趟新年之旅，但實際上不管是從金錢面還是從時間面來看，他們本來都不該來到這種地方泡溫泉。正因為如此，縱然兩人互相道了新年快樂，內心卻不由得感到寂寥與心虛。由紀子一踏入浴槽內，熱水登時溢出，流到了磁磚上。

「啊，真舒服……」

「除了我們之外，好像沒有其他客人。」

富岡一邊說，一邊站了起來，走到清洗處。浴槽內相當明亮。由紀子將視線從富岡的身上移開，將身體湊向窗邊，看著自己泛紅的皮膚。

「我說啊……」

「什麼？」

「我們是不是有點待得太久了？那些女服務生一定覺得我們這一對男女有些古怪吧。完全不外出，似乎也沒什麼錢，但是卻大剌剌地待著不走，看起來也沒有死氣沉沉的樣子……她們算是很好心，竟然沒有找我們麻煩……」

「嗯，是啊……」

「看你一副老神在在的模樣……你到底在想什麼？該不會還在想自殺的事吧？我可是希望你能夠活得久一點。」

「我什麼也沒想，只想好好泡個澡，讓身心放鬆一下，等等再喝個酒……今晚就回去了……」

富岡說完，拿起肥皂洗起了身體。

「真的嗎？你已經不打算爬到榛名山上跳湖自殺了？」

「嗯，我才不想跟妳一起死。就算要殉情，也得找個更漂亮的美女……」

「你嘴巴真惡毒。不過聽你這麼說，我就放心了。」

由紀子露出輕佻的笑容，以兩手撐住浴槽的邊緣，做出了游泳的動作。此時由紀子的手臂不僅比以前粗了一些，而且皮膚變得相當光滑。由紀子看著自己氣色紅潤的雙臂，內心不禁五味雜陳。短短幾天吃飽睡、睡飽吃的頹廢生活，竟然已經對身體造成了影響。

接近中午的時候，兩人離開了澡堂，坐在桌爐裡吃起了午餐。泡澡時雖然氣氛不錯，此時卻又瀰漫著一股淒涼感，讓兩人的心情再度變得焦躁。餐點附了兩小瓶的酒，兩人卻喝得極慢。另外還有裝在大碗裡的年糕湯，他們也是幾乎沒有動筷。

用完了餐，富岡便留下由紀子一個人在房間，獨自離開旅館，到街上去賣自己的手錶。那是一支老舊的歐米茄牌手錶，雖然修理過一次，但賣掉的錢拿來支付住宿費應該是綽綽有餘了。至於由紀子的手錶，則還留在房間裡。富岡穿著棉襖走出門外時，外頭正飄著細雪。

28

下了石階之後，來到狹窄的鬧街上，放眼望去可看見射擊遊戲的攤位及露天的咖啡廳。一個身穿毛皮外套的女人，正在逛著特產店。富岡的身上只穿一件棉襖，還是感覺相當寒冷，但他暗自忍耐，在街上尋找鐘錶行。走到公車候車亭的附近時，看到一家貌似酒吧的小店鋪，一個塗著大紅色胭紅的女人對著富岡說道：「小哥，進來坐。」富岡心想，或許可以向這女人問問，於是朝著女人走近，一同進入了狹小的店內。那店面非常簡陋，簡直就像是在臨時搭建的木板屋上頭塗上油漆而已。由於天氣太冷，富岡先要了一壺酒。女人從店內深處捧出一個陶瓷火盆，放在富岡腳下。

「妳是這裡的人？」富岡問。

「我就住這附近……」

「我本來以為伊香保都是老街，沒想到還有這麼新的地方……」

「聽說以前發生過大火，改建後就變成現在這樣了。大家都說從前從前比較好……」

外頭不時傳來刺耳的烏鴉鳴叫聲。富岡拿起灼熱的燒酒，倒了一杯，一口氣喝光，先付了錢之後，向女人詢問這附近有沒有鐘錶行。女人說要進去問問，正要走入店後，富岡又將女人叫住，解下手腕上的手錶，要女人直接拿著這手錶去問。一會之後，店後走出一個身材矮小的禿頭男人，似乎是這家店的老闆。

「先生，這手錶，你打算賣多少？」

富岡見老闆特地出來詢問，有點不好意思地將事情的原委說了一遍。兩、三天前，自己帶著老婆來到伊香保泡溫泉，原本只打算住一晚，但因為愛上了伊香保這個地方，忍不住多住了幾天，身上的錢不夠付住宿費，只好把手錶賣掉。

「其實我也不是真的想賣……如果可以的話，我想找戶人家讓我典當一下，以後我會拿錢來贖回去。

「這可是一支很好的錶。」富岡說道。

「是啊，在南洋買的……」

「噢，南洋……？你去了南洋的哪裡？」

「法印……」

「嗯，原來如此。我原本也是海軍，駐守在南婆羅洲的馬辰，去年才回來……」

「噢，南婆羅洲……那裡是海軍地區，你應該吃了不少苦吧？」

「是啊，那裡非常冷清，但是居民都是好人。我在那裡曾經看過一次這種手錶，當時就很喜歡……你打算以多少價格脫手？」

「你有賣手錶的門路？」

「不，是我自己想要。我一直很想擁有一支這種手錶，其他像是西馬牌或是愛爾琴牌也不錯，可惜一直沒有那樣的機緣。前幾天我看到一支窩路堅牌的，但是機型比較舊，造型不像這支這麼美。只要價錢談得攏，我想跟你買這支錶。」

「既然你想要，那就賣給你也行。價格由你來開吧，我也不知該開多少才好……」

「這個嘛，我不是做這個生意的，行情我也不清楚……就一根手指，你看如何？」

「一根手指？你是說一萬圓嗎？」

「嗯，如何？如果拿到鐘錶行去賣，肯定會被說得一文不值，頂多只能賣五千左右……」

富岡心想，他說的也有道理。畢竟自己對這一帶的店家完全不熟，如果隨便找一家店賣，搞不好連五千也賣不到。老闆吩咐身旁的女人多拿一些酒來，自己則走到富岡的身旁坐下，打開電燈，將手錶戴在自己的手腕上，反覆打量了一會，接著又將手錶舉到耳朵旁，仔細聆聽指針的聲音。

「這聲音真美，清脆又響亮。」

「只是錶帶可能要換了……」

「不，應該還不用……這錶帶我也很喜歡。日本可沒辦法做出這麼柔軟的皮革錶帶。」

女人送來了酒，老闆走進店後，半晌沒有動靜。好一會後才拖著木屐走出來，滿臉堆笑說道：「東湊西湊才湊足了……這可是我家裡所有的錢。」說完之後，他以十字交疊的方式，以十張百圓鈔票為一疊，將一萬圓的紙鈔一疊疊放在桌上。

「看來法印是個好地方，跟婆羅洲不同……你也是當兵的嗎？」

「不，我是以政府官員的身分去的，從前我在農林省工作……」

「噢，原來是公務員。」

老闆笑著告訴富岡，剛剛女服務生拿著錶到帳房找他時，他為了確認那錶不是贓物，還從裡頭偷偷觀察過富岡的人品相貌。

「我因為工作的關係，見過很多人，從來不曾看走眼……我看你這長相，原本還以為你是一位畫家什麼的，完全沒想到你竟然是公務員，我可完全沒看出來……」

老闆自己也倒了一點酒，喝了起來。每次候車亭有公車經過，簡陋而狹小的店面就會微微搖曳。富岡將鈔票放進懷裡，從名片夾裡取出一張名片，遞給老闆。

「噢，你是專門做木材的？」

「現在我不幹公務員了，在幫朋友工作，可惜最近因為資金及政府管制政策，遇上了瓶頸。」

「政府一下子管制物資，一下子徵收稅金，搞得我們沒辦法好好做生意。明明有客人上門，我們卻連咖哩飯也端不出來……更糟糕的是一天到晚有人告密，所以我們也不敢隨便違反規定。現在的那些政府官員，簡直就像古裝劇裡的貪官汙吏……不，簡直就像是孩子王……害我們沒辦法好好工作，還會故意找我們麻煩，怪不得黑市交易會這麼猖狂……你住旅館的時候，是不是被討米了？」

「對方說沒有米就不讓我們住，我老婆還特地買來了一升的米……」

「原來如此，果然不出我所料。現在到處都買得到黑市的米，他們又何必這麼做？像這樣刻意刁難大老遠來到伊香保遊玩的客人，有什麼好處？偏偏政府就是有這種陋規，商人們也很無奈。我看接下來，經濟恐怕還會愈來愈不景氣。」[35]

「以後會變成錢比物資重要？」

「你一直住在東京嗎？」

「嗯，雖然房子很幸運沒有被炸毀，但為了討生活，只能把房子賣了。」

「我自從父母那一輩就一直住在本所業平，三月九日的那場大空襲，不僅毀了我的家，還炸死了我的一個孩子。回到日本之後，我就跟原本的妻子分手，與現在的妻子一起搬到了這裡。但

35 日本在二戰後期到戰後初期，政府在物資上有著相當嚴格的管制，一般民眾到餐廳或旅館，依規定必須自行攜帶稻米前往。

我實在好想回東京。我本來是賣魚為生，但現在的妻子說不想賣魚，所以我們只好做起了這個生意……」

「你太太就是剛剛那位女服務生嗎？」

「是啊，她還很年輕，說出去實在有點丟臉，但我這個人向來相信緣分，我認為我跟她的相遇，或許就是前世的姻緣吧……緣分這種事情，我認為一定要好好珍惜，絕對不能隨便違抗……」

原來剛剛那個搽著大紅色腮紅的女人是這個人的妻子……富岡得知這一點，內心不禁有股奇妙的感覺。對方還提到了必須珍惜緣分，富岡心裡更是大有感觸。自己跟由紀子的關係，肯定也是一種緣分吧。

「我還記得當時我搭船回到廣島的大竹港，一到碼頭，就看見地上掉了一個駱駝牌香菸的袋子。那顏色真美，我一看見那個香菸袋，才深深感受到日本真的戰敗了。戰場上的挫敗，也算是一種緣分吧。」

「我把手錶賣給你，也是緣分？」

富岡幾杯酒下肚，感覺心情輕鬆了不少。隨口說了句玩笑話，還跟老闆要了菸。外頭的烏鴉依然喧鬧個不停。老闆一邊以突出的門牙咬著花生，一邊把玩著外套上的拉鍊，說道：

「這世上大大小小的事情，都是由運勢來決定的。日本要是贏了這場戰爭，最後的下場可能會更慘……光是能夠知道戰爭有多麼愚蠢，就是一個不小的收穫了……我自己也是因為戰爭，才會去了婆羅洲那種遙遠的土地，若說這不是緣分，我才不信呢。」

29

富岡回到旅館時，由紀子正窩在桌爐裡，以手帕擦著指甲。富岡看著由紀子的背影，不禁心生憐憫。剛剛那酒吧老闆所說的那句「凡事都是緣分」，深深撼動了富岡的心，讓富岡不由得感慨昨天幻想著要跟這女人殉情，那是一件多麼蠢的事情。驀然間，富岡也感覺到原來一個人要死，真的不是件容易的事。今天自己賣掉手錶，彷彿是命中注定，昨天那宛如喪家之犬一般愁雲慘霧的心情，也藉著酒醉稍微恢復了點活力。

「咦？你喝了酒？」

「喝了一點……」

由紀子目不轉睛地看著富岡，眼神彷彿在訴說著「怎麼在這種節骨眼還跑出去喝酒」。由於兩人近來動不動就互相隱瞞心事，彷彿戴上了面具，此時富岡卻面色慈和，由紀子不禁心想，難道他在外頭遇上了什麼好事？

「賣掉了？」由紀子問。

「賣了一萬……」

富岡於是把賣掉手錶的過程一五一十地說了一遍。由紀子不禁眼眶含淚，嘆口氣後說道：「緣分……真是一句好話。」正因為彼此一直在互相隱瞞著早已萎縮的感情，酒吧老闆這句話才會這般令兩人深受感動。富岡將一整疊的一萬圓紙鈔擱在桌爐上，由紀子感慨萬千地看了一會後說道：

「真是天無絕人之路……」

由紀子自從回到了日本之後，看到的全是一些有如行屍走肉的人物，此刻聽了富岡的描述，忍不住說道：

「這個人從南洋回來，竟然娶了一個年輕老婆，真是太有勇氣了。跟他比起來，你真是差得遠了，竟然還幻想著要尋死……」

即使到了現在這一刻，富岡依然沒有完全拋棄尋死的念頭。忽然間，富岡回想起當年曾經在法印讀過的《群魔》這本小說。那小說裡的史塔夫羅金，在自殺前的準備工作可說是極盡周到之能事。他找來了一條堅固的布繩，非常冷靜地在上頭塗了厚厚一層肥皂，只希望臨死前不要蒙受太大痛苦。當初富岡讀到這段描述時，內心只對史塔夫羅金那可憎的冷酷態度抱持極度的反感。但如今的富岡，卻有了截然不同的感受。在布繩上塗肥皂，確實是減少臨死前痛苦的好方法。事實上就連富岡自己，也曾經絞盡腦汁想要找到最輕鬆的死法。史塔夫羅金曾經走遍每一塊土地，想要找到心靈的歸宿卻未能成功，最後只好失魂落魄地回到故鄉。相較之下，富岡則是從遙遠的法印回到了日本之後，看開了人生的一切，才決定了結自己的生命。在富岡的心裡，這個世間可說是枯燥又乏味。

「他還建議我們別再住旅館，說他那邊可以讓我們住個兩、三天，妳覺得如何？」

富岡一邊問，一邊取出酒吧老闆送的一袋外國香菸，點燃了一根。由紀子也要了一根，好奇地打量了一會之後點了火。

「嗯，聽起來很有意思。我也想見見那個人。」

「他是個很和善的好人，跟當年被妳戲弄的加野有點像……」

「唉喲，你說這是什麼話？」

到了這天傍晚，兩人結清了住宿費，本來想要回東京，後來還是決定到酒吧去看看。酒吧裡只有兩個看起來像司機的客人正在喝著酒，老闆邀請兩人上樓，讓兩人在狹窄的二樓寬心稍坐。不一會，一個女人端著茶上了二樓，但並不是富岡白天看見的那一個。二樓有座小型的下陷式桌爐，牆上掛著女用的外套及和服。不一會，白天那個搽胭紅的女人也上了二樓。女人的年紀看上去只有十八、九歲，骨架比由紀子還大，整個人散發一股靜謐的氛圍，彷彿睡著了一般。但她有時會睜大了眼睛，每當她露出這種表情，一對眼珠不僅大得嚇人，而且還炯炯有神。雖然稱不上是美女，但年輕的身材看起來玲瓏有致，一個微不足道的動作也可能顯露出美豔動人的一面，展現出十足的存在感。

由於今天是元旦，客人很早便離去了。過了一會，店裡的女服務生也告辭離開，老闆叫女人關起店門，送一瓶威士忌上二樓。

老闆看起來矮矮胖胖，應該有五十歲年紀，他從外套口袋裡掏出好幾顆蘋果，放在桌爐上，對由紀子說了一句「請吃，別客氣」。兩個男人則喝起威士忌，聊起了從前在南洋的往事。

房間約六張榻榻米大，天花板為紙質的懸吊式天花板，牆上張貼著世界地圖。女人將雙手湊向火盆蓋的前方，正在愣愣地發著呆，不知在想些什麼。那女人就坐在富岡的旁邊，富岡不時朝她瞥望。由紀子削了蘋果，津津有味地吃著，不時加入男人們的對話，三人聊得起勁。

不時有雪花碰在窗戶玻璃上，發出沙沙聲響。此外還夾雜著蕭蕭風聲，有如高山發出的轟隆聲。女人在火盆邊以手拄著臉頰，一副慵懶的坐姿，將右手伸進桌爐內。富岡盤腿而坐，故意將腳尖緊靠在女人的膝蓋上。女人無動於衷，彷彿什麼事也沒發生。富岡接著又以左手在桌爐的被蓋裡輕輕碰觸女人的手，一邊凝視女人的側臉，一邊慢慢將女人的手緊緊握住。此時富岡的胸中彷彿正噴發著大量火花。女人輕輕垂下頭，閉上眼睛，她的手掌又溼又滑，偶爾會微微蠕動。

一個搽著大紅色腮紅的鄉下女孩，竟然也會擁有這種宛如野獸一般的強大力量。富岡一時情緒激動，拿起威士忌的酒杯喝了一大口。一旁的由紀子則削起了第二顆蘋果。

富岡不時警戒著由紀子的視線，但由紀子只是張著那塗著濃豔口紅的雙唇，一邊吃著蘋果，一邊與那有如加野一般善良的酒吧老闆不停地閒聊。老闆那粗短的手腕上正戴著手錶。他露出了志得意滿的神態，那金邊的手錶也隱隱散發著光澤。

桌爐的被蓋底下，兩人交握的雙手遲遲沒有分開。女人也逐漸變得大膽，故意以膝蓋壓住富岡的腳尖。富岡鼓起勇氣，放開女人的手，以激動的口吻說道：

「這真的是一場緣分！今年的元旦真是值得紀念！老伯，這麼美好的夜晚，不如我們就把這瓶威士忌喝光了，你看如何？今晚這場酒宴，由我來付帳……」

說完之後，他不停地在老闆的杯子裡倒酒，還把酒杯舉到由紀子的唇邊，要她也多喝一些。原來一個人的心情能夠變化得如此之快。富岡抱著這麼一股冰冷的想法，不停地向由紀子勸酒。由紀子轉眼之間已有了醉意。或許是因為沒有吃晚飯，醉得特別快。對於眼前那個彷彿睡著了一般低頭拄著臉頰的女人，由紀子只當她是個腦袋不靈光的鄉下丫頭。明明體格那麼大，卻跟那種身材矮小的男人過著毫無青春可言的鄉下生活。由紀子對這個女人甚至可說是有著一絲同情。只見她從頭到尾一直默不作聲，簡直就像根本不在這裡一樣。隨著醉意愈來愈濃，由紀子開始興匆匆地向老闆描述起自己與富岡在南洋的激情浪漫史。

相較之下，富岡卻是一點醉意也沒。三人就這麼喝著酒，就在一瓶威士忌快要喝光了的時候，富岡突然站了起來，聲稱自己想出去泡泡溫泉。老闆抬起一雙醉眼，朝著旁邊的女人說道：

「喂，阿靜，妳帶他去米屋的溫泉澡堂。太太，要不要跟妳先生一起去？」

「我不去了，今天早上才去金太夫的澡堂泡了兩次……而且我已經喝醉了，走也走不穩……」

由紀子說完後，吃了一口當作下酒菜的火腿，又拿起威士忌喝了一口。富岡接著又說想借條毛巾，阿靜於是取下自己掛在牆上的粉紅色毛巾，跟在富岡的身後，下了樓梯。

一樓又暗又冷，富岡站在樓梯旁，等著阿靜下來。店裡的椅子都放到桌子上了，地上不時可看見老鼠鑽來鑽去。

阿靜走了下來，兩人以極近的距離互相對看，眼神中流露出激烈的情感。

30

樓梯下方的昏暗土間處相當狹窄，有如置身在山谷裡，被山壁包夾著。富岡突然抱住了阿靜，阿靜屏住了呼吸，將身體貼在富岡身上。富岡低頭親吻她的嘴唇，她竟也將雙唇湊了過來。驀然間，二樓傳來了由紀子的歡笑聲，富岡嚇得放開了阿靜。阿靜什麼話也沒說，默默走出了後門，轉頭朝富岡說道：「這裡很暗，請小心腳下。」

微醺的富岡聽到「小心腳下」這句話，不知為何又燃起了一股本能的欲火，忍不住用力攬住阿靜的腰。但這次阿靜甩開富岡的手，走下了狹窄的石階。四周圍相當陰暗，唯獨石階下方的電線杆上有一盞小燈，燈光的附近瀰漫著濃濃的溫泉霧氣。阿靜走到電線杆旁，打開一扇透著燈火的玻璃門，停下腳步等待富岡。富岡一走到門邊，便看見門內有個年輕的女人，身穿華麗花紋的振袖和服[36]，腰上打著閃閃發亮的腰帶，腳上穿著木屐。

「好冷。」

女人一邊這麼自言自語，一邊攤開一條白色的披肩，披在沒有穿著和服外套的纖細肩膀上。接著女人說完一句「先走了」之後，就匆匆走出門外。富岡等女人走了之後，才踏進門內。

「剛剛那位是藝妓。」阿靜說道。

富岡關上玻璃門，跟著阿靜在寒冷的走廊上彎了幾彎，地勢逐漸往下，走到盡頭處便是一間寬廣的澡堂。看起來似乎是男女混浴，更衣間的圓形籃子裡擺著男男女女脫下來的衣物。一個站在鏡子前面穿和服的中年婦人說道：

「阿靜，今天沒去妳家拜年，麻煩妳跟爸爸說一聲，明天我會過去……」

富岡開始脫去身上的衣物，阿靜竟然帶來了一條棉質的包袱巾，她攤開包袱巾，把富岡脫下的衣物都包了進去。

富岡一邊脫衣，一邊環顧左右。四周的那些置衣籃裡，確實也有兩、三個圓鼓鼓的包袱。或許是旅客怕自己的衣物遭竊，所以包在包袱巾裡吧。看起來實在有趣。

阿靜也脫起了衣物。

富岡率先踏進了冒出騰騰輕煙的澡堂。貼著磁磚的寬大浴槽裡頭有六、七個人正在泡澡，有男有女，但難以分辨年紀。大家隨口閒聊，氣氛相當融洽。阿靜也踏進了澡堂裡，在門口附近跪在地上以熱水沖起了身體。

富岡跳進浴槽，熱水彷彿滲進了皮膚裡，冰冷的身軀有如受到了熱情的擁抱。在煙霧之中，隱約可見阿靜似乎在與人說話，但不久之後，阿靜也走進了浴槽，慢慢來到富岡身邊。豐腴肩膀的白色肌膚，在紅土色的溫泉水上特別顯眼。阿靜來到身旁，對著富岡嫣然一笑。富岡故意在熱水裡伸長了腳，輕輕碰觸阿靜的腳。阿靜將手伸到水裡掏摸，假裝要撿沉入水裡的毛巾，卻摸起了富岡的膝蓋。由於溫泉水是紅褐色，兩人只露出了一顆頭，其他人根本看不到兩人在水面下互相逗弄的動作。富岡露出古怪的微笑，看著阿靜的眼睛，阿靜的臉上卻毫無笑意。兩人的頭相隔頗遠，在富岡的眼裡，阿靜的頭就像一顆懸浮在水上的西瓜，絲毫不見動靜。彷彿阿靜心中的野獸本能，都隨著溫泉水散入了槽底一般。富岡對眼前的狀況有種似曾相識的感覺，卻想不起來自己到底在什麼時候遇上過類似的事情。富岡只是靜靜地將下巴以下的身體全部浸泡在熱水裡，臉上維持著笑容。此時又有兩個男人吵吵鬧鬧地走了進來。富岡看著眼前的女人，腦海裡浮現了極度原始的幻想。不知是誰在浴槽裡唱起了《蘋果之歌》。

富岡聽著那人隨口哼唱的《蘋果之歌》，內心頗有感觸，漸漸明白為什麼一個原本賣魚為生的男人，會為了與年輕的阿靜一起生活，而遷居到這個伊香保溫泉鄉。阿靜做出游泳的動作，慢慢移動到另一頭，起身離開了浴槽。那體格寬大的背影，在此時富岡的眼裡成了前所未見的美女裸體。好想再看一眼阿靜的身體。那背影彷彿在誘惑著富岡。富岡於是也突然開始往前游，離開了浴槽，

36　振袖和服：指袖子較長的女性和服，穿著者通常是年輕女性，所以在設計上大都色彩鮮豔、圖紋華美。

走到阿靜的身邊。夜裡的狂暴山風自澡堂外的屋簷下呼嘯而過。

「我幫你洗背吧？」阿靜說道。

體格寬厚的阿靜赤裸著身體跪坐在磁磚上，豐腴的雙腿緊緊併攏，那模樣與當年的柔兒有幾分相似。驀然間，柔兒的臉孔浮上了富岡的心頭。柔兒那微黑的膚色、健美的體態及經常咀嚼肉桂所散發出的獨特口鼻氣味，都讓富岡不禁感到懷念。當年在法印的回憶，直到今天依然會突然湧現在富岡的腦海，誘發出酸酸甜甜的滋味。肉桂自古以來就被視為能夠滋精補氣、重振男性雄風的良藥。從前有時富岡感到疲累，躺在床上休息，柔兒會將桂皮削成薄片，泡在熱水裡讓富岡飲用。能夠讓男人重返青春的肉桂之中，又以「帝王肉桂」最為珍貴，富岡等人也曾經為了尋找這種植物，而到乂安省的孫、蘇安、逵、夏等區的無人山中探索。帝王肉桂在安南地區簡稱為「桂」，僅偶爾能在北部的深山中找到。肉桂屬於小喬木，在古代的安南是宮廷用藥，一般民眾禁止採集。唯有山地居民中的仡蒙族長老，在向安南官員申請了採伐許可證之後，才能夠入山採集肉桂。古代的仡蒙族認為必須仰賴神佛的庇佑，才有可能找到肉桂樹，因此出發之前還得舉行盛大的宗教儀式。當年若不是山林局長馬爾岡告知，富岡也無法得知這些事。進入深山尋找肉桂樹的仡蒙族人，往往過了一、兩年都沒有回來。即使是在族內，也只有最老練的人才能夠順利帶著肉桂歸來。尋找的過程，完全仰賴聞嗅氣味，如果找到了，還得先向官府申報才能進行採伐及剝皮，上頭還得蓋上官印。富岡當年在清化一帶的山區裡，也不時會聞到肉桂的香氣。

富岡在接受裸體的阿靜幫忙洗背的時候，彷彿又聞到了肉桂的芳香。當初柔兒為自己所生的孩子，此刻應該已經會說話，而且開始學走路了吧。柔兒要扶養一個父不詳的孩子，過的是什麼樣的生活？富岡不禁在心中想像起這一對自己這輩子再也無緣見到的母子。

澡堂裡的燈光不時忽明忽暗，宛如正在呼吸一般。

「妳在伊香保住幾年了？」富岡問。

「兩年多。其實我好想去東京，我厭煩了這種冷冷清清的地方……最近景氣這麼差，加上天氣冷，根本沒客人……」

「沒有人來泡溫泉？」

「少得可憐。我老公也說這樣下去不行，乾脆回東京幹老本行，但我就是討厭賣魚……我好想獨自一個人到東京當舞孃。剛剛你不是在門口遇到一個藝妓嗎？我現在正在跟她學跳舞……她跟我說，只要會跳舞，即使是在東京也能活下去，我真的很想試試看……這裡一旦過了夏天，根本做不了生意。」

「想要跳舞也不是不行，但是想要光靠跳舞活下去，恐怕並不容易，到頭來還是得做一些粗重的工作……」

「就算是這樣，那也沒關係，我就是想到東京去。我老公好囉唆，根本不讓我去東京……」

阿靜在富岡的背上淋了一些熱水之後，又嘩啦一聲，自顧自地走進浴槽裡去了。

兩人泡完了澡，回到住處二樓的時候，酒吧老闆還在喝酒，由紀子也還在跟他閒聊。由紀子聊著從前在法印的往事，愈說愈起勁。

「你們兩個泡得真久……我還以為你們私奔了呢。」

由紀子雖然是以開玩笑的口吻說出這句話，富岡還是一顆心七上八下，不由得佩服由紀子的敏銳直覺。阿靜則依然面無表情，將冰冷的毛巾掛回牆壁的釘子上，鑽進了桌爐裡。之前富岡一直以為她搽了鮮豔的腮紅，如今才知道並非如此，她的紅潤雙頰是天生的，不愧是長年住在山上的女人。

阿靜明明沒化妝，臉上的肌膚卻是光滑透亮。富岡以宛如喪失了靈魂般的空洞眼神，凝視著阿靜那豐滿的胸脯。對於由紀子，富岡已絲毫不想在她身上獲取慰藉。反而是阿靜那健美的肉體，讓富岡開始盤算起明天的生活。富岡已沒了尋死的念頭，對於由紀子也毫無歉疚與反省。阿靜不時會目送秋波，視線偷偷在富岡的身上轉來轉去。富岡感覺自己彷彿又回到了法印，又過起了在他鄉虛度光陰的青春日子。雖然心頭多少有些道德意識，但是富岡的內心深處卻早已把阿靜的丈夫及由紀子當成傻子看待。富岡感覺到焦躁及亢奮，一心只想靠著阿靜的誘惑，讓自己重新獲得活下去的力量。如果可以的話，好希望阿靜的丈夫及由紀子能夠立刻從眼前消失。只要沒有這兩個人，富岡感覺自己就能夠與阿靜從此過著自由的第二段人生。就算要為了阿靜而拋棄父母，富岡也有自信能夠做得到。富岡甚至在心中幻想著，自己逞凶將眼前的兩人殺死，與阿靜一起入獄服刑的畫面。丈夫與由紀子此時都已喝得爛醉如泥，丈夫窩在桌爐裡睡著了，由紀子則勉強睜著一雙醉眼。阿靜又取來一些燒酒，兌了些水後倒在由紀子的杯子裡。由紀子正感到口乾舌燥，拿起了杯子便往嘴裡灌，津津有味地將一杯酒喝光，接著便開始胡言亂語。

阿靜抓住丈夫的身體，將他拖進了隔壁的臥房。富岡並沒有上前幫忙，只是繼續拿起燒酒，往由紀子的杯子裡倒。由紀子不知是想起什麼好笑的事情，忽然間噴笑了出來，將杯裡的酒水灑得到處都是。接著她又將杯裡那兌了燒酒的水喝得一乾二淨，一張臉已脹得通紅。

「椰子汁真好喝……冰冰涼涼的，還有一股青草味……好想喝椰子汁……」

「椰子汁來了，快喝吧……」

富岡繼續拿起酒，往杯子裡倒。由紀子早已全身痠軟，神智也不清了。富岡點了根菸，靜靜地聆聽著風聲。阿靜則是將手掌湊向葫蘆形火盆的蓋子上取暖，富岡故意將腳伸到她的膝蓋附近，阿靜忽然伸出一隻手，將富岡的腳抓住。她睜大了一雙妙目，眼神中彷彿正綻放出藍色的神祕能量。富岡將身體靠向火盆，摟住阿靜的脖子，將她拉到自己眼前。

「不行！」

「他們都醉了，不會發現的……」

「不要！你老婆好像還在說話呢……」

富岡望向由紀子，露出了厭惡的表情。此時由紀子已醉得不省人事，臉上的妝也花了，看起來相當醜陋。富岡瞪著她，眼神中流露出一股恨意。自己跟這個女人的關係已經到此結束了。富岡不再理會那躺在地上呢喃自語的由紀子，硬生生將阿靜摟入懷中，以嘴堵住了她的雙唇。由紀子一邊笑，一邊唱起了歌。那歌詞正是「相逢的那一天，你的眼神帶著真誠」。富岡在心裡暗笑由紀子愚蠢，同時將阿靜膝蓋前方的那座火盆推開了。

由紀子不時會睜開眼睛，但四周漆黑一片，什麼也看不見。耳邊不斷響起男人的粗重鼾聲，以及彷彿有人壓低了聲音說話的細碎聲響。窗外的街燈隔著窗簾透入房內，隱隱照出了一對緊貼在一起的人影。由紀子感覺喉嚨好像有一把火在燒，一心只想使盡了力氣往前爬，爬到不斷有椰子汁流出的地方。整個房間搖搖擺擺，簡直像是躺在吊床上一樣。肩膀跟腰都使不出力氣，但由紀子說什麼也想喝一口水。乾涸的喉嚨簡直像是黏在一起，發不出半點聲音。由紀子用盡了全身力氣，才終於翻過了身，讓自己變成伏臥的姿勢。驀然間，由紀子隱約察覺有人從自己的枕邊跨過，走向紙拉門的方向。由紀子睜開模糊的雙眼，看見一道高個子的女人身影，拉開紙拉門，進入了隔壁房間。

「給我水！」

由紀子對著那人影大喊，但是紙拉門闔上之後，就再也沒有任何動靜了。由紀子氣得再度大喊「我要喝水」，但還是沒人起身。由紀子只好摸著黑，在桌爐的旁邊慢慢爬著。

31

富岡及由紀子在酒吧老闆的家裡住了三天，由紀子開始催促富岡趕快動身回東京。身為女人的敏感直覺，讓由紀子對阿靜產生一股莫名的反感。就在富岡與由紀子說好了明天回東京的那天晚上，四人舉行了一場惜別的酒宴。這一晚，酒吧老闆又在阿靜的勸酒之下，喝得大醉酩酊。但是這一次由紀子相當節制，並沒有喝醉。畢竟當初來到這裡的第一天晚上，由紀子因為喝了太多酒，整個晚上頭痛欲裂，而且胃部相當不舒服。這一次，阿靜又不斷往由紀子的杯裡倒酒，但由紀子將菸灰缸拉到身邊，把酒偷偷倒進了菸灰缸裡，而且還假裝自己也喝醉了。富岡一直閉著眼睛，不時哼唱起安南的歌曲。由紀子則是不停地偷眼觀察阿靜的表情。總覺得第一個晚上所看到的那個像妖怪一樣的模糊女人身影，正是阿靜。但是她當時為什麼要站在紙拉門的旁邊，卻讓由紀子百思不解。酒吧老闆的心情極佳，一邊吸著鼻水，一邊大談想要回到東京開創事業的夢想。

「聽說本所那一帶都被燒成了廢墟，我想在那裡開家小酒館，但一坪即便只算兩萬，十坪的店面也得花上不少錢。若再加上開店的成本，至少也得準備個三十萬，所以現在要搬到東京去住，也不是件容易的事……話雖這麼說，但我總不能老是待在這種地方，所以我想把這塊地連同店面一起賣了……不過要我等到夏天，可沒有那種耐性，剛好我在築地有個拜把兄弟，我在考慮乾脆帶著老婆去投靠他算了……」

富岡有時會睜開眼睛，回應個一、兩句，但心裡根本不在意對方說什麼，只覺得意興闌珊，做什麼也提不起勁，只是不停喝著酒。老闆以為富岡是個謙虛且惜字如金的人，對富岡更是中意，什麼事都想要提出來與富岡討論。他告訴富岡，他跟妻子阿靜都早已厭煩了現在這間店面。這個晚上雖然沒有風，卻是冷入骨髓。外頭難得響起了按摩師的笛聲，從窗下通過。

富岡露出一臉心血來潮的表情，說道：

「我去泡個澡……」

阿靜一聽，立即站了起來，拿起肥皂盒及毛巾，說道：「我也去暖暖身子。」

「啊，那我也去。」

由紀子也跟著若無其事地站了起來。阿靜忽然露出一臉不悅的表情，說道：

「噢，那你們兩個去吧。」

由紀子頓時感覺相當不舒服，簡直像是被人當面扔了一顆小石子在額頭上。她朝著臉色難看的阿靜瞥了一眼，跟在富岡身後走下樓梯。

兩人穿上木屐，走出了後門，冰冷的空氣讓皮膚有如針刺一般疼痛。

「那個阿靜真是有點古怪，她該不會喜歡上你了吧？我總覺得不太對勁……」

由紀子一邊訕笑，一邊以試探的口吻朝著富岡的背影這麼詢問。富岡不停地走下狹窄的石階，嘴裡只輕描淡寫地說了一句：「噢，是嗎？」

「那隻母猴子，肯定是個騷貨……」

「是嗎？」

「你平常看起來一副不近女色的模樣，但是跟女人勾搭上的速度比誰都快……」

「妳別胡說八道，我可沒有跟她勾搭上。」

「但你應該對她也有點興趣吧？」

「沒有……」

「是嗎？我說要跟去泡澡，她突然氣呼呼的，肯定有鬼……我猜她應該是愛上你了吧，否則不會只對你特別溫柔……」

「噢，原來還有這回事，那我可得多住幾天才行。」

「嗯，真是好主意。」

兩人一邊嘻笑，一邊走進了米屋的大澡堂。裡頭有七、八個客人，正在高聲談論著黑市稻米的行情。那似乎是一整團的客人，裡頭還夾雜了兩名藝妓正在幫客人洗背。接受藝妓幫忙洗背的客人不時受到同伴們出言調侃，整個場面非常熱絡。

富岡不經意地朝由紀子的裸體望了一眼，那模樣跟阿靜的健美肉體完全不能比，富岡甚至對由紀子感到一絲同情。而且或許是因為周圍有年輕藝妓的關係，由紀子的肉體相較之下顯得蒼老得多，已有凋零之色。不過由紀子有一雙修長美腿，跟軀幹維持著極佳的比例。由紀子自顧自地洗起了自己的身體，完全不像藝妓那樣貼心地幫男人洗背。她沒有泡很久，不一會就離開了澡堂。來到放著衣物籠的地點一看，原本放在旁邊的富岡的衣物籠竟已不翼而飛，取而代之的是一個布包，以藍色的棉質包袱巾包住了。一時之間，由紀子以為自己看錯了衣物籠，但往左右張望，完全沒看到富岡的衣物籠。由紀子輕輕拉開那包袱的邊角，往裡頭一看，富岡的衣物確實就包在裡頭。不一會，富岡也泡完澡，由紀子見富岡快要走過來了，便趕緊穿上自己的衣物，走到鏡子前梳起了頭髮。由紀子從鏡子裡觀察富岡的舉動，只見富岡看見那包袱的時候，先是愣了一下，但馬上就若無其事地解開了包袱。他先露出一副到處尋找自己衣物籠的舉動，接著朝由紀子瞥了一眼，迅速穿上一條新的內褲。由紀子心裡納悶不已，不明白富岡怎麼會多了這麼一件全新的白內褲。富岡接著又匆忙穿上衣服，把那條包袱巾摺成一小疊，塞進口袋裡。這個舉動讓由紀子更加狐疑了。

「怎麼你的衣服突然被包進了包袱裡，真是古怪。」

由紀子離開鏡子前，故意這麼調侃。

「不知道是誰做的……」

「原來你帶來了一條新內褲？那舊的內褲呢？」

富岡沒回答，快步走回澡堂裡，擰起了自己的毛巾。由紀子心裡已隱隱明白發生了什麼事。但見富岡走了回來，由紀子什麼話也沒說，只是自顧自地轉身，來到了寒冷的走廊上。

原來男人的心正在從我身邊逃離，而自己竟然完全沒有察覺。由紀子在心中篤定地告訴自己，絕對不能再沉溺於從前與富岡的回憶之中。即使日子必須過得寂寞難耐，由紀子還是決定接下來要獨自一人過日子。由紀子警惕自己，絕對不能再抱著無所謂的心情活在過去的世界裡。

兩人默默登上了石階。頭頂上閃爍著滿天星辰，有如海上的漁火。由紀子為了強迫自己不再思考這件事，故意吹起了口哨，同時舉起手，以外套的袖子抹去臉上奪眶而出的熱淚。當初剛從海防回來時那股內心的飢渴與寂寞，如今全都化成了淚水，不斷滑過由紀子的臉頰。自從回到日本之後，到底是什麼讓自己及富岡變得如此委靡不振卻又害怕寂寞……？由紀子一級一級地踏在石階上，喉嚨不由得發出了哽咽聲。

「妳怎麼了？」

「沒什麼……」

「妳在懷疑我？」

「懷疑你什麼？」

強烈的怒火湧上了由紀子的心頭，但這股怒氣還未自由紀子的口中噴發而出，竟然就在胸中慢慢淡去，消失得無影無蹤。激動的情緒已逐漸獲得平緩。到了石階的頂端處，富岡見屋子的旁邊有一條通往大街的小巷，於是說道：

「要不要去街上走一走？」

「算了吧，會感冒的。」

「看來妳已經有些神經衰弱了……」富岡停下腳步，嘴裡如此低聲咕噥。但他旋即改口說道：

「不，或許神經衰弱的人是我吧。跟妳比起來，我的情緒更加不安定，動不動就想要沉淪下去。我已經變得無法忍受孤獨了……因為管不了自己，只好任憑自己愈陷愈深……像隻沒頭蒼蠅一樣漫無目標地到處亂鑽……即使是現在，我的腦海裡依然充塞著任性的想法。」

富岡說完這幾句話之後，將完全結凍的手帕像根棒子一樣扛在肩膀上。

「我冷死了，總之我們快進屋裡睡覺吧……我可是明天一大早就得離開這裡……」

「說得好像只有妳一個人要回東京一樣……我們既然是一起來的，我當然會跟妳一起走。」

「話是這麼說沒錯……但你心裡有什麼打算，我也說不準……算了，別說這些了。我們進去吧，我的腳開始發抖了。」

兩人於是從後門登上樓梯，回到了二樓。阿靜的丈夫在隔壁的臥房睡得正熟，不停發出鼾聲。但是環顧房內，卻不見阿靜的蹤影。富岡拿起茶几上的小酒瓶，舉到耳邊搖了搖，裡頭似乎還有一點酒。雖然那酒早已涼了，富岡還是倒了一杯，大口地灌進肚子裡。阿靜沒有睡在丈夫身邊，這一點在剛泡完溫泉回來的兩人心中激起了不小的漣漪。兩人各自抱著不同的念頭，思考著阿靜不在房裡所代表的意義。由紀子將凍僵的雙腿伸進了桌爐裡，暗自擔心著明天到了東京，與富岡分開之後的生活。心中有種錯覺，彷彿自己消失了一個星期，當初在池袋生活的那一切都已不復存在。

32

兩人在五日的傍晚回到了東京。

由紀子將富岡帶回了自己的棲身之處，心情比當初離開東京時更加憂鬱了。由紀子先前往小屋旁邊的雜貨店，向老闆告知自己已經回來了。老闆娘一看見由紀子，登時露出了厭惡的表情。由紀子見了那老闆娘的表情，回想起這趟旅行竟然這麼多天沒回來，開門進入小屋裡時，心裡竟有一股彷彿來到別人家的疏遠感。打開了剛請老闆牽來的電線開關，將電燈燈座接上電線，接著轉開了電熱爐的開關。仔細查看屋內，竟變得有些凌亂。桌爐上放著一張字條，拿起一看，竟然是伊庭寫的。原來伊庭為了見自己一面，曾經在這小屋裡待了兩天。伊庭在字條裡勸由紀子至少要回故鄉打個招呼，此外還提到伊庭一家人將在七草之日[37]回到鷺宮的住處團聚，因此建議由紀子務必也在那天到伊庭家住一晚。由紀子一讀完字條，立刻將字條撕成碎片，扔進了小火爐裡。接著由紀子點起了火，將小火爐放進桌爐底下，接著以電熱爐煮起了咖啡。

富岡將膝蓋伸入桌爐內，點了一根菸，以一隻手抓了抓自己的頭髮，說道：

「這裡沒有酒？」

由紀子默默望向房間角落的兩、三支酒瓶，搖頭說道：「沒有。」最近的富岡，已經到了每天晚上不喝酒就渾身不對勁的地步。唯有靠著酒精的力量將思緒搞得一團亂，才能忍受不斷向下沉淪所帶來的孤寂感。當初阿靜曾希望富岡帶著她離開，富岡卻將她獨自留在伊香保。就連這件事，對富岡來說也彷彿是極度遙遠的往事。雖然有點懷念，畢竟只是一件微不足道的小事。阿靜向富岡索討東京的住處地址，富岡隨便寫了一個假的給她。富岡雖然把阿靜特地準備的新內褲穿回了東京，卻是完全不當回事，彷彿一切都事不關己。

「你想喝酒？」

「想啊……」

「好，今晚我就讓你喝個爛醉。」

由紀子一邊泡著咖啡，一邊隨口說笑，卻完全沒有起身出去買酒的意思。

「妳還在介意那件事？」

「哪件事？」

「沒什麼……我們來慶祝兩個人都撿回了一條命吧……」

「阿靜是我們的救命恩人。」

「妳說那隻母猴子？」

「我看她的身材挺好。我們在等公車的時候，我看到她的眼裡含著淚光呢。」

「噢……？」

由紀子倒了一杯咖啡，放在富岡旁邊，自己也啜飲起熱騰騰的咖啡。直到這一刻，由紀子才抬頭望向富岡的臉。富岡將菸拿到菸灰缸裡捻熄，端起了咖啡。不知道為什麼，今天由紀子只想自己一個人昏睡一整晚，不想再待在富岡身邊。自從離開了伊香保，由紀子就連一滴酒也不想碰了。喝完了咖啡，富岡聲稱想要出去買酒，起身走出屋外，由紀子也沒有阻擋。富岡的酒癮，簡直就像是一種命運的安排。自從回到東京之後，才發現其實東京也很冷。

由紀子自己則到雜貨店的後門，取一些水回來洗米。雖然猜想喬可能來過，但也不太在意了。

正當由紀子取了一水桶的水回到小屋時，正好看見富岡買了一升的酒回來。富岡自行將酒倒進鐵茶

37　七草之日：指一月七日。由於依照日本傳統習俗，這一天會食用七草粥（以七種植物熬成的粥），所以稱為七草之日。

壺裡，放在電熱爐上加熱。

「你真是個酒鬼。」

「嗯，現在酒是我的情人……」

「富岡，我覺得你好可怕。你心裡永遠只想到自己，是吧？」

富岡將熱好的酒倒在咖啡杯裡，津津有味地喝了一口，瞪著由紀子說道：

「所以我才捨不得死。自殺可是很痛的……斷氣之前那一瞬間的痛楚，讓我好害怕。那種痛跟受傷的痛可不一樣，是會讓人沒命的痛。所以我一直死不了，不是因為我愛惜自己，而是因為我捨不得這條命……對了，妳要不要也來一杯？」

「不要，喝了會胃痛。」

「別這樣，喝一杯吧，很舒服的。」

「我要煮飯來吃了，一滴都不喝……」

由紀子以鍋子洗了米，放在電熱爐上。富岡在咖啡杯裡倒了第二杯酒，接著從口袋裡掏出兩顆小小的骰子擲在桌上。這是阿靜在臨別之際送給富岡的東西。這一擲，擲出了兩點及五點。富岡心裡暗叫不妙，這是自己最討厭的數字。富岡趕緊又擲了一次，這次擲出了四點跟五點。富岡氣呼呼地擲了第三次，同時喝起了第三杯酒，心頭彷彿有一輛沉重又憂愁的車子正在往前滑行。

驀然間，富岡想起了《群魔》中的基力羅夫所說過的這麼一句話：「你是否認為疼痛是死亡的必經過程？」害怕自殺的最大理由是痛楚，其次則是來世。書中還說，「只有當活不活著都一樣的時候，一個人才能獲得真正的自由。這就是一切的目的」。富岡不禁嘆了口氣，再度用力擲出骰子。竟然又是二跟五，回到了原本的數字。

「飯好了嗎？」

「快好了。」

「伊香保那地方挺不錯，對吧？」

「你是因為有那隻母猴子才這麼說吧？」

「嗯……」

「想念她了？」

「嗯……」

「那你怎麼不去找她？」

「吵死了，不用妳說，我也會去！」

「你在氣什麼？你真的那麼喜歡她？」

「是啊，我就是喜歡她。她一點也不囉唆，什麼事都用行動來表達。我就是想見她……」

「那你就去吧。」

「太遲了，我已經把她拋棄了……」

由紀子還想說話，遠方剛好有載貨列車通過池袋車站，整棟小屋都在微微震動，伴隨著轟隆聲響。

富岡的腦海裡浮現了阿靜那炯炯有神的雙眸。那是一對有如野獸一般的美麗眼珠。壯碩而結實的雪白肉體，因為光線的折射而扭曲變形。富岡不禁回憶起那涔涔冒汗的火燙肌膚，以及當初跟她在黑暗中十指交握的觸感。那嬌喘的聲音在富岡耳邊盤旋不去。或許是因為已經頗有醉意的關係，富岡的心中忽然燃起了一股對阿靜的熊熊欲火。那燙成了鬈髮的堅硬髮絲，摸上去簡直像是馬的鬃毛。富岡耍起了性子，不斷地在桌爐上擲起那兩顆小得像豆子的骰子。載貨列車漸行漸遠，轟隆聲也慢慢消失。富岡喝起了第四杯酒。由紀子將鍋子從電熱爐上取了下來。爐中的火焰不斷旋轉，在寒冷的房間裡顯得特別熱絡。明明已經事過境遷，由紀子對阿靜的恨意反而愈來愈濃。富岡所說的那句「什麼事都用行動來表達」，像一根針狠狠地插在由紀子的心口。當初自己喝醉酒時看見的那個模模糊糊的母妖怪，應該就是阿靜吧。

「你真是個可怕的人……」

富岡沒有應聲，只是繼續擲著骰子。富岡心裡感覺待在這裡一點意思也沒有，卻又不想回到妻子邦子的身邊。邦子一個人獨自坐在空蕩蕩的屋子裡的那幅景象，對此時的富岡而言只是增添心頭的鬱悶而已。但是另一方面，富岡對由紀子也已經沒有什麼深厚的感情。最近富岡甚至開始感覺到，或許是因為雙方的心機都很深，兩人之間的感情已逐漸轉化成了單純的友情。把由紀子當成情人，那已經是非常久遠的事情了。

33

一升的酒，已經被富岡喝掉了不少。

「從前在大叻的時候，我們經常喝雪利酒，妳還記得嗎？」

由紀子吃完了飯，又泡了咖啡來喝。富岡一個人自斟自飲，還不時咕噥一些閒話。由紀子觀察著富岡，發現一升的酒瓶已經快被他喝到見底，不禁有些錯愕。或許對富岡來說，酒精已經幾乎跟毒品沒有兩樣。就算有再好的工作，如果像這樣每天酗酒，收入肯定是入不敷出。由紀子除了為富岡感到悲哀之外，胸口還燃起了一股怒火。正因為他像這樣每天沉溺在酒精之中，所以才會無法好好思考事情，就算有事想跟他商量，也得不到什麼好的建議。整張臉孔泛著油光，當初在法印時的那股年輕氣息幾乎半點也沒剩。一張臉瘦削憔悴，看起來疲憊不堪。

「妳一直瞪著我做什麼？想把我趕出去嗎……？我明白了，這裡是妳家，要是有客人上門，會妨礙妳做生意……」

「你在說什麼啊……」

「我可是非常認真的。人生有兩個最重要的時機，一是分手，二是付帳……只要拿捏好這兩個時機，人生基本上就不會有什麼天大的禍事……話雖如此，但人生之中哪一次分手不是椎心蝕骨？戰爭敗得這麼慘，不也是付帳的時機沒拿捏好，才會像這樣弄巧成拙……有人說，現在的每個日本人都只能Going my way了……」

「別再嘮叨了，把酒收起來，快睡了吧。你不是說，分手跟付帳的時機很重要嗎？怎麼你自己還是這麼渾渾噩噩地過日子……？」

「妳別這麼氣，等到了明天，我們就分道揚鑣……Going my way吧。伊香保那件事真的沒什麼，妳別一直耿耿於懷，mon chéri[38]由紀子……」

富岡以開玩笑的口吻，絮絮叨叨地說個不停。那紫色的嘴唇，在由紀子的心中留下了深刻的印象。富岡拿出一根菸叼在嘴裡，卻還繼續說話，香菸上沾滿了口水。只見他兩眼無神，頭髮凌亂地垂掛在額頭上。

「你這個人真的是沒救了。唯一的優點，大概就只剩下在別人的眼裡有股魅力吧。你不懂愛面子、善變，而且膽小如鼠，只能靠喝酒壯膽……而且還喜歡裝腔作勢。」

「我裝腔作勢嗎？好吧，我還有什麼缺點，妳都說一說吧……」

「那我就說了，你這個人奸詐狡猾，只是表面上故意隱藏本性。遇到事情，你沒辦法爽快放棄，沒辦法老老實實地躲起來咳聲嘆氣，乍看之下，你好像是個足智多謀的聰明人，但是在自己的事業上，你卻不肯好好用自己的腦袋找一條出路，簡直就是典型的公務員。要是你能夠在這亂糟糟的時局裡混出一番名堂，我反而還會佩服你富岡是個了不起的男人，可惜你根本沒這個本事……」

「妳可別小看我，未來的事還很難說。我雖然看起來畏畏縮縮，但是我想要發大財的欲望，可是比任何人都強烈得多……」

「既然是這樣，為什麼又要尋死？」

「難道妳不曾有過尋死的念頭？正因為太想要活下去，才會產生想要一死了之的衝動。當初我去伊香保，正是抱著這樣的心情……後來我選擇回到東京，是因為我覺得只要活著，或許能夠找到一條出路……像這樣一直喝酒，是因為我開始感覺死亡是一件多麼孤獨的事情。我放棄了死亡，是因為我看穿了自己沒有勇氣的事實。我相信天底下每個人在一生之中，總會有幾次產生尋死的念頭吧……只是每當我們想要尋死的時候，總是會出現一些阻礙的思緒，讓我們沒辦法成功。雖然在天神的眼裡，人只不過如同米粒一般微不足道，但每個人還是有著自己的信念及想法，當然也少不了過度的自信及虛榮……人就是人，沒有辦法成為神仙。人只能一邊吸收著充滿矛盾的垃圾，一邊想辦法創造屬於自己的生命喜樂。在這些充滿矛盾的垃圾之中，包含了事業，包含了女人，也包含了政治、法律及運動。在吸收這些矛盾垃圾的過程中，會出現一些運氣好的傢伙，以及一些倒楣鬼。當初在海防要搭船時，不是有很多卑鄙齷齪的小人嗎？為了能夠盡早上船，為了早一點回到日本，不惜把同伴全都推開。還有些人不斷說別人的壞話，彷彿除了自己之外的所有人都是戰犯一般……這就是人性。愈是滿口仁義道德的人，愈是不能掉以輕心，妳不這麼認為嗎？為了把妳們這些女人釣上手，就算玩弄一些把戲也是天經地義的事情……不過回想起來，加野實在是個好人。他個性耿直，明明是個倒楣鬼，卻從不認為自己運氣很差……」

「你跟我都應該要向加野好好道歉……他並沒有錯，錯的是我們，我們不該故意玩弄他的感情，故意開他玩笑……當初他被抓到西貢的時候，可是一點也不恨我們……最後加野割了我一刀，從中得利的人卻是你，真是太狡猾了……」

「那是妳運氣好，妳不這麼認為嗎？」

「他口口聲聲說戰爭一定會贏，如今回到了日本，他應該很吃驚吧……當初就連我，也覺得加野實在是個傻瓜。」

38　mon chéri：法語，意思是「親愛的」。

富岡感覺醉意愈來愈濃，於是在桌爐裡躺了下來，以手肘枕著頭，腦海裡浮現了一片漆黑的森林景象。回想起來，當初加野一直在西貢的農林研究所，跟著阿羅德做事。阿羅德曾經完成過非洲的森林調查及瓦斯木炭的相關實驗，對於木炭汽車在法印的普及有著不小的貢獻。加野曾經說過，他願意一輩子跟在阿羅德身邊，研究瓦斯木炭的製法及薪炭林的運用過程。這種一旦熱衷於某件事，就能夠一頭栽進去而不產生絲毫懷疑的單純信念，如今在富岡的心中可說是彌足珍貴。根據傳聞，加野在回到日本之後，不知道為什麼，竟然拋棄了過去生活的一切，跑到橫濱當起了臨時工。雖然這件事是真是假，得實際見了加野的面才能確認，但加野確實是個想到什麼就做什麼的率真男人。富岡心想，有機會應該要跟加野見上一面。

等到和平條約完成簽訂，富岡想要搭船再次前往西貢。就算是到有錢人的家裡當傭人也無所謂。

「想睡了？」由紀子問道。

「不，一點也不想睡，反而感覺精神愈來愈好。我一直在思考接下來的日子如何維持生計，但實在沒有什麼頭緒……女人還是過著跟以前一樣的生活，但男人可就沒有那麼幸運了。」

「當女人也是有很多煩惱……既然不能靠你生活，我打算先回鄉下再說，你覺得呢？」

「這聽起來是好主意。回鄉下找個人嫁了，當個健健康康的妻子吧。能夠過平靜的日子，是再好不過的事了。」

「你說這是什麼話？我才不會嫁人呢。我說要回鄉下，可不是那個意思。我有我自己的生活方式，回鄉下可不只是為了向家人道別而已……」

「噢，妳有妳的生活方式。這很正常，每個人都有自己的生活方式……但我勸妳要適可而止，畢竟妳總不能一輩子一個人生活。」

由紀子在桌爐底下加了一些木炭，一邊用力吹氣，一邊不悅地說道：

「說得好像完全不關你的事一樣。」

屋外不時傳來省線電車的轟隆聲響。回想起來，兩人昨天都還在伊香保，那簡直就像是一場夢。如今富岡還躺在眼前，所以感觸還不深，但是等到真正分手之後，一個人住在這棟小屋子裡恐怕會相當寂寞吧。剛剛由紀子還抱著想要一個人好好睡覺的念頭，此時卻有了完全不同的想法。光是互相熟悉的兩個人能夠聚在一起，就是一種心靈的慰藉。

「有沒有菸？」

富岡伸手問道。由紀子從手提包中取出一盒光牌香菸，遞了過去。接著由紀子拿起了桌爐上的兩顆骰子，緊緊握在手裡，自顧自地盤算起接下來的生計問題。如何才能找到能夠餬口的工作，在由紀子的心中形成了沉重壓力。由紀子感覺自己已經漸漸失去了從事事務性工作的才能，但是既不想當女傭，也不想當別人的黃臉婆。問題是如果什麼都不做，就只能等著餓死。由紀子一邊擲著骰子，一邊思考著該找什麼樣的工作，腦海裡不禁浮現了自己頂著寒風在街上當流鶯的景象。

34

七草之日這天，由紀子並沒有前往伊庭家。自從富岡離去之後，由紀子在家裡獨自生活了四、五天。總覺得哪裡也不想去，什麼也不想做。心中所受到的創傷，一時難以痊癒。在這段期間，由紀子寫了明信片給住在伊香保的阿靜，以及據說住在橫濱蓑澤的加野。

在給阿靜的明信片裡，由紀子故意寫了一句「拙夫交代我向妳問好」。由紀子想要看看阿靜的回信會怎麼寫，算是一場惡作劇吧。至於給加野的明信片裡，則寫著近期想要前往拜訪，請告知合適的日期與時間。沒想到就在寄出明信片後不久，在一個天色看起來隨時可能會下雪的日子，阿靜的丈夫竟然來到了由紀子的住處。丈夫告訴由紀子，在富岡、由紀子兩人啟程回東京的隔天，阿靜就離家出走了，而且什麼也沒帶，直到現在都還沒有回來。

由紀子心中的第一個念頭，是富岡搞的鬼。富岡在由紀子的住處睡了一晚就離去了，或許私下和阿靜相約在某處見面也不一定。雖然沒有明確的證據能夠證明這兩人有一腿，但是阿靜當初前來送行時流下的眼淚，由紀子心裡猜想絕不單純。富岡曾經聲稱他對阿靜說了假地址，但如今阿靜的丈夫找上門來，或許正可以證明富岡撒了彌天大謊，實際上他已經跟阿靜偷偷做了某種約定。當初還跟富岡在一起的時候，由紀子滿腦子只想著要跟富岡分手，但是當富岡回到了妻子的身邊之後，由紀子卻又有些後悔那時為什麼沒有依照富岡的心願，在伊香保自殺。對如今的由紀子來說，尋死似乎也不是什麼太困難的事。由紀子感覺有一股絕望環繞在自己的周圍，有如竹籬笆一般將自己圍住了。由紀子最後決定將富岡的住家地址告訴阿靜的丈夫。那個男人此刻一定在某處跟阿靜偷偷幽會吧……由紀子如此想著。

到了隔天一大清早，阿靜的丈夫又來到了由紀子的住處。

「我見到了富岡，他看起來很驚訝，還說他對阿靜的事情一無所知……我也完全想不到阿靜會跑到哪裡去，所以我打算報警處理。昨晚我睡在富岡家裡，由於沒有棉被，所以在桌爐裡窩了一晚，想起來實在給他太太添了不少麻煩。」

阿靜的丈夫似乎直到這時才知道由紀子並非富岡真正的妻子，走進由紀子的陰暗小屋裡時，他的態度變得有些輕佻。

難道真的是自己想太多了？阿靜當時流下的淚水，其實不是那個意思？由紀子不禁產生了這樣的懷疑。畢竟富岡這個人有時候相當冷酷，或許真的就像他自己所說的，他完全沒把自己的住處地址告訴阿靜或她的丈夫。但如果富岡真的沒跟阿靜私下偷偷見面，他的那種冷酷心態反而更加令由紀子感到毛骨悚然。畢竟根據由紀子身為女人的敏感直覺，富岡與阿靜之間必定有著非比尋常的關係，這是無庸置疑的。更何況當初在公共溫泉澡堂裡，阿靜特地為富岡送來新內褲，那代表什麼意思，身為女人的由紀子當然心知肚明。難道富岡真的打算無視於阿靜的心意，徹底斬斷跟阿靜的關係？果真如此的話……難道富岡與阿靜之間的曖昧關係，就只是富岡的一種逢場作戲？或者只是一種在旅途中的任性行為？由紀子不禁懷疑，或許富岡真的是一個如此冷酷的人，一旦旅行結束，他跟阿靜的關係也就斷了。阿靜的丈夫在由紀子的小屋裡坐了一個小時左右，就咳聲嘆氣地離去了。

由紀子感覺自己似乎看穿了富岡的真面目。心裡對於遭到始亂終棄而離家出走的阿靜，反而產生了一股同情。這一天，由紀子也收到了加野的回信。加野在信中說道，他最近生了病，一直躺在床上休息，所以房間相當凌亂，但是他也十分想念由紀子，如果由紀子真的有心要相見，就到他的住處找他吧。明信片的最後，加野還以一行小字寫道，他也很想念富岡，如果不介意的話，請兩人一同前往。由紀子心想，加野明明吃了那麼多苦，卻還是如此平易近人。由紀子讀完了明信片，對加野的思念更是大增。此外由紀子也感到鬆了口氣，因為從字面上看起來，加野對於富岡和由紀子之間的關係，似乎已經不帶絲毫芥蒂了。

由紀子下定了決心，前往橫濱的蓑澤拜訪加野。那一帶的街道相當雜亂，放眼望去可看見軸承工廠及印刷工廠，道路的地面正在進行翻修工程。由紀子在道路對面的巷道內仔細尋找，終於在一條狹窄的小巷裡找到了加野的住處。那是一整排簡陋狹小的木板小屋，一間間小屋相連在一起，形成了長屋[39]的格局。在那長屋的邊角，有一棟養著長毛兔的兩層樓屋子，加野在裡頭租了一間房間。那屋子看起來極不牢固，就跟阿靜在伊香保的家有幾分相似。由紀子在一樓打聽加野，屋子裡的孩子說他在二樓睡覺，由紀子於是直接上了二樓。二樓的天花板很低，只有一間房間，一爬上梯子，便可看見地板上擺著小火爐及一袋袋的木炭。由紀子走向深處，來到一扇破損的紙拉門旁邊，門內傳出了加野那令人熟悉的高亢嗓音。

「裡頭很亂，不介意的話請進來吧。」

由紀子拉開紙拉門，只見加野正橫躺著，身上蓋著一條毛毯，頭上綁著一條骯髒的毛巾。一顆裸露的電燈泡有如冰袋一般在他的頭頂上搖來搖去。加野的相貌已經跟往昔截然不同，不僅浮腫而且膚色變成了毫無血色的灰黑色。

「你還好嗎？感冒了？」

房間裡凌亂到幾乎沒地方站。由紀子走到加野的枕頭邊，看著加野問道。加野顯得有些羞赧，露出雪白牙齒，以充滿懷念之意的笑容說道：

「已經不行了……染了病，昨天晚上還咳了一些血……」

加野說得輕描淡寫，彷彿說的是別人的事情。他望向牆邊一個棉花外露的座墊，示意要由紀子坐在那上頭。整個房間裡瀰漫著一股石炭酸[40]的氣味。

「身體完全動不了……前陣子在碼頭當了一段日子的卸貨工人，淋了雨，感冒竟然愈來愈嚴重，已經躺在床上四十多天了，簡直跟屍體沒有兩樣……富岡沒跟妳一起來嗎？」

「沒有，只有我一個人，我跟富岡已經好久沒見了……」

「噢，沒有結婚？」

「誰跟誰？」

「我還以為妳跟富岡過著幸福快樂的日子……」

「沒那回事，富岡是富岡，我是我，我還是一個人……你生了重病，平常誰來照顧你？」

「我母親跟我弟弟。我弟弟在這附近一家叫文壽堂的印刷工廠當排字工，戰爭期間聽說他還是特攻隊的一員。如今他當著排字工，和母親一起生活，等待我恢復健康。我們的家在戰爭期間被燒毀了，現在無家可歸，光是能有這樣一個地方棲身，就已經要偷笑了。」

---

39 長屋：長屋是一種日本傳統的集團式住宅，由長方形屋舍分隔成數間，左鄰右舍牆壁相連，多見於江戶時代至近代的中下階層地區。

40 石炭酸：石炭酸即苯酚，多用於製造樹脂、防腐劑、殺蟲劑及某些藥物。

午後的微弱陽光透過貼上了紙的玻璃窗，在髒汙的軍用毛毯上形成了一條條的斑紋。由紀子不禁深深感慨，一個人的處境竟然能夠變化如此之大。此時加野不僅滿臉鬍碴、毫無血色，而且瘦削憔悴。原本的他有著一張帶稚氣的圓餅臉，此刻卻像老了十歲一樣。看著如今纏綿病榻的加野，實在很難想像當年他在南洋生活時的模樣。如今躺在面前的這個人，簡直已經不是加野了。而且此時兩人的關係，就好像從前什麼事也沒發生過。

「你真的變好多……」

「妳嚇了一跳？」

「是啊。」

「今天妳就陪我聊聊往事吧。能夠收到妳寄來的明信片，我開心得不得了呢……我一直以為妳絕對不可能跟我聯絡……」

「沒那回事……富岡把你的住處地址告訴我之後，我就一直很想見你一面……」

「真的嗎？那可真是謝謝妳……」

驀然間，兩人都不再說話，氣氛變得有些尷尬。

35

「我母親也出門工作去了，連茶都沒辦法泡給妳喝，真是非常抱歉……不過這樣也好，免得把病傳染給妳。」

加野說出這句自嘲的話之後，發出了冰冷的笑聲。

從加野的這句話，由紀子感覺到此時加野的身上彷彿有著無數的尖刺，只能保持沉默，小心翼翼地不加以碰觸。加野不時會劇烈咳嗽，還會習慣性地不停搖頭。

「不用冰敷嗎？」

「聽說冰敷胸口會對病情有幫助，但我實在沒力氣。而且我不想給母親及弟弟添麻煩，這是我向他們表達感謝之意的唯一方法……不能給他人添麻煩，是我這陣子的頓悟。不論任何時候，我都能夠帶著自信結束自己的生命。不過……畢竟是上天賜予的寶貴生命，就算只是多活一天，也總好過死了被燒成灰燼……」

「別說這種喪氣話，希望你早日康復……」

「這個病，已經好不了了……」

「為什麼要說這種讓人擔心的話？只要打起精神來，一定會好轉的。我想看見以前那個朝氣蓬勃的加野。」

「以前的加野，已經死在戰爭之中了。這場戰爭，把我的身心都搞得一團亂，讓我吃了不少苦頭。不過這也是沒辦法的事，最近我也看開了。有時我會想起當初在法印的生活，那是我一生中令我印象最深刻的時期……最近妳的手還會痛嗎？我記得是左手腕，是嗎？」

加野竟然還記得自己身上的傷……這股純情讓由紀子大為感動。

「我真的對妳很抱歉。」

「別說這種話！是我太自私了，我才應該對你道歉。那個時候我們不知道是怎麼了，簡直都像瘋子一樣。」

「沒錯，真的都像瘋子。我事後回想，總覺得妳是故意朝著我的刀子衝了過來。當時我本來想要殺富岡，沒想到一走進房間，卻看見了妳，更是讓我氣得失去理智。如今回想起來，那真是愚蠢的行徑……」

「好了，別說這些了……」

「對不起……太久沒見到妳，那些往事又湧上心頭，簡直像是昨天才發生……」

由紀子忍受不了房間裡的刺鼻藥味，起身將窗戶拉開一點縫隙。冰冷的空氣灌入房內，反而感覺相當舒服。

「富岡最近還好嗎？」

「嗯，好像還不錯。」

「他這個人向來運氣很好。就好像坐在舒適的椅子上，不管什麼事都不輕易採取行動，同時卻又能夠理解他人的落魄處境，臉上總是帶著彷彿看穿了他人命運的表情。妳可別誤會，我不是在說他的壞話。我想說的是，或許他的好運，正是來自於這樣的性格。有時我回想從前的往事，總是很後悔沒有早一點向他看齊。」

「但是他最近似乎沒那麼好運了。」

「是嗎……？那應該是妳的標準比較嚴苛吧？聽說他的家沒被炸毀，而且在工作方面，聽說他也找到了共同奮鬥的夥伴，幹得很不錯呢。」

由紀子回想起當初跟富岡在伊香保想要殉情，但最後沒有付諸行動的那段往事。這些事情加野完全不知道，才會這麼說吧。

「他最近好像陷入了困境，房子賣了，家人也都搬到鄉下去。他跟我說，他接下來要一個人努力看看。」

「就算要努力討生活，依他的個性，也不可能像我一樣當個日薪兩百圓的碼頭臨時工吧。每天扛數十貫[41]重的貨物，把身體都搞壞了，這種事情在他眼裡，應該是一齣喜劇吧……」

「別開玩笑了。加野，你是故意這麼說的吧？你當初為什麼要當碼頭工人？」

「當然是為了餬口。我找不到更好的工作了。這工作馬上就能有收入，而且總比當小偷要好得多……但我原本畢竟是個公務員，沒有拿過比筆還要重的東西，所以這個工作做起來異常吃力……」

「我想也是……」

由紀子帶來了五、六顆蘋果當作伴手禮，此時取出蘋果，找來菜刀削起了皮。削著削著，忽然感到一陣鼻酸。如果可以的話，實在很想為來日不多的加野多做點事情。由紀子將削好的蘋果切成小塊，放了一塊到加野的嘴裡。加野吃得津津有味，牙齒發出沙沙聲響。

「雖然發生了不少風風雨雨，但你能夠見證這樣的時代，能夠與我們重逢，也是因為還活著。所以你一定要好好補充營養，重新恢復健康才行。」

「補充營養……是啊，如果有錢的話，我應該能夠多活兩、三年吧。」

41　貫：原意指一千枚銅錢串在一起，後來引伸為重量單位。日制一貫為三．七五公斤。

「你的母親及弟弟應該也很辛苦吧？」

「他們吃的苦，可是多到難以形容。最近母親跟弟弟似乎也累了，不想再理我了。」

「那只是你疑心病作祟吧。」

「是疑心病嗎……？」

實際上加野確實沒辦法像富岡那樣，一輩子憑藉著自己的好運，在遇上危險時總是能化險為夷。一想到富岡的事，一股怒火自然而然又湧上心頭。富岡總是能夠在巧妙的時機抽身而退，不管遇上任何事情都不會一頭栽進去。加野回想起從前的種種往事，不禁生起了悶氣。由紀子一邊將蘋果皮以報紙包起，一邊似乎想要說些什麼，但最後什麼也沒說。加野察覺由紀子的態度相當悠閒平淡，不像從前那樣充滿了熱情，心裡有些納悶。另一方面，加野也對由紀子的大膽感到相當不可思議。從由紀子的話中聽來，她從回到日本之後，就獨自一個人在社會上闖蕩，從來不曾回過故鄉。加野聽她坐在枕邊訴說著她回到日本後遇上的種種事情，不禁感覺女人的心就像魚的外皮一樣冰冷。

「富岡是個相當有才能的人，我相信再過不久，他就會東山再起。他就是這樣的男人。他在去年五月就從海防搭上了返回日本的船，我剛聽到的時候，原本以為他的運氣真的很好。但後來我才知道，原來他心裡很清楚，如果裝出高知識分子的態度，恐怕將會很難回到日本。所以他故意聲稱自己是軍人眷屬，在法印的林野局做的是泡茶倒水的雜務工作。在碼頭處的盤查處前方，有著許多將校軍官，富岡卻故意裝傻。那些軍官不停地以英語或法語說話，富岡對他們連看也不看一眼。因為富岡心裡知道，如果被盤查處的人發現自己會說英語或法語，就會被留在當地。盤查處的人接著拿出日本地圖，問他四國在哪裡，他卻故意指著九州。而且他還偽裝成自己的學歷只有國小畢業程度，如何，是不是很會演戲？他就這樣通過了盤查，以別人的名義早早登上了返回日本的船隻，簡直是個英雄人物……」

由紀子過去完全不知道這些事。

但是仔細想想，富岡確實很有可能這麼做。當初阿靜的事情，或許也是女方主動示好，富岡只是被動接受，或許他心裡根本不當一回事。換句話說，阿靜只是成了富岡排遣寂寞的玩物……

「我本來以為富岡跟妳都是因為這個緣故才提早回來……但後來我才知道，你們搭的不是同一艘船？」

「嗯，我們是分開回來的……」

加野在犯行的當下，正值戰爭期間，而且還是公務員的第一起醜聞，因此據說他被西貢的憲兵隊著實折磨了一番。

由紀子在加野的房間裡待了大約一個小時，便感覺如坐針氈，向加野告辭離開了。一走出門外，由紀子頓時感到如釋重負，覺得外頭的空氣新鮮多了。內心深處，由紀子忍不住為加野感到悲哀。聽說加野原本是有錢人家的孩子，從小過著不愁吃穿的悠閒生活。正因為如此，由紀子親眼目睹了加野的巨大變化，內心實在不勝唏噓。

至於加野，則是在日本見到了久違的由紀子之後，內心不禁五味雜陳。雖然由紀子的相貌幾乎沒有任何變化，但加野已無法明白，自己為什麼會為了這個女人，而與富岡發生流血衝突。自己因一時失手而誤傷了由紀子，但自己也為此付出了慘痛代價。加野看著坐在眼前的由紀子，實在不知道當初自己到底是被她的哪一點吸引，才會做出那樣的事情。或許當初遠赴南洋的日本人，在生活上都有一些著了魔吧。南洋的生活有著一種宛如彩虹一般的魔力，令日本人陶醉其中而難以自拔。

話雖如此，但是當由紀子起身告辭時，加野還是忍不住希望由紀子能夠多留一會。在今日重逢之前，由紀子在加野的心中一直有著女神般的地位。但是如今一見，加野卻有如大夢初醒，看清了由紀子不過是平凡人的現實。這並非酸葡萄心態，而是加野心中最真實的感受。

由紀子對於今日前來見加野一面，也感到有些後悔。早知道就不走這一趟了。讓自己心中對於加野的記憶還留在當年，或許才是正確的做法。回想起來，富岡曾經以「太過天真」及「古怪」來形容想要與加野再見一面的由紀子。驀然間，由紀子似乎明白了為什麼富岡會故意告訴阿靜假的地址。那種能夠看心情決定一切而絕不戀棧的堅強意志，對如今的由紀子而言可說是壞得充滿了魅力。

唯有第一次見面時，眼神中才帶著真誠……富岡經常哼唱的這首南洋流行歌的歌詞，如今已經應驗在自己及阿靜的身上。

由紀子在黃昏的新橋站下了列車。寒風迎面撲來。

「咦？」

就在由紀子正走向公車候車亭的時候，忽然有個身穿綠色華麗外套的女人走了過來，拍了拍由紀子的肩膀。

「啊！」

由紀子驚訝得瞪大了眼睛。那個朝自己跑來的女人，正是當年一同前往西貢的篠井春子。

「妳怎麼會在這裡？什麼時候回來的？」

由紀子趕緊問道，心裡極想知道篠井回到日本後的近況。

「剛剛我看妳走出剪票口，就猜想應該是妳了……近來好嗎？我是去年六月回日本的，家人都疏開到浦和去了，沒有在空襲中受害。我一回到日本，就去學了英文打字，現在在丸之內找到了一份工作……妳現在在做什麼？」

以一介打字員而言，篠井春子的打扮未免太過華麗了些。

36

人生在世，明日難測，
見人榮耀，必不長久，
世移如飛，蜻蜓莫及。

大約一星期之後，加野寫了一封信給由紀子，感謝她特地前往探視。在那封信的結尾處，加野寫了像這樣的一首詩。其中的「世移如飛，蜻蜓莫及」這一句，令由紀子感觸良深，不由得深深記在心中。因為疾病而落入絕望深淵的加野，以自嘲的語氣所寫的這首詩，彷彿正象徵了此刻加野的一切，更令由紀子對加野感到同情不已。然而同情歸同情，由紀子在重逢後的加野身上已感受不到一絲一毫吸引人之處。或許當初在法印的一切，就像「世移如飛」這句話所說的一樣，早已物換星移了。由紀子最終沒有回覆加野的這封信。

富岡自從離去之後，就再也不曾與由紀子聯絡。當初兩人在伊香保一度想要殉情的往事，如今已宛如過往雲煙。如果當時自己就死了，當然也就無法迎接今天的到來。但是對如今的由紀子而言，活著已經不是什麼太重要的事情。由紀子甚至不明白，當初富岡明白告知想要尋死時，自己為什麼會如此畏畏縮縮，不敢直接答應。

與篠井春子的相遇，並沒有在由紀子的心中激起任何漣漪。一種彷彿自己的一切已經遭自己啃食殆盡的空虛感，讓由紀子感覺不管做什麼事都提不起勁。話雖如此，但總不能一直這麼遊手好閒下去。而且這棟倉庫小屋的屋主也已經向由紀子提出要求，要由紀子盡快搬離這裡。驀然間，由紀子再次有了死亡的預感。回想起來，當初富岡想要尋死的念頭，或許是貨真價實的吧。為什麼自己當時沒跟他一起死了算了……如今由紀子感覺到彷彿死神就跟隨在自己身邊。由紀子甚至嘗試過躺在地上，以細皮帶捲住自己的脖子。但是由紀子沒有自信能夠靠自己的力量把自己絞死。雖然一度試過用力束緊皮帶，但是距離能夠讓自己斷氣的激烈程度，總是還差了那麼一些。由紀子只好鬆開皮帶，將皮帶重新束回腰上，內心不禁想著如果此時富岡在自己身旁，不知該有多好。由紀子忽然強烈懷念起了富岡。所謂的死，真的只代表離開這個人世嗎……？過了一段日子之後，根本不會有人還把自己的死掛在心上吧。就連富岡，肯定有一天也會把自己的事忘得一乾二淨。自己竟然錯過了自殺的最佳時機，由紀子不禁感到惋惜不已。只有在第一天見面時，互相才是真誠的……當初富岡在伊香保哼唱著那首法印流行歌的歌詞，內心下了那麼大的決心，而自己竟然沒有欣然接受，如今實在是後悔莫及。但是另一方面，由紀子卻也認為自己沒辦法再信任這個人世，以及世上的所有男人。就算當初兩人真的殉情了，恐怕也無法在心意相通的和諧氣氛下死去吧。直到斷氣的前一刻，兩人恐怕都還是各懷異心，腦袋裡只想著自己的事。由紀子無論如何不想陷入那樣的狀況。就算自己能夠摒除一切雜念，富岡那個人難保不會在斷氣的瞬間說出「老婆，原諒我」之類的話。畢竟人的內心想法是無法受到操控的。當通過了短暫的黑暗時期之後，重新拾回對人生的樂觀希望可說是必然的結果。由紀子心想，富岡或許正是基於一股無處宣泄的情緒，才會做出那種讓阿靜流淚的行徑。

由紀子與富岡的關係，到此已可算是畫下了休止符。最好的證據，就是自從離開伊香保回到東京之後，富岡就完全沒再和由紀子聯繫。在現實世界裡，有血有肉的活人要互相理解，即使是正處於熱戀期的情侶，恐怕也不容易。每個人的內心深處，都有著一道若隱若現的彩虹，那道彩虹有時會讓人歡笑，有時會讓人哭泣。人就是這樣的生物。由紀子的內心深處，多麼想要與富岡再見上一面。雖然已經很清楚富岡跟自己的關係，但兩人在法印相處的那段時光，畢竟是由紀子這輩子最珍貴的回憶。那場戰爭，由紀子必定一輩子都不會遺忘。就在士兵們流著鮮血，與敵人進行著生死搏鬥的瞬間，自己卻與富岡陷入了奇妙的戀情之中……那段時光真的是非常幸福。

從峴港車站搭乘縱貫鐵路前往西貢的車廂裡，或許由紀子已經命中注定要與富岡相遇了吧。在那時速四十二公里的直達列車裡，由紀子因為唯獨自己必須與大家分開而感到寂寞。篠井春子在那列車上，則是開朗地唱著歌。由紀子當時完全沒有料想到，後來自己會跟富岡再次搭上這班列車。當時是什麼季節來著？是春天，還是夏天？由於那塊土地的季節感並不明顯，因此由紀子已記不得那段回憶的詳細時節了。在那車廂裡，富岡握著由紀子的手，以其他乘客看不到的姿勢，將身體探出車窗外，指著不斷向後流逝的稀疏樹叢，如數家珍般地說著：「那是異翅香，那是鐵線子，那是楊木，那是叫做『剛賴』的樹，那是大花紫薇……」樹叢上的葉子都已凋零，地面上有著曾經發生過火燒山的痕跡，那焦痕一直延伸到了鐵軌附近。氣勢驚人的山野樹林，直到今天依然歷歷在目。有時還會出現植物生長得非常茂密的森林，下半部長滿了棕梠竹及野草，形成一副典型的叢林景象。一種名為「帕拉」的椰子樹種，有著向外延伸的巨大掌狀葉，令由紀子印象深刻。

啊啊，那些景色都已隨著灰暗的過去消失無蹤了……宛如消散在陰曹地府的最底層，再也無法喚回了。自己畢竟是個從小活在窮困之中的日本人，那景色在自己的眼裡是如此奢華而美麗。在這樣的環境之下，富岡與自己所上演的一幕幕愛情糾葛，令由紀子感到既懷念又陶醉，宛如一場甜美的夢境。在那恬適悠然的景色之中，還包含了一齣名為戰爭的壯觀戲碼。法國人就在這樣的環境裡，過著有如蕾絲一般夢幻而靜謐的生活。每到夜晚，在那斜坡的街道上，還不時可聽見安南人互相喊著「Bonsoir」。那呼喊「Bonsoir」的聲音一直盤繞在由紀子的耳畔，直到現在依然揮之不去。大自然與人之間，沒有理由無法和平共存。湖水、教堂、淒美的山櫻花、爆竹聲、濃濃的高原氣味……由紀子回想著那法印的種種，沉浸在鄉愁之中，只能一邊哽咽一邊流下眼淚。好想再回到那個地方。如今的窮困生活，逼得由紀子幾乎喘不過氣來。一想到大叻的生活已經一去不復返，由紀子便深深懷念起富岡的肌膚觸感。由紀子體會到了一件事，那就是奢侈與美是能畫上等號的。從那位於林園高原的法國人宅邸流瀉而出的歡談聲、音樂聲，以及色彩、氣味，就像是昂貴香水的味道一樣，深深撼動著由紀子的心。那絕對不是《蘋果之歌》或是《雨中藍調》之類窮酸的日本流行歌可以比擬。那種悠然自在地在歷史長河中屹立不搖的堅強民族性，在由紀子的眼裡是如此根深柢固。或許愈是無知、沒有教養的貧困民族，愈喜歡戰爭吧。在這個地球上，真的有著像那樣的天堂樂園，卻沒有一個日本人知道……當初在戰爭期間，有一句宣傳口號是「奢侈為大敵」，但奢侈怎麼可能會是敵人？法國人總是避開了五月至十月的雨季，絡繹不絕地來到林園高原。如今戰爭已經結束，那裡的生活想必是更加享受，更加華美而瑰麗了。距離西貢約兩百五十公里的林園高原，真的美得有如油畫一般。沒辦法住在林園高原上那些美麗飯店及別墅的法國人，則是會聚集在河內附近的三島（Tam Đảo）、榮市及拿貝（Na Be）高原上。他們對戰爭完全沒興趣，只是每天享受著生活。林園的山野，同時也是法國人的最佳狩獵場地。當初由紀子與富岡在山中散步時，經常會遇上狩獵者的車隊。

相較之下，日本人卻是從小習慣了以充滿敵意的眼神看著他人。像這種過著灰暗生活的日本人，一旦進入了那林園高原上的天堂樂園，當然會被視為難以理解的神祕人種。由紀子抱著渴望一輩子在林園生活的心態，感覺日本人距離自己實在太過遙遠，簡直就像是與自己截然不同的異族。

37

數不清的人，在歷史之中誕生。政治只是不斷循環著相同的事情，戰爭也只是不斷重複著開始與結束……每個人就在名為社會的框架之內，渾渾噩噩地過著互相推擠的日子，重複著出生與死亡。

歲月流轉，不知不覺已進入了夏天。

由紀子在二月底的時候，曾經回過一次靜岡的老家，與父母見了一面，但馬上又回到了東京。

如今由紀子已不住在池袋了。在篠井春子的介紹下，由紀子搬進了位於高田馬場的一家馬口鐵工廠的木板屋二樓。這段日子裡，由紀子完全沒和富岡見面。由於住處距離車站很近，每次有電車通過時都會感覺到震動。但是這裡不需要押金，而且房租也只要一千圓，因此由紀子相當滿意。再加上有了從靜岡帶出來的生活用品及棉被，由紀子終於能夠過起比較像樣的生活。但由紀子依然沒有辦法找工作，因為她懷孕了。由紀子曾經前後三度寫信給富岡，富岡只回了一次信，信中寫道過陣子會前往探望，並且附上了五千圓的匯票。為了維持生計，由紀子把從故鄉帶來的衣物幾乎都賣光了，這陣子生活愈來愈拮据。由於身體還算硬朗，害喜的症狀也不嚴重，但由紀子每天都在煩惱該不該把孩子生下來。雖然很想要個孩子，卻又有種想要把孩子拿掉的衝動。由紀子幾乎每天都待在家裡，除了上澡堂及買東西之外從不出門。但由紀子心裡很清楚，再這樣下去，生活必定會出問題。由紀子心裡一方面認為如果真的活不下去，大不了像當初在伊香保一樣尋死，但是另一方面，卻也擔心這次是否真的能夠鼓起勇氣了斷生命。倒是伊庭經常前來探望由紀子。對於由紀子過去的行為，他已不再追究，而且他的服裝愈來愈氣派稱頭，似乎是找到了不錯的工作。至於喬，則是從去年之後就沒再來過。兩人之間的回憶，只剩下一顆大枕頭。喬送的那台收音機，早在由紀子回靜岡時，就為了籌措旅費而賣掉了。

伊庭還不知道由紀子已經懷孕的事情。由紀子從來不曾讓助產婆看過，只是以自己想出來的方法，拿布條將肚子緊緊綁住。過去由紀子從來不知道，原來自己對於肉體上的痛苦及生活上的折磨有著這麼強的忍耐力。由紀子甚至隱隱感覺，只要維持這樣的毅力，這世上沒有什麼做不到的事。由紀子完全沒想到自己能夠這麼堅強。但是回想當初手腕遭加野割傷的時候，自己確實也展現出過人的忍耐力。這一方面是因為由紀子是個不肯輕易放棄的女人，另一方面也是因為由紀子很清楚自己並沒有訴苦的對象。

在某個連續下了三天雨的傍晚，春子前來拜訪由紀子。雖然春子口頭上說自己在丸之內某公司當打字員，但是馬口鐵工廠的老闆娘暗中告知，其實春子是在酒店上班。由紀子心想，難怪春子的服裝那麼光鮮亮麗，那絕對不是上班女郎可以穿的服裝。打從當初第一次與春子重逢時，由紀子就看出了蹊蹺。

「這場戰爭讓我們都變得好落魄……」

春子坐了下來，一邊脫掉襪子，一邊嘆了口氣。對春子來說，襪子的重要性勝過一切。由於春子帶來了一個竹葉包當作伴手禮，裡頭據說是一百錢的牛肉，由紀子於是勉強拖著慵懶的身子，準備起了壽喜鍋的材料。當時正下著雨，由紀子還特地到市場買了蔥。此外春子還給了一些錢，讓由紀子買了麵包及五十錢的砂糖。由紀子回到住處一看，伊庭正好來訪，正在與春子閒聊。

伊庭與春子談論著關於宗教的話題。由紀子完全沒想到伊庭竟然會談論宗教，心裡有種說不出的彆扭。伊庭告訴春子，這世界上的每個人都有失足跌倒的可能。人是一種天生看著地面走路的動物，隨時都在拿捏著跌倒時的輕重分寸。最近伊庭看起來手頭相當闊綽，似乎是因為他在最近剛興起的一個名為「大日向教」的宗教團體內擔任會計一職。

「天底下失足跌倒的人多得數不完，對吧？人一定要先嘗到跌倒的滋味，接著才會仰望上天，向神祈禱。我們的大日向教雖然成立的時日尚短，但我們信奉的是能夠照亮我們的道路，讓我們不再跌倒的日光之神。在口耳相傳之下，如今我們已經有了廣大的信眾，未來的勢力肯定會連熱海的觀音教也遠遠不及吧……」

「真的嗎？像我這樣一天到晚跌倒的人，到底該怎麼做才好呢？」

「放心，神會把妳扶起來，讓妳繼續往前走。《羅馬書》第十四章第二十三節也說：『凡不出於信心的都是罪』。連基督教也這樣講，當然沒有什麼好懷疑。更何況我們日本的大日向教，最關心的就是罪人的靈魂。最近，我們正在田園調布物色建造本殿的土地……」

「是類似璽光尊[42]的宗教嗎？」

「不，不是那種東西，我們不需要知名人物的扶持。我們只是一群守護著大日向神的平凡守護者，單靠自己的力量，就足以壯大聲勢。要是讓知名人物加入，這些人太引人注意，反而會形成阻礙。這麼一來，將對我們的宣傳造成反效果。」

「但是……世上真的有神嗎？」

「當然有。正因為有神，我們在信奉神之前，才會有這麼多的迷惘。不說別的，妳看看我們人的四肢形體有多麼奧妙。就算科學再怎麼發達，也製造不出像人體一樣的東西。所以說一定有神，一定有……」

壽喜鍋烹煮好了，伊庭竟也吃了起來，反倒是由紀子一點食欲都沒有，只是吃了些蔥白。春子從口袋裡取出一小瓶威士忌，邀伊庭一起喝。伊庭面對兩個女人，不一會便有了醉意，他一邊大口吃肉，一邊建議兩人下次有機會前往參拜他們的神明。

「古代就算是再小的村落，也一定會有寺院。寺院曾經是民眾聚集交流的地點，如今卻成了辦喪事的地方。寺院不再像從前那麼熱鬧，導致佛教給人一種陰森灰暗的印象……相較之下，基督教不僅會辦喪事，而且連結婚典禮也辦，正是因為這一點，大家才會覺得基督教是活潑熱鬧的宗教。反觀我們日本，結婚典禮都是在百貨公司或餐廳裡舉行，有時一辦就是好幾十組，對吧？在這一點上，我們大日向教也打算向基督教看齊。因為在曾經跌倒過的人眼裡，愈是熱鬧開朗的宗教才愈有魅力。再過不久，我們就會開始在大日向教的本殿為信眾舉行結婚典禮。至於喪禮，則是從頭到尾完全不碰。東都的某寺院傳說信眾在寅日前往參拜，購買寺院內所賣的毛筆，然後以那枝毛筆來記帳，就會發大財。自從有了這樣的傳聞之後，那座寺院的參拜信眾突然暴增。我只能說想出這個點子的和尚實在是太聰明了。所有的一切，都必須要保持樂觀、開朗及明亮才行。至於那種主打姻緣的寺院，可就差得遠了。那種讓信眾必須偷偷摸摸前往參拜的宗教，肯定是成不了氣候的。唯有以財富及人的欲望為訴求的宗教，才能夠香火鼎盛。」

伊庭說到後來，早已把神明拋到了九霄雲外，開始大談如何利用神明及人性來牟利。他說每個人都會跌倒，每個人的心中都有著絕望與痛苦。不管是誰都一樣，必定是絕望的時間長，而喜樂的時間短。這種短暫的喜樂，其實就是人的五欲之中的「狂喜」。如今宗教的最大目的，就在於讓百姓明白這種喜樂的短暫，藉此操控百姓的心靈。伊庭如此向春子說明。不管是男人還是女人，都會樂於為了愛欲而掏錢出來。宗教只要能夠掌握這種狂喜的訣竅，將會比天底下的任何買賣都更加賺錢。伊庭的口氣，簡直變成了一個商業高手。

他握住春子的手，將自己的耳朵貼在春子的手掌上。

42　璽光尊：日本二戰前後興盛的新興宗教「璽宇教」的教主，本名長岡良子。

「妳的手掌相當溫暖。人的耳朵對於溫度非常敏感，根本不需要體溫計。心靈愈是冰冷的人，手掌愈是灼熱。因為靈魂的神祕能量，都會從手掌釋放出來，所以像妳這樣手掌溫暖，才是正常的。如果手掌冰冷，必定是生了某種疾病，導致熱量聚集在體內排不出來……」

伊庭接著一直將春子的手掌抓在手裡把玩，遲遲不肯放開。

「對了，我最近失戀了，心情差得很，你能幫我占卜一下嗎？」

伊庭聽春子這麼說，又將春子的手掌拿到耳邊，把自己的臉頰貼了上去，露出一副沉思的表情。春子嗤嗤笑個不停，將手從伊庭的耳邊抽走。

「阿彌陀佛的本願不分老少善惡，只看是否虔誠，其本質就在於期盼拯救所有罪孽深重、煩惱熾盛的眾生。妳明白這個道理吧？所謂的信仰，就是必須抱著一顆虔誠的心。像妳這樣打從一開始就嗤之以鼻的態度，是最要不得的。在嗤之以鼻之前，妳應該給自己一個機會，好好相信我們大日向教看看。妳想想，對妳來說我也是異性，今天妳的手碰到了異性的耳朵，奧妙的神靈已經傳到了妳的體內，接下來妳需要的只是信心而已……」

伊庭幾乎喝掉了那一小瓶威士忌的一半，此時已醉得神情恍惚。

38

由紀子的住處，二樓有兩間房間，分別為三張榻榻米大及四張半榻榻米大。三張榻榻米大的那間，是馬口鐵工廠一家人的三個孩子的臥房。至於四張半榻榻米大的那間，則是由紀子的房間，裡頭只有半座沒有門的壁櫥，牆面貼上了以木屑壓製成的板子。向外突出的窗台上，擺著小火爐及政府配給的木炭，平常由紀子都是在這裡炊煮食物。窗戶的下方是一片空地，如今長滿了玉米。由紀子的生活終於徹底陷入了困境。曾經想過乾脆靠幫人擦鞋維持生計，但總覺得自己的身體恐怕沒辦法承受長時間坐在地上的辛勞。由紀子發了兩次電報給富岡，卻是有如石沉大海。由紀子再也按捺不住，決定鼓起勇氣，到富岡從前位於五反田的住處去瞧瞧。那屋子門口的姓氏牌也換了，出來應門的人聲稱自己是在五月買了這棟屋子，才剛搬進來沒多久。那人後來取出了一張明信片交給由紀子，說是富岡寄來的，由紀子一看上頭所記載的富岡新住處地址，是在世田谷的三宿。不過那地址的末尾寫著「高瀨代轉」，顯然富岡目前是在別人的家裡租房間。

由紀子一咬牙，又拖著疲累的身軀，前往富岡的新住處。那屋子有一座頗大的圍牆石門，比由紀子原本所想像的要氣派得多。石門的旁邊還有一座車庫，似乎屋主從前擁有汽車。由紀子走入石門內，按了門鈴，沒想到出來應門的人物竟然是身上穿著寬鬆洋裝的阿靜。由紀子霎時倒抽了一口涼氣，阿靜似乎也吃了一驚，滿臉通紅地喊了一聲「啊」。

「妳搬到東京來住了？」由紀子問道。

「是啊……」

「怎麼會在這裡？」

「這裡是我朋友的家……」

「富岡在嗎？」

「他不在……」

「別想騙我！有鬼……這件事一定有鬼！既然富岡不在，那我就在他的房間裡等他回來……」

阿靜沉默不語。由紀子氣得全身發抖，不知道自己在說什麼。

「他回他老婆那裡去了。昨天他才來過……而且聽說他老婆好像身體不太舒服……所以他最近應該是不會再來了……」

「是嗎？我也剛好不太舒服，在富岡回來之前，我就在他的房間休息一下吧。」

阿靜露出了不知如何是好的表情。由紀子往阿靜身後的門內望去，發現裡頭好像住著好幾個家庭，地上還擺著孩童的滑板車及嬰兒推車。阿靜站在門口不肯退開，由紀子也不肯離去。

「要讓我站在門口也行，等等我會把事情一五一十地告訴這個家裡的其他人，請他們讓我進去等。」

阿靜似乎已無力抵抗，默默帶著由紀子上了二樓。通過寬敞的走廊，走進盡頭處的房間。房裡的木質地板上鋪著榻榻米墊子，牆角有張簡陋的床，床上擺著兩顆枕頭。牆上掛著阿靜的紫色銘仙[43]和服、襯衣，以及富岡的和式睡衣。一扇對開式的窗戶，窗面為毛玻璃，窗台上擺著一座紅色的小鏡台。除此之外，還有餐桌及一座小型的櫃子，看起來都很新。由紀子雖然早已明白是怎麼回事，看了這副景象還是氣得咬牙切齒。自己所猜想的果然沒錯。不過富岡真的不在房間裡。整個房內唯有那件男用的和式睡衣看起來像是富岡的東西。

「你們是從什麼時候開始住在一起的？」

「我們沒有住在一起，這裡是我的房間。富岡搬到鄉下去了，在東京沒有地方可住。所以他上東京來的時候，會在我這裡借住。每次他來的時候，我就到樓下去睡……」

「借住？呵呵，只是借住……？妳那個住在伊香保的老公呢？」

「我們分手了……」

「原來如此，所以沒什麼好顧忌了，是嗎？」

由於這時已是傍晚，幾個孩子在二樓走廊上玩耍，發出吵鬧的聲響。阿靜坐在床邊，沒再說話，由紀子也靜靜地坐在窗台邊。突然間，阿靜像是想起了什麼事，走出了房間。由紀子一面四下張望，心裡一邊感到納悶，不明白阿靜怎麼會有機會像這樣跟富岡同居。桌上有兩只茶杯，房間的角落也擺著男用雨傘……在房間裡待了這一會，又發現了不少富岡在這裡生活過的痕跡。阿靜一直沒回到房內，由紀子於是來到了走廊上，叫住了一個正在嬉戲的孩童。那孩童看起來大概七歲年紀，由紀子向他問道：

「住在這房間裡的叔叔，白天在工作嗎？」

「嗯。」

「晚上都會回來睡？」

「嗯。」

「大概都幾點回來？」

「差不多快回來了吧……」

43　銘仙：指平織的絲質布料，大都用於女性的居家和服。

「他在哪裡工作？」

「我不知道。」

「這屋子裡住了很多人？」

「嗯。」

由紀子心想，這裡大概也是一種公寓吧。於是由紀子再度回到房內，以宛如法院執達員一般的冰冷視線，一一檢視房間裡的每樣東西。床底下塞著行李箱及一些行李。塗著灰泥的天花板角落綁著一根鐵絲，上頭吊著兩條毛巾。床板的內側擺著大約二十本的林業相關書籍。那些書的上頭還擺著一本小冊子，看起來相當眼熟，仔細一看，原來是由林園農林總監部所發行的原始森林介紹手冊。那手冊是以法語寫成，如果沒記錯，作者是森林官德貝奧。由紀子霎時感到既懷念又悲傷，拿起了那本手冊，欣賞著上頭美麗的法印森林照片，兩行淚水不知不覺滑過了臉頰。每一張照片都讓由紀子感覺充滿了回憶。尤其是一張林園高原上的別墅照片，更是深深吸引了由紀子的目光。那別墅受到九重葛、銀荊等花卉所環繞，周圍淨是高山，前方是一片湖泊，景色相當壯麗。對如今的由紀子而言，這照片可說是無上的心靈慰藉。當初生活在照片裡這塊土地上的時候，完全沒有料到未來會過著如此悲慘的日子……天色逐漸變暗，阿靜還是沒回來。或許她是去打電話給富岡了吧。由紀子望向敞開的窗戶，看著那片泛紅而悶熱的天空，抹去了臉上的淚水。由紀子將德貝奧的那本手冊塞進手提包裡，打算帶回去當作紀念，接著便離開房間，來到了走廊上。富岡與阿靜到底會不會回來，已經不重要了。

由紀子下定了決心。

當初在伊香保，自己跟富岡早就應該了斷生命。只要這麼想，就不會怨恨任何人了。由紀子穿上鞋子，走出玄關，來到了庭院裡。圍牆的門外，有個男人正朝著這個方向走來。

那男人正是富岡。他一時之間也有些吃驚，什麼話也沒說，以一雙哭得紅腫的眼睛看著面前的由紀子。接著他似乎看開了，淡淡地問道：「什麼時候來的？」

「我見到阿靜了……」

由紀子說完這句話之後，就眼神呆滯地離開富岡的面前，走出了圍牆外。富岡見狀，也跟在由紀子的身後。

「喂！」

富岡喊了一聲，但是由紀子沒回頭。

「喂，我有話告訴妳。」

由紀子根本不想聽他說話。事情已經成了定局，此時就算從富岡的口中聽到任何與阿靜有關的事情，也不能改變什麼。或許自己是因為當初那樣對待加野，此時才遭到了報應吧。加野雖然不是女人，但是當時的心情應該跟現在的自己差不多吧。在加野對由紀子深情表白之後，由紀子情不自禁地跟加野接了吻，但後來由紀子卻又偷偷與富岡幽會。正是因為這種卑劣的行為，才導致加野勃然大怒，拿出刀子逞凶。如今由紀子深深明白，自己只是遭到了報應。

「我每天都在掛心著妳，想要好好照顧妳。我跟阿靜在一起，只是因為拗不過她的苦苦哀求……」

「別說了，那一點也不重要……」

「不，妳讓我說。都是我不好，我一定會負起責任。」

「是嗎……？」

由紀子朝著與目黑車站相反的方向前進。遭戰火摧殘後的陰暗廢墟雜草上，細小的雨後小蟲成群結隊飛舞著。黃昏的夕陽，看起來幾乎跟黎明沒有什麼兩樣。廢墟之間鋪修了寬敞的道路，隨處可見新建的屋子。

「十月，是嗎？」

「什麼？」

「孩子的預產期……」

「嗯，如果要生的話。但我明天就會去婦產科把孩子拿掉。」

富岡什麼話也沒說。由紀子這時有了個領悟，原來人只要活著，煩惱必定會像暴風雨一般盤踞在心頭。此時心裡有股衝動，想要在那大日向教的膜拜堂上，動也不動地跪在地上祈禱。那宗教到底是如何斂財，對由紀子而言一點也不重要。富岡並不知道阿靜對由紀子說了些什麼話，但心裡明白阿靜也是個倔強的人，兩人之間一定有了摩擦。

「妳一定很恨我吧？」

「是啊。」

由紀子老實地說道。

「妳一定要把孩子生下來，如果妳願意，我會將孩子扶養長大……其實我一直很想把我跟阿靜的事情老實告訴妳。」

「聽說阿靜跟她丈夫離婚了？」

「剛剛那間房間，其實是阿靜租下的，我只是暫時住在那裡而已。今年五月，我們剛好在新宿車站遇上，她硬把我帶回她的房間，後來我就這麼不爭氣地住了下來……妳從靜岡寄給我的信，還有在東京找到新住處後寄來的信，我全都收到了。但我怕一跟妳見面，兩個人又會開始胡思亂想，所以我故意不去見妳，只是寄錢給妳花用。最近我把房子賣了，全家都搬到鄉下去了，我老婆住進了醫院，我自己則是另外找了個餬口的工作……就在我心情正差的時候，遇上了阿靜，所以抵抗不了她的誘惑……」

事情都已經演變到了這個地步，就算說了再多理由，也沒有任何意義。即便見到了富岡，也無法解決任何問題。

富岡在路邊看到了一家以木板搭成的咖啡廳，於是將由紀子帶了進去。店門口放著一個漆成藍色的大型冰棒箱，一個帶著小孩的女人不斷朝著兩人上下打量。兩人坐在搖搖晃晃的椅子上，由紀子感覺自己已經累到走不動了。不僅是身體，就連心靈也是疲累不堪，兩條腿又痠又麻。

39

富岡凝視著臉色蒼白的由紀子，從口袋裡掏出香菸，點了一根，同時向服務生要了兩杯蘇打水。由紀子有氣無力地仰靠在壁板上，閉上了眼睛，感覺連思考的力氣都沒了。腦海裡卻浮現了林園高原的景象。自己站在湖邊的白色跳台上，富岡也穿著一條內褲，在黃昏的湖水裡游泳。耳中彷彿可以聽見喧鬧聲，那是當時附近人家的收音機所傳出的橄欖球比賽轉播聲。過了一會，由紀子開始有種錯覺，彷彿自己的疲累是因為游泳的關係。

富岡緩緩吐出一口煙霧，說道：

「我知道妳心裡應該有很多不滿，但既然事情演變成這樣，我一定會想盡辦法補償妳。我相信妳應該能夠體諒我的處境。」

「當初在伊香保，你跟阿靜果然勾搭上了？」

富岡沉默不語。

「你真是個大爛人。」

由紀子忍不住罵道。那我自己呢？驀然間，由紀子不禁這麼反問自己。雖然只是短暫的時間，但是自己也跟喬發生過關係，那件事又怎麼說……？當時因為太寂寞難耐，在面對喬的時候，自己同樣把持不定。由紀子想到這裡，也不想再責備富岡。當一個人感到心靈空虛寂寞的時候，向其他人尋求慰藉或許是唯一的手段。自己跟伊庭之間那種持續好幾年的孽緣，不也是源自於內心的空虛嗎？

自己其實也做了跟富岡同樣的事情，只是一直沒有深入思考而已。

「我不是不能體諒，只是覺得很吃驚……我永遠忘不了當初在伊香保的公車候車亭，阿靜那副眼淚直流的模樣。我選擇相信你對我沒有變心……原來是我太自以為是了……不過算了，這也是沒辦法的事。我不是因為氣不過今天這件事，才想要把孩子拿掉……其實我早就有這樣的念頭，只是一直無法下定決心而已。今天這件事，不過是讓我做出了最後的決定。我決定要變得堅強……比起我每天所承受的各種痛苦，把孩子拿掉根本沒有什麼大不了。沒了牽掛之後，我才能夠好好工作……如果我把孩子生下來，才是最大的不幸，你不這麼認為嗎？雖然你說你願意一個人扶養孩子，但你根本沒有那個能力多養一個小孩，到頭來我也會被限制了自由，沒辦法做自己想做的事。所以我才想要跟你好好談一談，在雙方都同意的情況下把孩子拿掉……你想跟阿靜在一起，我也不反對……只要你認為那是你想過的生活，那你就去吧，我看得出來她是真心喜歡你……對了，聽說你老婆身體不太好？」

「嗯，肺部的疾病……」

「情況很糟嗎？」

「如果能夠長期靜養，應該能夠保住性命吧……」

「看來你接下去也會很辛苦。你剛剛說，你找到工作了？」

「嗯，在我朋友開的肥皂工廠。其實我在那裡沒什麼事情可做，但是朋友很照顧我，所以我目前算是暫時在那裡安身。」

富岡以麥稈[44]吸著紅色蘇打水，一邊看著由紀子的美麗雙手。那一雙手掌既柔軟又優美。富岡雖然很心疼由紀子，但是對於阿靜的處境一樣感到同情。

「我過去從來不曾有過孩子，所以很希望妳把孩子生下來。我跟阿靜之間，馬上就會做個了

---

44 麥稈：日本直到一九五〇年代末期為止，咖啡廳都是使用麥稈作為飲料的吸管。

斷，只要能找到住處，我隨時可以搬出來。阿靜跟她丈夫之間也沒有斷得很乾淨，那個房間可以算是阿靜的藏身之處……她丈夫到現在還四處尋找她的下落。何況我自己也不喜歡住在那裡，那個屋子裡的其他人經常以懷疑的眼光看著我。」

「阿靜現在有工作？」

「她在新宿的酒吧當女服務生，這兩三天因為牙痛才請假在家休息。」

「但是阿靜是深愛著你的。或許你們能夠白頭偕老也不一定。能夠長久在一起的，就是贏家。古人不也說『去者日以疏』嗎……？就連當初在法印的那些往事，我最近也很少想起了，做夢也很少夢見。人生不就是這麼回事嗎？」

「不，我還是常常夢見。一想到妳的事，我就會回憶起從前在大叻的生活，懷念得不得了……」

「一月的時候，我去探望了加野。這件事，我在信裡跟你提過了嗎？」

「我知道，加野現在好像很慘，真是可憐……」

「他好像已經看開了。我去探望他的時候，他變得好瘦，整個人無精打采……」

「他是個很愛國的人，而且個性耿直又老實。」

「是啊，他不像我們那麼狡詐……」

兩人離開了咖啡廳，漫無目標地走著，周圍的景色愈來愈暗，吹起了涼爽的晚風。富岡一直跟在由紀子的旁邊，看起來毫無返回房間的打算。

富岡脫下了外套，披在肩膀上，慵懶地拖著鞋子走路。

「累了嗎？」由紀子問。

「不，是得了香港腳，有點痛。」

「像這樣跟你走在一起，總覺得你好像是我的親人一樣。我猜你應該滿腦子都在想著阿靜的事，根本不把我放在心上吧？但我要把你當成親人，也是我的自由。你會嘲笑我嗎？」

「怎麼可能會嘲笑妳……我心裡想的不是阿靜，而是她的丈夫。我對她的丈夫感到很內疚，每天都覺得自己活得像個罪人。我明明膽子小，卻又沒辦法拒絕阿靜……」

「你過一陣子該不會跟阿靜殉情吧？我總覺得她要是被逼急了，隨時有可能服毒自殺……」

富岡心裡也這麼覺得。由紀子這句話正說出了富岡心中的隱憂。富岡可以清楚感覺到，因為阿靜的關係，自己的處境可說是一天比一天糟。

「我們每天都在吵架……」

「為什麼？」

「反正就是合不來。阿靜是個又笨又無知的女人，卻有著敏銳的直覺。她心裡一旦認定了一件事，誰也無法說服她改變想法。」

「那你今晚可慘了。」

「好了，別提她的事了。這個星期天，我會去找妳。孩子的事情，我們到時候再好好談談吧。幸好妳還算能夠體諒我的處境，這點讓我鬆了口氣，心情輕鬆不少。妳似乎相當在意阿靜的事，但是妳放心，最近我就會跟她做個了斷。」

「你不用突然對我說這種孩子氣的話，反正我也只能走一步算一步。老實說，光是我自己的事情，就已經讓我煩惱不完了。我這麼說可不是在威脅你……你應該明白吧？」

兩人來到了一座天橋附近，將身體倚靠在白色的石欄杆上，默默地站了好一會。電車通過天橋的下方，發出轟隆聲響。

40

與富岡分開之後，至今已過了十天。

由紀子鼓起了勇氣，到住處附近的一家小型婦產科診所就診。如果要拿掉孩子，至少要花上五、六千圓。隨著見不到富岡的日子一天天過去，由紀子心中對富岡的怒火再度節節攀升。富岡口口聲聲說希望由紀子把孩子生下來，卻沒有提供任何協助。現在的由紀子，根本無法靠自己的力量把孩子生下來。每次見面，兩人就只會說出一些虛假的內心告白。說穿了，兩人都不想再去探究問題的核心，不想再去揭開那瘡疤，只想沉溺在甜美的謊言之中。

由紀子很清楚富岡的內心想法。

隨著時間流逝，由紀子心中對富岡的恨意愈來愈濃。像那種無情無義的男人，絕對不值得自己為他生下孩子。由紀子抱著這麼一股怨念，鼓起勇氣把所有事情原原本本地對伊庭說了。由紀子告訴伊庭，只要能夠借錢拿掉孩子，自己願意努力工作還錢。伊庭聽了由紀子這番告白之後回答道：

「既然妳有這樣的覺悟，我可以幫妳出這筆錢。但是等妳拿掉了孩子之後，希望妳能到教團裡幫我做事。我現在工作正忙，需要一個能夠跟我心意相通的祕書。」

過了兩、三天，伊庭給了由紀子一萬圓。由紀子心想，只要能夠擺脫孩子的負擔，就算到伊庭的教團裡幫忙也沒什麼大不了。另一方面，由紀子也下定決心，等到拿掉孩子，就要跟富岡徹底斷得乾乾淨淨，讓自己的生活重新出發。

由紀子在婦產科診所裡住了大約一星期。每天大概都會有兩、三個跟自己一樣懷抱著祕密的女人前來就診。狹窄的病房裡，也住著兩個這樣的女人。搔刮手術結束後，由紀子痛苦得彷彿墜入了地獄之中。由紀子永遠忘不了，當自己的眼角餘光瞥見那些血肉模糊的塊狀物時，那種激動得快要窒息的感覺。

住院的第二天，伊庭來到診所探望由紀子。但他向由紀子問的話，卻是何時可以出院，以及何時可以開始幫他做事，完全沒有考慮到由紀子的身體正處於極度衰弱的狀態。最近的伊庭，已變得滿腦子都在想著大日向教的事。他得意洋洋地向由紀子聲稱，他現在除了負責教團的會計工作之外，還負責管理建築事務課，流進口袋的錢多到數不清。

跟由紀子睡在同一間病房的女人們，不知從何時開始，竟然也全神貫注地聽著伊庭說話。

一個睡在牆邊床位的女人突然開口說話。她叫大津霜，年紀將近四十歲。

「我也能夠成為信徒嗎？」

據說她是跟一個有妻室的老人發生關係，不小心有了孩子，因此來把孩子拿掉，明天就要出院了。雖然這女人絕口不提自己的身分，但由紀子從護理師牧田的口中得知，她在千葉縣的某所小學擔任教師。

女人有張國字臉，膚色黝黑且體格粗壯，實在不像是個擅長照顧男人的女人。

「你們大日向教的教主是個男人嗎？」

伊庭露出詭異的笑容，說道：

「當然是個男人，而且是個了不起的男人。年輕的時候在印度修行過，增廣了見聞，也克服了相當多的難關。為了將希望之光帶到荒野之境，最後才來到日本。曾經有很長一段時間，在馬來、緬甸地區擔任陸軍參謀，可說是威名遠播。如果不是在這樣的時代，我們要見到他的面可說是難上加難。只要與他見上一面，妳就會信服了。妳心中的所有煩惱，都會消失得無影無蹤。」

「噢，這麼說來，這位教主原本是個軍人？」

「是啊，而且還是個遭開除軍籍的軍人，正是這樣才有意思。因為曾經當過軍人，所以很清楚如何讓人提振士氣。但在一些凡夫俗子的眼裡，或許會覺得他太高傲了吧……」

伊庭接著低聲說道：

「過一陣子，我們會以我的名義幫教主買汽車……教主把所有的事情都交給我負責，他的一切可說都掌握在我的手裡……」

「教主幾歲？」

「六十一、二歲吧……聽說曾經跟上百個女人發生過關係。他告訴我們，草木不管長在任何地方，都會朝著太陽的方向生長，基於這股生命的力量，所以他把我們這個宗教取名為大日向教。如今我們的信徒已經超過十萬人，接下來還會繼續成長。內斂但不低調，是他的信條。」

如今的伊庭，性格已跟過去完全不同，簡直變成了一個狂人，令由紀子心裡發毛。對於由紀子與富岡之間的關係，伊庭也表現出一副漠不關心的態度。他心中的唯一盤算，大概只是想要找個從前曾經發生過關係的女人當作自己的心腹祕書吧。

大津霜沉吟了一會，在墊被上坐起上半身，在和服外頭披上了外套，說道：

「我是千葉人，但因為一些不能說的理由，沒辦法回鄉下去。如果可以的話，我想成為大日向教的信徒，等到修行一陣子之後，我還希望你們能給我傳教士的權限。請問這樣需要花多少錢？」

伊庭一臉嚴肅地一邊抽著外國香菸，一邊說道：

「這個嘛，如果只是想當一般的信眾，我們只收三百圓的入教金。但如果要當傳教士，一開始還得先交一千圓的保證金。修行大約要花半年的時間，這段期間每天得交隨喜的參拜費，教主賜下傳教士資格的時候，還得另外支付一筆費用。」

大津霜表示非常想要進大日向教的參拜堂修行，伊庭於是寫了地址給她。她又向伊庭要名片，伊庭卻以故弄玄虛的口吻說著自己短時間內不會印製名片，而且表現出一副對大津霜完全沒興趣的態度，只是說道：

「還有一點，傳教士的立場跟一般信眾不同，這是一種可以養家活口的身分，所以要拿到傳教士的資格，恐怕得花上不少錢……」

「請放心，我的背後也有金主。只要你們能夠讓我躲藏一年，不管要多少錢，我背後的金主都會支付。他是個很有身分地位的人，曾經向我保證，在我能夠好好過日子之前，一定會照顧我……」

「噢，有身分地位的人……」

伊庭突然變得相當客氣。

「既然妳的背後有大人物替妳撐腰，我們大日向教非常歡迎妳的加入。我們這個宗教絕對不是最近大家經常耳聞的邪教。我們從來不以治病為藉口，引誘無知的民眾入教。在這個科學日新月異的時代，大家都知道宗教沒有治病的力量。大日向教的成立宗旨，不是治療身體的疾病，而是治療內心的疾病。醫生只能醫治身體，卻無法醫治心靈。而且我們這個宗教，還擁有非常積極樂觀的末日思想，能夠幫助信眾賺大錢……既然妳說妳背後有大人物撐腰，我們也會對妳另眼看待，不會跟其他信徒一視同仁……不過我們的教主不太喜歡接觸人群，什麼事都是由我代為處理……」

41

到了要出院的這天，由紀子在醫務局繳清了費用，坐在等候室裡看報紙。驀然間，一則小小的新聞映入了由紀子的眼簾。

十二日晚上十點四十分許，曾經營餐飲店的向井清吉（四十八歲），將未入籍的妻子谷靜子（二十一歲）帶至位於品川區北品川××番地飯倉屋宅內的自己房間裡，以毛巾將其勒斃。向井在犯案後主動至品川台場派出所自首。根據品川警署的調查，向井曾經在伊香保溫泉地區經營過小酒館，當時與靜子同居，其後靜子前往東京投靠一名姓富岡的情夫。向井循線找到了東京，想要將靜子帶回，遭靜子拒絕。十二日夜裡，向井趁靜子外出洗澡的時候，將靜子強行帶至自己的房間。兩人再度為了是否復合的問題而發生口角，向井一時情緒激動，以毛巾將靜子勒斃，其後向井主動到派出所投案。照片為嫌犯向井及受害者靜子。

由紀子將這則報導反覆讀了數次，確定報導中說的靜子就是阿靜。照片裡的靜子頭上綁著日本式髮型，加害者向井則低著頭，不敢面對鏡頭。

由紀子在堅硬的椅子上久久動彈不得，將那則報導讀了一次又一次。那個性格倔強、不肯服輸的阿靜，竟然被丈夫勒死了，只能說或許一切都是命中注定吧。

這件事對富岡來說，應該是個很好的教訓。當初由紀子找到位於三宿的那個祕密房間時，富岡臉上的那個複雜表情，由紀子此刻似乎也可以體會了。不知道此刻富岡正在做什麼？如果當時自己一氣之下將富岡殺死，恐怕自己也會在動手之後跑到天橋上，趁著電車通過橋下時越過欄杆往下跳。

由紀子心想，依富岡的個性，恐怕將一輩子無法擺脫阿靜的陰影吧。不過從回到日本之後就不斷沉淪的人，可不是只有富岡而已。加野也算是另一個淒慘落魄到了極點的例子。

這天晚上，由紀子終於能回到自己的房間睡覺了。一來疲累已極，二來有種終於結束了一趟漫長旅程的錯覺。窗戶下方的玉米田不斷傳來葉片摩擦的沙沙聲響，以及蟬鳴聲。由紀子聽著那種種聲音，回憶著富岡位於三宿那房間的事。

雖然沉沉睡去，卻在半夢半醒之間又想起了當初在伊香保發生的種種往事，令由紀子痛苦得幾乎快要窒息。但是當初親眼目睹那血肉模糊的塊狀物的可怕經歷，已經讓由紀子徹底脫胎換骨了。由紀子決定不再依賴任何人，不再和任何人相見，完全靠自己的力量努力工作來養活自己。

對死於非命的阿靜，由紀子不抱一絲一毫的同情。那種頑固倔強的處世方式，是由紀子最厭惡的類型。富岡竟然會被那樣的女人耍得團團轉，這一點反而讓由紀子感覺嚥不下這口氣。自從得知阿靜被她的丈夫殺死之後，隨著日子一天天過去，由紀子對於富岡及去世的阿靜的恨意反而愈來愈濃，假如當面遇到了，搞不好會對他們吐口水。

過了四、五天，不知道為什麼，由紀子的身體狀況絲毫沒有好轉。伊庭等得不耐煩，跑到由紀子的住處來催促，但看見由紀子臉色蒼白，口氣也不敢太強硬。

「怎麼了？為什麼妳看起來虛弱成這樣……？打起精神來吧。一定是妳太軟弱了。一個人是死是活，全看有沒有足夠的意志力。妳從法印回來之後，就好像變了個人。我建議妳應該保持心情愉快，好好妝扮自己，重新振作起精神……對了，那個叫大津霜的女人跑來找我，到今天已經修行三天了，看來很有希望。她這個人挺會說話，又有一點小錢，這陣子每天臉上塗了厚厚的一層粉，感覺非常有幹勁。聽說她原本是小學教師，老家在賣味噌。畢竟女人上了年紀之後，都會為將來的事情做打算，像這樣的女人最好利用，教主也說我挖到了一個不錯的人才。」

伊庭的身上穿著全新的黑色服裝，胸口別了一個向日葵造型的徽章。

「雖然這句話不能大聲說，但是宗教真的是這世上最好賺的生意。宗教打著救人的口號，能夠吸引數不清的人前來懇求指點迷津。教團根據地的四周會冒出很多商店，車站的地圖上還會特別標示出來。真是太有趣了，對吧？每個信徒都爭先恐後地掏錢出來給我們花。沒有一個人敢小氣，這就是宗教的力量吧。對了，位於鷺宮的那間屋子，我已經賣掉了。現在我在池上買了一座宅邸，教主跟教團裡的人們都住在裡頭。那宅邸可氣派了，原本的屋主是個銀行家，要價三百五十萬。雖然建築有點老舊，但足足有五百坪，光是建坪就有八十坪，庭院裡有池塘跟假山。」

「你們做這種生意，小心會遭到報應。」

「妳錯了，愈是運氣好的人，愈不會被神明拋棄。沒有辦法緊緊抓住命運之繩的人，連神明也不想理會……由紀子，我到現在還是喜歡著妳，過一陣子我會買間小房子當作妳的家。畢竟我是妳的第一個男人，這一點我永遠也不會忘記……」

由紀子不禁心生厭惡。

「別說了。你現在用這些話想要釣我，我是不會上當的。這輩子我不會再被男人欺騙了。就算是女人，年紀大了也會看清這世間的真相。我已經受夠從前那些事情了，而且我對你這個人一點興趣也沒有。」

伊庭的臉上依然帶著賊兮兮的笑容。此時由紀子沒有化妝，雖然臉上毫無血色，卻有著一股年輕女孩所無法擁有的妖豔魅力。

「妳誤會了，我這麼說，可不是不懷好意。我拉下臉來對妳說這些話，完全是為了妳的幸福著想。我勸妳不要把理想訂得太高。這個世間的風風雨雨，我相信妳也看了不少。所謂的男歡女愛，全都是不能相信的事情，這點妳應該也有所體會吧？這個世間是天堂還是地獄，全看手上有沒有錢。錢有多麼珍貴，我可是有著深刻的體驗。戰爭剛結束的那段期間，我起步得太晚，每天咳聲嘆氣，但現在的我可是完全不同了。人生在世，能夠存錢的時候就要盡量存錢，教主也是這麼教導我們的。」

說完這些話，伊庭放下一個紙包，就匆匆離開了。由紀子打開那紙包一看，裡頭是一張張毫無皺紋的百圓鈔票，總共有一萬圓。由紀子看著這一整疊的全新鈔票，回想著自己這一生只摸過皺巴巴的錢，不禁為自己感到悲哀。這些剛從銀行領出來的鈔票實在太有魅力，由紀子忍不住看得入神，內心不由得欽佩伊庭實在很有一套。

如果能夠住在伊庭買的小房子裡，時常跟富岡見面，似乎也不錯。但這短暫的天真念頭馬上就被由紀子拋在腦後，心頭又湧起了一股對富岡的強烈妒意。

由紀子一點也不想依賴伊庭，當然更不想信奉那個什麼大日向教。

某一天，由紀子收到了一封從加野的住處寄來的信。攤開一看卻是女人的筆跡，寫著加野去世的消息。

原來寫這封信的人是加野的母親。由紀子將這封信反覆讀了幾遍，內心對於加野的去世並不感到意外。信中還寫道，基於加野本人的遺願，將會舉行天主教式的喪禮。加野生前非常愛國，曾經深信日本絕對不會戰敗，死後卻採用天主教的喪禮，以簡單的方式下葬，這點實在讓由紀子感到很不可思議。到頭來，晚年的加野，也算是那場戰爭的犧牲者吧。由紀子很想寫一封回信，表達自己的弔唁之意，卻感覺心煩意亂，實在提不起勁動筆。

自從讀了那則新聞報導之後，富岡完全沒有與由紀子聯絡。這讓由紀子有點擔心，不曉得富岡到底跑到哪裡去了。或許富岡已經不住在三宿。

每一天，由紀子都會想起富岡的事。說什麼也無法將富岡這個人徹底從腦海中抹除，或許這代表著自己依然愛著富岡吧。伊庭曾經信誓旦旦地說天底下的男歡女愛都不可靠，但或許那是因為伊庭完全沒有除了金錢以外的精神支柱。雖然阿靜死於非命，但是由紀子並不認為富岡會因為這件事，而把自己也忘得一乾二淨。富岡曾經說過，他現在在肥皂工廠上班，但是由紀子心中更希望富岡能夠回到農林省工作，而且最好被派發到某個鄉下山區的營林署，不管哪裡都行。由紀子甚至幻想著，如果富岡真的到了山裡，或許會跟自己結婚，過著平淡的生活。有時由紀子會拿出當初從三宿的房間偷出來的那本法印的手冊反覆翻看，心裡愈來愈無法接受這種與富岡形同陌路的日子。

最後由紀子決定寫封信給富岡。

——我從報紙上得知了阿靜的死訊。我深深覺得世上的每一件事，彷彿都被奇妙的命運絲線所牽動著。我相信你的心裡應該也不好受吧。

你最近好嗎？

我曾經一度對你充滿了憎恨與憤怒。但我還是相信，除了我由紀子之外，沒有任何女人能夠給你心靈上的安慰。

加野在二十二日過世了。根據他母親寫給我的信，似乎是舉辦了天主教的喪禮。我想你應該不知道這件事，所以跟你說一聲。回想起來，加野的晚年實在很淒涼。

算起來已經過了十多天，你的心情應該也平復了一些吧。其實我真的很後悔，為什麼當初沒有在伊香保跟你一起自殺……如果當時我們殉情了，就沒有後來這些事情。或許當時的我們還沒有辦法徹底拋棄這個世界吧。不，如果能夠死在大叻的深山裡，一切將會更加美好。

我最後還是決定拿掉孩子。我曾經好恨你，如果繼續依賴你提供援助，我或許會想不開，一個人自殺也不一定。你真的害死了好多人。不管是阿靜、我，還是加野，以及你的老婆，都因為你而變得不幸。我不是故意要責備你，我只是真的這麼認為。為什麼現在的你，沒有辦法像從前的你那麼勇敢？

我現在還沒有工作。但是我打算等身體康復之後，要好好找份工作。你最近好嗎？我還是很想念你。或許女人就是一種放不開過去的生物吧。但是請你回想看看，我從來沒有說過要與你分手。當你有空的時候，請你來見見我吧。我想聽聽你最真實的心聲。

寄出了這封信的五天之後，由紀子收到了富岡的回信，裡頭還夾了五千圓的匯票。信裡寫著：

「我一定會去見妳，但請妳再給我兩個星期的時間。現在正是我心情最難過的時期，我不想見任何人，但是請妳相信，妳的信給了我相當大的安慰。孩子既然拿掉了，那也沒有辦法，畢竟這一切都是我不好，我也不想多說什麼。過一陣子我一定會去見妳。只要妳是真心不打算跟我分手，我一定會去見妳。」

42

富岡雖然在信裡聲稱「一定會去見妳」，但過了兩個星期，富岡還是沒有實現這個承諾。

由紀子是富岡感覺最能心意相通的談心對象，遲遲沒有前往相見並不是因為嫌麻煩，而是因為忙著處理向井清吉的官司問題。就連向井的律師，也是富岡幫忙尋找的。富岡願意幫這些忙，並不只是因為遭殺害的阿靜是清吉的未入籍妻子，更是因為清吉沒有任何親人。基於一股義務感，富岡不斷為著清吉的事東奔西走。在照顧遭到羈押的清吉的同時，富岡也因清吉的行為而大受感動。清吉竟然能夠如此認真地看待一段感情，甚至不惜動手殺人。反觀自己只會嘴巴上說些好聽話，富岡不禁為自己的齷齪性格感到厭惡與作嘔。富岡希望藉由好好幫助清吉，來彌補自己的罪孽，撫慰死者的在天之靈。從前的富岡，一度想要靠阿靜測試自己的生活能力，同時讓有如行屍走肉般的自己重新提振士氣。問題是阿靜是他人的妻子。富岡完全沒有顧慮到向井清吉的感受，甚至忘了清吉曾經幫了自己的忙。直到得知阿靜遭清吉殺害之後，富岡才深刻體會到男女情愛也可以如此激烈，同時也察覺了向井清吉這個人物的存在。

由於曾經與阿靜同居過，富岡感覺自己正在遭受著來自清吉的可怕報應。當初離開伊香保之後，自己竟然把清吉這個人物的存在忘得一乾二淨。

陀思妥耶夫斯基的《群魔》一書中，史塔夫羅金為了盡量減少死亡前的痛苦，竟然特地在上吊用的繩子上頭塗了大量的肥皂水。這個章節的描述深深烙印在富岡的心裡，永遠揮之不去。

自己明明是為了自殺才帶著由紀子前往伊香保，卻依然對這個世間充滿了眷戀與不捨，還想要將希望寄託在偶然遇見的阿靜身上，想要靠著她重新獲得生命的力量。如此愚蠢而膚淺的行徑，最後導致阿靜無辜遇害，清吉鋃鐺入獄。對於自己的狡猾卑劣，富岡常忍不住冷汗直流。如今的富岡，即使從由紀子的信中得知她想再見一面，心中仍舊沒有任何感觸。甚至得知由紀子已經拿掉了孩子，內心也絲毫不感到難過。自從回到日本之後，富岡感覺自己已經喪失了一切內心情感。

當初到品川的警署裡會見清吉時，清吉告訴富岡，被關在哪裡都一樣。如果最後的判決結果是死刑或無期徒刑，能夠愈早確定愈好。進了監獄之後，自己才可以好好撫慰阿靜的靈魂。最後清吉還告訴富岡，根本沒必要延請律師。

富岡聽了清吉這番話才恍然大悟。一個人不管在哪裡生活，都不會有任何差別。雖然自己渴望著再度離開日本，但就算實現了這個夢想，也不可能回到從前的生活。既然這世間就是如此殘酷，從前的美夢跟幻想還是早點忘掉比較好。

加野最後終究還是死於肺部的疾病。富岡感覺到彷彿有一股力量，不斷將所有人推向終點。但富岡實在不想太快抵達那不幸的終點。雖然喪失了內心情感，好歹可以放空一切過著悠哉的生活。

富岡不想與由紀子見面。

寄給由紀子的那五千圓，只是一點小小謝禮，感謝她將孩子從這個世界上抹消掉。富岡其實打從心裡不想要這個孩子。

這天從一大早，就持續著強風豪雨的天氣。

富岡躺在失去了阿靜的床上，愣愣地聽著雨聲。窗戶上白茫茫一片，雨滴不斷沖洗著髒汙的玻璃。富岡連動也懶得動，只是將雙手交握在胸前，睜著眼睛發呆。

不久之前，自己的身旁還躺著體格高大的阿靜。每天當阿靜醒來時總是會唱歌，而且還會把兩腳放在富岡的腳上。富岡總是閉著眼睛，默默聽著阿靜的歌聲。唯有在這個時候，兩人才能感受到對方與自己如此契合。如今阿靜已不在了，但富岡並不特別感到寂寞或懷念，反而有種神清氣爽的解放感。富岡已不想再與女人扯上任何瓜葛。直到此刻，富岡才感受到，一個人躺在床上原來是這麼輕鬆又健康的事情，心裡想著生活終於獲得了轉機。不管是政治還是社會道德，全都放進絞碎機裡絞成碎片，如此才能回歸最自由奔放的自我。富岡一臉陶醉地望向窗外，看著滂沱大雨將枝葉打得不斷顫動，內心不禁讚嘆原來一個人的生活是如此清爽愜意。

馬上就可以過獨居生活的緊張感，成了如今富岡心中唯一的慰藉。

首先要搬離這個房間，接著要拋棄自己的妻子及父母。如果可以的話，還想要換掉名字及工作，重新找一份截然不同的差事。難道是因為阿靜遭到殺害，自己才突然產生這樣的念頭？富岡在心中告訴自己，絕不是那麼回事。

然而有個曾經跟自己有所交集的男人被捕入獄，這個事實畢竟在富岡的心中產生了疙瘩。向井清吉孤伶伶地坐在監獄裡的畫面，不斷閃過富岡的腦海，令他感到心浮氣躁。就像清吉本人所說的，如果判決能夠早點確定，或許心情反而比較輕鬆……

富岡望向雨中的窗戶。外頭的綠色植物都被大雨淋溼了，宛如噴上了一層霧氣。一種神祕的綠色光線隱隱滲透進了屋內。有時感覺死亡近在咫尺，彷彿伸手就能觸摸得到，可是當真想要尋死，卻又沒那麼容易。自從發生了命案之後，富岡就向公司請了長假。最近這幾天，富岡一直在寫一篇關於南洋林業的文章。預計長度大約一百張稿紙左右。等到完成之後，富岡想要把這篇文章投稿到某報社所發行的農業雜誌上，看看能不能換一點稿費回來。

在寫這篇關於林業的文章之前，富岡曾經一時興起，寫了一篇大約三十張稿紙的文章，談論南洋的水果。完成之後，投稿到了那本農業雜誌上。以時間點而言，差不多剛好就在發生命案的時候。文章不僅順利刊登，而且富岡還拿到了一萬圓的稿費。這意外的收穫，帶給富岡一些信心，認為自己有這方面的才能。

這篇文章的內容大致如下：

我以前是農林省的公務員，曾經以軍屬人員的身分，在法印待了四年。這四年的歲月裡，我一直待在那個熱帶地區，因此對於那裡的各種水果有著許多回憶。

熱帶地區生長著各式各樣的果樹，這些水果的甘醇風味，對於生活在熱帶地區的人而言，可說是具有極大的魅力。最讓我印象深刻的水果，首推熱帶水果之王香蕉。最近日本終於開始從台灣進口香蕉了，但我相信應該很少有人知道，香蕉的種類其實多達數百種。有的細細長長，有的又粗又短，有的稜角分明，有的是淡茶色，有的顏色微紅，有的帶有強烈香氣。不同品種的香蕉，不管是形狀還是滋味都截然不同。

在熱帶地區生活時，我特別愛吃的香蕉品種是「大王蕉」及「三尺蕉」。有時餐桌上會出現一些料理用的香蕉，可惜滋味並不怎麼樣。栽種香蕉使用的是主株的側芽，大約十五個月可以長成高約十至二十尺的香蕉樹，此時會從長著葉片的樹芯處冒出長達四、五尺的壯觀花梗。當開花結果之後，花梗會因為重量而自然下垂，株幹會逐漸枯萎，這時就必須取其側芽重新栽種，一年之後又會再次結果。香蕉適合炎熱潮溼的氣候，只要是黏質土壤且排水良好的地點，便可以栽種。但如果是風勢太強的地點，或是礫石地、砂質的石灰岩土壤，則不適合。香蕉可說是上天賜予人類的最佳水果，尤其是窮人最受其恩惠，能夠用來補充不足的營養。如果說香蕉是水果之王，那麼水果之后的稱號應該是由山竹獲得。山竹的學名為*Garcinia mangostana*，我第一次看見山竹，是在河內的一家看起來像是以塑膠搭成的水果店內。山竹的外觀比柿子略小，頂部扁平，果皮平滑，顏色為紫褐色。如果將它剖開，會看見裡頭有一塊塊的種子，被一層像奶油的白色果肉包覆著。果皮含有豐富的鞣酸及色素，衣物如果沾上了其汁液，將會很難清洗得掉。盛產期在五月至七月之間，但我第一次在河內吃到山竹的時期是二月。後來我在順化的莫蘭飯店住了兩個星期，每天餐桌上都有山竹。山竹的滋味跟橘子有幾分相近。

山竹樹為小喬木，樹形為圓錐形，葉片相當大，為對生型態，形狀為長橢圓形，表面為革質，原產地在馬來。成長的速度非常緩慢，從栽種到結果，大概要花上九至十年的時間。適合生長的環境為炎熱潮溼的氣候，土壤必須肥沃，有足夠的深度，而且排水良好。如果說山竹是最高雅的水果，那麼我接下來不得不提另一種形象截然相反的奇妙水果，那就是臭氣沖天的榴槤。

富岡接下來又介紹了小豆蔻、菠蘿蜜、人心果、木瓜等各種水果的生態，同時附上了自己吃該種水果時的回憶，以及自己在熱帶地區旅行的遊記。富岡伸手到床底下，取出了那本農業雜誌，拿起來隨手翻看。翻到了自己的文章變成印刷字體刊登在上頭的那幾頁，腦海裡自然而然地浮現了遠在南洋的大叻的風光景致。富岡回想起當年那個時代，內心不禁感慨自己的生活竟然變化如此之大。

領到一萬圓的稿酬後，富岡將其中的一半寄給了由紀子。沒想到這筆錢竟然會成為由紀子到醫院拿掉孩子的費用，想想實在是很諷刺的一件事。驀然間，富岡想起了當初在法印被自己拋棄的那個安南女性，以及她所生下的孩子。雖然心裡有點懷念，但是富岡明白自己這輩子絕對不可能見到那孩子。在心浮氣躁的情緒之中，這份思念轉化成了一股鄉愁。

富岡放下雜誌，在床上坐了起來。剛好就在這個時候傳來了敲門聲。富岡心中一驚，開口問了一聲：「誰？」

「是我，由紀子……」門外的人說道。

富岡於是起身開門。門外的人果然是由紀子，只見她身形瘦削憔悴，手上拿著一把溼淋淋的雨傘。

明知道這樣的想法很無情，富岡還是忍不住在心裡咒罵了一聲。

43

由紀子等了三個星期，遲遲不見富岡來訪，內心實在按捺不住。雖然是雨天，還是大老遠跑到了富岡的住處。但是就在富岡打開門的瞬間，由紀子看見了富岡的表情，霎時明白不管自己再怎麼努力，兩人的感情還是會在今天畫下句點。由紀子的身上既沒有雨衣，也沒有雨鞋，只穿著一件水藍色寬鬆上衣及深藍色裙子，裸露出長著細毛的雙腿。她默默走進房間後，忍不住問道：

「是不是打擾你了？」

富岡將皺巴巴的睡衣和服的前襟拉合，走到窗邊坐下，盡可能對由紀子擠出微笑。

「你這陣子應該過得不太好吧？」

「妳才是呢。已經可以下床走動了？」

「是啊，總不能一直賴在診所裡……這兩天終於恢復了一點精神。」

當初在法印的時候，兩人常常趁著沒人看見的時候湊在一起，雙手交握。如今卻是漸行漸遠，由紀子不禁感到有些寂寞。

「我看了新聞報導，知道發生了什麼事。我已經沒辦法再等下去了……你在信裡明明是這麼寫的……『過一陣子我一定會去見妳。只要妳是真心不打算跟我分手，我一定會去見妳』……這封信是我活下去的唯一動力……」

由紀子全身無力地癱坐在地上。富岡以毫無變化的冷漠表情說道：

「嗯，一切都是我不好。我每天都思念著妳。但是為了處理阿靜她丈夫的事情，我忙到沒時間去見妳……」

「就算我在診所裡衰弱而死，你大概也不會來見我吧……」

「不，沒那回事。我相信妳一定會康復，所以才很放心……」

「你說謊！你從頭到尾都在說謊！其實你已經不愛我了，只是怕我生氣，才說這種話來哄我開心……阿靜真的對你這麼重要嗎……？那個女人到底哪一點好？」

由紀子因為嫉妒而全身顫抖。富岡那有如岩石一般絲毫不帶感情的心態明顯流露出來，令由紀子心如刀割。明知道一旦說出真心話，兩人的關係將再也無法維持下去，由紀子還是忍不住以不屑的口吻說道：

「其實你心裡根本不重視我們的孩子，嘴巴上卻說希望我把孩子生下來……你一次都不曾來看過我，就連我住院之後，你也不曾來探望。一旦我們分開之後，你這個人就好像消失了一樣……每次都是只有像這樣見面的時候，你才會對我說一些好聽話。我想阿靜生前，應該也是被你這些言不由衷的話騙得團團轉吧？你這個人就是這樣，就算我們當初真的殉情，你也會在看見我死了之後，偷偷摸摸離開現場吧。別人的死活，對你來說一點也不重要……我好恨阿靜，好恨她的丈夫，好恨我們當初為什麼要去伊香保……每次想到你是這樣的人，我就很不甘心……我明明想要一個人落得清靜，卻又忍不住像這樣來找你，我再也沒有辦法忍受這種矛盾的心情了。我的內心已經完全封閉了，我把自己關在沉思之中，不想再出來了……我也不知道該怎麼形容，明明好氣你，卻又愛著你，讓我覺得好悲哀……」

由紀子坐在地上，倚靠著床，抽抽噎噎地哭了起來，整張床發出吱嘎聲響。富岡只是默默看著窗外的狂風暴雨，聽著由紀子的啜泣聲。這個女人到底要我怎麼樣……？為什麼她老是拿著從前的回憶來逼迫我，不肯放我一馬，簡直像高利貸一樣……？她以為拿著往事像討債一樣不斷逼我，就能讓兩人回到從前的關係嗎？富岡聽著由紀子的哭聲，愈來愈心煩意亂。

「拜託妳讓我一個人靜一靜！現在的我，就像行屍走肉一樣，什麼事也做不了。妳就算再怎麼逼迫，也沒用……當初離開伊香保的時候，我們不是就已經徹底分手了嗎？」

「我才不要……你這麼說，好像我輸給了阿靜一樣。為什麼你不能像從前一樣溫柔地對待我……？我絕對不要跟你分手……」

「和我在一起，連妳也會跟著墮落。當初剛回到日本之後，我們就該各自過日子。現在的時代，已經跟當年完全不同了。妳應該好好過妳自己的人生……」

「你竟然……對我說這麼可怕的話！那就跟要我死在這裡沒什麼不同……我要是想要過自己的人生，打從一開始我就不會來找你……我明白了，這就是你真正的心情，對吧？因為你已經對我厭煩了，所以才能說出這些真心話……現在不管你對我說什麼，我都不會再感到驚訝了。沒錯，我已經下定決心了。這裡是當初你跟阿靜兩人同居的房間，這房間裡的氣氛，或許正在阻礙著你跟我的關係吧……但就算這時出現了阿靜的鬼魂，我也會很明白地告訴她，我這輩子絕對不會跟富岡分手……」

「喂，妳小聲一點！這屋子就像公寓一樣，住著很多家庭，妳別大聲嚷嚷。阿靜的事情，我早就不放在心上了，她死了反而讓我感到輕鬆。我心裡唯一的遺憾，就只有對向井感到很愧疚。如今我想去哪裡就去哪裡，向井卻失去了自由，只能坐在牢裡，哪裡也去不了。難道妳不能體會我這種焦躁不安的心情嗎？」

「阿靜的老公發生什麼事，跟我有什麼關係……？我在乎的是我們之間的事情，跟那些人無關……那樁命案是你自己搞出來的，卻把我扯進來，真是莫名其妙……」

由紀子認為富岡還是深愛著阿靜，並沒有將她忘記，只是嘴硬不肯承認，更是氣得咬牙切齒。或許是情緒過於激動的關係，由紀子兩眼一瞪，忽然感覺到一陣天旋地轉，整個人癱軟在地。下腹部隱隱作痛，肩膀使不出力氣。

富岡連忙上前用力搖晃由紀子的肩膀。

「喂！妳怎麼了？哪裡不舒服嗎？」

屋外的雨勢更大了，風勢也更加強勁。富岡將由紀子抱起，放在床上。只見由紀子的額頭冒出青筋，嘴唇又白又乾，臉頰肌肉僵硬且不斷抽搐。富岡不禁感到後悔，自己剛剛那些話說得太重了。畢竟由紀子現在跟病人沒兩樣。由紀子的十根手指頭像蟬一樣不住顫動，彷彿想要抓住什麼東西，指甲縫隙裡塞了不少黑色汙垢。

富岡趕緊以鐵臉盆取來一些水，擰了毛巾放在由紀子的額頭上冰敷，內心不斷埋怨自己。突然間，富岡體會到了錢的重要性。由於由紀子一直昏睡不醒，富岡只好走向書桌，寫起了關於法印的林業及植物的稿子。

——安南人之間流傳著一個關於檳榔及蔞葉的淒美傳說。

在安南王雄王四世的時代，廷臣高侯有兩個兒子，分別取名為丹及康。兄弟倆感情和睦，但高侯早逝，兄弟倆寄居在一戶姓劉的人家裡。劉家有個獨生女，與哥哥丹互相戀慕，不久後便結為連理……[45]

富岡寫到這裡，腦海驟然浮現了當初和由紀子初識時所身處的大叻高原景色。造訪昂特列茶園時，由紀子身上所穿的那條紅色條紋裙，宛如昨天才見到的景象一般歷歷在目。富岡實在無法想像，當年那個猶如少女一般年輕貌美的由紀子，如今卻委靡不振地躺在自己的房間床上，完全失去了當年的風采。但是富岡感覺心情逐漸變得沉著平穩，下筆也愈來愈順。寫了一會，腹中有些飢餓，於是從櫃子裡取出麵包，同時以電熱壺煮了咖啡。

轉頭一看櫃子上的鬧鐘，時間已將近一點。富岡吃著麵包，偶然轉頭望向床上，發現額頭上擺著毛巾的由紀子已睜開了雙眼。

「要吃嗎？」

富岡取來新的杯子，又泡了一杯咖啡。由紀子只是愣愣地睜著眼睛，看著天花板。

「要不要起來喝杯咖啡？」

由紀子老老實實地坐了起來，從富岡的手中接過咖啡杯。

44

到了這天傍晚，雨勢沒有減弱，反而愈來愈強。富岡愈寫愈順手，幾乎可說是運筆如飛。

——從前我所任職的大叻地區山林事務所，思茅松的產出量約一萬五千七百立方公尺。當時在軍方的命令下，我們森林官對森林進行快速開發，幾乎可以形容為濫墾濫伐。

但是當時那些軍官的臉孔，如今富岡已經記不太得了。

45 故事主要源自於《嶺南摭怪》中的〈檳榔傳〉一節，後來衍生出各種不同的版本，其中兄弟的名字多為「檳」及「榔」。與小說內容略有出入。

「大叻的下一站是德蘭……終點站叫什麼來著？」

富岡突然朝由紀子問道。

由紀子這才發現富岡在寫的是關於法印的文章，精神登時一振，下床說道：

「好像是塔占（Tháp Chàm）吧……」

由紀子默默看著富岡面對書桌的背影，好一會後說道：

「你還記得曼金村嗎……？」

「曼金？」

「你忘了？」

「啊，妳是說那個安南王陵墓所在地？」

「對，離大叻約四公里，那裡有一間林野巡視駐所，我們第一次在鬱鬱蒼蒼的森林裡散步，就是在那個地方。」

由紀子走到富岡的身邊，看著桌上的稿紙問道：

「你寫這個做什麼？」

「賺錢……」

「寫這個可以賺錢？」

富岡拿起床邊的農業雜誌，交給由紀子。

「妳讀讀這個吧……」

由紀子接過雜誌，翻開目次頁，便看見了富岡兼吾這個名字。由紀子於是依著頁碼翻至富岡的文章讀了起來。

「寫這篇文章賺了點錢，讓我有些得意。我寄給妳的錢，其實就是從這稿費來的……」

「哇，這是你寫的？」

文章以平易淺顯的文字說明了香蕉、山竹及榴槤等水果的作者回憶及各種生態。

到了晚上，風雨更加強勁，窗外樹木所發出的聲響有如海嘯一般。由紀子表示今晚想要住下來，富岡也不阻止。就在兩人吃著剩下的麵包、喝著咖啡的時候，電燈突然熄了。

兩人於是點了蠟燭放在桌上，像朋友一樣聊起了法印的回憶。有時明明是同一件事，兩人所記得的情況卻完全不同。或許在兩人心裡，都在嘗試著靠閒聊這些往事來喚回昔日的激情吧。過了許久，電燈一直沒亮，蠟燭也燒盡了。兩人無計可施，只好到床上躺著。沒有窗簾的窗戶，不時因天空的閃電而變得明亮。碩大的雨滴不斷拍打在窗板及玻璃上，發出類似潮水的聲音。

富岡擔心又要重蹈覆轍，因此只是躺著不動。由紀子則似乎帶著特別的意圖，像連珠砲一樣不斷重複著當年在曼金森林裡的往事。回憶裡那激烈擁吻的滋味，在由紀子的胸中帶來了一股酥麻感。然而躺在旁邊的富岡，腦中所浮現的並非只有曼金森林的景象而已。即便由紀子在耳畔不斷重複呢喃著「曼金、曼金」，富岡的心中所想的卻是曾經躺在自己身邊的那個身材高大的阿靜。阿靜把腳放在自己身上，嘴裡不停哼著歌，那最後一次見到的表情清晰地浮現眼前。

根據鄰居的描述，阿靜死後微微張著雙眼，吐出了舌頭。由於遺體已交付解剖，富岡並沒有機會見到阿靜最後一面。富岡不禁深深懷念起那抱起來特別有感覺的高大身體。如今她已經死了，不在這個世上了……富岡在黑暗中想到這裡，忽然感覺一股熱流自咽喉往上竄升。

「對了，大叻那網球場的下方，有一座別墅的庭院，那別墅裡住的是中國人，你還記得嗎？」

「嗯……」

對此時的富岡來說，管他什麼大叻，管他什麼中國人的別墅，那些事根本一點也不重要。但是由紀子那甜膩的口吻，彷彿在暗示著「既然你記得，那你說說看」，更是讓富岡感到不耐煩。如今還沉溺在過去的美夢之中，又有什麼用……？對阿靜那結實、高大的肉體的思戀，讓富岡忍不住嘆了口氣。

回想起來，似乎是阿靜讓自己真正嘗到了女人的滋味。富岡想著想著，不由得眼眶含淚。驀然間，由紀子的手掌輕輕滑到了富岡的胸口。但富岡抓住由紀子的手，將那手掌推了回去。

「咦？怎麼了？你不要嗎？」

「嗯，今晚我很累，想好好睡一下……」

由紀子縮回了手，屏著呼吸，半晌沒有說話。她似乎已察覺富岡的心情變化，但想必不知道富岡此刻正在懷念著阿靜。

「我們來聊一些南洋的事情吧……像這樣的夜晚，我有點睡不著。」

「但我很想睡。」

「我們這麼久沒見了，你對我為什麼這麼冷淡……你以前不是很溫柔嗎……？」

由紀子再次依偎在富岡的胸口，試圖加以挑逗。富岡驀然想起了「要知道葡萄酒的釀造量與品質，不需要喝光一整桶葡萄酒」這句諺語。就算要挖掘回憶，也該適可而止。如今除了阿靜之外，富岡不想跟任何女人做愛。或者應該說，一點也不感到飢渴。不知不覺，富岡已沉沉睡去。

富岡做了一個可怕的夢。在那夢境裡，自己游在昏暗的水中，遇見了阿靜。阿靜的眼睛半開半闔，吐出了長長的舌頭，模樣相當駭人，卻又帶著一股妖豔的魅力。富岡在水裡抱住阿靜，阿靜以修長的雙腿勾著自己的身體，以雙手摟著自己的脖子。下一秒，阿靜那冰涼的舌頭碰上了富岡的臉頰，令富岡忍不住尖聲大叫。

自己的叫聲讓富岡從睡夢中驚醒。

定睛一看，由紀子正壓在自己身上，以她那溼潤的臉頰緊貼著富岡。

45

到了隔天早上，富岡睜開眼睛時，由紀子正坐在阿靜的鏡台前化妝。屋外的雨已經停了，天空萬里無雲，形成一副秋高氣爽的景象。

富岡躺在床上，怔怔地看著由紀子化妝。一股類似悔悟的情感沉重地壓在自己身上，彷彿要將自己拖入泥淖之中。

由紀子毫無顧忌地用著阿靜的白粉及胭紅。富岡見狀，心裡感到相當不舒服。為什麼女人這種動物，竟然會如此不知分寸且毫無羞恥？像這樣肆無忌憚地拿死人的化妝品來用，恐怕只有女人才做得到。但是富岡仔細一想，或許自己才是最不知分寸的人。自己竟然在阿靜的床上，跟其他女人過了一夜，富岡不禁感到懊悔不已。沒錯，自己才是最過分的人。坐在鏡子前的由紀子，看起來比以前瘦弱得多。膝蓋變得又乾又癟，顯得蒼老不少。胸部似乎也變得扁平了。頭髮呈現毛糙的紅褐色，額頭異常寬大，眼睛的周圍有些發炎紅腫。

富岡緩緩起身，離開房間，躡手躡腳地穿過走廊，到盥洗室洗了把臉。由紀子化妝到一半，眼眶已滿是淚水。經過這一晚，由紀子已經徹底明白兩人是不可能再復合了。因為富岡竟然在夢境裡喊著阿靜的名字，而由紀子甚至不敢對他質問這件事。由紀子心想，恐怕在富岡的心裡，早已把法印的回憶忘得一乾二淨了。

到了十點左右，由紀子感覺如坐針氈，決定告辭離開。富岡竟然以身體疲累為由，沒有出來送行。由紀子自己也感到疲累不堪，整個人有如洩了氣的皮球，拖著搖搖晃晃的步伐，精神恍惚地走向車站。接下來的日子要怎麼度過呢？強烈的孤獨感讓由紀子有種彷彿跌入深穴之中的錯覺。與其繼續陷在泥淖裡，不如去找伊庭，在大日向教幫忙做些雜務算了。

接下來又有大約五天的時間，由紀子過著無所事事的日子。

伊庭又寄來了催促信，要由紀子盡快去找他。由紀子於是決定先去看看大日向教是什麼樣的地方再說。這段期間，富岡完全沒聯絡。如果富岡對自己還殘留著一絲一毫的感情，照理來說應該會遵守當初的諾言，主動前來探訪才對。由紀子甚至有股衝動，想要到大日向教問問看，自己跟富岡之間到底有沒有緣分。

這天的天氣炎熱到有如火烤一般。

由紀子依著伊庭所給的地址，前往了池上上町三××番地的大日向教總部。不愧是從銀行家的手中買來的豪邸，圍牆的大門是兩座花崗岩材質的門柱，中間夾著鐵製的欄杆門，地上鋪著整排的碎石，一直延伸到建築物的玄關處。庭院裡的樹木修剪得相當整齊，還蓋了一棟鐵皮屋頂的車庫。由紀子從側門進入庭院內，看見一個身材瘦削、戴著大草帽的中年婦人正在拔著庭院的野草，或許是信徒吧。玄關處的屋簷下掛著一大塊檜木板，上頭以綠色的文字寫著「點睛」兩字。玻璃門並未闔上，裡頭的磁磚地板上擺著許多拖鞋。

一面大隔板就擺在玄關入口處的正面，看起來還很新，上頭畫著一條龍。隔板的背後，有一名婦人正坐在桌子前寫字，那正是由紀子當初在婦產科診所遇上的大津霜。只見她臉上塗了厚厚的白粉，身穿深藍色上衣及袴褲[46]。由於玄關相當深，不斷有冷風灌入。建築物後頭傳來略帶不安的嘈雜合唱聲，似乎是祈禱活動開始了。

46

那祈禱聲宛如是遠方的山中傳來的野獸低吼。如果沒有那些聲音，由紀子可能會有種置身在鄉下醫院裡的錯覺。大津霜一看見由紀子，登時起身朝由紀子走來，一邊從拖鞋櫃取出新的拖鞋，一邊說道：「歡迎妳的到來，老師正在等妳。」

大津霜表情嚴肅且舉止從容自然，彷彿已經在這裡待了非常久的歲月。

46　袴褲：日本和服中的寬鬆褲裙，現代多作為正式場合中的和服禮褲。

「最近如何？習慣這裡的生活了嗎？」

由紀子一邊穿上拖鞋一邊問道。

大津霜的臉上顯露一絲傲氣，宛如帶著龐大嫁妝出嫁的新娘，她沒有回答這個問題，只說了一句「請往這邊走」，便領著由紀子走向走廊的深處。走廊的寬度只有三尺，顯得異常陰暗，兩人來到盡頭處，轉了個彎後來到一間房前，大津霜跪在走廊的地板上說道：

「老師，由紀子小姐已經到了。」

由紀子不禁有些哭笑不得。房間裡有人喊了一聲「好」，那是伊庭的聲音。大津霜拉開門板，由紀子探頭朝房內一望，只見一個貌似六十多歲的老人躺在軍用毛毯上，伊庭正將雙手放在老人的身上。大津霜從房間的角落取來一枚茶褐色的素面薄座墊，擺在房間入口處，示意由紀子坐下，接著便輕輕走出房間，拉上了門板。由紀子感覺自己進入了一個不可思議的世界。躺在毛毯上的老人閉著雙眼，雙唇不斷一開一闔。臉孔黝黑而毫無血色，頭髮有如枯草一般凌亂，額頭上有一大顆痣。身上穿著白色襯衫及灰色長褲，赤裸著雙腳。

伊庭跟大津霜一樣穿著黑色的寬鬆上衣。他閉著眼睛說道：

「請仔細聽好了……大日向之本願，不分老少善惡，對虔誠的信徒發揮慈悲心，對煩惱熾盛的眾生賜予救贖。今世之善惡無足輕重，僅須誠心念誦大日向佛號，即同於神佛之善念。勿恐懼於罪惡。名為疾病之罪惡，為萬惡之中最輕者。病惡可見，見病惡如見己道；心惡難見亦難捉，此乃地獄之惡。病惡輕微，不足為業。日夜念誦大日向，勝於千萬修行，必得天力地力。此即大日向之本願。病惡為輕，伸手即救……」

伊庭將這番話說得倒背如流，毫無窒礙。他將雙手手掌放在老人的肩膀附近用力抖動，老人以口呼吸。

「大力吸，把空氣中的能量全部吸進肚子裡。如今我的手上已經充滿了大日向的精華能量……」

由紀子看在眼裡，甚至懷疑伊庭已經瘋了。伊庭有時還會睜開眼睛，將臉湊到老人頭上說道：

「眾生煩惱具足，無法擺脫生死，請憐惜之，請憐惜之。除去病惡正因，下賜大日向之慈悲……」

接下來有好一段時間，伊庭只是不斷重複這幾句話，同時將抖動的雙手放在老人頭上。最後伊庭輕拍老人的肩膀，說了一句「請淨身」。老人露出一臉神清氣爽的表情，緩緩在毛毯上站了起來。伊庭走向壁龕，拿起放在三寶上的白布，擦拭起自己的雙手。

老人整了整衣物，恭恭謹謹地跪坐著，對著伊庭低頭鞠躬。

「如何？是不是覺得身體輕盈多了？」

「是啊，感覺好清爽，整個人彷彿煥然一新。」

「大概再四、五次，應該就能完全痊癒了。畢竟你的病不輕，不是一朝一夕就可以徹底治癒。大日向神不是世間常見的那種神棍，絕對不會跟你說疾病能馬上治好。能不能徹底根治疾病，全看你自己祈禱的誠心與毅力。」

「沒問題，要我來幾次都行。」

「你有這樣的決心真是太好了……」

「請問我該付多少的診療費？」

「我們這裡不是醫院，慈悲不能估價，拯救眾生是我們大日向教的根本宗旨……對於沒有錢的貧民，我們一毛錢都不會收，但如果是有錢人，我們就會多少收一點。我們會為捐獻者進行祈禱，幫助他去除諸惡。」

伊庭說完這幾句話，一派悠哉地回到桌子前。老人露出一臉不知如何是好的表情，伊庭旋即拿出一本隨喜簿，遞到老人面前。

「這是過去其他人的捐獻紀錄，給你當作參考……」

老人恭敬地接過隨喜簿，放在膝蓋上攤開。此時一名少女捧了茶過來。那少女身穿袴褲，看起來一副體弱多病的模樣。

隨喜簿上的第一頁，寫著某已故大臣的姓名，隨喜五萬圓。該大臣在戰後被視為戰犯，這時早已死了，上頭的署名是否為該大臣所親簽，根本無從求證。老人翻看了一會，將隨喜簿放在毛毯上，拿起桌上硯台旁的毛筆，寫下五百圓。

老人繳了五百圓的隨喜金，詳細問清楚了下一次治療的時間，走出了房間。

由紀子聽著老人的腳步聲逐漸遠去，這才有些鬆了口氣。

「你這門生意真好賺。」

由紀子笑著說道。直到不久前，伊庭還只是個什麼工作都找不到的懶散鬼，如今卻只要抖個手掌，裝模作樣地祈禱一番，就能拿到五百圓，天底下恐怕找不到更好賺的生意了。

如果是從前的由紀子，恐怕早就不屑地起身離開房間了。伊庭從桌子裡取出外國香菸，點了一根，以「河內山」[47]的猥瑣坐姿坐了下來，說道：

「如何？這世間真是有趣，對吧？其實沒什麼大不了，就跟變戲法一樣，只要想辦法讓人相信我的手掌能夠放出大日向的神祕能量，就算是病人也會感覺精神奕奕。學會了這招之後，我已經沒辦法像以前那樣領薪水過日子了……芸芸眾生根本不懂神佛，正因為不懂，才會拿一些小錢來買神佛的慈悲。我正是看準了這一點，才會在這裡製造及販賣所謂的大日向教，每個信徒都買得開開心心……」

由紀子聽得目瞪口呆。伊庭在戰爭之後的心境變化，如今由紀子已隱約能夠體會了。由紀子向伊庭要了一根菸。寬敞的壁龕裡，掛著一幅字體詭異的古怪書法掛軸。七寶燒的花瓶裡種著赤松。房間約十張榻榻米大，正中央鋪著一條軍用毛毯，伊庭的桌子則擺在能夠看見邊廊的紙拉門旁，側邊還有一張中國風格的小矮桌。或許是因為天花板相當高，整個房間透著一股沉穩的氛圍，通風也良好。庭院似乎是中庭，範圍小了一些，還晾著一些衣物。

「要是有報社媒體察覺不對勁，派人來探聽底細，該怎麼辦才好？」

「放心吧，那種可疑人物，我一眼就能看得出來。遇到那種人，我一毛錢都不會收。」

「你的眼力那麼好？」

「那當然，要幹這種生意，就得培養看人的眼力。」

由紀子不禁心想，像這種跟特種行業沒兩樣的生意，大概沒辦法長久維持吧。但是在這種戰爭

47　河內山：指歌舞伎狂言《天衣紛上野初花》中的人物河內山宗俊的獨特坐姿。

剛結束的時代，有太多人不知何去何從，所以才會出現這種心態異常的人。

「妳的身體還好嗎？」

「我也挺想付錢接受治療呢。」

由紀子一邊抽著菸，一邊笑著說道。雖然跟富岡之間的問題陷入了泥淖，遲遲無法解決，但暫時來伊庭這裡幫忙做些事情，打發無聊的時間，或許也不錯。此時的由紀子已經沒有自信能夠做正經工作了。管他大日向教是什麼東西，反正自己只是想要找份工作，與其到酒吧、咖啡廳當女服務生，不如來這裡幫忙做這些蠢事，心情還輕鬆一些。

由紀子已開始對這世上的一切感到厭惡，甚至有股想要在這裡詛咒富岡的衝動。在情場上輸給了阿靜，再加上自己還活著，令由紀子感到頗為懊悔。如果當初自己就死了，或許富岡反而會感到難過。

「妳看起來真憔悴……」

「是啊，不過只要吃些美味的食物，好好調養一番，過一陣子應該就會跟你一樣胖了……女人如果沒有找到願意為自己花錢的人，是無法變胖的。」

伊庭露出賊兮兮的笑容，掏了掏耳垢。不久之後，外頭傳來一陣鼓聲，似乎是祈禱活動結束了。大津霜拉開門，伊庭跟著她走了出去。

由紀子也跟著伊庭進入了大廳。大廳上站了三十多名男女信徒，都在恭謹迎接教主與老師的到來。這座大廳似乎是新建的，約有二十張榻榻米大，地上鋪著木頭地板，還散發著木頭香氣。三面式的祭壇上綁著紫色布簾，布簾後方有著一面彎月形的鏡子，正在閃閃發光。

祭壇前有一張中國風格的高腰椅，教主成宗專造就坐在上頭。教主的身上穿著貌似法服的黑色服裝，胸口別著一枚金色徽章，上頭的圖紋是彎月與向日葵。

伊庭走到教主身旁，向信徒們微微行了一禮，說道：

「請坐……」

信徒們於是在木頭地板上跪坐了下來。由紀子也走到最後頭跪下。伊庭則坐在一張藤椅上。整個大廳的感覺，就像是從前小學裡的禮儀教室。教主輕敲桌上的鐘，嘴裡念念有詞，一會之後攤開桌上的一張紙，說道：

「今天我要講解大日向神第三章的神諭，請各位信眾穿上神服。」

信徒們的膝蓋上都擺著一件無袖的紫色服裝，聽到教主這麼說，各自將服裝攤開，披在肩膀上。那服裝看起來像是一條披肩，有點像是法被[48]的領口部位，上頭印著大日向教的字樣。

「第三章的神諭……大千世界之境為一，眾生誠心之交為道。世人修行不足，終日迷惘徘徊，大日向神賜下娑婆之業，願救人於地獄之中。但借他力，無真實報土之心，終將往生地獄……」

敞開的窗戶不時吹入涼爽的微風，夾雜著園丁慢條斯理地修剪花木的聲音。

「凡人皆汲汲營營五十年歲月，此皆為累積犧牲之修業……」

由紀子在木頭地板上跪了一會，感到兩腿痠麻，悄悄將膝蓋往旁邊一挪，變成了坐姿。

---

48 法被：一種直筒袖的短褂和服，穿著者大都是工匠之類的技術人員，此外也是祭典上常見的服裝。

47

富岡為清吉請了律師。盡可能幫他一點忙，是撫慰阿靜在天之靈的唯一辦法。雖然由紀子一再強調希望兩人能夠從頭來過，但富岡對由紀子的關心程度已經比路人還不如。聽說最近由紀子一天到晚跑到某宗教團體鬼混，但富岡認為那也沒什麼不好。富岡每天就只是慵懶地躺在那間充滿了阿靜回憶的房間裡，完全不想做正事，只有時寫一些文章投稿到農業雜誌。每次投稿，都能拿到少許稿費，卻不必見到任何人。富岡很滿足於這樣的工作。如果到公司上班，每天都會有一定的時間被綁住，那樣的生活讓如今的富岡感到窒息。這陣子富岡再也沒到朋友的公司露臉，甚至沒有跟朋友說一聲。此時富岡的心態幾乎就跟流浪漢沒有什麼差別。完全沒有回位於浦和的家，妻子邦子寫來的信甚至沒有拆開來看，就這麼隨手放在小櫃子上。對於長期纏綿病榻的妻子，富岡已沒有一絲一毫感情。明知道年老的雙親如今已陷入坐吃山空的狀態，但富岡一來不知道該如何是好，二來也沒有精力去煩惱那些。把房子賣掉後拿到的錢，大部分都因為投資木材事業失敗而虧掉了。剩下的少許現金，富岡全都留在家裡沒帶走。只要省吃儉用，家人們應該還可以活個一年半載沒問題吧。

富岡躺在床上，攤開了質地粗糙的稿紙，正在寫著一篇關於漆的散文。就像在回憶的大海中航行一般，盡可能把所有當初在南洋的回憶全部挖出來。

在日本、中國、印度支那、緬甸及泰國，僅有少數的地區能夠生產漆樹。富岡以鉛筆寫下了這句話，但接下來總覺得腦袋昏昏沉沉，有時甚至還會頭昏眼花。或許是因為沒有按時進食三餐，總覺得身體狀況大不如前。這篇關於漆的文章，至少得為自己賺進一萬圓才行。但內心不管再怎麼焦急，腦袋無法配合也沒用。富岡甚至開始覺得，漆樹的產地根本一點也不重要。於是富岡趕緊改掉了內容。戰爭期間，我因為工作的關係而住在東京[49]的首都河內，當時我曾前往一個名為富壽（Phú Thọ）的小鎮……富岡決定以這種回憶的詞句作為開場白。

富壽位於河內的西北方，距離河內一百三十公里，這裡有一座世界著名的漆樹園。漆樹的學名為*Rhus succedanea*，在我國又稱作「野漆（ハゼノキ）」，在東京則稱為Cay Son。富壽的農家大都兼種漆樹，就像日本的農家會以養蠶為副業一樣。從前的安南漆在日本又稱作壺漆，品質粗糙，價格低廉，老字號的漆店大都不願販售。戰爭期間由於日本漆供不應求，日本人開始爭相進口安南漆。我曾經有數天的時間，前往富壽視察漆樹園，因此我不禁感慨，現在的日本如果能夠加以仿效，以種植漆樹為副業，或許能夠將日本的優良漆品輸出至西洋也不一定。安南漆在乾燥性上嚴重不足，倘若未來技術依然沒進步，即使是世界首屈一指的產漆小鎮，恐怕也會逐漸沒落吧。不過在價格低廉這一點上，卻遠勝於日本漆。富壽的農民會將採下來的生漆，拿到小鎮的市集上賣給中盤商。富壽的生漆市集不止買賣生漆而已，還包含各種日常生活用品，因此每天都像推翻玩具箱一樣樸實而熱絡，農家的婦人及孩童上市集都會打扮得漂漂亮亮。

49　東京：此處的「東京」並非日本的東京，而是越南北部地區的舊稱。

富岡寫到這裡，不禁放下了鉛筆。如今在日本的生活，有種彷彿倒退了一個世紀的錯覺，令富岡愈來愈覺得枯燥乏味。想要再次前往海外的念頭如今已成了空想。這樣的日子就算繼續過下去，也只是鑽在死胡同裡找不到出路。富岡以小刀削著鉛筆，心裡一邊想著這裡是自己最後的歸宿。驀然間，小刀那閃耀著光芒的刀刃映入了富岡的眼中。內心只感覺百無聊賴，不想再寫下去了。就算日本的漆真的能出口到海外，實際上對日本也沒有太大幫助。因為跟安南或中國相比，日本的生漆產量實在是少得可憐。富岡躺在床上，愣愣地凝視著刀刃。阿靜的死，對富岡造成的打擊實在太大。雖然阿靜在世的時候，兩人每天吵鬧不休，但富岡完全沒有意料到，竟然會突然冒出一條名為清吉的獵犬，將不停胡鬧的野兔阿靜一爪抓死。富岡不禁感覺自己是多麼卑劣，就好像獵人一樣，偶然間盯上了阿靜，於是躲在山壁後任憑她死於非命。清吉犯下殺人罪，其實算是受到了慫恿。富岡以刀刃抵住自己的手腕動脈，卻沒有勇氣一鼓作氣割下去。

由於這天從早上就沒有進食，富岡感覺到一陣反胃想吐。再加上已經沒有心思寫稿子，富岡於是下了床，穿上髒汙的襯衫及黑色嗶嘰布長褲，下樓從拖鞋櫃裡取出阿靜的拖鞋，穿著走出門外。時間明明已近黃昏，街上卻宛如中午一般明亮。富岡漫步到了車站附近，鑽進一家小酒館的繩簾。心裡只想大醉一場的富岡點了杯燒酒，一口喝光後又要了第二杯。店裡沒有其他客人，店內深處不斷飄出燒烤乾貨的香氣。一個看起來像店老闆的中年男人，正在吧台後頭低聲斥罵一個年紀約十五、六歲的少女。理著一頭平切短髮的少女一直臭著臉，轉頭面對牆壁，不時伸手指掏耳朵。

「喂，妳那是什麼表情？一個乳臭未乾的小丫頭，還想學別人跟男人鬼混？妳說，妳昨晚跑到哪裡去了？」

富岡一邊喝著燒酒，一邊聽老闆責罵女兒。

「妳去了哪裡，還不快說！」

少女一直低著頭不說話。富岡又點了第三杯酒。驀然間一股強烈的醉意席捲而來，讓富岡感覺心情舒暢了些。好久沒看電影了，不如去看場電影，排遣一下心中的鬱悶吧。這第三杯酒，是少女端上來的。少女的臉上沒有化妝，膚色有些微黑，卻有著一雙明亮的大眼睛，姿色相當不差。眉毛又粗又黑，應該是從來沒有修過，看起來像個「一」字。少女將杯子放在富岡前方的檯上，朝富岡微微一笑，眼神帶著一絲傲氣。

這第三杯燒酒，讓富岡醉到幾乎忘了自己的人生觀。富岡走出小酒館的時候，早把一切都拋在腦後。漫無目的地在街上踉踉蹌蹌走了一陣，富岡決定等到晚上再回住處，一口氣把那篇關於漆的文章寫完，趕緊投稿到農業雜誌。

富岡走到了三軒茶屋，進了一家電影院，正在上演的電影是《銀座三四郎》。男主角是個醫生，因為忘不了從前的女友而經常借酒澆愁。富岡坐在電影院裡的角落，強忍著睡意，心裡想著這個醫生怎麼看起來跟流氓沒兩樣。後來那個當醫生的男主角，遇上了幾個跟前女友糾纏不清的銀座流氓，把他們毒打一頓，全都拋進了河裡。另外還有個餐廳老闆的女兒，似乎對這個流氓醫生有意思，但是兩人每次一見面就不停鬥嘴。富岡不禁心想，這女兒跟阿靜實在有點像。其實兩人完全沒有相似之處，但倔強的脾氣卻有異曲同工之妙。不過或許是因為醉到有些神智不清了，富岡總覺得電影的情節有些牛頭不對馬嘴，愈看愈覺得沒意思，於是便走出了電影院。來到外頭時，天色還沒有全暗。

現在到底是幾點了？這陣子由於沒有手錶，幾乎完全失去了時間概念。剛好某家店門口掛著時鐘，抬頭一看，已將近八點了。噢，原來這麼晚了……富岡搖搖晃晃地走著，心裡雖然有這樣的想法，卻又忍不住想要喝得更醉一點。於是富岡又回到電影院附近，在車站附近的市場裡找到一家木板屋搭建的小酒館，走了進去。

店內狹窄到有如一個小箱子，富岡腳步虛浮地踏進去，一個年紀不輕卻濃妝豔抹的中年婦人滿臉堆笑地將自己的小座墊放在富岡的椅子上。

「老闆娘，一杯燒酒。」

「咦？看你這臉色，應該在別的地方喝過了吧？」

婦人為富岡倒了滿滿一杯燒酒，富岡輕輕啜了一口。屋簷下一盞燈籠隨風搖曳，上頭寫著「酒店佳木斯[50]」。

「老闆娘，妳是從滿洲回來的？」

「是啊，你怎麼知道？」

「燈籠上寫著『佳木斯』……」

老闆娘的眼睛下方有著黑眼圈，額頭髮際頗高，眼睛跟鼻子都很小。身上穿著浴衣[51]，從脖子到肩膀都塗了厚厚的白粉，胸前還掛了一條有蕾絲邊的圍裙。桌上的盤子裡擺著燉魚肉、火腿切片，以及水煮蛋。富岡伸手到大盤子裡，捏起一片火腿放進嘴裡。

「是啊，我是從滿洲回來的。當初什麼財產也沒帶，簡直是兩袖清風。在佳木斯的時候，我可是當了十年的教師……人生的際遇，真的是誰也無法預測。開店這種事，我真的是不懂，大家都說我是傻大姊，開這種店是賠定了。」

「老闆娘，妳幾歲？」

「你覺得我像幾歲？其實我還很年輕，只是吃了太多苦，所以看起來有點蒼老……」

「女人的年紀，我實在說不準……四十左右？」

「真是太讓我傷心了。我看起來那麼老嗎？其實我才三十五，還想要追求第二個春天呢……」

富岡聽到老闆娘自稱三十五歲，不禁有些哭笑不得。其實富岡心裡認定她大概五十歲了，說四十歲還只是客套話而已。

「噢，那可真是抱歉，原來妳才三十五……真是年輕呢，接下來的人生還很精采。我看妳水嫩又漂亮，跟丈夫一定是被迫分開的吧……？」

婦人呵呵笑了兩聲，以小碟子裝了兩片火腿，放在富岡面前。

「不，他已經死了。聽說自從我離開了佳木斯之後，他到寶清縣的協和會工作，後來就這麼離開了人世。現在我早就把他的事忘得一乾二淨了。」

婦人為富岡倒了第二杯酒。

富岡此時已是酩酊大醉的狀態。明知道世事難料，但想到自己竟然跟一個本來在遙遠的佳木斯當教師的女人在這種地方相遇，實在不禁有些感傷。「來，老闆娘，我們握個手。」富岡不時伸出

---

50 佳木斯：中國黑龍江省內的都市。

51 浴衣：一種輕便和服，通常在夏季或沐浴之後穿著。

手，朝女人這麼說道。

「妳丈夫真的死了？」

「是真的，我是親耳聽見的。聽說他跟其他協和會的人一起死在朝鮮了，而且還是以獵槍自殺……」

「噢……」

內情愈複雜，富岡反而愈感到有趣。但是喝下了第三杯燒酒之後，富岡再也支撐不住，終於趴在桌上睡得不省人事。

48

直到這年秋天，由紀子一直待在大日向教裡，負責會計工作。大日向教的種種內幕荒腔走板到令由紀子嘖嘖稱奇的地步，教主專造把錢看得比什麼都重，可說是個標準的守財奴，伊庭常為了錢的事情跟他發生激烈爭執。不過由紀子早已把兩人的性格摸得一清二楚，而且還不忘三不五時偷一點錢放進自己的口袋裡。

不管是專造還是伊庭，最常說出口的口頭禪都是有錢能使鬼推磨。由紀子還曾經語帶調侃地說，這裡根本不是大日向教，而是大金錢教。這陣子由紀子的身體已完全康復，皮膚也恢復了光澤，整個人變得年輕許多。大津霜與專造私底下搞七捻三，由紀子也再次與伊庭發生了肉體關係。

伊庭把妻小都送回靜岡去了，還在教團附近買了一棟小小屋子，供由紀子居住。由紀子一點也不愛伊庭，甚至可以說對伊庭懷抱著一股恨意。那屋子相當小，只有三間[52]左右，但伊庭還從信徒中挑了一名中年婦人，派到屋子裡幫傭。由紀子獨自住在裡頭，每天到教團工作。這時由紀子自己也有了大約十萬圓的積蓄。或許是因為一天到晚聽伊庭強調錢對人生有多麼重要，由紀子自己也逐漸學會了一些管理錢財的能力。大日向教的信徒愈來愈多，勢力愈來愈龐大，如今已儼然成為社區裡的著名景點。

由紀子還是時常想起富岡，曾經數次寫信，但每回都石沉大海。在明白富岡不可能與自己復合的同時，由紀子也深深體會到現在的生活對自己根本沒有太大幫助。雖然生活上衣食無缺，由紀子卻一直處於心靈飢渴的狀態。

某個下雨的夜晚，由紀子從教團回到家裡，脫下黑色制服，換上袷衣[53]，在茶室跟被派來幫傭的中年女信徒一同用餐。驀然間，由紀子看見放在火盆旁邊的晚報上，有一則關於農業雜誌的廣告。那廣告上介紹了一篇名為《漆的故事》的文章，作者為富岡兼吾。由紀子頓時回想起當初在阿靜的房間，富岡確實曾經拿一本農業雜誌給自己看。由紀子想也不想，立刻叫那中年婦人到附近的書局買那本農業雜誌。

富岡的文章雖然給人一種業餘作家的生澀感，但文體淺顯易懂。《漆的故事》內容提及了不少

52　間：長度單位，一間約一．八公尺。
53　袷衣：原文作給，指有內襯的和服，通常看起來較一般和服厚實。

兩人在安南的共通回憶，讓由紀子愈看愈是感到心頭灼熱。讀著讀著，不禁有股想要立刻奔到富岡身邊的衝動。但基於一股不肯向阿靜的亡魂服輸的頑固想法，由紀子說什麼也不想主動前往那間房間。然而另一方面，由紀子卻也認為自己這陣子所感受到的心靈飢渴，恐怕唯有和富岡見一面，才有辦法消解。對於他的墮落心態，我或許太過嚴苛了……由紀子在心中如此問著自己。不管對富岡來說，阿靜是多麼難能可貴的女人，自己都不能輸給阿靜。但是為什麼富岡跟自己在這段日子會如此不斷沉淪……？難道是因為做了太多不可能實現的美夢，因此互相產生了反感？倘若阿靜是兩人之間的唯一阻礙，當初兩人沒有理由會一度企圖殉情。從發生那件事到今天，已經過了兩個多月，或許阿靜的亡魂已經對富岡失去了束縛的力量。

「大嬸，我跟妳說……這個人是我的舊情人。」

原本正在收拾碗盤的婦人拿起那本雜誌，看著由紀子所指的目次頁上頭的名字。那婦人名叫阿茂，兩個兒子都死於戰爭，原本做的是海產買賣的生意。她的丈夫也在今年春天去世了，由於發生太多不幸，才會成為大日向教的信徒。伊庭派她到由紀子的住處幫傭，是看上了她這個人口風很緊。

「這個字是什麼意思？」

「漆，讀作『URUSHI』，就是那些托盤跟碗上頭塗的漆。」

「妳老公從前做的是漆的買賣生意？」

「不是，妳誤會了。他從前可厲害了，是農林省的官員……戰爭期間，我在農林省當打字員，後來以軍屬身分前往了法印，在那裡遇上了他，兩人一見鍾情。」

由紀子愈說愈是感傷，不由得眼角發熱。

「戰爭剛結束的時候，我們依依不捨地各自回到了內地。不知道為什麼，當初在南洋的時候，我們明明互相深愛著對方，但是一回到內地，我們就疏遠了。我跟他還曾經一度去了伊香保，想要在那裡殉情呢……」

阿茂慢條斯理地拿著抹布擦拭小桌子，一邊聽著由紀子描述往事。

「我們在伊香保因為缺錢花用，所以他將手錶賣給了一家小酒館的老闆。但是他不曉得是著了什麼魔，竟然跟那個老闆的妻子發生了曖昧關係。我們明明是去那邊殉情，為什麼他的心態還是搖擺不定……？因為那件事的關係，我再也沒辦法相信他……後來我變得自暴自棄，感覺活著好痛苦，幾乎快要窒息。其實我根本不喜歡伊庭。每個人在飢渴的時候，或許都會像這樣自暴自棄吧。當這股飢渴感滲透到了內心深處，一個人就會變得像餓狼一樣。就算兩個人互相深愛著對方，但是當雙方都感到飢渴的時候，或許就會變得互相討厭吧……當一艘船航行在平靜的海面上，坐在船上的人當然不會暈船，但這艘船如果是在暴風雨的日子裡啟航，船上的人不管過去有著再多美好的回憶，一定也會吐得亂七八糟吧……我猜大概就是這麼回事……我雖然回到了伊庭的身邊，但是現在的我已經吐到沒有東西可吐了……我一直很討厭伊庭，他是一個比我還壞的惡棍。雖然我現在也很壞，但是他比我還壞得多……還有那個教主也是個壞人。大嬸，妳被他們騙了……」

「其實這一點，我心裡很清楚。但是現在沒有大日向教的信仰，我已經無法活下去了。不過我信的不是教主或伊庭，那兩個人只是小人物而已……」

由紀子聽阿茂說她雖然信奉大日向教，卻不信教主及伊庭，宛如受到了一記當頭棒喝。過去對她頤指氣使的態度，這時已消失得無影無蹤。

「是真的，我信奉的是眼睛看不見的大日向神。」

「但是天底下哪有什麼大日向神？」

「請妳聽我說，有時我看著自己的指甲，會覺得天底下再偉大的發明，恐怕也比不上自己的一片指甲。真正的神蹟，其實就體現在這指甲上。人的指甲，可是比原子彈還可怕。我真的是這麼認為。所以光從指甲，就可以證明神就住在人的身體裡。不管是多麼偉大的科學家，也沒辦法發明一片指甲吧。沒錯，絕對沒辦法……但是父母懷胎十月，卻能生下帶有指甲的孩子。如果沒有神的話，又怎麼會有人……？可惜人是一種充滿了煩惱的生物，所以如果失去了信仰，我就沒辦法活下去了。由紀子小姐，我建議妳馬上去找妳喜歡的那個人，把妳的心意好好對他說清楚吧……男人大都缺乏深厚的信仰，所以在生活上往往會鑽進死胡同。不過只要女人好好向男人解釋一番，我相信男人也會理解的。不，其實女人什麼也不用說，只要陪伴在男人身邊就行了……」

由紀子嗤嗤笑了起來。上一次發出這麼爽朗的笑聲，已不知是多久以前的事了。

49

靠著《漆的故事》所領到的稿費，富岡終於能夠勉強維持住生計。不僅把積欠已久的房租繳掉了一部分，而且剩下的錢還夠生活兩個月左右。如今的富岡，已經有些習慣於孤獨了。過去富岡一直想要寫一篇關於某農林技師在南洋的回憶，投稿至農業雜誌，如今這篇文章也已經慢慢開始著手了。在這篇文章裡，富岡主要想要描述的是自己對於南洋林業所懷抱的一股類似鄉愁的情感。當初在法印的時候，其實富岡曾經寫了非常多的研究筆記本，可惜這些筆記本全都沒有辦法帶回日本。如今富岡只能盡量挖掘當初的記憶，將這篇文章完成。倘若能夠順利寫完，並且獲得雜誌社青睞，將這篇作品付梓出版，也算是能夠撫慰加野的在天之靈吧。在富岡的心中，這同時也算是對法印那片土地及在那土地上犧牲生命的居民所獻上的一番心意。

安南人不論身分尊卑，都對大自然抱持著極強烈的信仰。安南人認為在自然社會上所發生的一切現象，都與精靈有關。在世時的一切生活，都受精靈的活動所影響，而且一切的禍福吉凶，都可以經由精靈的暗示而略知一二，這就是安南人的信念。

富岡還記得當初剛抵達大叻的那一天，在林野局的事務所內，局長將自己介紹給加野。當時加野的辦公桌上放著一小塊木片。

「富岡先生，你見過真正的伽羅木嗎？」

加野忽然將那一小塊木片舉到富岡的面前，笑著如此說道。

「自從來到了戰地之後，沒有機會接觸女人，所以我開始研究沉香木。你看，很雅致吧……？」

富岡的這篇文章，就從剛到法印時第一次看見伽羅木的回憶談起。事實上伽羅木是日本人的稱呼，同樣的樹種在中國則稱為沉香木，這也是來自加野的知識。當初富岡前往位於西貢的農林研究所時，曾在盧索街上鄰近植物園的林業部長的房間裡，看見一棵約有柴魚塊那麼大的壯觀伽羅木。

部長莫朗告訴富岡，伽羅木的法文稱作「bois d'agar」。中國人從漢武帝時期就開始使用伽羅木，在印度、埃及、阿拉伯的歷史則更加悠久。安南人的精靈崇拜，正與伽羅木有著密不可分的關係。安南地區到處都有寺院，而每座寺院都經常會焚燒伽羅木。伽羅木的價格等同於相同重量的黃金，而最高品質的伽羅木產於安南的南部地區。富岡回想起來，自己剛認識由紀子的時候，曾經把一片小指頭大小的伽羅木放到她的枕頭底下。只要到安南的寺院去，給僧侶塞點錢，就能拿到一小片伽羅木。在富岡的眼裡，安南人的宗教及薰香似乎有著某種神祕的關聯性。

富岡不斷寫下去，已寫了大約兩百張稿紙。在撰寫的過程中，富岡發現了一個事實，那就是由紀子的事情幾乎與法印那塊土地上的種種回憶沒有太大關聯。反而是那安南女傭懷孕生子的事情，在富岡的心中留下了更深刻的印象。到頭來，富岡甚至覺得自己真正無法忘懷的不是那些人，而是法印那片土地所帶有的香氣及景色。

富岡愈來愈少到看守所探望清吉，這一個月來連一次也沒去過。富岡雖然不斷改變自己的焦點，但是從來不曾為一件事徹底燃燒。富岡感覺自己有如微弱的火苗，飄落在巨大的社會齒輪之外。鋃鐺入獄的清吉，與保持自由之身的自己，其實並沒有什麼不同。甚至可以說那些囚犯才是真正的善人，而遭遺棄在這個社會上的自己這種人，才是真正的囚犯。刑法的良心在哪裡，富岡不禁暗自提出質疑。明明殺害阿靜的幕後黑手是自己，清吉只像是聽命行事的獵犬而已。然而清吉卻遭到囚禁，等於是親手毀了自己的一生，這是一件多麼愚蠢的事情。富岡一想到清吉，內心便因為良心呵責而坐立難安。清吉確實是動手殺了人，但自己的所作所為難道就不算動了手嗎？

每次到看守所，清吉的表情都遠比富岡原本的預期要開朗得多。律師曾形容清吉有著陰鬱孤獨的性格，富岡愈來愈覺得這句話相當可疑。雖然富岡一再提醒自己別去多想，但每次寫稿到一半，腦海都會浮現清吉那笑嘻嘻的表情。獵犬被關起來了，獵人每次去探望，獵犬都是一副滿不在乎的態度……那表情總是讓富岡看得心裡發毛。當年加野遭西貢的憲兵隊逮捕，在本質上也跟這次的事情大同小異。如今加野已經不在這世上了，但是當初他臥病在床的時候，富岡一次都不曾前往探望過他。兩人還來不及和解，加野就孤獨地死了。

唯有由紀子，曾經到橫濱探望過加野。據說加野為了傷害過由紀子一事，向她道歉。但是富岡細細回想當時的經過，總覺得結了瘡疤的應該是自己的卑劣性格。

每到深夜，富岡就想要喝個爛醉。一天只能寫五、六張稿紙，把南洋林業的回憶轉換成錢的速度實在相當緩慢。每次想喝酒的時候，富岡就會把阿靜的家具及衣物賣掉。小櫃子賣掉了，行李箱賣掉了，就連衣服也賣得一件不剩。上次那間小酒館，富岡已去了七、八次，跟那個有一雙美麗眼睛的少女也已經能夠閒聊兩句。

曾經有兩次，少女來找富岡收過酒錢。那天晚上，富岡提不起勁寫稿，想到好久沒洗澡了，於是拿起牆上的毛巾，想要上公眾澡堂。驀然間，牆壁的另一頭隱約傳來女人的歡笑聲。一時之間，富岡誤以為聽見了阿靜的聲音。當初在伊香保，富岡與阿靜在深夜手牽著手一同走下狹窄的石階時，阿靜確實也曾發出這種若有深意的笑聲。富岡忍不住仔細聆聽從牆壁中透出的女人笑聲。

下一秒，門口的方向忽然傳來一聲「叔叔」。轉頭一看，原來是那大眼睛的酒館少女，手裡捧著兩、三本雜誌，正在房門外探頭探腦。

「原來是妳……」

「一個人？」

「是啊，一個人。怎麼，又來收錢？」

「不，我是來玩的。」

「噢……？」

富岡不禁心想，這女孩可真是大膽。她衝進了房裡，將拎在手中的骯髒拖鞋塞進床底下。接著她毫無畏懼地在床邊坐了下來，嗤嗤笑個不停，不知在笑些什麼。富岡心想，原來是這女孩的笑聲，於是走了過去，坐在她旁邊。富岡將手搭在少女肩上，將她摟了過來，少女張開稚嫩的雙唇，仰頭看著富岡。富岡仔細打量少女，發現她有一張南洋臉孔。在法印的時候，幾乎每個女人都是這副長相。少女頂著一張微黑的臉，目不轉睛地看著富岡，說道：

「我爸爸老是罵我，所以我故意離家出走，想要嚇嚇他……」

「妳爸爸罵妳，是因為妳老是做壞事吧？」

「才不是，是他自己神經衰弱。最近爸爸跟媽媽在鬧分居，爸爸每天都心情煩悶。我上次還在派出所裡睡了一晚呢。晚上的派出所真有意思……」

「妳睡在哪裡的派出所？」

「很遠的。警察是個好人，對我很好。」

富岡實在不懂這個女孩的心裡在想什麼。

50

不知不覺已經入冬。

富岡忍受著貧窮，以《某農林技師的回憶》為名，寫了將近五百張稿紙。沒想到在投稿的時候，卻遭遇了重大挫折。雜誌社的人告訴富岡，最近這陣子出版界的景氣太差，不適合在這個時候出版新書。富岡登時大失所望。原本富岡的生活就很不安定，有如站在陡峻的斜坡上，隨時會滑下坡底。如今又失去了這最後的指望，生活終於徹底陷入困境。富岡只好靠著上職業介紹所，以及拜訪從前在農林省工作時的朋友，想要重新找份工作。

然而找來找去，實在找不到合適的。富岡躺在沒有暖爐的冰冷房間裡，雖然心裡不時想起由紀子，卻只是愈想愈自卑而已。由於付不出房租，不時遭房東驅趕，老母親偶爾也會從浦和大老遠跑來，向富岡抱怨沒錢可以生活，以及強調邦子的病情有多麼嚴重。

正月的某個下著雪的清晨，富岡接到一通電報，得知了妻子邦子的死訊。富岡立即將房間裡的那張床賣給中古商，換來一些盤纏趕回浦和。邦子在世的時候，因為家裡實在太窮困，身體一天比一天衰弱，最後終於在病榻中斷了氣，那死法幾乎跟自殺沒兩樣。

除了長期身體衰弱之外，邦子還罹患了結核性淋巴腺炎，必須動手術才能治癒。但醫生知道邦子家裡沒錢，再加上身體實在太衰弱，也不給她動刀，只叫她多呼吸新鮮空氣，以及多吃魚肝油。除此之外，邦子的鼠蹊部還長了膿瘍，必須立刻動手術插入排膿用的橡皮管才行，否則會有生命危險。但邦子也只是強忍著病痛，直到最後都沒有辦法接受手術，終於就這麼撒手人寰，死得可說是相當悽慘。

家裡剩下的錢，甚至不夠為邦子買棺材。跟當初阿靜的過世比起來，邦子的過世一點也不令富岡感到難過。富岡的心中只是有些自責，畢竟自從戰爭結束之後，自己從來不曾好好照顧過邦子，如今她過世了，自己竟然淪落到連棺材也買不起。

這一天，從一大早就不停下著雪。

此時富岡身上的錢，別說是找和尚來誦經，就連找人將遺體運到火葬場也不夠。富岡一咬牙，穿上父親的老舊外套，一大早趕回東京，決定向由紀子借一些錢來應急。富岡照著由紀子寄來的信上所寫的地址尋去，找到了由紀子的住處，門口的名牌上所寫的姓氏卻是「伊庭」。那是一棟小巧別致的兩層樓建築，塗上了油漆的圍牆門內有一棵結著紅色果實的長青樹，樹上覆蓋著白雪。富岡才將手放在玄關處的格板門上，忽然聽見門內響起了刺耳的犬吠聲。富岡鼓起勇氣，拉開了那道嵌著毛玻璃的格板門。

由紀子從屋內盡頭處的樓梯走了下來，手上竟然抱著一隻白色小狗。由紀子的身上穿著黃色外套及黑色長褲，她一看見穿著寒酸的富岡，先是愣住了，一句話也沒說，動都不動地站在門口。

此時的由紀子已與夏天時截然不同，不僅臉型變得圓潤，體態也顯得年輕而豐腴，彷彿又回到了當初在法印時的她。那隻狗的身上有著雪白長毛，正吐著紅色舌頭，神經質地不斷朝著富岡吠叫。由紀子一邊用力拍打狗的頭，一邊說道：

「咦?怎麼是你……?」

短短的時間裡，女人的變化竟然可以如此之大，富岡也不禁露出驚訝表情。由紀子立即帶著狗上了二樓，不久後樓上傳來粗魯地關上紙拉門的聲音，由紀子馬上又下樓來，將富岡帶進了茶室。由紀子背對著富岡，偷偷吐了舌頭。看來富岡終於落魄到得來向自己求助了，由紀子心裡不禁感到痛快不已。

由紀子一眼就看出，富岡是來向自己借錢的。她拉開桌爐上的柔軟被蓋，開啟電源開關，故意不轉頭望向富岡，以甜膩的聲音說道：

「天氣冷，進桌爐裡坐吧。」

「妳變了好多。」

富岡也不脫外套，老老實實地進了桌爐，目不轉睛地看著由紀子說道。

「怎麼個變法？」

「變年輕了。」

「真的嗎？我在這裡的生活可也不是每天無所事事……」

由紀子也面對著富岡坐下。她看起來像剛洗完澡，雙手膚色紅潤。旁邊一座頗大的陶瓷火盆，擺在上頭的鐵茶壺正不斷冒出騰騰熱氣。拉門的旁邊有一座三面鏡，三面鏡的旁邊有個小小架子，上頭擺著一個玻璃盒，盒裡擺著汐汲人偶[54]。

「妳應該猜得到我為什麼來找妳吧？」

富岡原本打算在門口時，就開門見山地說出想要借錢的來意。如今坐進了桌爐裡，目睹了由紀

54　汐汲：傳統日本人偶的打扮之一，取材自歌舞伎戲碼《汐汲》。

子現在所過的生活，反而有些難以啟齒。二樓不斷傳來狗吠聲。「伊庭呢？」富岡問道。

「到教團去了。」

「這屋子裡只有妳一個人？」

「本來還有個來幫忙的大嬸，但她也出門買東西去了。」

「簡直像貴族一樣……」

「是嗎……？」

由紀子雖然面無表情，內心卻暗自竊笑。這樣就算是貴族？

「自從戰敗之後，男人就一蹶不振，反倒是女人愈來愈堅強……」

由紀子一邊泡茶，一邊若無其事地說了一句：「是嗎？」相較之下，富岡的年紀卻像是老了兩、三歲，由紀子以眼角餘光朝富岡一瞥，不禁感慨自己朝夕思念的富岡怎麼變成了這副模樣。但是另一方面，由紀子卻也不禁為自己的冷酷感到有些不可思議。

「邦子昨天死了。」

「咦？你老婆去世了？」

由紀子一聽，霎時瞪大了眼珠。過去曾見過兩次面的邦子那臉孔，浮現在由紀子的腦海。由紀子永遠忘不了，當初追著富岡跑的時候，曾經在五反田的富岡住家附近遇上過富岡的妻子。驀然間，由紀子的淚水如湧泉般傾瀉而下。原本像個無賴漢一樣來跟從前的女人要錢的富岡，在看到由紀子的淚水的瞬間，也不禁有些手足無措。從前跟這個女人一同吃苦的回憶驟然湧上心頭，讓富岡原本充滿暴戾之氣的內心受到了強烈撼動。富岡默默看著嚎啕大哭的由紀子，一時不知該說什麼才好。

事實上由紀子哭泣的原因，並不是感傷於自己與富岡從前的回憶。由紀子只是因為回想到從前的自己有如一條無家可歸的野狗一般落魄，才不禁悲從中來。但由紀子發現自己的淚水對富岡發揮了意料之外的效果，索性更加放聲大哭，拿起鏡台上的溼毛巾摀住了臉。

剛開始，富岡只是愣愣地看著由紀子哭泣，但感覺心中的悸動愈來愈強烈，那毛巾上的香水氣味，更是不斷挑逗著富岡的鼻子。富岡於是湊到由紀子的身邊，摟著由紀子的肩膀，拉開了毛巾。由紀子暗自竊喜，心想富岡還是深深愛著自己。富岡捧住了由紀子的柔軟脖子，兩人激烈地擁吻。富岡感覺鼻中聞到的香氣是如此新鮮，彷彿自己正在懷抱著一個從來不曾抱過的女人。富岡猴急地抱住由紀子的豐腴腰際，由紀子則有如正在接受診療的病患一般，任憑富岡擺布。兩人之間的祕密回憶，就這樣在陰錯陽差之下，歷經共通的過程，讓兩人分享了心中最大的痛楚。

51

時鐘響起了十二點的報時聲。雖然是大白天，富岡還是向由紀子借了浴室。回想起來，已經有五、六天沒有洗澡了。如今終於有機會入浴，富岡的心情就像是從貧窮的生活中獲得了解放。貼著藍色磁磚的小浴缸裡，盛了滿滿的熱水。富岡一邊以白色的外國肥皂洗澡，內心一邊為臨死前瘦得不成人形的妻子感到不捨。小小的窗戶外積滿了白雪，富岡看在眼裡，感覺彷彿正在看著龐大而駭人的社會剖面圖。如今的富岡，已經無法把心思放在任何事物上，宛如漫無目的地走在一望無際的雪原之中。這種蕭瑟淒涼的情緒，一直吸附在現實生活中的腳底，完全無法甩去。瓦斯鍋正不斷發出蒸汽的咻咻聲。

富岡任由柔軟的蒸汽籠罩著自己的臉，面對著鏡子剃去鬍子。手中的安全剃刀，應該是伊庭平常使用之物。但富岡心想，到了這個地步，也沒什麼好顧忌了。於是富岡抱著一顆忐忑不安的心，將安全剃刀抵在自己的臉上，一點一點地刮去鬍子。歷經了詭譎多變的時局，沉淪到了眼下這個地步，富岡不禁為自己的卑賤感覺到深深的無奈。人是一種單純的生物。任何一點瑣碎的小事，都會讓眼前的現實產生變化。不過要讓一個人受傷，事實上並沒有那麼容易。即使歷經了風風雨雨，人還是能夠立即站起來露出微笑。由紀子抬頭看了一眼時鐘。幸好阿茂還沒回來。她每次出門辦事，總是很晚才回來，今天又比平常更晚得多。一點的時候，由紀子必須前往教團，接替大津霜的事務工作。由紀子下定了決心，今天要把金庫裡的所有錢都偷走。

教主成宗專造的寢室裡，有一座大金庫，整個教團的所有資金都藏在那裡頭。另外在諮詢櫃台處還有一座小金庫，平常裡頭總是放著二、三十萬現金。這陣子大日向教的聲勢更加驚人，信眾的捐款也如流水般不斷湧入。在捐獻室裡，擺著堆積如山的時令水果、蔬菜及布匹。

由紀子準備好了午餐，還在桌上放了一瓶伊庭平常喝的三得利威士忌。就在這時，富岡也紅光滿面地從浴室走了出來。富岡看著由紀子的俐落動作，內心不禁有股奇妙的感觸。彷彿自己成了竊賊，正在偷窺著兩人之間濃情蜜意的時光。二樓依然不斷傳來刺耳的狗吠聲。富岡鑽進桌爐裡，一時感覺有些天旋地轉。三杯威士忌下肚之後，刺激著全身的酒味讓原本消沉的心情也變得開朗了些。

阿茂終於回來了。她看見屋裡有陌生客人，先是愣了一下，但一看由紀子對那客人的態度，登時明白他就是由紀子上次說的那個寫漆的文章的舊情人。由紀子從衣櫥裡取出了兩萬圓。雖然有點不捨，但還是大方地拿報紙將錢包住，偷偷塞進富岡的座墊底下。富岡以眼神表達了感謝之意。

到了一點，由紀子出門前往教團，富岡也一同走出了門外。由紀子慢慢往前邁步，問道：

「接下來你有什麼打算？」

「妳看也知道，已經走投無路了。這筆錢短期之內大概還不了，妳真的願意借我？」

「嗯，拿去吧。我想問的不是這個。你現在還是住在目黑的那個房間裡嗎？」

「是啊。」

「我們以後還能見面嗎……？」

由紀子實在不想再與富岡分開。既然邦子已經死了，照理來說，自己應該能夠從此光明正大地與富岡在一起才對。但畢竟富岡才正要去買棺材，由紀子也不好現在就和他討論兩人復合的事。富岡聽到由紀子這麼問，內心當然明白由紀子的心情，但不知道為什麼，就是沒有心思談論這些。何況自己現在毫無生活能力，也不能對由紀子提出什麼要求。

兩人就這麼帶著欲言又止的心情，在田園調布的車站分開了。

由紀子穿著伊庭的長靴，踏著雪前往教團，與大津霜交接了工作。大津霜從今天起，要與教主兩人一同到熱海旅行。由紀子坐在電暖座墊上，看著庭院裡的雪景，久久不能自已。雖然雪早已停了，但是在鉛灰色的天空上，隱約還透出了有如石油一般的冰冷色彩。由紀子雖然同情富岡的貧窮，但是另一方面，卻也因為富岡毫無生活能力而逐漸不再認為他是一個具有魅力的男人。剛才由紀子一心只想要打開自己背後的金庫，帶著所有現金跟富岡一同逃走，此時卻有些遲疑了。不過反正還有兩、三個小時可以慢慢思考，由紀子也不焦急。諮詢櫃台處的燈亮著，伊庭似乎跟幾個較熟的信徒在教主的房間裡喝酒，講堂上則有二十多個虔誠的信徒，正跪坐在冰冷的木頭地板上祈禱著。

坐了一會，電暖座墊讓腰臀變得溫暖之後，由紀子回想起了剛剛富岡那強而有力的粗魯行為，不禁面露微笑。集中於肉體的一點上的強烈觸感，在由紀子心中形成了久久無法消褪的深刻回憶，讓由紀子再也無法對富岡保持冷靜。被富岡的一切深深吸引的感情，創造出了自己的每一滴血液，有如身為女人的最後矜持。彷彿唯有在面對富岡的時候，自己才能放開一切追求愛情。一股激昂的思潮，讓由紀子再度將注意力轉移到身後的金庫上。由紀子朝著金庫，伸出了宛如鷹爪一般的五指。雖然金錢如流水般不斷湧入金庫，但是對由紀子而言，如今的生活卻是平凡而枯燥的。心情煩悶的感覺說什麼也無法抹除，由紀子一心只想逃離如今這個莫名其妙的生活。在這樣的角落獨自咬牙苦撐，讓由紀子感覺到心頭有著難以忍受的寂寞。

由紀子假裝若無其事地翻開隨喜簿，發現今天剛好有人捐了不少錢。打開金庫一看，裡頭有著將近六十萬的鈔票。

四、五天累積六十萬，從往例來看其實不算特別多。但是對如今的由紀子而言，這筆錢確有著特別的意義。由於大津霜會把每一筆錢都算得清清楚楚，向教主及伊庭報告，因此想要偷偷取走一些而不被人發現，是不可能的事情。依照規定，由紀子必須在傍晚將這些錢送進成宗的寢室，但今天的由紀子實在不想這麼做。藏在成宗寢室裡的大金庫並非每晚開啟，只固定每星期的星期日開啟一次，而今天正是星期日。成宗與伊庭會在每個星期日偷偷計算該星期的收入，但今晚教主不在，或許大金庫會延後到星期一才開啟也不一定。如果延到星期一，那意味著自己還有兩天的時間可以下手。

由紀子在心中想著各式各樣的藉口。當自己逃走之後，阿茂一定會告訴伊庭，家裡曾來過可疑的客人吧。由紀子左思右想，想得有些累了，決定到講堂瞧一瞧。祭壇上點著明亮的電燭台，參拜的信徒們正同聲禱誦。

「大千世界之境為一，眾生誠心之交為道。世人修行不足，終日迷惘徘徊，大日向神賜下娑婆之業，願救人於地獄之中。但借他力，無真實報土之心，終將往生地獄……法蓮華經……偉哉，大日向神所治之境，再無黑夜，但有白晝之光，不使眾生徬徨於無明……」

由紀子坐在木頭地板上，聽著信眾們的合誦，試著雙手合十，閉上眼睛。但是焦躁的思緒有如一團毛線糾結在心頭，完全無法保持冷靜。眼前彷彿有誘人的鈔票左右飛舞著，不管是頭頂上還是眼前，都沒有半點神明的影子，當然也沒有伊庭口中所說的大日向教的神祕能量。天底下根本沒有神。寬敞的木頭地板有如諾亞方舟，載運著無數受到拯救的眾生，卻給人一種陰氣森森的感覺。突然間，滿臉通紅的伊庭從講堂外走了進來。他看起來容光煥發，全身上下英姿挺拔。只見他朝著祈禱中的信徒們左右看了一眼之後，拉開通往邊廊的玻璃門，朝庭院吐了口痰，又粗魯地將玻璃門關上。他見由紀子跪坐在入口處，露出心滿意足的表情，又慢條斯理地走出了講堂。他的背影充滿了自信，彷彿當這群信徒是一群乖巧不惹事的幼童。由紀子轉頭望向閃爍著電燭台光輝的祭壇。在那紫色的幕簾後方，有一面閃閃發亮的鏡子。由紀子目不轉睛地看著那一帶，心中期盼能夠看見一點神蹟，卻什麼古怪的陰影都沒有。庭院草坪上的雪塊逐漸融化成圓弧狀，讓人聯想到光琳[55]的畫作。或許是因為起風的關係，玻璃門不斷發出吱嘎聲響。

一想到富岡的事，全身彷彿被今天早上的快樂時光緊緊束縛住了，再也無法掙脫。

52

富岡為邦子辦完了喪事之後，在浦和住了五天。至少喪禮已經順利結束，富岡這時才有種如釋重負的感覺。富岡把邦子生前所用過的棉被及生活用品全都變賣了，換來了少許金錢。自己與死者之間的回憶，彷彿也隨著這些東西的脫手而煙消雲散。不知道已有多少日子，妻子邦子在富岡的心裡就跟路人沒兩樣。相較於阿靜的回憶所帶來的痛苦，邦子的去世並沒有在富岡的心中留下什麼傷痛。在下葬的同時，富岡心中對邦子在世時的一切回憶都被風吹得乾乾淨淨。邦子作為富岡的妻子，一生幾乎都活在孤獨之中。早在富岡從法印回到日本之後，妻子邦子對富岡而言便已毫無意義。邦子原本是朋友的妻子，富岡將她搶了過來，但兩人的快樂時光只維持了不到兩年，富岡就以軍屬的身分前往法印。如果沒有那場戰爭，或許富岡跟邦子都能過著平凡、安定的公務員生活。那場戰爭讓富岡離開了內地整整五年，在富岡與邦子之間形成了難以填補的距離。不管是對邦子來說，還是對富岡來說，戰爭所造成的負擔都實在太過巨大而沉重。夫妻兩人必須在一片荒涼的廢墟上重新建立生活，卻已喪失了同心協力共同開拓家園的熱情，導致夫妻關係就這麼無疾而終。邦子下葬之後，富岡更是感覺終於放下了肩頭的一塊大石。

年老的雙親告訴富岡，他們想要返回故鄉，也就是上州[56]的松井田，在那裡種植蔬果，平平靜靜地度過餘生。於是富岡將位於浦和的這間狹小屋子，以實拿十四萬左右的價格賣給一個在國鐵上班的男人。富岡將這筆錢全部交給兩個老人，讓他們回故鄉去了。富岡的父親有個弟弟在松井田務農，聽說以前常將倉庫租給疏開者暫住，老夫妻應該會去投靠他吧。

富岡回到東京的這一天，天氣晴朗，踏進房間一看，車站旁邊那間小酒館的女兒竟然在裡頭，正窩在富岡的棉被裡看雜誌。

只見她一副悠閒自在的態度，簡直把這裡當成了自己家。少女一看見富岡走進來，登時漾起微笑。上次她來這裡玩，已經是去年年底的事了，一陣子不見，她竟然燙了頭髮，臉上還化了妝。上次富岡一時興起，抱著好玩的心態吻了她一下，或許是因為這樣，她今天又來了。

「剛剛有個漂亮姊姊來找你，被我趕走了……」

富岡聽了，一時不明白漂亮姊姊是誰。半晌之後，才猜想應該是由紀子吧。

「那個姊姊什麼模樣？」

「她打扮得花枝招展，上半身穿著時髦的條紋外套，腳上穿著尼龍襪，手上還拎著一個閃閃發

55 光琳：尾形光琳，日本十八世紀著名畫家。

56 上州：日本古代國名，又稱上野國，相當於現今的群馬縣。

亮的黑色手提包。她離開前，還在這裡抽了一根菸。」

「妳們還說了什麼？」

「她問我怎麼跟富岡認識的，我說我跟富岡的關係可深了。她皺著鼻頭笑了起來，我心裡氣不過，故意當著她的面鋪了棉被睡大覺。」

「她臨走前，什麼話也沒說？」

「她說還會再來找你，還不斷問我是不是要一直賴在這個地方不走。我對她說沒錯，我是不會走的，她就露出古怪的表情……我很討厭像她那樣的女人，看起來好冷漠，而且她還在房間裡到處查看。或許她不會再來了也不一定，你會不會生氣？」

「妳這丫頭真是的……」

「富岡哥，你喜歡那個女人？」

「妳口中的那個女人是我的老婆。」

「你別騙我，我知道你的老婆被人殺了，大家都這麼說。」

少女發出狡猾的笑聲，從被窩裡坐了起來。她身上雖然穿著外套，但脫掉了裙子，露出底下一條有點骯髒的短襯衣，以及粗厚的膝蓋。富岡將臉轉向一邊，轉開了電熱爐的開關。由於房裡沒有床架，感覺整個房間異常寒冷，待在哪個角落都不舒服。富岡走到桌前坐下，只見桌上擺著一個小化妝鏡、一管變硬的廉價口紅、一把斷了好幾根梳齒的梳子，白粉撒了滿桌。富岡不禁面露苦笑。由紀子見了這副模樣，一定認為自己又偷腥了吧。

「叔叔要工作了，妳快回去吧。」

「我已經無家可歸了。原本我一直待在鷺宮的養靜園，後來我覺得很沒意思，就逃出來了。在那裡整天都要黏貼航空信封，你看看我的手，都已經凍傷了……後來我想到可以投靠你，就逃走了。你要是把我送回家，我又會被趕出去……除了你這裡，我已經沒有地方可以待了。」

「養靜園是什麼？」

「像我這樣的不良少女都會被送到那個地方，整天黏著那些紅藍條紋的信封。剛開始，我還覺得那信封很漂亮，而且黏信封很有意思，但後來我就膩了。那信封看久了，眼前會變得花花綠綠，簡直就像是理髮廳那個像棒棒糖一樣的東西跑到眼睛裡，大家都擔心自己會變成色盲呢。」

富岡只感覺腦袋好累，已不想再動腦思考。或者應該說，生活中的一切都讓自己感到疲累至極。好懷念以前那種平淡的公務員生活。當初嫌那樣的生活太枯燥乏味，如今卻不得不承認那是自己一生中最美好的時期。雖然在那平凡的公務員生活中也有一些煩惱，但是當時的煩惱至少不像現在那麼骯髒齷齪。從前的自己，有時會覺得人生實在太痛苦、太煎熬，忍不住想要尖聲大叫。但是十年後的今天，自己竟然連尖聲大叫的力氣也沒有了。富岡覺得跟從前的自己比起來，內心彷彿多了無數陰影。自己的生活就像發了霉一樣，變得索然無趣，但是自己卻只是以置身事外的冰冷眼神，看著那有如發了霉的人生。少女依然大刺刺地躺在棉被裡。富岡看著她那長著細毛、白粉斑駁不均的臉上肌膚，彷彿看見了戰敗後的社會一角的色彩。說到底，這少女也只是對生活感到疲累而已。

但是在如今的富岡眼裡，眼前這少女實在是太礙事了。

「喂，妳該回家了，我送妳回去吧。」

「不要，我要待在這裡。」

「妳不走，待在這裡做什麼？」

「你別趕我，今天好冷，與其睡在車站，我寧願睡在這裡。我保證什麼事也不會做，你就讓我待下來吧。」

「不行，妳今天還是回去吧，叔叔送妳回去。」

富岡說得毫無轉圜餘地。少女躺在棉被裡沉默了一會，慢慢站了起來，穿上扔在床邊的裙子，拎起一個小小包袱，開門走了出去。她用力甩上了門，令富岡忍不住回頭望了一眼。由於少女臨走前流露出哀怨的表情，因此在她離去後，富岡只是愣愣地站著，心頭充滿了無奈。年輕對那少女而言，似乎僅有壞處而沒有好處。孤獨、愚笨、神經質、歇斯底里。富岡完全想不透，她在街上流浪到底有什麼好處。在富岡的眼裡，她就像一個讓人摸不著頭緒的小惡魔。將來總有一天，這少女不是會進監獄，就是會自殺吧……富岡驀然感到一陣作嘔，一股怒氣竄上心頭，朝著鋪在地上的棉被踹了一腳。

富岡的內心忽然想起了當初將邦子納棺時，邦子那有如煎餅一般又瘦又薄的遺體。富岡踢著棉被，眼睛的深處忽然因為邦子的回憶而感到一陣劇痛。如今那個女人也已經死了，死得像一條破布，完全沒得到一絲一毫的幸福。親手將邦子放入棺材並釘上釘子的記憶，直到如今這一刻，才在富岡的心中喚起了強烈的感傷。

53

由紀子離家時只帶了簡單行李，當然也沒有向阿茂道別。心中暗自下了決定，今後絕不可能再回到這棟房子了。由紀子帶著徹底結束眼前生活的堅定決心，搭著一圓計程車[57]前往了富岡的公寓。沒想到富岡的房間裡竟然有個像瘋子一樣的古怪少女，令由紀子徹底改變了主意。由紀子離開了富岡的房間，坐上等在外頭的計程車，前往了品川車站，再轉搭開往靜岡的火車。由於完全不知道該去哪裡才好，所以由紀子直接買了到靜岡的車票。

由紀子坐在寒冷的車廂裡，看著窗外的黃昏景象發愣，彷彿正在進行著一場臨時起意的旅行。由紀子曾考慮過，不如乾脆回靜岡的老家去看一看，但馬上就打消了念頭。就算回了老家，也沒什麼意思，何況光是會見到從前認識的人，就是一樁煩人的事情。

火車約在八點左右抵達了三島。由紀子決定在這裡轉搭電車，到修善寺看一看。但是搭上電車之後，由紀子看著每個車站的廣告看板，讀著附近旅館的名稱，內心忽然又改變主意，決定在長岡站下車。由紀子於是取下放在網架上的行李，走下了電車。這時夜已深了，由紀子走在這平凡小鎮的街頭，感覺彷彿是走在東京的郊區。路上遇到一個年老的旅館員工在拉客，由紀子於是跟著他走進了一間名為山吹莊的小旅館。那間旅館還很新，建材看起來也相當廉價，但由紀子並不在乎，反正住在哪裡都一樣。一進房間，由紀子連外套也沒脫，立刻就給富岡發了一通電報。

57 一圓計程車：指僅需一圓就能搭乘的計程車。

旅館裡幾乎沒什麼客人，顯得冷冷清清。由紀子將上了鎖的行李箱放進置物架上方的收納櫃裡，然後換上旅館的棉襖，進大澡堂裡泡澡，心情卻依然激動不已。這次捲款六十萬圓逃走，雖然心裡有一絲罪惡感，但由紀子對伊庭及成宗並沒有絲毫懼意。手中握有六十萬圓當然是一種幸福，但由紀子此時所感受到的幸福卻不是六十萬圓能夠買到的。由紀子甚至覺得這個決定實在是下得太晚了。

泡完了澡之後，由紀子坐在服務生送上來的料理前，內心的飢渴卻無法獲得滿足。走出旅館，來到寒風陣陣吹襲的街上，由於放眼望去每條路都相當昏暗，由紀子只能在水果店裡買了一些橘子，就回旅館了。內心實在太渴望能夠見到富岡，因此由紀子又寫了一通電報，委託女服務生幫忙發出去。就算被當成怪人，由紀子也毫不在意。在女服務生的面前，由紀子故意以半開玩笑的口吻，強調自己正在等待情人前來相聚。原本好不容易得到了一大筆錢的由紀子，一心只巴望著立刻與富岡重新復合，從此過著快樂的日子。但如今擁有龐大錢財的幸福感，卻反而帶給由紀子更強烈的孤獨。

這天到了深夜，由紀子依然遲遲無法入眠。躺在有著漿水味的床單上，聽著陣陣寒風在窗外呼嘯而過，對富岡的思戀更是有如烈火一般熊熊燃燒。整個晚上，由紀子好幾次下床打開收納櫃，確認自己的小行李箱還好端端地躺在裡頭。

由紀子就這麼輾轉難眠，直到清晨。

富岡來到位於長岡的山吹莊，是在由紀子發出了第四通電報之後。當時由紀子正在吃晚餐，總管忽然來到房門外，喊了一聲「有客人」。下一秒，富岡就從後頭走進了房裡。富岡的身上穿著相當寒酸的外套，沒有戴帽子，一臉憤怒神情。一坐下，他就氣呼呼地說了一句：「我不來，妳就要自殺？天底下怎麼會有人發這種電報？」

由紀子心裡竊喜，至少富岡還是來了。好希望能夠與富岡分享這兩天來的不安。由紀子立刻點了酒，帶著滿心的雀躍，迫不及待地等著富岡泡完澡回來。服務生出言調侃了兩句，明明沒說什麼好笑的話，由紀子卻是嗤嗤笑個不停。

富岡終於泡完澡回來了。用餐時，富岡問道：

「妳是什麼時候來的？」

「昨晚。你接到電報，一定嚇了一跳吧？」

「嗯，隔壁房間的太太露出一副摸不著頭緒的表情。」

「因為我真的很希望你來見我，我有好多話要告訴你。我已經離開伊庭身邊了。」

富岡聽了也不驚訝，問道：

「為什麼？」

「什麼為什麼？當然是因為忍受不了那樣的生活，所以逃出來了，而且我還幹了一件壞事……」

由紀子把自己從教團偷出了六十萬圓的事情告訴了富岡。口氣天真無邪，有如惡作劇的孩子。

「伊庭搞不好已經報警了。」

「他們做了那麼多虧心事，才不敢報警呢。他們搞了那個宗教出來，可不知賺了多少錢，我要是被警察逮捕，一定會把他們的祕密都給抖出來，所以他們應該是不敢輕舉妄動才對。區區六十萬，對他們來說，只像是壞了一輛車……反正他們做這種無本生意，賺的也是不義之財……」

「妳做這種事，恐怕會遭到報應……」

「大日向教的神根本是假的，哪會有什麼報應。伊庭的錢多到可以買一棟房子讓我住，這點錢對他來說根本不算什麼……」

「真是有錢……看來搞宗教真的撈很大。」

富岡喝了兩、三杯酒，有了些醉意，兩人之間的氣氛也愈來愈融洽。由紀子不斷說成宗及伊庭的壞話，其實或多或少也抱著為自己脫罪的心態。富岡不禁心想，自己跟由紀子的關係能維持這麼久，或許是命運的安排吧。阿靜跟邦子都死了，唯獨眼前這個女人活了下來，而且還擁有如此強悍的意志力。今後兩人的關係可能會逆轉，從此被她掌握主導權也不一定。

由紀子的心中，則回想起了大日向教的祝禱之語中的那句「世人修行不足，終日迷惘徘徊」。然而此時的由紀子，內心卻充滿了自暴自棄的想法。就算迷惘徘徊，那也沒什麼不好。就算明天會被伊庭抓回去，此時此刻也已經心滿意足了。兩人用完了餐點，召喚女服務生來收拾餐盤，同時多要了幾瓶酒。

「回想當初在伊香保的事情，真的沒想到我們還會活這麼久……」

「這些日子都是多活的……」

「是嗎……？這段日子，你應該也經歷了很多改變吧？別的不說，至少你遇上了阿靜……」

富岡沒答話。

「如果阿靜沒有死得那麼慘，現在的我應該會更加幸福吧。你現在的表情，簡直就像是被阿靜的亡魂附身了一樣，讓我愈看愈是不甘心。我可不是因為喝醉了才說這種話。過去我們哪有機會像這樣坐下來好好談。我好恨阿靜，就算她已經死了，我還是好恨她。我好討厭那個女人……」

「妳把我叫到這裡來，就是為了跟我談阿靜的事？」

「才不是呢。我根本沒把那種事放在心上……我只是看了你的陰暗表情，總覺得那個女人的靈魂還依附在你身上的某個地方……為什麼當初在伊香保，我們沒有死得乾脆一點？」

「現在呢？妳現在想死嗎？」

「你呢？」

「死不了了……」

「嗯……是啊，我也感覺死不了了。」

「我們都已經沒有死的必要了。時間為我們巧妙地解決了一切。」

「咦？什麼意思？」

「沒有什麼深意……」

「你的意思是，我們能夠永遠在一起了？」

「永遠在一起？這個嘛，恐怕很難吧。我打算明天就回東京……」

或許因為喝醉酒的關係，由紀子一聽到不能在一起，頓時眼前一片模糊，眼淚潸潸滑落胸口。

她扭曲著嘴唇，以哽咽的聲音問道：

「為什麼？」

「到目前為止，我已經給妳添了不少麻煩。妳問我為什麼不能在一起，倒也沒有什麼特別的理由。妳也知道，現在的時局這麼糟糕，我聽到妳特地從教團偷了錢出來，心裡實在覺得對妳很不好意思。但我短時間內不想要妻子或情人，現在我只想要認真做好自己的工作。我已經習慣貧窮的生活了，而且我最近就會搬離那個房間。我希望我們好聚好散，請妳別再來找我了，好嗎？」

由紀子頓時感到胸口劇痛不已，同時有一種錯覺，彷彿那六十萬的鈔票重重地壓在自己的頭頂上。

54

由紀子聽到「好聚好散」這句話，目不轉睛地凝視著富岡的臉。他甚至還說，不想要妻子或情人。由紀子沉默不語，心裡不禁想著，就算他的內心有什麼盤算，也不該對我說出如此冷酷無情的言詞。

富岡喝醉之後的反應，與過去頗不相同。

只見他將手肘拄在桌上，一邊喝酒，一邊以一雙空洞無神的眼睛凝視著由紀子。由紀子從來不曾見過富岡露出那樣的神色，心裡甚至懷疑，這才是眼前這個男人與生俱來的真正表情。此時富岡的臉頰非常瘦削，撩撥額頭劉海時會忍不住抓扯頭髮，眼睛周圍紅腫，敞開了棉襖的前襟，不時拍打著紅褐色的胸膛，這一舉一動，都讓由紀子感到極度陌生。由紀子抱著第一次認真觀察富岡的心情，凝視著富岡的臉孔，鼻中驀然聞到一股充滿男性魅力的強烈體臭。或許正是這股氣味在誘惑著女人吧。由紀子朝著富岡舉起酒杯，自己也有了醉意。

此刻的由紀子，心裡只想大醉一場。自己想盡辦法帶了那麼多錢逃出來，富岡卻完全不領情。由紀子不禁心想，或許是自己今天早上的想法太天真了……明知道兩人就算真的在一起，也沒辦法好好相處，但由紀子就是無法對富岡輕言放棄。

隨著醉意愈來愈濃，由紀子感覺全身的皮膚開始麻痺，有如吃了毒河豚一般。好想趁著這股醉意，對著富岡破口大罵。但是當由紀子回過神來，發現自己又聊起了法印的回憶。

「好吧，我不像你那麼絕望。我一定會努力活下去，你就盡量去找其他女人吧。當初在河內露營時，我讀了一本名叫《俊友》[58]的小說，你就跟那小說裡的男主角一模一樣……只不過那小說裡的男主角是個流浪漢，完全靠釣女人來出人頭地，而你不想出人頭地，只是想釣女人而已……」

富岡並沒有讀過那本小說，聽由紀子說自己釣女人，不禁有些生氣。他抓住由紀子的手腕，將由紀子拉了過來，說道：

「妳把我叫到這裡來，就為了對我說這些？就算妳帶來了一千萬，我也不放在眼裡……只不過是從教團裡偷了些錢出來，別在我面前露出一副立了大功的表情……妳要是真的那麼想念我，怎麼會跑去投靠伊庭？」

「什麼？你竟然對我說這種話！你滿腦子只想著自己，從來不曾替我想過……」

富岡放開了由紀子的手，說道：

58 《俊友》（*Bel-Ami*）：出版於一八八五年，作者為莫泊桑（Guy de Maupassant）。

「好，那妳就儘管去釣男人吧。」

富岡躺了下來，閉上雙眼。不知道為什麼，腦海裡驀然浮現了當初前往順化，住進克里蒙梭橋旁邊的大飯店裡的回憶。當時富岡在順化住了數日，目的是為了向山林局的馬爾岡索討一些樹木種子。那時候自己可以氣定神閒地住在大飯店裡，此時卻是落魄潦倒，還在心裡偷偷覬覦女人偷來的六十萬圓……富岡不禁在心中對自己發出訕笑。由紀子說自己釣女人，或許確實沒錯。

最近有個以前在農林省工作的朋友，詢問富岡要不要到位於日本最南端的屋久島工作。富岡雖然心裡極不想回去當公務員，但最後如果走投無路，除了重操舊業之外，似乎也沒有其他辦法。

除了這個工作，富岡還有兩個選擇。其中之一，是到位於和歌山縣高池町的林業實驗場擔任技師。

不過比起高池町的林業實驗場，富岡還寧願選擇前往南方孤島屋久島的營林署工作。那朋友告訴富岡，如果你對高池町的林業實驗場沒興趣，也可以選擇同為和歌山縣的伊都郡九度山町的高野營林署，那裡也有適合你的職缺。富岡回答如果找不到其他工作，就會前往投靠。比起在東京遊手好閒，富岡認為再次深入山中也是不錯的選擇。但富岡原本擔心如果要前往遠在南方的屋久島，勢必得要拋下臥病在床的妻子及年老的雙親。為了讓他們能夠衣食無缺，一定要做好萬全準備才能出發。但如今邦子已過世，雙親也隱居到松井田去了，此刻自己孑然一身，明天朋友應該就會發布人事命令，讓自己前往屋久島赴任。

屋久島是個什麼樣的地方，富岡完全沒概念，只知道著名的屋久杉是產自那裡的原始森林。

在富岡的印象裡，屋久島幾乎跟無人島可以畫上等號。朋友聲稱屋久島現在完全是靠著營林署在維持運作，但是居民都很純樸。那朋友還笑著說，屋久島是個一年到頭都在下雨的地方，如果要去那裡，一定要有所覺悟。

但富岡還是認為如果要回去當公務員，與其到和歌山縣的高野山，不如乾脆去屋久島。從地圖上來看，屋久島是一座圓形的島嶼，位置在種子島的附近。

富岡閉上眼睛，思考著前往屋久島的行程規畫。由紀子將身體湊到了富岡的腰際附近，嘴裡碎碎念個不停，富岡已有些睡意，完全沒理會。

由紀子湊到了富岡的身邊之後，將臉埋在他的胸口，說道：

「你的心為什麼距離我這麼遙遠？你為什麼突然變得這麼冷淡？你氣我跟伊庭在一起？」

「根本沒有什麼氣不氣的問題。自從戰敗之後，每個人的心情大概都跟我大同小異吧……說穿了，就只是喪失了以自己為基準的判斷能力。人生的目的，變成是由周圍的人來決定，而不是由自己決定……我們是什麼樣的人，如今完全取決於這個國家的風氣。就算我們拿著妳手上這些錢，追逐從前的夢想，度過一段有趣的時光，到頭來也不能改變什麼。妳跟我都像是無根的浮萍，我不認為我們在一起能夠得到什麼好結果……」

「到了那時候，我們就自殺吧。當初在伊香保，我們就該死了，只是沒死成。等到這筆錢花光了，我們就自殺。你本來就打算帶著我一起死，不是嗎？」

「自殺可是很痛的。」

富岡驀然想起了《群魔》當中所描述的自殺方法。如果被一顆像屋子一樣大的落石砸中頭部，不知道會不會痛……？富岡試著想像有一顆重達一百萬貫的巨石在頭頂上。要站在那種東西的下方，肯定會相當害怕吧。或許巨石的撞擊本身並不會造成痛苦，但是對巨石的恐懼卻會帶來莫大的痛苦。如今不管選擇什麼樣的死法，富岡的心中都會產生類似對巨石的恐懼。

「很痛，非常痛。」

「斷了氣之後就感覺不到痛了，不是嗎？」

「如果能夠順利斷氣，那當然很好，但如果沒死成，肯定會痛得不得了……」

「我可以忍受疼痛，但我沒辦法忍受被你討厭。」

由紀子抓著富岡的棉襖領口，不斷向上拉扯。

「我並沒有討厭妳。正因為很喜歡妳，才建議妳像我一樣改變生活方式……妳可以回伊庭身邊，也可以用這筆錢做些生意。由紀子，這個世間已經改變了。我們的浪漫回憶，已經跟著戰爭一同消失無蹤了。妳的年紀也不小了，實在不該還像個小女孩一樣做著美夢。當妳不在我身邊的時候，我也常常夢見跟妳在一起的日子，陶醉在做夢的快感之中，或許這就是人性吧……好了，轉頭看著我，今晚讓我們好好談一談吧。我不想在心存芥蒂的情況下跟妳分開。我不是因為討厭妳，才想跟妳分開。如果我討厭妳，打從一開始就不會來找妳了……」

富岡緩緩起身，拿起早已涼了的酒瓶，自斟自酌起來。

此時女服務生忽然開了門，走進房間裡鋪床。

富岡又向女服務生點了一瓶燒酒。在女服務生鋪床的時候，兩人就坐在邊廊的椅子上等著。邊廊上頗有寒意。

在這段期間，兩人隔著桌子相對而坐，完全沒說話。過了一會，女服務生在整個房間的地板上鋪滿了棉被，火盆及小矮桌都被移到了壁龕附近，新送上來的酒也放在那裡，火盆裡添加了木炭，正冒出藍色火焰。

兩人隔著火盆重新坐下。

「你想說什麼就說吧。」

「妳別緊張，不是什麼大不了的話題……我只是希望我們別再一天到晚把自殺掛在嘴邊了。」

「你真是個滿腦子只想著自己的人。」

「怎麼說？」

「說起來也沒什麼大不了，但我可是抱著豁出一條命的決心才逃出來的。」

「豁出一條命的決心？那可不太好，我是絕對不會這樣做的……《馬太福音》上頭說，『你們要進窄門。因為引到滅亡，那門是寬的，路是大的，進去的人也多；引到永生，那門是窄的，路是小的，找著的人也少』……我們兩人都曾經一度走過了滅亡之門的門口。我剛剛不是拿了巨石的恐懼來當作比喻了嗎？像那樣的感覺，我可不想再嘗一次。」

「好，你不死，我一個人死。」

富岡的臉上露出冷酷的微笑，低聲說道：

「隨便妳。」

55

隔天，兩人一直睡到接近中午才起床。富岡醒來後，便躺在被窩裡讀報紙。自從進入了二月，報紙上就大篇幅地報導著國鐵職員罷工的新聞。富岡對這新聞一點興趣也沒有，隨手將報紙扔在枕邊，打了個大大的呵欠。由紀子則只是目不轉睛地看著白色窗簾上的汙點。富岡離開這裡之後，大可以回他的住處，相較之下，自己卻是不知該何去何從。由紀子愈想愈是擔心，將雙手從棉被裡伸了出來，在金黃色的晨曦中看著手掌發愣。

富岡轉身趴下，抱住了枕頭，點起一根菸。

「你打算什麼時候離開？」由紀子問。

「唔，我想搭兩點的電車。」

「非走不可？」

「妳呢？」

「我哪裡也去不了。你說我能回哪裡去？」

富岡抽著菸，兩眼凝視著煙霧。由紀子說什麼也不肯回伊庭的身邊。當初如果是抱著隨時可以回去的心情，也不會像這樣糾纏著富岡不放。倘若內心只當這是一次偷腥，結束後大可立刻回到伊庭的身邊。由紀子此刻並沒有尋死的念頭，卻也絕對不想跟伊庭復合，這對由紀子而言是無可退讓的底線。由紀子已經一句話也不想說了。如果可以的話，多麼希望富岡能夠至少再待一天也好。但由紀子已經暗自對富岡不再抱持希望。一想到今天分開之後應該不會再見，由紀子便忍不住悲從中來，眼眶滿是淚水。

富岡明知道由紀子哭了，卻故意裝作沒看見。但是由紀子的情緒，還是在不知不覺中感染了富岡。富岡將香菸拿到菸灰缸裡捻熄，移動到由紀子的身邊，將由紀子緊緊抱住。

昨晚因為醉意來得特別快，兩人只是說了些話就各自睡著了。但畢竟依兩人的性格，要像那樣平平淡淡地做出最後的道別，根本是不可能的事情。

「現在雖然我們像這樣抱在一起，但是再過兩、三個小時之後，我們一定會在比陌生人還不如的惡劣氣氛下分開吧。」

由紀子以充滿寂寥的口吻在富岡的懷裡如此說道。一股蕭瑟感令兩人愁眉不展，有如暈船一般。

「妳要好好打起精神來。」

「嗯……」

「我本來不想說的，其實我找到工作了。」

「咦？真的嗎？」

「大約一個星期後，我就要到上班地點赴任了。」

「上班地點在哪裡？」

「一個叫屋久島的邊境之島，得從鹿兒島搭船前往。」

「屋久島……有這麼一座島？」

「聽說那裡的營林署有職缺。我至少會在那裡待個五、六年……不，或許會在那深山裡待一輩子……」

由紀子緊緊抱住富岡的肩膀，哭著說道：

「不要！我不要你去那麼遠的地方……如果你要去，就連我也一起帶走吧！」

「別說傻話了，那島上冷清得很，依妳的性格，絕對沒辦法在那種地方待上五、六年。我去了之後，每年應該還是會回東京一趟，到時候我們還是可以見面。只不過短時間內，不知道什麼時候才能回來。即使如此，我還是想到山裡頭生活看看。」

由紀子發起了愣，腦中幻想著自己追隨富岡前往屋久島的畫面。

「在你房間的那個女孩……你是不是會跟她在一起？」

由紀子突然問道。

「女孩？」

「是啊，你房間裡有個可愛的女孩，還睡在你的棉被裡。」

「噢，她是附近小酒館的老闆女兒，是個不良少女。」

「你是不是想把她藏起來包養？就跟當初阿靜一樣……」

「妳在胡說什麼！」

「我實在不相信你會一個人跑到那麼遠的地方……」

「我是一個人，真的是一個人。」

「真的嗎？真羨慕你們男人，要找到落腳的地方似乎一點也不難。不像我們女人，天地雖大，卻沒有容身的地方……」

「妳可以回伊庭那裡……」

「你認為我應該這麼做？」

「不然妳還能怎麼做？」

「我絕對不會回到伊庭的身邊。如果我回去了，我這次的舉動不就像是一場兒戲？你別太瞧不起我了……我是因為知道你現在變成一個人，為了想跟你結婚，才下定決心逃出那裡。自從回到日本之後，你跟我確實都曾經迷失過方向，也曾經自暴自棄過，在這一點上，你跟我是同罪的。既然我們好不容易遠離了寬門，我認為我們不應該分開，應該同心協力找出屬於我們的窄門才對……你叫我不要再沉溺於過去的美夢，但是跟我分開的時候，你卻又在夢中與我相會，這證明你才是個最忘不了過去的浪漫主義者，不是嗎？我實在不明白，明明你現在已經是單身狀態，為什麼還要跟我分手？如果你討厭我，我希望你老實對我說……或許我會照你所說的，回到伊庭的身邊，也或許不會……但我覺得很不可思議，為什麼我們沒辦法結婚？」

富岡沉默不語，沒辦法老實說出自己還未走出失去阿靜的陰影。如果去了屋久島，領到了薪水，就能為阿靜的丈夫聘請律師。仔細想想，從頭到尾都只是由紀子與自己之間的問題，阿靜只是被夾在中間，成了犧牲者而已。但是富岡知道如果老實這麼說，由紀子一定會生氣。唯一的選擇，只能隨口說一些模稜兩可的答案。

過了一會，兩人一同泡了澡，接著吃起了遲來的早餐。此時距離兩人當初前往伊香保，剛好過了一年。富岡蹲在鏡台前梳頭髮，卻從鏡子裡看見由紀子正以哀怨的眼神瞪著自己。

「你看起來好像很幸福？」由紀子說道。

「是嗎？」

「以後不用再跟我糾纏不清，你一定感到鬆了口氣吧？」

「是啊。」

「你從以前就是個冷酷無情的人。」

「妳說我嗎？」

「沒錯，就是你。我現在覺得加野好可憐。」

「妳一定很想念他吧……？」

「是啊，我好想念他。為什麼他就這麼死了？人生真的是死的人吃虧。」

「沒錯，所以說什麼也要活下去。」富岡說道。

「現在才要找窄門，不會太遲了嗎？」

「一點也不遲。」

「我這裡的錢，你要不要拿個十萬去？」

「妳要給我十萬？」

「太少了嗎？」

「不，已經太多了。」

「給你二十萬也行。」

「反正是別人的錢，可以隨便花？」

「反正是不勞而獲的收入……神棍能賺到的錢多到讓人覺得很可笑……」

「大家都把捐款當成窄門的入場費吧……」

「是啊……」

由紀子從櫃子上方的收納盒內拖出大行李袋。此時富岡卻將梳子放回鏡台上，說道：

「我一毛錢也不要。反正以後我會有工作，不需要妳的錢。而且妳比我更需要這筆錢。」

「為什麼我會需要錢？我根本不需要……」由紀子說道。

「不，妳一定會需要的。錢是人類最好的幫手。」

「我知道你為什麼會想要一個人到屋久島去。雖然我沒辦法證明，但我相信一定是這樣沒錯……阿靜的過世，在你心裡留下的傷痛還沒平復，對吧？還是妻子的過世？」

富岡背對著壁龕坐下，此時剛好女服務生送上了熱茶。富岡沒有回答由紀子的問題，只是轉頭向女服務生問了電車的發車時間。

56

既然富岡要離開，由紀子也沒有心思繼續留在旅館裡，於是兩人一同離開，搭電車到三島，再轉搭開往東京的火車。

由於由紀子不知道該去哪裡，富岡心想總不能就這樣丟下她不管，最後還是決定將她帶回自己的房間。兩人於是在品川車站一同下了車。

兩人在山手線的電車月台上相視而笑，由紀子就這麼隨著富岡回到了他的房間。

東京的冷，是彷彿要鑽入骨髓的冷，與長岡所在的伊豆半島截然不同。生活上的煩惱宛如寒風一般迎面撲來，令兩人都感到憂鬱。

回到房間之後，發現農業雜誌的編輯部寄來了一張明信片，上頭寫著希望以連載的方式分批刊登農業技師回憶的原稿。富岡看了之後，心情豁然開朗。

由於電熱爐已無法使用，由紀子一放下行李，就跑到附近的木炭配給所購買昂貴的木炭。富岡拿出自己的稿子隨意翻看，隔壁房間的太太忽然走了進來，交給富岡一張名片，說不久前有個叫伊庭的人前來拜訪。

富岡將名片塞進口袋裡，不想讓由紀子看見。過了一會，由紀子滿臉通紅地走了回來。除了木炭之外，她還買了許多東西，手上甚至還拎著一瓶一升裝的酒。富岡不由得對由紀子感到極度同情。

對於眼前這個抱持著種種孩子氣幻想的女人，富岡的心裡充滿了無奈。兩人之間永遠都有著難以解決的矛盾。富岡雖然數次背叛女人，但一切都是如此自然，自己也不明白為何會演變到這個地步。富岡已漸漸對自己的異性習慣感到恐懼。這有點像是犯了罪之後的愧疚感，是存在於內心深處的一種對自身心態的恐懼。

女人不管做出任何行為，都絕對不會自我反省。她們總是帶著有如孩子般天真無邪的心態，不斷誘惑男人。

伊庭既然曾經來拜訪過，這表示這間房間也不安全，得快點啟程前往屋久島才行。但是該如何處理由紀子的問題，成了富岡心中最大的煩惱。

「妳要不要像從前一樣，到公家機關工作？我可以幫忙問問看。妳可以一個人租間房間，悠哉地過日子。不僅可以好好學習，而且將來或許能找到適合結婚的對象……」

由紀子瞪了富岡一眼。

臉上的表情，彷彿在訴說著「別再談這個話題」。由紀子心如死灰，根本不願多想過去或未來的事，只想好好活在當下。何況手頭有六十萬的現金，這筆錢讓由紀子的心態變得大膽許多。只要有這筆錢，再怎麼樣總是能找到活路。如果有必要，由紀子甚至不惜自行前往屋久島。如今的由紀子，實在無法離開眼前這個男人的體味。

不管是伊庭還是加野，都沒有這種充滿男人味的體臭。正是這股味道，讓由紀子像個瘋子一樣對富岡糾纏不清。如果要在這裡向富岡道別，當初根本應該在品川車站就回到伊庭的身邊。

富岡見由紀子竟然開始忙碌地準備餐點，彷彿把這裡當成自己家一樣，無奈地拿出名片遞給由紀子。

「咦？伊庭來過了？什麼時候來的？他怎麼會知道這個地方？」由紀子吃驚地說道。

「真是不可思議……」

「或許是因為有神明相助吧……」富岡說道。

「先別開這種玩笑了，他到底是怎麼知道的？我從來不曾把你這個地方告訴任何人。」

「會不會是阿靜遭殺害的那場騷動，讓他知道了些什麼？」

「不，絕對不可能。就算他知道阿靜那件事，也絕對不會知道這個地方。」

伊庭的出現，讓由紀子百思不得其解。這件事讓富岡產生了一種彷彿正遭到跟蹤的恐懼感。

「你聽我說……我不在乎去任何地方，所以請你帶我去屋久島吧。如果我厭煩了那裡的生活，就會一個人回來。就算只在那裡待一、兩個月也好，請你帶我去吧。這麼一來，我也能徹底死心。」

富岡實在不想把由紀子帶到那遙遠的邊境島嶼，但伊庭的出現，讓富岡不得不考慮冒這個險。隔天一大早，富岡立刻前往朋友家，表明希望到屋久島工作，請對方協助辦理手續。回程的路上，富岡順便把稿子送到了農業雜誌位於丸之內的出版社編輯部。

富岡在編輯部等了大約一小時，自己熟識的記者才出現。那記者一見到富岡，立即說了一件耐人尋味的事情。他告訴富岡，昨天早上有個人跑到編輯部來，打聽《漆的故事》的作者住處地址。富岡一聽，頓時恍然大悟。自己在農業雜誌上投稿了《漆的故事》一文，由紀子曾經買雜誌來讀，因此伊庭以雜誌為線索，查到了自己的住處。

這一天，由紀子隨身帶著行李，一整天都待在外頭，連看了兩、三場電影。因為由紀子心裡很清楚，富岡不在的時候，如果自己一直待在房間裡，伊庭很可能會趁機闖進來，把自己強行帶走。到了深夜，由紀子才回到富岡的住處。隔天一大早，由紀子又趕緊帶著行李離開房間。

這樣的生活持續了大約一星期。就在第七天，伊庭寫了一封限時信給富岡，信中聲稱想要與富岡好好談一談，要富岡指定時間及地點。但就在這一天，富岡前往屋久島就職一事也已敲定，隨時可以走馬上任。

富岡於是將伊庭的信撕成碎片。由紀子原本一顆心忐忑不安，如今得知富岡前往屋久島赴任的事情已成定局，那就沒什麼好怕的了。反正馬上就要離開東京，伊庭那封語帶恫嚇的信大可當作沒看見。

但富岡一來得到處向熟人道別，二來得花時間修改稿子，因此直到從伊豆歸來的第二個星期，富岡才終於清空了房間，把所有家當行李送往屋久島。

直到即將離開東京的那一天，富岡依然滿腦子都在想著有沒有什麼辦法能夠把由紀子留在東京。但是清吉的律師費用是由紀子幫忙出的，事到如今總不可能把她拋下，獨自前往屋久島。既然變成了這個狀況，接下來也只能走一步算一步了。當初在南洋的時候，富岡每次野營，總是抱著這種走一步算一步的心態，因此不知不覺養成了這種習慣。想當年，負責搬運木材的馬來人每次遇上倒楣事，總是會把「阿帕、波雷、波雅特」這句話掛在嘴邊，意思是「沒有辦法了」。這句話如今可說是富岡心情的最佳寫照。

沒錯，這一切都是沒有辦法的事。自己一方面完全不碰由紀子的一毛錢，另一方面卻又什麼事都得靠由紀子出錢解決，這種卑劣的行徑，讓富岡感覺到有如窒息一般的痛苦。二月時在報紙上吵得沸沸揚揚的罷工風潮雖然已遭到禁止，但整個社會依然吵鬧不休。如今想要靠著一股不強求的心態在東京生活，已經是難上加難了。富岡認為正是這種現代東京的生活，在自己的生命中造成了眾多誤解。

經過了各種摩擦與衝突之後，富岡已迷失了自我。想要以全新的姿態重新出發，就必須徹底改變當下的生活環境才行。在各種身不由己的煩惱當中，富岡深刻感受到自己與社會之間的格格不入。不管是左邊還是右邊，都彷彿有著高速旋轉的輸送帶，將社會上的一切推送至自己的耳畔。甚至還有著隨時可能爆發第三次世界大戰的可怕氛圍瀰漫在這個社會。在這種頹喪狀態之下，富岡實在不願意繼續與由紀子維持著藕斷絲連的孽緣。偏偏這孽緣可說是剪不斷、理還亂，彷彿黴菌一般滲透到了富岡的生活深處。

二月中旬，兩人終於從東京出發，搭上了深夜的火車。

57

Ilale diable au corps……惡魔已附身在我身上。當初在大叻，加野經常將這句話掛在嘴邊。若有人問他「你說的惡魔指的是誰」，加野總是會朝由紀子輕輕抬起下巴。

這趟火車之旅可說是既漫長又無趣。但是由紀子卻沒有流露出一絲一毫枯燥乏味的神情，反而大吃大喝，讓富岡看得目瞪口呆。

隔天早上，火車抵達了京都。如果由紀子沒有跟在身邊，富岡說不定會在京都待個一天。由紀子或許是第一次當到手頭有錢的滋味，火車一到京都，她立刻到月台上買了不少食物。富岡自車窗往外看，只見由紀子那穿著外套的背影帶了一股暮氣，完全是個年華已逝的女人。由紀子還為富岡買了一些香菸。偶然間，由紀子轉頭朝富岡瞥了一眼。那張臉孔給富岡一種蒼白而乾枯的印象。

火車經過了大阪及神戶。在通過舞子海岸的時候，閃爍著鉛灰色光芒的大海，將車窗照得白茫茫一片。

由紀子拉起了外套的衣領，在座位上睡得正熟。

開往博多車站的三等車廂裡，顯得相當擁擠，就連走道上也坐了不少人。

白天的車廂並沒有開啟蒸汽暖氣系統，但是大量的食物殘渣及乘客們所排出的熱氣，卻讓車廂內顯得相當悶熱。富岡愣愣地看著由紀子那熟睡的臉孔。兩人同居了這四、五天的日子，讓由紀子的眼睛下方出現了三角形的黑眼圈，嘴唇乾裂，口紅凝固在縫隙裡。眉梢上揚，小小的鼻頭上冒出了不少油脂，眼皮不時神經質地微微抽搐。

惡魔睡著了，但富岡知道這惡魔只是裝睡而已。自己的眼睛在看著哪裡，她其實一清二楚。驀然間，原本應該睡著的由紀子忽然露出了笑容。富岡見狀，趕緊將視線移開。

「你見了我這模樣，不知道又要說我什麼了。」

由紀子說完這句話，睜開雙眼，剝起了膝蓋上的橘子。一副枯萎景象的農田、生鏽的煙囪、化成了瓦礫堆的工廠地帶，以及山川、海洋，都在車輪的轟隆聲響下，不斷向後流逝。

火車抵達博多時已是深夜，天空正下著雨。

兩人雖然疲憊，還是趕緊轉搭了開往鹿兒島的火車。最好能夠再勞累一點，才能麻痺所有的思緒。由紀子有一股不安感正自心中油然而生。夜晚的雨滴反射著光芒，不停地打在髒汙的玻璃窗上。由紀子的意識不斷在現實與夢境之間來回，彷彿自己坐在汽車上，從西貢出發，經過夷靈（Di Linh），開往林園高原上的大叻。

由紀子每次醒來，看見火車正行駛在夜晚的大雨中，內心的不安便增添一分。由紀子不禁感慨，原來日本比自己所想的要大得多。富岡正睡得人事不知，有如病人一般。

這是一趟相當漫長的旅程。一旦遠離了東京，與伊庭之間的生活回憶彷彿都被撕成了碎片。火車通過了熊本之後，雨勢才有減緩的趨勢。坐在車廂內的乘客不斷改變，說話的口音也開始帶有九州腔。四周彷彿已不再有任何事物與兩人有絲毫關聯。由紀子將疲累的雙腳伸進了富岡的雙腳之間，閉上了眼睛。

在確定不會有任何危險之後，由紀子試著想像伊庭那大發雷霆的表情，不禁心中竊笑。自己都已經跑到這麼遠的地方來，伊庭總不可能還大老遠跑來把自己抓回去……為了確保自己接下來也能平平安安，由紀子不禁暗自祈禱大日向教接下來也能生意興隆、財源廣進。

在未來的日子裡，大津霜應該還是會化著濃妝，大剌剌地坐在金庫的前方吧。由紀子隨時注意著頭頂上方的行李袋，不讓它被人拿走。如今這個大行李袋成了自己唯一的依靠。

到了隔天清晨，火車抵達了鹿兒島。此時正下著滂沱大雨，兩人坐上出租三輪車，向駕駛表示想要找地方投宿，駕駛於是把兩人帶至千石町的一家小旅館。從旅館的二樓窗戶，可看見壯觀的櫻島。大雨讓整座櫻島瀰漫著紫色霧氣，宛如蓋上了一層幕簾。

長途跋涉讓由紀子累壞了，在散發著潮水味的榻榻米上伸直了雙腿。

富岡向女服務生詢問何時才有船到屋久島，女服務生回答如果遇上風雨太大，可能好幾天都不會出航。富岡於是要女服務生幫忙確認開往屋久島的船班，連外套也沒脫，就這麼躺在榻榻米上。

即使躺著，依然能看見窗外的櫻島。大海的顏色是宛如漆一般的鮮藍色。無數小船在碼頭邊來來去去。女服務生送入茶水，富岡要了些啤酒。

「我們已經來到了好遠的地方。接下來還得搭一整晚的船，簡直就像是遭到流放一樣。如果是我自己一個人，絕對不會跑到這種地方來。」

「接下來我們要在那裡住上四、五年。」

「是啊……」

「如果妳想打消念頭，現在回去還來得及。」

「你怎麼又在說這種話？」

「是妳自己說一個人絕對不會來這種地方。」

「全是為了你，我才來到了這裡，不是嗎……？你不覺得我很可憐嗎？」

「妳老是想要強調妳對我的付出，真讓人受不了。」

附近不斷傳來刺耳的收音機聲響。由紀子脫下外套，披上旅館的棉襖，看著走廊外風雨交加的天氣。

「我不是想要強調我對你的付出。我這個人並沒有那麼小心眼。但是你心裡應該也是認為有人陪在身邊比較好吧？我要是沒辦法在屋久島下去，或許會來這裡的餐館當女服務生。女人不就是這樣嗎？一旦遭到拋棄，也只能隨遇而安……」

「我又沒說要拋棄妳。」

女服務生送來了啤酒。

啤酒的上頭堆滿了氣泡，富岡端起來喝了一大口，才感覺整個人恢復了活力。

女服務生又走進來，告知兩天之內可能沒有船會出航的消息。在這種地方住上兩天實在很無趣，但既然船不開，那也沒辦法。富岡也來到了走廊上，看著風雨中的大海。

「你把要去屋久島的事情告訴了雜誌社？」由紀子問道。

「是啊。」

「伊庭應該會很生氣吧？」

「妳覺得他會追過來？」

「怎麼可能，又不是什麼大不了的金額。」

「是嗎？六十萬可不是小數目……搞不好還會驚動警察。」

「你放心吧。」

由紀子嘴上說放心，但其實自己也有些忐忑，回房間喝了口啤酒。沁涼的液體彷彿滲進了五臟六腑，由紀子卻感覺有些不舒服。

「夫人，請問要泡個澡嗎？」

女服務生前來告知澡堂已經可以使用的消息。

由紀子從來不曾聽過有人叫自己為夫人，不由得睜大了眼睛望向富岡。

「夫人，妳先去泡澡吧。」

富岡跟著調侃道。此時富岡感到疲累不堪，連泡澡也提不起勁。富岡向旅館借了公用的雨傘，聲稱要到船運公司買船票，順便問問船的出航日期。來到了旅館外，富岡依照服務生的指示，走在一條寬廣、冷清的道路上，朝著大海的方向前進。據說沿著這條路一直走，就可以到船運公司。好不容易有了獨處的時間，富岡感覺整個人神清氣爽。等等要是問到有船要出航，自己可能會忍不住獨自跳上船。船運公司的建築是棟木板屋，塗著藍色油漆。富岡走進去一問，果然就像女服務生所說的，在這場風雨止歇之前，船是不會出航的。但船運公司的人也告訴富岡，應該等個兩天，到後天就會有船班了。富岡於是買了兩張前往屋久島的二等船票，乘客名單上將由紀子登記為自己的妻子。

回程的路上，富岡繞到一條比較熱鬧的街上，買了一瓶威士忌。回到旅館房間一看，由紀子已經躺在棉被裡，臉上毫無血色，身體不停顫抖。

「怎麼了？」

「我好冷，身體抖個不停，能幫我叫醫生嗎……？」

由紀子抓住富岡的手腕，全身打著哆嗦，嘴唇還滲出血來。看這樣子，似乎並不是普通的感冒。富岡伸手摸了摸她的額頭，並不覺得特別燙。但富岡心想，要是她在旅館裡臥病不起，那可不太妙，於是趕緊請旅館的人幫忙叫醫生。富岡在由紀子的身上蓋了三條被子，但由紀子依然喊冷，而且抖個不停。醫生一直不來，富岡決定先出去買些感冒藥，心裡卻有不好的預感。

富岡讓由紀子吃了一包感冒藥，再給她喝了些熱茶，但她還是頻頻打顫。大約過了一個小時，才終於來了一個年輕醫生。女服務生協助脫掉由紀子的衣服及襯衣，讓醫生診療。醫生為由紀子注射了鎮定劑及維生素，並表示休息個兩天應該就會康復，富岡這才鬆了口氣。富岡看著由紀子的臉，總覺得她的症狀與過世的邦子有幾分相似。

由紀子在施打了鎮定劑之後陷入昏睡狀態。富岡感覺自己彷彿被關進了命運的牢籠之內，沒有辦法逃過一次又一次朝著自己猛撲而來的現實。醫生明明說由紀子只要休養個兩、三天就會康復，但是過了兩、三天，由紀子並沒有康復。這次兩人所住的是一家非常小的旅館，外觀看起來像是空襲後臨時搭建的木屋，裡頭只有五個房間，但是客人卻意外地多。隔壁房間不時傳來歡笑聲，唯獨兩人的房間瀰漫著陰鬱的氣氛。

富岡沒有換上旅館的棉襖，就只是坐在由紀子的枕邊，拔開威士忌的瓶栓，就口喝了起來。外頭的風雨愈來愈強，有時整棟旅館都在微微搖晃。由於沒有打開電燈，隨著夜晚的到來，整個房間變得愈來愈陰暗，氣氛也愈來愈沉重。櫻島幾乎占滿了窗外的整片視野，富岡坐在房間裡，不時萌生一股強烈的壓迫感，彷彿櫻島隨時會朝著自己的方向壓下來。

58

或許是因為富岡的腦海裡原本正隱隱慶幸著終於走到了這個地步，所以由紀子的發病對富岡造成了相當大的打擊。

到了隔天，天氣完全放晴。

只是雨雖然完全停了，但是風勢依然強勁。黎明時分，女服務生進來為火盆添加木炭，同時告訴富岡，有一艘名為「照國丸」的船早上九點會出航。然而由紀子的病情依舊沒有好轉，她持續著昏睡的狀態，而且還會在睡夢中不停咳嗽。富岡聽著由紀子的咳嗽聲，彷彿自己的皮膚正在遭受摩擦，那種疼痛感與牙痛有幾分相似。

從走廊的窗戶望向外頭，可看見帶著一股寒意的黎明天空。櫻島的形體好似融入了石油色的天空之中。海岸線上排列著一棟棟簡陋的木造倉庫，海上船隻的桅杆自屋頂上方露出，看起來像是一條條的欄杆。街上依然點著燈火，在那扭曲變形的街景上方，可看見皎潔明亮的清晨月光。富岡默默凝視著那一片依然處於沉睡狀態的港口景象，心裡想著今天早上要出發恐怕相當困難。事到如今，也只能搭下一班船了。富岡走向枕頭邊的火盆處，彎下腰，以火盆裡的火點燃了香菸。就在這時，由紀子忽然睜開了眼睛。

「妳還好嗎？會不會不舒服？」

由紀子似乎想笑卻笑不出來，只能睜大眼睛仰望著富岡。富岡在由紀子的額頭上一摸，發現溫度並沒有想像中那麼高。由紀子那圓睜的雙眸，流露出一股難以言喻的寂寥，富岡從來不曾見過由紀子露出那樣的表情。富岡心中對由紀子的疼惜之意陡然攀升，忍不住跪了下來，將臉湊到由紀子的臉部上方，說道：

「我現在就去換船票，我們搭晚一點的航班。別擔心，放寬心好好休息吧。這種時候焦急也是無濟於事……妳只是太累了，又剛好淋了雨，所以才會不舒服。」

富岡一字一句地對由紀子慢慢說出這段話。由紀子睜著眼睛點了點頭。富岡抓起由紀子的手，貼在自己的臉頰上。驀然間，從前在法印的回憶湧上了富岡的心頭。由紀子遭加野割傷後，被送往了位於大叻的法國外科醫院，她在接受手術的時候，自己也在一旁看著。當時由紀子的眼神，正與現在如出一轍。富岡還記得那時自己在醫院裡，仰望著湖水上方的黎明天空，內心對於兩人之間有如命運安排一般的異鄉之情，萌生一股接近恐懼的作嘔感。但或許正是因為兩人邂逅在異鄉，所以才會產生這種感情吧。富岡在心中試著如此反思。但是自己對安南女傭做出的那些行為，難道也能歸咎於異鄉之情嗎？富岡不由得在心中對自己隱隱冷笑。有著小麥色皮膚的女傭柔兒那羞澀的表情，讓富岡的胸口彷彿有一把火在熊熊燃燒。或許是因為知道這輩子再也不可能相見，富岡才對柔兒懷念不已，正如同已過世的阿靜。然而如今回想起來，當時自己在法印的心情，絕對不是一句「身處異域的感傷」可以簡單帶過。若要加以形容，就有點像是當一個人在遭受死刑宣告之後，不僅會變得對每個人都相當溫柔，內心也會感覺到強烈的寂寞，極度渴望能與他人進行心靈上的交流。日本軍隊的獨裁管理，無法容許一絲一毫的自由與孤獨，正是因為精神處於乾涸狀態，才會強烈追求由紀子的肉體。而這個自私的舉動，造就了今天眼前這個下場。富岡緊緊握住由紀子的手，一心只想要好好地補償她。

「你沒有一個人上船？」

由紀子以虛弱的聲音說道。

「笨蛋！我怎麼可能一個人上船？」

由紀子像個孩子一樣開心地點了點頭。富岡以手指抹去由紀子眼角的淚水，感覺自己彷彿成了由紀子的親人。富岡連續兩、三次握緊由紀子的手掌，向她示意絕對不會有事，接著放開了由紀子的手。女服務生此時剛好端茶進來，富岡向她詢問了時間。

「應該是七點左右吧？」

女服務生看了一眼手錶，接著將耳朵湊到手錶上傾聽。

富岡下了樓，朝門口處的時鐘一看，這時確實是七點多。富岡於是前往船運公司，將船票的時間延後四天，搭乘的船隻同樣是從這裡出航的照國丸。改完了船票時間，富岡順便到港口附近繞了一下，遠遠看見有著白色船身及巨大煙囪的照國丸正不停冒著濃煙，船上的起重機將木材一根根吊起。碼頭邊有著不少專做船客生意的水果攤，富岡沒有想到自己來到九州的偏遠之地，竟然還能看到水果攤裡堆積如山的蘋果，心情不禁五味雜陳。富岡為由紀子買了一貫的蘋果，放在綠色的籃子裡，接著又跑到近處看船。岸邊已有不少船客排隊等著上船，每個船客的手上都捧著小小的玻璃金魚缸。富岡產生了一種錯覺，彷彿這艘照國丸號就是當年航向法印的船。如果今天早上能夠跟由紀子順利搭上這艘船，不知該有多好。但是這艘看起來相當舒適的船，也只能航行到屋久島而已。再往前的航線，已經因戰爭而遭到阻斷。抵達了屋久島之後，這艘船就無法再前進了。那片黃澄澄的南洋大海上，沒有任何一條航線可以讓這艘船航行。碼頭上擠滿了船客及搬貨工人，地面滿是稻草屑、木片及蘋果皮。

富岡眼神茫然地看著吊起重物的起重機，內心不禁感慨，戰場上的挫敗正在日本引發一場緩慢的革命。出航的汽笛聲響起，船員吹起了哨子。一些孩童及婦人穿梭在前來送行的人群之中，販賣送行用的彩帶，富岡也買了一捲紅色帶子。穿著傳統服裝的事務長從船上走過踏板，來到了碼頭上。船客們陸續上船，踏板邊站著身穿白色服裝的服務人員及警察。

大量的船客湧入船內，每一名船客都帶著相當多的行李。

過了九點，第二次的汽笛聲響起，船身慢慢離岸。碼頭上擠滿了前來送行的群眾，上了船的船客放好行李之後，也陸續來到甲板上。無數的彩帶有如鳥雀一般，自碼頭飛向船內。紅色、白色、藍色、黃色、綠色……五顏六色的彩帶在風中搖曳。富岡看準了船上一個正朝著碼頭揮手的七、八歲少年，擲出紅色彩帶的一端，但那彩帶打中了一個貌似事務員的年輕女人額頭，那女人以兩手抓住了富岡的彩帶。女人的膚色微黑，身上穿著一件褪了色的藍色外套。服裝看起來有點寒酸，但長相頗為可愛。女人高高舉起彩帶，不讓帶子斷裂。但或許是渡船移動得太慢，富岡在中途失去了耐心，拋下了彩帶，離開了碼頭邊，朝著船運公司的方向邁步。走了一會，富岡想不到接下來能做什麼，也不知道該去哪裡才好，偶然回頭一看，那艘船竟已遠去。碼頭的地上散落了大量彩帶，不少送行的民眾還在揮舞著雙手，揮舞著手裡的帽子或手帕。混濁的海面上也漂著不少令人感傷的紅色及黃色彩帶。

富岡向路人打聽郵局的位置，去了一趟郵局。

首先富岡向屋久島的營林署發了一通電報，接著買了一張明信片，寄給住在松井田的雙親，上頭寫著自己來到了鹿兒島，正在等待船班。郵局相當大，但在裡頭辦事的人並不多。富岡面對著六角金字塔型的桌子，正以桌上的筆寫著明信片，偶然間看見站在身旁的年輕女人在電報用紙上寫了「東京」，心中不禁充滿了懷念。東京不愧是大都市，連身旁這個女人也要發電報到東京。但是在此刻富岡心中，東京就有如世界盡頭一般遙遠。

對富岡來說，東京確實是塊值得懷念的土地。如果沒有發生阿靜的事件，自己應該不會過起這種跟自殺沒兩樣的生活，進入對世間徹底絕望的境界吧。晨曦照入打掃得乾乾淨淨的郵局裡，營造出有如海底一般靜謐、祥和的氛圍。站在隔壁的女人轉身走向架著欄杆的窗口，遞出了電報用紙。她的鞋跟都磨平了，身上的黑色外套也嚴重磨損。富岡將明信片投入郵筒之後，就離開了郵局。

59

富岡在旅館的附近發現了一家小鐘錶行，於是走了過去，欣賞起櫥窗內的手錶。雖然那些都只是瑞士手錶的仿製品，但上頭直接標出了三千六百圓的公定價格，富岡相當欣賞這樣的做法，決定買一支來當作前往屋久島的紀念。於是富岡走進店內，要老闆取出櫥窗內的手錶。當初在法印買的手錶，已經在伊香保賣給了阿靜的丈夫，後來富岡就一直過著沒有手錶的生活，感覺相當不便，因此很希望能夠再擁有一支手錶。富岡拿起其中一支，在耳邊仔細聆聽，秒針的運轉聲非常清脆。再加上造型渾圓輕薄，富岡最後決定買下它。

回到旅館房間一看，只見由紀子眼眶含淚，一副不知已等了多久的表情。直到看見富岡拎著一籃蘋果走進來，她才喜出望外地從棉被裡伸出手。富岡走到由紀子的枕邊坐下，以小刀削起了蘋果皮。

「我順便去看了我們要搭的渡船。看起來很不錯，應該是開往屋久島的聯絡船裡最好的一艘吧。不知道為什麼，搭船的人都捧著金魚缸，或許是屋久島沒金魚吧……」

富岡一邊削著蘋果，一邊描述起剛剛看見的那艘船。

「那是一艘白色的船。我把船票改成了頭等船艙，雖然有點奢侈，但畢竟妳是病人，得好好休息才行。船上不提供餐點，我們得先準備兩餐份的食物。對了，聽說屋久島上沒有醫生，但途中會經過的種子島上有不少醫生……」

「那個地方連醫生都沒有？」

「是啊，讓我有點擔心呢……」

「我在船上要是又不舒服，你就把我丟在種子島吧。」

「與其在種子島下船，不如留在鹿兒島方便些。等到下一班船要開的時候，如果妳還沒康復，不如就在這裡住院，或是找一間小旅館好好養病，把身體養好了再來屋久島找我。鹿兒島好歹也算是個都市，想要做什麼都方便得多。」

由紀子看著富岡削蘋果的雙手。驀然間，由紀子瞥見了富岡手腕上那支有著全新皮革錶帶的手錶。

「你買了手錶？」

「是啊，剛剛在旅館附近的店裡買的。」

「讓我看看……」

富岡伸出左手腕，由紀子目不轉睛地看著錶面。這支手錶跟當初在伊香保賣掉的手錶有幾分相似。「真是一支好錶。」由紀子稱讚道。由紀子並沒有詢問價格，富岡也就沒有特別提起。富岡的手邊還剩下一些雜誌社所給的稿費，這支手錶正是以稿費買的，因此富岡買得無愧於心。但是由紀子似乎認為這支手錶非常昂貴，因此臉上的表情相當古怪。

「如果我們當初上了船，現在已經在海上了……風浪很大嗎？」

「風很強，但是海面很平靜，碼頭上的人都在扔彩帶，簡直像是國際航線的船要出航。」

「真的嗎？一定很漂亮吧？」

「不，俗氣得很。說穿了就是因為不能出國，才會這麼自我安慰吧……」

那象徵著人性寂寞與天真的裝飾彩帶，彷彿依然在富岡的眼前飄蕩著。由紀子似乎非常在意手錶的事。富岡竟然會突然購買昂貴的手錶，這個舉動讓由紀子不禁認為富岡是個冷血無情的人。富岡削完了蘋果，將一半給了由紀子。

由紀子原本猜想那蘋果應該有點硬，還未咬下就感覺牙齒一陣痠軟。沒想到一口咬下，才發現那蘋果又鬆又軟，滋味也不佳。

「這蘋果太鬆軟了……」富岡咬了幾口蘋果之後也這麼說，同時一口吐掉蘋果的芯。不遠處傳來了刺耳的雞鳴聲，似乎是旅館裡養著雞。窗外又開始下起了毛毛細雨。

這天上午，那年輕醫生又來幫由紀子打針，並且檢查了由紀子的胸口跟背部。

「最好照個X光看看……」

醫生對富岡這麼說。由紀子一聽，登時冒出一身冷汗。在前往屋久島的途中病倒，這對由紀子是個難以承受的打擊。如果到了這種地方才要與富岡分開，不如打一開始就別離開東京。這次發病，由紀子感覺胸口相當不舒服，隱隱擔心這場病恐怕會要了自己的命。相較之下，當初剛回到日本時所得的疥癬還沒那麼痛苦。由紀子不禁暗自祈禱這個年輕醫生別再對富岡說出什麼奇怪的話。

這四天的日子，不管是對富岡，還是對由紀子，都相當難熬。不過另一方面，那年輕醫生也在這四天裡，與兩人成了非常親近的好朋友。這名醫生在日華事變期間，曾經在中支[59]的野戰醫院擔任過軍醫，年紀其實與富岡差距不大。他聲稱自己目前單身，在父親所開的診所工作。他看起來很

59 中支：即中國的華中地區。

年輕，或許正是因為還沒結婚的關係吧。旅館裡的女服務生還告訴兩人，那醫生畢業於福岡醫大，非常喜歡音樂，曾經自行組裝過電動留聲機，興趣是蒐集唱片。醫生姓比嘉，據說父母是琉球人。有一天，附近傳來收音機的音樂聲，比嘉忽然豎起耳朵仔細聆聽，接著瞇起了雙眼，笑著說道：「我很喜歡這曲子。」那旋律給人一種似曾相識的感覺，連富岡也忍不住聽得入神。由紀子剛打完了針，正隔著睡衣袖子揉著傷口，也在旁邊靜靜聽著。但富岡與由紀子都聽不出那是什麼曲子。

「這是誰的曲子？」由紀子老實問道。

「德弗札克[60]的《新世界》。」

醫生說完後，慢條斯理地收好針筒，以臉盆洗了手。

富岡一方面羨慕醫生有著喜好音樂的興趣，另一方面也不禁慶幸能在這九州的邊境之地遇上這麼好的醫生。比嘉有著又矮又胖的身材，看起來實在不像個醫生，但有著眼神慈祥的細長雙眸，以及一口潔白漂亮的牙齒，讓人印象深刻。富岡告訴他，自己曾以軍屬的身分被派往法印的林野局，如今正要到屋久島的營林署赴任。

比嘉得知富岡要到營林署工作，突然對富岡的好感大增。他向富岡聊起了年輕時的夢想，說他曾經想要就讀北海道帝國大學[61]。富岡接著又告訴比嘉，聽說屋久島上沒有醫生，自己有點擔心。「如果由紀子的病情有什麼變化，我能不能發個電報給你，請你來屋久島看診？」富岡這麼拜託比嘉，比嘉拍胸脯保證，一定會排除萬難前往相助。

「我早就聽說過屋久島上沒有醫生的事了。那裡雖然有營林署的駐點醫生，但平常應該都在山裡頭。我以前也曾經考慮過要到屋久島開診所，但那裡無電可用，而且一年到頭都下雨，讓我打了退堂鼓。如果連唱片也沒辦法聽，生活實在太無趣了，所以到屋久島開診所的事情，也就沒有付諸行動。不過聽說那邊的營林署，每隔幾天就會供電……到頭來，人畢竟是一種自私的生物，雖然大家都說醫術是一種仁德之術，但是連唱片也聽不了的流放生活，我實在是過不下去……或許過陣子有機會，我會到島上去找你們吧……對了，我老實說，妳太太現在的身體狀況，實在不適合住在溼氣重的地方……如果是因為工作的關係，那也沒辦法，但我還是建議到了那邊之後，盡量住在高一點的地方，而且每天要維持規律作息……現在你們趕著要搭船，無法好好治療，只能請你們到了島上之後，隨時告訴我病情狀況，就算只是寄明信片也沒關係。」

比嘉提醒兩人這幾件事。或許是為了不造成病人的不安，他的口氣相當開朗。過了這天之後，由紀子早已把《新世界》的旋律忘得一乾二淨，但是「新世界」這個詞卻深深烙印在由紀子的心中，彷彿象徵著為兩人的重新出發進行了一次占卜。比嘉的態度雖然低調而內斂，卻贏得了由紀子的好感與尊敬。富岡回想起曾經在書中看過這麼一句話……「人是一種必須同情他人才能活下去的生物」。富岡已記不太清楚這句話的出處了，或許是陀思妥耶夫斯基的《罪與罰》吧。比嘉這個醫生，讓富岡聯想到革命前的俄羅斯人。比嘉還特地為由紀子準備了病情惡化時的緊急用藥，以及注射用的藥劑，讓富岡帶走。到了第四天清晨，富岡及由紀子搭著汽車來到照國丸號的船邊時，竟看見比嘉奔了過來，為兩人送行。比嘉似乎出門得相當匆忙，連帽子及外套都忘了。兩人原本以為絕

---

60 德弗札克：安多寧．德弗札克（Antonín Dvořák），捷克作曲家。

61 北海道帝國大學：今北海道大學的前身。

對不會有人為自己投擲彩帶，沒想到年輕醫生竟然會特地前來送行，令兩人都感到相當意外。

頭等船艙裡除了有雙層床鋪，還有全新的白色毛毯。長凳的前方有桌椅，牆上的凹陷處有鏡子及水壺。空間約有四張半榻榻米大，相當寬敞。由紀子在下層的床鋪躺了下來，此時比嘉也走進船艙內，他從提包裡取出針筒，以酒精擦拭消毒後，在由紀子的手腕上注射了營養劑。由紀子永遠忘不了這醫生的手掌觸感，雖然冰涼，卻有如初戀一般溫暖。

由紀子沒辦法上甲板，富岡則送比嘉出了房間。不久之後，船身開始緩緩移動，但富岡遲遲沒回到房內。

富岡站在頭等甲板上，手裡一直緊緊握著比嘉拋過來的綠色彩帶。一團混亂有如翻倒了玩具箱的碼頭逐漸遠去，富岡將斷裂的半截彩帶舉到頭上揮舞，比嘉也站在碼頭角落，揮舞著一條白色手帕。過了一會，比嘉微微弓著身，邁開大步離開碼頭。那甩動提包的走路背影，給人一種相當值得信賴的感覺。

或許是因為渡船已經出海，櫻島在淡淡的晨曦照耀下，變得比以前小而健康得多。從旅館房間望出去的櫻島，大得宛如蓋上了一片幕簾，但是到了海上之後，櫻島卻只像個小小的擺飾品。拿三等票的船客紛紛走出那有如地洞一般的船艙，坐在寬廣甲板的木椅上曬太陽。甲板上到處擺著金魚缸，似乎是船客們帶回去的伴手禮，每個金魚缸裡都有著閃閃發亮的金魚。

海面上風平浪靜。

站在陰暗處時，寒風迎面拂來，有如要鑽進外套之中一般冰冷，但是一走到陽光下，又覺得全身暖洋洋。抬頭仰望，可以看見頭頂上方有一根巨大的煙囪，髒汙的濃煙不斷從頂端冒出，朝著西方飄散。富岡放開手中那半截綠色彩帶，任憑它隨風飄入陽光照耀下的白色海面。歷經了數個月的心痛折磨之後，如今來到了一望無際的海面上，富岡不禁感覺心曠神怡，彷彿終於解開了束縛在腳踝及肩膀上的命運枷鎖。低頭看著沉默不語的海水，富岡的心裡浮現了「多言無益、沉默是金」的格言，不禁暗自比較起陸地與大海的差異。

由紀子感受著背部不斷傳來船身的晃動。這種在航行中的船上任憑擺布的感覺相當舒服，與當初從法印搭船回來時的感覺有幾分相似。不知道為什麼，由紀子的心裡一直惦記著那醫生的溫柔動作、內斂言詞及身上的藥臭味。仔細想想，那醫生的長相與加野有一絲神似。雖然並非真的有什麼非分之想，但由紀子就這麼帶著這股矛盾的心情，幻想著比嘉與自己在屋久島的深山裡的危險邂逅。這些幻想就像食物在牛的胃袋內反芻一樣，令由紀子欲罷不能。

60

下午兩點多，渡船抵達了種子島。

望向窗外，可看見那泛著白光的海面上有一座扁平的黃色島嶼。富岡抽著菸，遠眺著那座宛如一個人橫躺在地上的冷清島嶼。由紀子在床上睡得正熟。富岡不禁感慨，自己可真是來到了遙遠的地方。

遠方有一座小小港口，隱約可看見不少小船來來去去。海岸邊的房舍屋頂看起來像是由黑紙與白紙組合而成的紙雕作品，富岡從來沒看過像那樣的景象。

渡船以非常緩慢的速度進入了種子島的西表港。接下來渡船會停靠在種子島的港邊，直到晚上九點才會再度出航。富岡從船員的口中得知渡船會在港內停泊到晚上九點，不禁有些無奈。如果可以的話，好想趕快抵達屋久島，不想在這種地方浪費時間。

種子島從遠方看，就像一座無人島。富岡對種子島沒有半點興趣，就好像上了戰場，卻遲遲等不到敵人現身。然而在這大隅[62]的海上諸島當中，據說種子島是唯一擁有文明的島嶼。富岡神情茫然地望著愈來愈近的島嶼港口，不禁感慨自己接下來將要前往另一個比這裡更加無人的島嶼。種子島看起來光禿禿一片，雖然相當長，但由於島上沒有高山，整體呈現扁平狀，給人一種彷彿隨時會沉入海中的錯覺。

「我們是不是要靠岸了？」

由紀子在枕頭上轉頭問道。富岡在窗台上以手肘拄著臉頰，說道：

「到種子島了。」

「港口漂亮嗎？」

「嗯，雖然小，但是有模有樣。妳要起來看看嗎？」

「不用了……反正港口不都大同小異？」

「比我原本所想像的要熱鬧得多，有很多小船。總覺得跟法印的某個村落很像，但我忘記是哪裡了。」

「跟法印很像？」

「嚴格來說並不像，只是總覺得法印也有這樣的村落。日本人所興建的港口，不管哪裡都給人陰森冷清的印象……」

此時忽然響起一陣刺耳的摩擦聲，似乎是放下船錨的聲響。船身逐漸靠向港口的小碼頭。明亮的碼頭上擠滿了有如螞蟻一般的人群，似乎是前來迎接船客的種子島居民。

隨著船身接近碼頭，碼頭上的人群身影也愈來愈清晰。種子島居民的穿著打扮，其實跟東京人或鹿兒島人並沒有多大差別。有些年輕女人的身上穿著近來流行的紅色外套，絕大部分的女人都燙了頭髮，年輕男人則大都梳個飛機頭，頭髮抹得油油亮亮。

不一會，船員放下踏板，手裡拿著蘋果、金魚缸的船客陸續下船。狹窄的碼頭因波浪而微微搖晃，踉踉蹌蹌的群眾看起來像是一群東逃西竄的螞蟻。富岡將外套披在肩上，走上了頭等甲板。

看了一會，群眾逐漸朝著山丘狀的市鎮方向散去。有如白色沙地一般的道路，在夕陽下發出淡淡光芒。放眼望去可看見不少建築，有木造的市公所，有貨運行，有微微傾斜的老舊三層樓旅館，還有小酒館，全都擠在堤岸邊。

富岡實在不明白，渡船為什麼要在這種地方停泊到晚上九點。若說是為了卸貨，碼頭上又沒看見搬出什麼大型的貨物。

62　大隅：即日本古代的大隅國，又稱隅州，範圍涵蓋今鹿兒島縣東部及種子島、屋久島等島嶼。值得注意的是「鹿兒島」雖然有「島」字，卻是縣名而非指單一島嶼，在認知上並不在文中所稱的「大隅的海上諸島」之中，因此才會有「種子島是唯一擁有文明的島嶼」的說法。

富岡與由紀子都沒上岸，就在船艙裡待到入夜。傍晚時分，甲板上點亮了光彩奪目的裝飾燈火，擴音器傳出震耳欲聾的流行樂歌聲。

甲板及走廊上不時傳來有人穿著拖鞋來去奔跑的聲響，以及酒館女人嗲聲嗲氣的說話聲。好幾次突然有人打開房門，探頭進來左右張望。這種粗魯無禮的行徑，令富岡及由紀子都感到相當吃驚。

「屋久島也是這樣的地方嗎……？」

由紀子鑽進毛毯裡，憂心忡忡地說道。甲板上持續傳來流行歌聲，那首歌似乎是叫某某藍調，讓人愈聽愈是有種想要自暴自棄的感覺。

隔天早上八點左右，終於隱約可見屋久島。

富岡及由紀子預計將在安房港上岸。渡船先抵達了宮浦的外海，這一帶由於海岸附近波浪太大，而且沒有港口，因此渡船就停泊在外海處，要上岸的船客都必須改搭小船。屋久島是一座鬱鬱蒼蒼的孤島，位於大隅諸島邊境，看起來就像是大海上的一顆黑痣。富岡第一眼看到這座島嶼時，心想這就是自己最後的落腳處，不禁湧出無限感慨。

宛如天鵝絨一般茂盛而濃密的深綠色山巒，坐落在深邃的藍色汪洋之上，屹立在萬里無雲的晴朗天空下。

屋久島的位置，在種子島的西南方三十二海里處，面積約五百平方公里，形狀渾圓，幾乎沒有稜角。位於島中央的宮浦岳是九州地區最高的山，標高一千九百三十五公尺，此外尚有永田岳、黑味岳等等，合稱八重岳，垂直方向的高低落差極大。著名的屋久杉，生長在海拔一千至一千五百公尺的山腹地帶。

富岡的口袋裡有一張便條紙，上頭簡單介紹了屋久島的概況。這是一座黝黑的圓形島嶼，跟種子島的情況截然不同。島上那濃濃的深綠色，富岡覺得自己已經很久沒看過了，這時不禁感到心情舒暢。這種感覺完全不像是被流放到孤島上，反而有種身心受到洗滌的清爽感，彷彿那廣大的森林正在歡迎自己。富岡來到了甲板上，承受著寒冷海風的吹拂，看著遠方的島嶼，覺得看再久都不會厭倦。若說種子島是一座橫躺的島嶼，那麼屋久島就是一座站立在海上的島嶼。倘若在昏暗的黎明時分，陡然間看見海上出現這樣的島嶼，一定會膽戰心驚吧。

光是在一片明亮的蔚藍大海上，竟然會懸浮著一座有著茂密森林的島嶼，就讓人不禁想要讚嘆大自然的不可思議。渡輪放下了接駁小船後，再度響起急促的引擎聲。海面上依然波濤洶湧。

在這種驚濤駭浪之上，小小的接駁船只能像樹葉一樣任憑擺布，奮力划向那冷清寂寥的宮浦海岸。

由紀子也坐起了上半身，開始撥弄頭髮。臉上帶著不抱希望的表情，將小鏡子夾在毛毯的皺褶處，梳理起紊亂的頭髮。髮絲乾癟，半點油光也沒有，由紀子不耐煩地將頭髮整理成一束，以手帕綁起，接著以吃力的動作將乳液抹在臉上。大海所反射的光芒透入了玻璃窗內，投射在塗著白色油漆的木板牆上。那微微搖曳的光影，看起來有點像是夏天因天氣炎熱而造成的景色扭曲現象。

由紀子一直刻意不去看窗外的景色。當初不看種子島，此時也不看屹立在眼前的屋久島。對由紀子來說，那陸地長什麼模樣根本一點也不重要。但既然渡船即將抵達目的地，也只能起來整理儀容準備下船。富岡見由紀子的動作顯得有氣無力，還以為是她身體不舒服。

十點左右，渡船抵達了安房港外海。

一艘小小的接駁船，在大浪中一邊搖曳一面朝著富岡等人所搭的渡船靠近。天空不知從何時開始下起了小雨。

富岡摟著身體虛弱的由紀子的肩膀，走下了傾斜的踏板。一名身穿白色上衣的船員，站在踏板的下方朝由紀子伸出了手。踏板有時高高揚起，有時又下沉到彷彿會被巨浪吞噬的程度，實在相當危險。由紀子好不容易才抓住了船員的手掌，整個身體滑入小接駁船中。到了接駁船上之後，由紀子蹲在一堆以稻草包裹住的貨物旁邊。驀然間，由紀子從貨物的縫隙之間，望見海面另一頭的那座宛如妖魔鬼怪一般的高聳小島。由紀子瞪大了雙眼，目不轉睛地看著。那看起來像是一座無人島，島上似乎什麼也沒有。黑色的高聳島嶼帶給由紀子相當強烈的壓迫感，令她忍不住暗自咕噥。

不一會，小接駁船乘著一波大浪，離開了大船旁邊。船身劇烈搖晃，令由紀子相當不舒服。不知不覺中，雨勢愈來愈大，坐在小接駁船裡的數名船客都早已溼透了。由紀子將富岡的外套蓋在頭上，但膝蓋以下的部位卻感到愈來愈冷。在昏暗的外套裡，由紀子不停地劇烈咳嗽。

接駁船划進了一處相當狹窄的峽灣內，船身的晃動才漸趨平緩。白色的沙洲在受了雨水洗滌之後顯得相當潮溼。峽灣內的海水是清澈的鮮綠色，不管是海底的岩石還是水草，甚至連空罐都可以看得一清二楚。

白色沙洲的上方是一條河川，有一片高聳的堤防，堤防的上方是一座造型奇特罕見的巨大吊橋，呈現彎曲的拱橋形狀。

沙地上站著四、五個人，正在等著接駁船的到來。其中有兩人是營林署派來的，正等著迎接富岡。

一人撐著雨傘，另一人則穿著雨衣。富岡支付了接駁船的船費之後，跳到了白色沙地上，接著將包在溼漉外套裡的由紀子也抱下了船。兩個營林署的人朝富岡奔了過來，腳底在沙地上踏出窸窣聲響。

「遠道而來，一定累了吧？聽說你太太身體不舒服？這可真糟糕……」

說話的是個中年男人，有著一對純樸的眼睛，與都市人截然不同。他將雨傘舉到了由紀子的頭頂上。沙地一直延伸到堤防的上方。由紀子幾乎累到精疲力竭，不時停在沙地上喘氣。感覺好痛苦，全身灼熱得彷彿要噴出火焰一般。

原本矗立在吊橋上方的雄偉高山，不知不覺已隱沒在乳白色的濃霧之中。

一行人登上堤防，走過長長的吊橋，進入了一家安房的旅館，招牌上寫著「見晴亭」三字。旅館的位置在一片山丘上，有一條狹窄的水泥坡道，坡道上有些鋼筋支柱，好幾條吊橋的粗大繩索都固定在上頭。

這家旅館還負責配給及運送稻米，外觀有些陰森，看起來實在不太像是一家旅館。一行人在昏暗的土間脫下鞋子，登上因下雨而變得潮溼的木板階梯，進入二樓的榻榻米房間。

旅館的建築相當簡陋，放眼望去全是木板牆，找不到一面土牆。

富岡指示一名身穿外套的年輕女服務生，要她立刻為由紀子鋪好床。隔著走廊，可看見外頭的雨勢更大了，一滴滴雨水有如麻繩一樣粗。不管是山巒還是大海，都隱沒在白茫茫的濃霧之中。那就像是一片白色的牆，奪去了眼前的所有視野。

在那一大片白色濃霧之中，夾雜著一些從庭院另一側的澡堂飄散出來的黃色霧氣。

女服務生鋪好了床。房間裡頗為明亮，富岡與前來迎接的兩人交換了名片。女服務生送上半冷不熱的茶，及以黑砂糖製成的點心。

「聽說這裡經常下雨？」

富岡點起一根菸，將輕巧的方形火盆拉到身邊。

「是啊，幾乎每天都下雨。有人說屋久島一個月會下三十五天的雨……」

穿著雨衣的男人說道。那男人脫下雨衣，竟然是個看起來像是學者的年輕人。

61

原本穿著雨衣的年輕男人自稱姓田付，撐雨傘的中年男人則自稱姓登戶。

兩人的身分皆是事務官，似乎不是在山裡工作。他們告訴富岡，要進入山裡可搭乘小火車，每天有兩個來回班次。接著他們又表示，營林署為富岡安排了一間小小官舍，但由於富岡必須照顧病人，住在官舍可能諸多不便，因此他們建議富岡先在這間旅館住個五、六天再說，富岡的心中也是如此盤算。然而最讓富岡在意的，還是這個地方太過冷清。

令人窒息的大雨一直下個不停。雨勢非常大，放眼望去一片乳白色。

營林署的兩人離去後，富岡以五右衛門澡桶[63]裡的髒汙熱水泡了澡，自己也躺在棉被裡休息了一會。富岡自己也已經累壞了。由紀子依然咳個不停，一張臉脹得通紅。過了一會，由紀子吃下了咳嗽藥，在昏暗的房裡睜開了眼睛。

此刻兩人都感覺來到此地簡直就像是一種刑罰。由紀子甚至有預感，自己將會死在這個地方。如果真的要死，最好能夠死得乾乾脆脆。聽說這裡每天都會下雨，這種雨中孤島的生活實在難以忍受。如果仔細聆聽，會感覺雨水好像滴進了耳中。

旅館裡的房間沒有玻璃門，只有紙拉門，而且每一格的紙都鬆弛下垂，看起來簡直像袋子一樣。棉被為每個人一條，墊布有一股漿臭味，枕頭硬得像樹根。

火盆上煮著一個凹凸不平的鋁製茶壺，滾燙的熱水不斷溢出，滴在火盆上。但火盆裡的灰都硬得像貝殼一樣，即使熱水滴在上頭，也不會揚起一點塵煙。由紀子凝視著茶壺冒出的水蒸汽，深刻感受到房間裡的蕭條冷清。以木板隔出的壁龕裡，擺著看起來像是菊花的花朵，上頭垂掛著三座油燈。除此之外，房間裡什麼也沒有，令由紀子感覺彷彿又回到了從前的生活。富岡睡得正熟，不停發出鼾聲。或許能夠發出鼾聲，正意味著心靈的平靜吧。由紀子不禁感到有些羨慕。

令人難以忍受卻又無計可施的刺耳雨聲，讓由紀子忍不住深深嘆息。就算恢復了健康，在這裡的生活又有什麼樂趣？但就算在這個時候打道回東京，也已經沒有任何希望。

入夜之後，旅館裡點起了油燈。

服務生送上了晚餐。料理只有一道紅通通的煮螃蟹，沒有任何蔬菜。由紀子發燒到將近四十

63 五右衛門澡桶：指木製的圓形澡桶，底下為鐵製鍋爐，可直接對澡桶內的洗澡水加熱。

度，全身汗水涔涔。由於沒有替換的衣物，只能穿上旅館裡那帶有漿臭味的浴衣。

富岡以笨拙的動作在由紀子的手腕上注射了藥劑，才坐在由紀子的枕邊，慢條斯理地喝起了酒。沒有任何下酒菜可以配。倒是有不少的白飯，裝滿了一整個小漆盒，還從盒蓋的邊緣擠了出來。富岡不禁露出苦笑。照理來說這種地方應該很缺米才對，餐桌上反而是米飯最多。

酒是地瓜燒酒，拿到鼻子前面，會聞到一股臭氣。由於兩支酒瓶都浸泡在鐵茶壺裡，富岡完全沒有料到那裡頭裝的竟然是地瓜燒酒。富岡問女服務生有沒有日本清酒，得到的回答是這個島上根本沒有日本清酒。

既然沒有日本清酒，也只能勉強拿地瓜燒酒湊合著喝。喝了一會，也有了一些醉意。昨天之前的事情都在酒精的力量下忘得一乾二淨，富岡產生了一種彷彿已經在這裡住了很久的錯覺。雨勢愈來愈大，幾乎跟暴風雨沒兩樣。沖刷著排水管的狂暴水聲，聽起來簡直像是某種打擊樂。在這塊土地上，任何思想都會失去意義。待在這裡的唯一價值，只剩下活著而已。富岡放空了心思，只是不停地灌酒。不管是什麼樣的土地，都受著神的掌控。要颳風，要下雨，全在神的一念之間。在這樣的狂風暴雨之下，島上的純樸居民必須為了活下去而奮戰。一旦輸給了暴雨，就沒辦法活了。但富岡實在不禁感慨，這雨勢未免太驚人了。有如懷抱著敵意一般的可怕雨聲，不斷撼動著富岡的內心。躺在旁邊的女人正病得嚴重，不僅發著高燒，嘴角還不時冒出泡沫。雖然這個世間的一切全由冷酷的神所決定，但無論如何不能在其力量之下挫敗。既然流浪到了這塊土地上，也只能設法讓這裡成為自己最好的歸宿。到了這個地步，已不能指望發生奇蹟。但富岡轉念又想，或許眼前這個女人再過不久就會斷氣了。一想到兩人長久以來所吃過的苦，富岡雖然早已醉了，眼角卻還是不禁微溼。除了眼前這個女人之外，天底下還有誰會對自己這樣的男人付出那麼多的感情？就算是阿靜，也在未經自己同意下擅自死於非命。柔兒離開了自己的身邊，而邦子則是敗給了貧窮。唯有由紀子，能夠對抗著疾病，咬著牙跟隨自己來到這個地方。回想當初接駁船靠岸時，前來迎接的營林署人員在富岡的面前稱由紀子為「你太太」，這讓富岡不禁想起了從前那段擁有健全家庭的漫長公務員生活。富岡接著又想到了由紀子擅自拿掉的那個孩子，心中充塞著遲來的不捨與懷念，不由得深深感到自責。

發著燒的由紀子，不時在半夢半醒之間呼喚著醫生的名字。富岡心中難過，每隔一陣子就會將她額頭上的溼毛巾翻面。富岡暗自決定，等到明天天亮，如果由紀子的病情還是沒有好轉，就發一通電報給比嘉。

榻榻米又溼又黏，木板牆彷彿噴上了一層霧氣……房間內的一切都帶給富岡不祥的預感。

到了隔天早上，雨雖然停了，但天色依然昏暗無光，簡直像是進入了梅雨季一般。富岡畢竟是新到任的職員，先到營林署打了聲招呼。據說署長姓宮崎，最近出差去了，並不在署內。在登戶的帶領下，富岡看了屋久島的林層地圖及各種資料文件。結束後，又順便參觀了官舍。官舍的位置在營林署附近的一所小學旁邊，同樣是沒有土牆的木板屋，只有一層樓，切割成有如田字一般的格局。庭院裡有一棵好幾個人張開手臂才能環抱的大榕樹，垂下了有如乳房一般的枝葉。此外還有長得相當茂盛的芭蕉葉，上頭結著藍色的小果實。這些植物都呈現美麗的翠綠色，完全沒有半點寒冬的氛圍。此時又開始下起了宛如濃霧一般的絲絲細雨。兩人決定明天再到山上，富岡請登戶發一通電報到鹿兒島，並在中午回到了旅館。

由紀子依然高燒不退，富岡於是依照比嘉的指示，為由紀子施打了青黴素。由紀子的意識似乎還很清楚，她以開玩笑的口吻說道：

「能夠死在你身邊，我也心滿意足了。」

「死有什麼大不了？想要死，隨時都能死。但妳既然來到了這裡，怎麼能夠輕易放棄？」

「那雨聲真吵……」

「現在雨勢已經小得多了。」

「好想看一眼晴朗的天空……」

隔壁房間好像有四、五個人正在開會，紙拉門的另一頭不時傳來談話聲。外頭雖然下著小雨，依然能清楚看見山脈。那山的形狀，有點像是把硯台豎立起來。富岡拿起由紀子額頭上的毛巾，發現燙得像煮過一樣，嚇得將毛巾握在手裡，一時不知如何是好。旅館裡的人基於一片好意，建議富岡將芥子粉以水調開後貼在病人的胸口。富岡於是請女服務生買來了芥子粉，以水調開後攤平在紙上，貼在由紀子的胸口處。過了一會，富岡將紙撕下，卻只看見胸口處的皮膚又紅又腫。

富岡忍不住將臉湊向那皮膚，在心中對著神佛默禱，祈求神佛讓兩人重獲新生。

62

由紀子的呼吸變得急促而粗重。富岡緊緊握住由紀子那灼熱又汗水涔涔的手掌，將頭緊靠在榻榻榻米上，數著由紀子的呼吸聲。

「無知的人哪，今夜必要你的靈魂；你所預備的要歸誰呢？」富岡在祈禱的過程中，腦海裡忽然浮現了這段不吉利的話。這句話到底是從哪裡讀來的，富岡已記不得了[64]。驀然間，這句話就出現在自己的腦海裡。富岡緊緊握著女人的手，內心有時卻會閃過希望她趕快死的想法。但富岡趕緊將這念頭拋出腦外，不停在病人的耳邊輕喊著：「由紀子！由紀子！」由紀子早已因高燒而神智不清，她微微睜開雙眼，委靡不振地望向四周。富岡將耳朵抵在由紀子的胸口，傾聽她的心跳。那心跳聲還算沉穩，但富岡卻有種快要發狂的感覺。整個耳裡都是雨聲，聽覺彷彿完全被掩蓋了。像這樣的夜晚，富岡總是感覺彷彿又回到了林園高原一般，不禁感慨兩人之間的緣分是如此奇妙。在這數年動盪不安的奮鬥中，富岡覺得自己已經失落了身為人的真誠本性。富岡開始認為自己的心靈已陷入空洞的狀態。以日常生活中的一舉手一投足來掩飾自我，就好像是一頭毫無內心世界的怪物。這樣的自己，令富岡深深感畏懼。

富岡的內心一方面同情由紀子，另一方面卻又管束不了自己。這天直到傍晚，雨都沒有停過。打從傍晚起，由紀子又陷入了昏睡狀態。不過幸好燒有稍微退了些。或許是每隔四小時注射一次的青黴素發揮了效果。至少這個藥能對由紀子的生命產生一點幫助，已讓富岡慶幸不已。這天富岡也感到疲累不堪，入夜之後，富岡又在由紀子的枕邊喝起了地瓜燒酒。由紀子正張著口，睡得人事不知。隨著醉意愈來愈濃，富岡漸漸覺得眼前這女人的模樣是如此令人作嘔。即便這女人的境遇

64 這段話出自《路加福音》。

反映出自己的本性，那也只不過是一些過往的回憶而已。富岡開始覺得自己跟這女人像私奔一樣跑到這種地方來，簡直是瘋了。女人是一種永遠放不開回憶的生物。回憶跟命運，總是會讓女人不斷地產生誤解。富岡回想起自己曾經惡毒地對由紀子說了一句「妳大概是在練馬白蘿蔔的產地出生的吧」，但如今由紀子那邋遢的睡相，只讓富岡覺得她是個放蕩的女人。從前加野曾經說她長得像女演員三宅邦子，但在富岡的眼裡，那痴呆的表情只像是個在歌舞伎演員的家裡出生的不成材女兒。

富岡喝了不少氣味難聞的地瓜燒酒，反而愈來愈有活力。「你還好嗎？」女服務生有些不安地問道。「還好。」富岡帶著呆滯的眼神回答。酒醉能夠讓人忘記回憶，忘記命運，忘記一切糾纏不清的瑣事。富岡感覺有一股宛如從風箱吹出的強風籠罩著全身，就好像是以自己為下酒菜一般觀察著自己。

其實他根本不想來到這種地方，只是不願留在東京當乞丐而已……人家說一技之長可以保命，但是進入深山裡做這種有如仙人般的工作，自己真的能夠勝任嗎？富岡覺得自己將由紀子帶在身邊，彷彿淪落為女人回憶中的伴奏者。畢竟由紀子偷走的那些錢，對自己還是有不小的吸引力。因為那可是神明的錢，一定能夠發揮神奇的功效。神是公平的，幾乎到可以稱之為殘酷的地步……富岡聽著從排水管傾瀉而出的雨水聲，心裡有著想要喝一整晚酒的衝動。

或許自己已經完全失去愛女人的能力了。富岡一邊這麼想著，一邊將七、八支空酒瓶排列在壁龕上。徹底理解了女人是一種多麼無趣的生物，這帶給富岡一種身心舒暢的感覺。最後富岡倒在由紀子的被鋪角落睡著了。到了深夜，富岡喉嚨乾渴不已，彷彿有一把火在燒。富岡甚至懷疑是不是有鮮血正從自己的鼻孔噴出。富岡摸黑抓起火盆上的茶壺，拿到嘴邊灌了好幾口。不知道是不是雨勢變小的關係，雨水聲變得好遙遠。

一看時間，已經接近四點了。富岡於是點起了酒精燈，取出注射針頭。

腦袋昏昏沉沉。

或許這已經變成了一種習慣吧。世上的護士們，或許也都是類似的狀況吧。明明對病人漠不關心，卻已經養成了在深夜裡起床的習慣。想當然耳，病人還是一樣皺著眉頭，露出痛苦的表情。

「感覺如何？」

「好多了。」

「雨好像停了。」

「沒想到這裡這麼會下雨，真不知道該說什麼才好……」

「嗯……」

「這雨真是煩人。」

「就跟妳一天到晚提往事一樣煩人吧。」

「唔……或許吧。」

「我們兩個都像是被剝了皮的兔子。」

由紀子露出微笑。

富岡收拾了注射針頭，拿出潮溼的香菸點了一根，皺眉吸了一口，又將手伸向壁龕裡那些空酒瓶。

阿靜的幻影不斷在眼前飄來蕩去。富岡拿起每一支空酒瓶，喝掉裡頭殘餘的酒。

「你那麼想喝酒？」

「嗯，想喝。」

「如果我不是因為生病，也想喝一些……當初我們怎麼會決定來到這種地方？」

「沒辦法，全是為了工作。」

「你怎麼會想要跑到這麼遠的地方工作？」

「當然是因為在東京沒辦法餬口。等妳身體好一點，就快回東京去吧……知道嗎？」

「回東京能做什麼？」

「我怎麼知道妳想做什麼……」

由紀子忽然有種觸動了傷口的感覺，痛得閉上了雙眼。最近由紀子開始懷疑自己得了一種很特殊的疾病。當初比嘉再三建議由紀子拍攝X光片，還說有可攜式的機器，完全不會麻煩。但是由紀子一直沒答應，因為由紀子不喜歡被人看見胸部深處。

「現在幾點了？」

「五點，快天亮了。這座島該不會一年到頭都在下雨吧？」

「這我也不知道……」

「到了這個地步，也只能進山裡工作了。昨天我已經去官舍看過了，現在我只擔心妳有沒有辦法一個人生活……一旦入山之後，可能會有一個星期沒辦法回來……」

「不能把我也一起帶上山嗎？」

「別開玩笑了，要怎麼帶妳上山？」

「也對……如果不下雨，這裡其實是個好地方。我想應該不太可能每天都下雨吧……？假如加野這時還活著就好了……」

「妳乾脆到陰間把他叫回來如何？」

「如果我去叫了，連我也沒回來，你是不是會鬆一口氣？」

「那當然，反正這世上到處都有女人。」

「是啊，女人不過就是這麼一點價值。就算是再怎麼了不起的女人，在男人眼裡，也沒有什麼大不了……畢竟男人跟女人有著天壤之別。天底下到處都有女人……真讓人不甘心。」

「如果妳覺得不甘心，那就早點好起來吧。恢復了精神，用女人最大的武器跟男人一較高下吧……」

「你這個人嘴巴真是惡毒。打從以前，你就愛說這種氣人的話，要是被女議員聽見了，一定會把你臭罵一頓。」

「女議員……我從來不認為女議員是女人。不，應該說我從來不記得天底下有那種人。」

阿們，確實如此。由紀子雖然有些生氣，還是將手掌從胸口移開，摸索著富岡的手掌。

63

由於總不能一直住在旅館裡，到了第四天，富岡趁著天空放晴，找人以擔架將由紀子抬到了官舍。島上的居民見擔架經過，都帶著一股好奇心上來圍觀。

由紀子已不知有多久沒看見藍天了。此時陽光還露了臉，自道路兩側向中央延伸的樹木皆在陽光下閃閃發亮。天空的顏色刺眼到讓由紀子睜不開雙眼。那蔚藍的天空帶著些許暖意，實在不像是冬季的天空。

擔架一邊擺盪，一邊前進在蜿蜒的道路上。不知從何時開始，周圍再也沒有嘈雜的說話聲，由紀子睜開了眼睛，只見一隻雞奔進了人家屋舍內，同時不停發出刺耳的叫聲。這附近甚至沒有能夠稱之為城鎮的地方。村落裡的家家戶戶，大都只將窗戶上的遮雨板打開一道縫隙，那氛圍與法印的安南人村落有幾分相似。由紀子左右擺頭，好奇地往四周張望。每一戶人家都關上了遮雨板。擔架穿過一條由類似榕樹的巨大樹木所形成的隧道，便聽見了富岡的聲音。

「辛苦了……」

接著是一陣拉開門板的吱嘎聲。抬擔架的人搖搖擺擺地將擔架送入屋內。天花板上滿是汙漬，木板牆上貼著報紙，由紀子幾乎不敢相信這就是所謂的官舍。

這天中午，富岡就搭小火車上山去了，預計要在山上住一晚，明天傍晚才會回來。富岡找了一名婦人來照顧由紀子，那婦人還帶了一個孩子，據說是在戰爭中失去了丈夫的寡婦。

屋裡有一條棉質的條紋棉被，摸起來乾乾爽爽，不曉得富岡是從哪裡弄來的。當初在鹿兒島買來的一條毛毯，則鋪在下面當墊被。榻榻米使用的是沒有邊框的類型，方形火盆的上頭擺著全新的鋁製茶壺，正不斷噴出蒸汽。

吃完了旅館送來的午餐之後，富岡打上綁腿布，做好了登山的萬全準備，便出門去了。只見富岡的頭上戴著雨帽，身上披著骯髒的雨衣，背上背著扁塌的背包，十足是個經驗老到的山林官。前來迎接富岡的登戶，身上則穿著滑雪裝。富岡將由紀子託付給幫傭的婦人之後，走出了門外。這天是難得的好天氣。

「天氣這麼好的日子，在這裡可是很少見的……能夠曬曬太陽，心情也變好了呢。太太，我煮好了粥，妳要不要吃一點？」

幫傭的婦人不僅臉上毫無血色，而且眼睛竟然是灰黑色，給人一種肚子裡長了蟲的錯覺。她自稱名叫都和井伸，丈夫在九年前戰死沙場。

由紀子一點食欲也沒有。

只是張著眼睛，從遮雨板的縫隙望著外頭的蔚藍天空。富岡半開玩笑地說了一句「反正這世上到處都有女人」，直到現在依然讓由紀子耿耿於懷。那個男人接下來一定有辦法堅強地活下去吧。相較之下，由紀子認為自己恐怕已經沒有幾年好活了。附近的山上不時傳來山鴿的啼叫聲。從遮雨板的縫隙之間，可看見宛如經過切削一般的陡峻山峰，山肌的顏色是硯台一般的黑紫色。

「小杉谷離這裡很遠嗎……？」

由紀子詢問阿伸。原本正在擠著椪柑汁的阿伸抬起了臃腫的臉孔，說道：

「唔，大概要走兩個半小時吧。光是到途中的太忠岳，就要花上一個小時……而且聽說小杉谷現在正下著大雪，先生去那裡應該會很冷吧。」

小杉谷的伐木場一帶標高約七百公尺，平均氣溫只有十六度，從每年的十二月到入春的三月都呈現積雪狀態。

屋久島或許是因為有著連綿不絕的高山，每天的天氣都陰晴不定，再加上經常有颱風經過，一年到頭可說是豪雨不斷。村莊因為財政拮据，幾乎沒有做出任何防水措施。

島上的主要收入來源，除了五月可捕撈飛魚之外，就只剩下地瓜、甘蔗及木材。

屋久島上的屋久杉相當有名，但由於沒辦法利用河川將砍下的杉木運送至河口，完全只能靠小火車來搬運。

屋久杉或許是因為一年到頭都受雨水及霧氣包圍，加上樹齡都相當老，在水中並不會浮起。這些杉樹原木只能以小火車載至平地，如果在搬運上船的時候不小心掉進海中，就會直接沉入海底，浮力完全派不上用場。

「這麼溫暖的地方，還會下雪？」

「是啊，小杉谷在三月之前還能滑雪呢。」

「妳爬上去過嗎？」

「沒有，我只到過途中的太忠岳。」

天色驟然變得陰暗。

有如硯台一般矗立的高山，山頂處開始起了濃霧。由紀子看著那山頂的霧氣變化，心頭驀然有股說不上來的悲傷。像自己這樣的人，是沒有辦法看著這樣的景色活下去的。一度過慣了好日子的由紀子，實在無法忍受有著汙漬的天花板，以及貼著報紙的木板牆。只要回到東京，就能生活在一切文明的環繞之下。但是……難道要像從前一樣，在那池袋的小倉庫裡生活嗎？不知道為什麼，由紀子的腦海裡忽然浮現了當初跟喬的種種回憶。喬帶著那顆碩大的枕頭來找自己，在床上打開了收音機，跟著旋律哼唱起了那首《勿忘草》……懷念的人兒啊。如今雖已凋零，昔日卻如瑠璃。這鮮豔的花兒，好似過去與妳的快樂時光，撫慰著我的心……

當時富岡看到那台小小的收音機時，曾經要由紀子播放舞曲，由紀子卻故意轉到軍事法庭的頻道。

「你當時有著什麼樣的想法？」

收音機裡傳出這麼一句日裔美國籍的口譯員的斯文問話聲，富岡聽了大為不滿，直嚷著聽這種東西會心痛，要由紀子改播放一些美國爵士之類的音樂。當時由紀子怒氣沖沖地回答：

「這場審判可是跟你、我都息息相關……我也不是真的愛聽這種東西，但是我一想到有很多人正在遭受審判，我就覺得應該好好聽清楚那場戰爭到底是怎麼回事。」

如今回想起來，由紀子感覺自己跟喬的交往彷彿已經是十年前的事了。或許那個外國人如今早已回故鄉去了。雖然兩人在言語上無法確實溝通，但是雙方的肉體及心靈卻達到了互相契合的境界。富岡曾拿這件事來譏諷由紀子，由紀子則以「就跟你在法印時愛上柔兒一樣」來反擊。

想著想著，由紀子深深懷念起從前的這些往事。但由紀子也明白，自己跟喬的交往過程能夠如此陽光開朗，是因為不必互相揣測對方的真正想法；能夠交往得如此輕鬆愉快，是因為不必針對責任之類的嚴肅話題進行溝通。

64

富岡登上小火車的車頭，與駕駛員並肩而坐。小火車不斷沿著狹窄的軌道向上爬升，同時發出可怕的聲響。富岡有一種身體懸浮在半空中的錯覺。此時天氣晴朗，眼下可看見安房河泛著藍色的光芒，以蜿蜒的姿態延伸至叢林的最深處。富岡的胸前口袋裡，放著今天才剛製作好的名片。名片上印著「農林技官」四字，這個頭銜實在讓富岡有些不好意思。

「要不要來一根？」富岡問道。

駕駛員轉頭望向富岡，顯得有些驚訝。眼下就是斷崖絕壁，一種名為桫欏的蕨類植物讓富岡看得嘖嘖稱奇。當年在大叻的深山裡，到處都長著這種蕨類植物，與日本內地一種名為全緣貫眾蕨的蕨類植物非常相似。富岡點了一根菸，交到正緊握方向盤的駕駛員手裡。

右手邊峽谷下方的安房村落逐漸隱沒在樹林深處。小火車彷彿行駛在高空中一般。火車頭的後方，拖著四節無蓋車廂，裡頭堆著米袋、蔬菜、書信，以及裝著鹽的稻草袋。此外還有五、六個同樣要上山的營林署樵夫，瑟縮著身子坐在米袋上。登戶也混在那群人之中，正在大聲說著話。

營林署在屋久島上的管轄地約有兩萬公頃，全都是公有林地。這樣的面積，甚至比不上法印的私人土地，但畢竟屋久島只是一座小島，想要在這裡追求廣大的土地，不過是緣木求魚。這兩萬公頃的土地雖然狹小，卻是如今日本相當珍貴的寶庫。日本在戰敗之後，失去了朝鮮[65]、台灣、琉球列島、樺太[66]、滿洲等地的所有資源，只剩下日本內地。現在的狀況，就好像是為了餵飽一大家子，必須翻遍整個廚房，找出所有食物。

「山上應該很冷吧？」

「今年全國各地都下了不少雪，連山上也不例外，大家都說這樣的情況很少見呢。」

「早知道就多準備一些禦寒的裝備了。」

「山上有禦寒的衣物可以穿。」

「這座島有多大？」

「東西長六里，南北長三里二十七町[67]……距離鹿兒島約九十七海里。安房的村子裡很溫暖，但是山上可是相當寒冷。」

那駕駛員說起話來，帶有軍人口音。右手邊的山上，有一大片顏色相當鮮豔的紅土區。小火車已經爬升到相當高的位置，吐出來的氣都化成了白霧。

山頂上開始湧出有如昏暗屋簷一般的烏雲，碩大的雨水開始滴落。富岡轉頭一看，坐在車廂裡的人，有的披上了雨衣，有的則撐起了雨傘。

當小火車抵達太忠岳的時候，雨勢已轉為傾盆大雨。小火車在這裡暫時停車，駕駛員為車廂蓋上了頂蓋。這一帶已冷到令人相當難熬。抵達小杉谷的時候，已經接近傍晚，山肌的顏色愈來愈暗，而且雨水也開始夾帶著雪片。前方可看見許多姿態壯麗且枝葉茂盛的巨大杉樹，以及許多伐木

---

65 朝鮮：即今南北韓，二戰結束前為日本的殖民地，許多朝鮮人被徵調至日本內地的炭坑或伐木場工作。

66 樺太：今庫頁島。

67 町：此處的「町」為長度單位，日本舊制以三十六町為一里，一里約相當於現在的三・九公里。

小屋，形成了一副村落景象。

富岡趕緊衝進營林署的事務所，站在火爐前取暖。登戶向富岡介紹了事務所裡的每個職員。這天由於發電所剛好故障，所以天花板吊著一座大型的油燈。

有個滿頭白髮的年老事務官，自稱姓堺，他告訴富岡：「從前在這裡工作的人，大都是朝鮮勞工，但現在全是日本人。他們大都是從滿洲、朝鮮等地退回內地的，每天大概會有五份《赤旗報》[68]送到島上來，所以現在島上的人口有點複雜，或許這也算是實現了民主主義吧……這時局的變化可真大，對吧……在我們這個地方，總是聲音大的人得勢，像我這樣的老人，在這山上已經無用武之地了。富岡技官，你在學砍樹之前，可得先學學怎麼跟人辯論。」

堺老人笑著說完這一串話，向富岡討了一根菸，湊到爐火上點燃。玻璃門愈來愈暗，低矮的屋簷垂著一些冰柱。

65

離開了西貢市區後，沿著道路前進一會，便會抵達嘉定（Gia Định）。這裡駐紮著許多日本軍隊。從這裡到邊和（Biên Hòa）之間，有著不少甘蔗田及果樹園，長著茂盛的椰子樹及檳榔樹。穿過幾個小村落，再渡過兩座同奈河（Đồng Nai River）上的長長鐵橋，便會進入美麗的邊和。由紀子、加野與富岡三人曾經在這裡的一家小旅館住了一晚。這是一家由法國人經營的旅館，名為

「Maison Poisson」，意為「魚屋」，招牌上畫著大大的魚尾。

由於不久前才遭遇空襲，發電所遭到破壞，這一天的傍晚，三人在盛開著火焰樹花朵的庭院裡用餐。不知從何處的樹叢裡，傳來了奇妙的野鳥鳴叫聲。濃郁的花香撲鼻而來，草坪在黃昏的夕陽下呈現有如濡溼了一般的深綠色。木桌底下，由紀子不停以白色鞋尖逗弄著富岡的腳。

這天夜裡，悶熱得難以入眠，遠方不時傳來牛蛙的詭異叫聲。由紀子直視上方，正在想著事情，陡然間感覺到富岡壓了上來，那沉重的身體讓由紀子幾乎無法呼吸。

一片寧靜的房門外，首先傳來轉動門把的聲音。房門開啟，富岡那高䠷的身體與門外的亮光一同進入房內，隱沒在漆黑的房門後。由紀子躺在白色蚊帳裡，故意用力搧動扇子。兩人的嘴裡，都飄散出剛剛在草坪上所喝的雪利酒氣味。在這間旅館裡，除了三人之外，還住著兩組軍人。由紀子與富岡都沒發出半點聲音，兩人只是在黑暗中互相凝視對方。在那綻放出野獸般目光的雙眸之中，彷彿與戰爭絕緣的祕密情愫正在傾吐著兩人心中的千言萬語。

窗外驀然傳來樹果自大樹上掉落的聲響，令兩人同時心頭一震。在這片有如置身井底一般寂靜的高原上，兩人在深夜的邊和旅館裡的種種回憶，直到現在都還讓由紀子魂牽夢縈。如今細細回想，由紀子依然能夠清晰感受到富岡那蓬鬆的頭髮在手掌心的觸感。

隔天兩人都帶著若無其事的表情，搭車經過油之（Dầu Giây）及分歧點的夷靈，行駛在長約四十公里的官道上。那官道蜿蜒盤繞，有如蝴蝶結一般。開車的是安南人，由紀子與加野坐在後座，

68《赤旗報》：這是日本共產黨所發行的全國性報紙，於一九二八年創刊。

富岡則坐在副駕駛座。加野看起來有些心情不太好。這一帶屬於夷靈高原，沿途有著排列整齊的橡膠樹林，車子行駛在由枝葉組成的綠色隧道裡，耀眼的陽光從枝葉縫隙之間灑落。

車子抵達了位於壯奔的林業實驗場，富岡與加野各自下車辦了一些事情，又回到車內。車子不斷發出聲響，行駛在寂寥冷清的鉛灰色蜿蜒官道上。開車的安南人告訴三人，這一帶的道路相當危險，不時會有野象從路旁竄出。由於這附近是森林地帶，不時可看見黑壓壓的大花紫薇樹叢。

由紀子的臉上漾著笑容，不斷追逐著那段美夢。那青春的歲月，已經永遠不會再回來了……如今人事全非，富岡跟由紀子來到了這位於南方邊境的屋久島上，兩人都已老了數歲。由紀子彷彿聽見了微風吹過樹海的沙沙聲響。但是下一秒，由紀子驚覺那只不過是刺耳的雨聲。雨水有如噴霧一般，不斷地灑在窗戶玻璃上。察覺了真相的瞬間，由紀子大為失望，彷彿墜入了地獄之中。

由紀子有一種整個屋子都浸泡在水裡的錯覺。彷彿發生了《聖經》中所記載的大洪水。閉上眼睛，似乎可以聽見心臟的聲音穿透自己的皮膚及肌肉，清晰地鑽入自己的耳中。有時心臟的聲音會消失片刻，接著才又再度響起。明明把耳朵靠在枕頭上，心臟的跳動聲卻有如腳步聲一般響亮。

令人心情煩躁的雨水，宛如正以刀子一刀刀切開周圍的空氣。由紀子嘗試將雙手及雙腳伸直。差不多要多大的棺材才能夠裝得下自己的身體？由紀子忍不住想著這種不吉利的事情。但由紀子暗自說服自己，把所有的心思放在等待上。等待昨天上山工作的富岡回到身邊。

比嘉也遲遲沒有前來探視由紀子。不知道為什麼，由紀子突然好想寫信給住在靜岡的繼母。但是想了一會，又改變了心意。幫傭的都和井伸似乎並不想在由紀子的食物上花太多心思。她煮給由紀子吃的食物，全是煮到變成了糊狀的粥，再配上一顆梅乾，實在令由紀子難以下嚥。她還曾經只在盤子上放一顆生雞蛋，就端到由紀子的面前敷衍了事。由紀子甚至有一種錯覺，似乎這個都和井伸是跟富岡串通好了，故意要來折磨自己。這讓由紀子有一股殺死她的衝動。想要脫離這個女人的魔掌，這似乎是唯一的辦法。

有時由紀子會偷偷抬起視線，觀察著坐在枕邊看書的都和井伸。這女人看起來有著堅強的意志，不愧是個已經忍受了九年孤獨的寡婦。但是她的胸口及下巴附近看起來卻油亮粉嫩，儼然是個有著青春年華的少婦。

由紀子很想知道都和井伸在看的是什麼書，卻懶得開口詢問，只是把疲軟無力的手擱在毛毯上，看著涔涔冒汗的手掌，內心似乎可以隱約感受到自己的生命已經逐漸走到了盡頭。

忽然間，都和井伸放下書本，走出門外。那本書，原來是富岡從安房的旅館借來的一本老舊的家庭醫學手冊。今天屋外一片煙雨濛濛，看不見如硯台般矗立的八重岳。由紀子看著都和井伸走出門外，不由得注意起她的雪白腳底。屋久島的女人平常總是赤腳走路，但或許是經常走在沙地上的關係，她們的腳底總是很乾淨。平常進出屋子，也不曾見她們洗過腳。

由紀子不禁心想，如果自己現在死了，或許富岡會跟都和井伸結婚，從此在這裡定居……這是有可能發生的事情，由紀子已經能夠想像那樣的未來。正當由紀子幻想著那兩人在一起的畫面時，驟然感覺有大量濃稠狀的液體自胸口向上竄升，害她呼吸困難，忍不住轉動身體，接著想要以雙手摀口鼻，卻無法阻擋那濃稠的液體向外噴發。沒有辦法呼吸，也沒有辦法說話。棉被、毛毯及枕頭上全是噴出的鮮血。

由紀子感覺死期已經到了。自己彷彿分裂成了兩人，另一個冰冷的自己正坐在旁邊，緊緊抓著死神不放。死神現身在由紀子的分身之前，宣告著「這個女人體內的一切都將流失」，同時跳著勝利的舞蹈。在閃過腦海的各種意念之中，由紀子彷彿聽見了加野的呼喚聲。但是由紀子微微搖了搖頭。在如今的生活當中，已沒有一絲一毫值得自己眷戀及不捨的事物。開往陰間的火車即將載著自己啟程，就算此時富岡來到身邊，也沒有任何意義了。最後的生命能量正在流逝，肉體正以飛快的速度毀損。由紀子極想知道，自己的肉體會從哪裡開始傳出土崩瓦解的聲音，又會如何踏出死亡的第一步。由紀子痛苦地喘著氣。好想喝一口水。在從前那段體魄強健、行事魯莽的歲月裡，自己所經歷過的各種漫長旅行回憶，如今都像彩虹一樣在眼前一閃即逝。由紀子的十根手指頭，正以宛如彈奏鋼琴般的動作，詮釋出即將進入未知世界的不安、矛盾與混亂。由紀子感到胸口一陣噁心，彷彿肺臟徹底被掏空，裡頭灌滿了有如泥漿一般的汙血。

不知是誰的身影，不斷地在自己的枕畔來來去去，令由紀子感到厭煩不已。由紀子抬起了沾滿鮮血的臉，想要避開那道影子。但是那影子卻有如引導人類走向滅亡的閃電一般，帶著昏暗的光芒，在由紀子的額頭處不斷晃動。

在那嘈雜的雨聲之中，諾亞的審判，以及羅得的審判，宛如帶著轟隆聲響同時到來。由紀子彷彿看見了一個寂寞的女人身影，站在一座洞窟前方。不受任何人喜愛的空虛感，彷彿在洞窟中不斷迴盪之後，又像回聲一般，彈回到女人身上。自己已經徹底失敗，不管再怎麼掙扎，也無法挽回任何事情。當年的自己，到底跑到哪裡去了……？當初在法印的種種回憶，如今由紀子連想也懶得去想了。由紀子一邊努力把濃稠的鮮血嚥回喉嚨裡，一邊像遭到了活埋一樣大聲吶喊出想要活下去的念頭。由紀子一點也不想死。腦袋宛如凍結了一般冰冷而清晰，身體卻不聽使喚。

66

山上正下著罕見的傾盆大雨。富岡決定延後一天下山，此時正在事務所裡，坐在火爐前，與五、六個人一同喝著地瓜燒酒。最大的原因，在於富岡沒有勇氣下山回到官舍。隨著醉意愈來愈濃，心態變得愈來愈無情，對由紀子病情的關心也愈來愈稀薄。

富岡總覺得八重岳的外觀很像位於法印的吳哥城（Angkor Thom）巴戎寺（Bayon）[69]，因此忍不住絮絮叨叨地描述起當年自己親眼目睹的景象。

「岩山上矗立著雕刻成了人面模樣的巨大石塔，建築物的石柱都已傾斜，石梁也已坍塌。在這片岩石廢墟的前庭裡，可看見巨大的樹木支撐住即將倒塌的擋土牆，那模樣跟這裡的腐朽杉樹幾乎一模一樣。在那座宮殿裡，供奉著有如男女生殖器交合的石座，好像叫『林伽（Lingam）』吧，據說那象徵著濕婆神……如今雖然人類的文明愈來愈發達，但是那濕婆神，也就是大自在天，畢竟還是人類最大的文明吧。聽說原子彈也是從那大自在天濕婆的祕密中鑽研出來的……」

在山上工作的人大都喜歡閒聊。富岡對他們說起了從前在遙遠的外地[70]山林裡的回憶，他們一邊喝著酒，一邊聽得津津有味。火爐上擺著一個煮得滾燙的鐵茶壺，裡頭放著一些燒酒的酒瓶。眾人喝酒閒聊，已不知喝掉了幾瓶。

---

69 巴戎寺：吳哥古蹟內的寺院之一，由高棉國王闍耶跋摩七世下令興建。

70 外地：指日本在二戰結束前所擁有的廣大殖民地。

這時富岡已習慣了地瓜燒酒的氣味。地瓜燒酒跟一般在東京喝的燒酒不同，不僅不會頭痛，而且喝起來相當順口。不一會，大家的話題轉到了女人身上。煮飯的老婆婆及在一旁幫忙的少女一邊笑個不停，一邊幫忙把魷魚乾撕成細絲，以及在鯖魚乾上淋醬油。富岡喝得大醉酩酊，即使把手錶抵在耳邊，也聽不見秒針的聲音。如果不醉，內心實在沒辦法承受那痛苦的折磨。不，或許無法承受的不是內心，而是肉體。富岡的視線不時停留在少女的手腕上。那少女明明身材矮小，手腕卻頗粗，而且膚色黝黑。富岡回想起來，自己已經有好一陣子沒有碰過女人了。就連少女那肥厚的頸子、肉感的腰線，以及呈現紫色的腳背，都讓富岡看得心癢難搔。少女的下半身穿著深藍色的絣絲[71]燈籠褲，上半身則穿著綠色外套。山上處於長期積雪的狀態，如果走到小木屋外，夾帶雪片的雨滴打在臉上會相當疼痛。少女在這麼寒冷的山上生活，卻連厚底襪也沒穿，在每一棟小木屋之間來來去去幫忙。

少女那充滿了彈力的肉體，富岡看進眼裡實在無法不在意。如果周圍沒有人的話，或許富岡會忍不住將她撲倒。回想起來，似乎已經很久不曾有過這樣的感覺了。那少女的相貌，與阿靜有幾分相似。但是富岡告訴自己，過去的事情已經過去了，自己來到這裡，就是為了從頭來過。富岡爬上那有如養蠶架一般的層架床，到了第三層的床上，脫下皮革外套，躺在毛毯上。那少女的歡笑聲，不斷迴盪在富岡的腦海。

富岡就這麼不安穩地睡了一會，在五點左右醒來。睜開眼睛一看，油燈已經點亮了。下方有人在呼喚著自己的名字，富岡從扶手的縫隙望出去，那人說山下的村子裡打來一通電話，告知富岡妻子病危的消息。富岡披上皮革外套，爬下了梯子，在火爐邊穿上登山鞋。

「能搭小火車嗎？」

「可以，下山只要坐在車廂裡順著坡滑下去就行了，我會找個人幫你。」

負責庶務工作的老人答應幫這個忙。這時天色已經晚了，每一棟伐木小屋都點亮了油燈。原本只是下雨的天氣，不知從何時起變成了下雪。富岡戴上雨帽，用向少女借來的披肩包住臉頰及脖子，跨進了大約只有一張榻榻米大小的小火車車廂裡。除了富岡之外，車廂內還有一名準備搭明天入港的船回鹿兒島的學生，以及一名負責操控方向的年輕樵夫。三人在車廂裡蹲了下來，富岡及那學生輪流拿著油燈，樵夫便靠著油燈的亮光操控方向。

車廂發出有如雷鳴一般的轟隆聲，順著陡峻的山坡往下滑，不時還會向上彈跳。負責控制速度的樵夫，有時還會說出「剛剛差點翻車」之類的話來嚇唬兩人。在伸手不見五指的漆黑山谷裡，唯有油燈的亮光不斷沿著軌道向下滑行。山下的安房村正下著大雨。

到了這天晚上十點左右，富岡才好不容易回到官舍，但由紀子早已斷氣了。屋子裡擠了七、八個不管是富岡或是由紀子都從未見過的人，在由紀子斷氣前一直陪在她身邊。富岡向四周圍的人道了謝之後，走到由紀子的枕畔坐下，靠著油燈的亮光，凝視由紀子那浮腫的臉孔，好一會動也不動。有個人走上前來，幫富岡脫掉了溼漉的外套。

由紀子的手還未被擺成在胸前雙手合十的姿勢。富岡拉起由紀子那一雙已經有些僵硬的手，讓手掌在胸前十指併攏，就跟當初為妻子邦子做的行為一樣。由紀子的雙手不僅冰涼，而且沾滿了乾

---

71 絣絲：指由事先染好的絲線紡織出圖案的布料。

掉的血漬。不過由紀子的臉上還算乾淨，多半是幫傭的婦人擦拭過了吧。富岡看著由紀子手上的血漬，眼眶突然湧出了火燙的淚水。阿靜死了，邦子死了，如今由紀子也死了。富岡激動地搖晃由紀子的身體，卻沒有得到任何反應。屋裡的人一個接著一個離去，富岡可以聽見他們撐開了雨傘，沿著窗外的道路走遠的聲音。

「她的病情是從什麼時候開始惡化的？」

富岡詢問都和井伸，都和井竟說不出來。當時都和井正在讀著一本家庭醫學的書，卻發現由紀子正以一種彷彿連自己在看哪一頁都一清二楚的詭異眼神，目不轉睛地凝視著自己。原來都和井懷孕了，但不想把孩子生下。她偶然間在病人的枕邊發現那本家庭醫學的書，拿起來一讀，裡頭寫著各種合法拿掉孩子的方法。因此她一邊讀著那本書，一邊煩惱著過一陣子要到鹿兒島，找醫生把孩子拿掉，不曉得要花上多少錢。就在都和井想得出神的時候，偶然間低頭瞥了病人一眼，竟發現病人那浮腫的臉上帶著令人心裡發毛的可怕表情，正以半開半闔的眼睛看著自己。畢竟都和井跟由紀子非親非故，她不敢一個人繼續待在這種重症病人的身邊，因此赤著腳走出屋外，在大雨中回到自己家去了。

富岡聽都和井伸說得吞吞吐吐，心裡很清楚她說的都只是一些推託之詞。但是事情既然到了這個地步，追究也是無濟於事。由紀子打從來到這個島上，就彷彿注定要死了。富岡將屋裡的人都請了出去。原本想要讓都和井伸留下來幫忙，但見她一臉厭惡的表情，也只好讓她離開。

由紀子在斷氣前似乎受了不少折磨。屋裡到處都是血跡，令人怵目驚心。

富岡感覺全身無力，什麼也不想做，但還是勉強打起精神，以隔壁房間的火盆煮了一些熱水，倒在鐵臉盆裡，將毛巾浸溼後，擦拭由紀子的臉。接著富岡從由紀子放在枕邊的提包裡取出口紅，塗在由紀子的嘴唇上，但是塗來塗去，顏色就是推不開。就在富岡拿毛巾擦拭由紀子的眉毛時，忍不住將由紀子的眼皮向上翻開。由紀子的嘴唇似乎微微動了一下，彷彿在訴說著「讓我好好安息吧」。屋頂上不斷傳來雨水敲打的聲響，令富岡感到難以呼吸。那聲音彷彿穿透了屋頂，對著富岡大加譴責。我已經盡力了，不然還能怎麼辦？富岡在心裡如此咕噥。由紀子的雙眼奕奕有神，彷彿活人一般，令富岡感到坐立不安。富岡再次望向由紀子的雙眼。這一次，富岡將油燈拿到了旁邊，仔細觀察由紀子的眼睛。那眼神彷彿在哀求著什麼。富岡似乎從死者的眼中聽見了無盡的抗議聲。接著富岡從手提包中取出梳子，將死者的蓬亂頭髮梳理整齊，綁成了一束。死者這次再也沒有對活人提出任何要求，只是任憑擺布。

手錶上指著十二點。

雨勢一點也沒有減緩，依然發出刺耳的聲響。大雨下了一整晚，進入深夜之後，富岡忽然出現嚴重腹瀉的症狀，痛苦地蹲在廁所裡，將臉埋在雙掌之中，像個孩子一樣哽咽哭泣。人到底是什麼？到底在追求什麼……？在歷經了風霜之後，人總是輕易地從這世上消失。有些是神的子民，有些是惡魔的同伴。

雨滴不斷拍打著只架設了鐵網的廁所窗戶。蠟燭的火光在腳邊不斷搖曳。下腹部的劇烈疼痛，有如地獄的折磨，伴隨著廁所的臭氣，彷彿要將富岡的皮膚撕裂。

自己永遠無法走出這個狹小的框架。富岡認為這種不可能性，正是自己所遭受的報應。這種對不可能性的懊惱，正如同在客西馬尼園裡的耶穌。由紀子的死，彷彿只是一場突如其來的災禍。正因為這樣，由紀子的死所帶來的意義，更令富岡感到同情與憐憫。這樣的死法，跟在東京被汽車撞死，又有什麼分別？如果是長期罹患不治之症，最後撒手人寰，至少還可以視為一種痛苦的歷練……富岡按著下腹部，踉踉蹌蹌地走回房間，拿起毛毯捲在腰上。根據傳統習俗，遺體的頭部必須朝向北方，但富岡根本不知道哪一邊是北方，只能先將遺體移到牆邊。富岡讓遺體躺平，並且在新的棉被上放一把種子島製的剪刀[72]。

兩人在屋久島上並沒有熟人。由紀子臨終之際，是幾個到了島上之後才認識的人陪伴在她身邊。這帶給富岡一種相當奇妙的感覺。人生不曉得會在什麼時候遇上劫難。今天這些人陪由紀子走完最後一程，明天可能輪到別人陪他們走完最後一程，這也是人生的趣味之一吧。富岡走到廚房，取來了今天晚上吩咐都和井伸買的燒酒，加熱後自斟自飲。遺體就擺在隔壁房間，自己一個人孤獨地喝著悶酒的行為，帶給富岡一種宗教意義上的清爽感，稍微撫慰了他的心靈。

或許有一天，自己也會步上由紀子的後塵吧。但是富岡並不打算在這時陪著由紀子一起死。隨著醉意漸濃，富岡心頭逐漸萌生一股暴戾之氣。但是這種帶著感慨的墮落人性，對富岡來說反而是一種救贖。酒精的力量傳遍了全身，讓富岡有了一股來自生命本質的亢奮，就好像是獲得了某種難能可貴的事物。有時富岡會感覺到彷彿在什麼都沒有的空間中看見來自死者的神祕能量，但是望向那平坦的棉被，死者一片寂靜，沒有移動半分。

三個女人當中，似乎是由紀子陪伴自己的時間最長。但如今由紀子的身體已經冰涼，再也沒有反應了。

兩人的往日回憶浮現在酒醉的腦海裡，讓富岡再度眼角發熱。醉意愈來愈強烈，但富岡依然猛灌燒酒，肚子裡彷彿有一把火在燃燒。或許是因為完全沒有進食的關係，醉意以非常快的速度在身體內流竄。富岡一邊喝酒，一邊呢喃自語。

起風了。由紀子枕邊的蠟燭陡然熄滅。

富岡搖搖擺擺地找來新的蠟燭，點了火放在枕邊。死者臉上毫無表情，宛如戴了面具。那張彷彿遭到遺棄的臉孔，在旁人的眼裡好似散發著無盡的寂寞。富岡把手掌放在由紀子的額頭上，但毫無生命氣息的遺體帶有一種冷酷無情的力量，讓富岡感覺自己的手掌彷彿被撥開了。由於沒有新的毛巾或紗布，富岡只好取來一疊半紙[73]，攤開像屋頂的形狀，蓋在由紀子的臉上。

67

一個月之後，富岡請了大約一個星期的假，前往了一趟鹿兒島。此時正值初春，鹿兒島雨量不多，相當乾爽宜人，與屋久島儼然是兩個截然不同的世界。富岡首先前往了上次那家旅館。不過才離開了短短一陣子，女服務生竟然全部換了人。這次富岡下榻之處，剛好就是上次跟由紀子一起住

---

72 根據日本喪禮習俗，在遺體的附近放置短刀有驅邪的作用。

73 半紙：指半版尺寸的和紙，長約三十三公分，寬約二十四公分。

的那間位於旅館正面的房間，這巧合讓富岡感到有些不可思議。

由於手錶被雨淋溼而壞掉了，富岡順便把手錶拿到當初買錶的店裡，想要委託修理。但是店裡的人說老闆最近受了傷，沒有辦法下床，富岡迫於無奈，只好把手錶拿到另一家鐘錶行報修。回程的路上，富岡拜訪了比嘉醫生的診所。比嘉剛好在內，而且他也還記得富岡。比嘉將富岡請進了一間有著一股藥臭味的房間，富岡說出了死訊。比嘉一聽，感慨地表示他當初就很擔心由紀子的病症，所以才一直建議她拍攝X光片。

少了染病的由紀子，兩人之間的氣氛讓富岡感到有些彆扭。這一個月來，富岡每天酗酒，相貌簡直像變了個人。香菸也是一根接著一根地點，整個房間裡煙霧瀰漫。女傭送上了咖啡，富岡有一種終於回到了文明世界的感覺，端起那香氣四溢的咖啡啜了一口。「放個音樂吧，你太太喜歡的《新世界》如何？」比嘉走向據說是他親手打造的電動留聲機，放入唱片。

富岡正聽著音樂，比嘉忽然以若無其事的口吻表示，或許由紀子的身體早已染了病，只是連她自己也不知道。

「你不是常常喝酒嗎？我看你也應該做個檢查，如何？」

比嘉笑著說道。

雖然只是聽聽音樂而已，卻讓富岡心情平靜不少。到了傍晚，比嘉表示等等要參加一場聚會，於是兩人約了下次見面的時間，富岡便起身告辭。離開了診所後，富岡完全不知道該去哪裡才好。每個人都有屬於自己的人生，就好像是獨一無二的阿拉伯花紋，不容他人置喙。當初在遙遠的屋久島上時，富岡一直有點懷念比嘉醫生，但如今這股心情也已經涼了。畢竟比嘉也不過就是一個循規蹈矩的平凡醫生。On ne se soigne jamais trop……做好自己的本分，別管他人的閒事。富岡進了一家舊書店，想要買一本小說回去看。當初在大叻的林野局工作的時候，混血兒的打字員曾經借給富岡一本左拉[74]的《小酒館》，讓富岡印象深刻，因此富岡這次想要再買一本左拉的作品。這天傍晚，富岡來到了熱鬧的天文館路上，一一查看每一間電影院所播放的電影。道路頗為狹窄，各種混血兒有如河水般在路上川流不息地往來走動。像這樣的文明環境，對此時的富岡而言只是增添心中的厭煩。富岡轉入暗巷，走進了一家有女人陪酒的餐廳。每個女人都濃妝豔抹，看起來油光滿面。富岡看上了一個穿著紅色晚禮服的女人。女人坐在富岡身邊，拿起啤酒瓶往富岡的杯裡倒。那是富岡所喝過最美味的一杯啤酒。富岡難得置身在這種天氣晴朗、空氣乾爽而芬芳的夜色之中，心情舒暢不已。女人的眼睛細得像兩條線，而且眼皮粗厚，但是底下的眼珠有時會投射出妖豔的神采。女人的手背是乳白色，但是在帶有顏色的燈光之下，依然可以看出女人身上的紅色服裝骯髒不堪。一個脖子上圍著紅色絲巾的流浪吉他手，走進了狹窄的土間。

女人以濃濃的地方口音及有如連珠砲一般的速度，將吉他手趕了出去。那說話的腔調與由紀子有幾分相似。如今的由紀子，已經被埋進了那飽含雨水的泥土底下。由紀子土葬那天的面容，深深烙印在富岡的心頭。那堅強的生命，就這麼遭到了摧毀。而在這裡，卻又萌生出了誘惑一切的麥芽。不知悔改的亞當，再次受到了挑逗……神播下了無數的種子，作物只是靠「自己」的力量成長茁壯。不過一會工夫，富岡已經喝掉了半打啤酒，接著被女人拉上了二樓。

74　埃米爾・左拉（Émile Zola）：法國十九世紀末自然主義文學作家。

這天深夜，女人將富岡送回了旅館。那女人比外表看起來老實得多，富岡沒有交給旅館保管的錢包裡，還剩下很多錢，並沒有全被女人拿走。這些錢，其實都是當初由紀子留下來的。富岡連衣服也沒脫，就這麼鑽進了乾爽的棉被裡。腦袋就像石塊一般沉重，卻不曾停止思考。

富岡已經失去了回屋久島的意志力，卻又不忍心把由紀子的遺體遺留在那座島上。何況就算回到東京，又有什麼意義呢？

富岡感覺自己就像一片浮雲。一片可能會在任何時間、任何地點，淡淡地從世上消失的浮雲。

林芙美子年表

一九〇三年	出生	生父宮田麻太郎為出身愛媛縣的流動小販，投宿林久吉經營的溫泉旅館時，結識久吉之姊林菊，兩人到處行商，定居門司市（今北九州市門司區）時，林芙美子誕生。林芙美子為父母的非婚生子，出生後母親將女兒戶籍登記於弟弟久吉家中，根據戶籍資料登記，出生時其名由平假名寫成「林フミ子」，十二月三十一日出生於日本山口縣下關市，翌年一月登記戶籍。然母親稱其為六月生，本人說法是五月生。
一九〇四年	一歲	父親遷居下關，開店營商小有成績，數年後店鋪遷至若松區，且增開數間分店，尚稱富裕。
一九一〇年	七歲	母親與家中店員澤井喜三郎私奔。小學時代的林芙美子跟著母親和繼父到處遷徙，輾轉於長崎、佐世保、下關等地就讀小學。
一九一四年	十一歲	繼父喜三郎的舊衣生意經營不善，母親為了外出營商，一度將林芙美子託付在老家。十月，進入鹿兒島市山下小學校五年級就讀。
一九一六年	十三歲	遷至廣島縣尾道市。進入第二尾道尋常小學校五年級就讀。此時期結識就讀忠海中學校的岡野軍一，即日後《放浪記》當中「島之男」的原型人物。
一九一八年	十五歲	三月，自第二尾道尋常小學校畢業，文學繪畫的才華大受老師肯定，獲師長建議繼續升學。四月，進入尾道市立高等女學校，在學期間大展文藝天賦，勤奮寫作，耽讀學校藏書，為了籌措學費，放學後在帆布工廠工作，暑假也持續做幫傭。

一九二一年	十八歲	以「秋沼陽子」為筆名，開始於《山陽日日新聞》、《備後時事新報》等報紙投稿詩、短歌。
一九二二年	十九歲	高等女學校畢業後，前往東京與正就讀明治大學的岡野軍一同居，以幫傭、女工、行政人員、服務生工作維生。八月，雙親到東京營生，林芙美子亦隨雙親至道玄坂、神樂坂叫賣。
一九二三年	二十歲	三月，岡野軍一返鄉就職，因家族反對而取消兩人婚約。九月，關東大地震，與母親、繼父一起搭運酒貨船經由大阪，返回尾道。此時期開始以「芙美子」為筆名，著手書寫日後成為《放浪記》原型的日記。
一九二四年	二十一歲	三月，與詩人田邊若男同居。兩人三個月後即分手，然藉著田邊介紹，結識了萩原恭次郎、壺井繁治、岡本潤、高橋新吉、小野十三郎、辻潤、平林泰子等人。七月，與友谷靜榮合出詩刊《二人》，共出了三期。八月，於《文藝戰線》發表詩作。十二月，與詩人野村吉哉同居。
一九二六年	二十三歲	與野村同居一年多後分手，結識年輕畫家手塚綠敏，兩人私定終身，於高圓寺開始同居。此時期的生活經歷即日後《清貧之書》的素材。
一九二八年	二十五歲	八月，詩作《玉米田》刊登於長谷川時雨在該年創刊的《女人藝術》第二期。十月開始連載自傳小說《放浪記》，持續至一九三〇年十月。
一九二九年	二十六歲	獲友人資助，自費出版詩集《看看蒼馬》。開始陸續有雜誌主動邀稿。十月，於《改造》文學雜誌發表〈九州煤礦街放浪記〉。
一九三〇年	二十七歲	一月，獲台灣總督府招待造訪台灣，於《改造》發表台灣紀行文。七月，《放浪記》集結出版，獲得暢銷好評，夏季造訪中國，與魯迅會面。十一月，《續放浪記》出版。林芙美子正式成為知名作家，來自全國各地的演講邀約大幅增加。
一九三一年	二十八歲	十一月，途經西伯利亞，前往巴黎、倫敦獨自旅行，同時繼續寫稿維生。翌年遇上日幣貶值，六月正式返國。

一九三三年	三十歲	出版《清貧之書》、《三等旅行記》、詩集《面容》。繼父喜三郎過世。
一九三四年	三十一歲	出版《廚女雜記》、《散文家日記》、《旅行手記》。開始學習油畫。
一九三五年	三十二歲	出版《愛哭鬼小僧》、《人形聖經》、《牡蠣》。
一九三六年	三十三歲	出版《野麥之歌》、《文學的斷章》、《愛情》、《閃電》。尚・考克多造訪日本時，代表文藝家協會獻花。
一九三七年	三十四歲	出版《林芙美子選集》共七卷。以《每日新聞》特派員身分前往南京攻略戰戰地。
一九三八年	三十五歲	武漢會戰，與吉屋信子為唯二「筆部隊」女性成員前往漢口。歸國後進行全國巡迴報告演講。
一九三九年	三十六歲	出版《戰線》、《北岸部隊》、《放浪記：決定版》。著手整修日後成為東京新宿區林芙美子紀念館的新家。
一九四〇年	三十七歲	前往滿洲國、朝鮮進行慰問。《放浪記》、《愛哭鬼小僧》遭禁止販售懲處。 出版《一個人的生涯》、《青春》、《女優記》、《七盞燈》。
一九四一年	三十八歲	出版《十年間》、《啟吉的學校》、《日記第一卷》、《川歌》。
一九四二年	三十九歲	隨日本陸軍報導部隊，前往新加坡、爪哇、婆羅洲。翌年返回日本在各地巡迴報告演講。
一九四三年	四十歲	收養剛出生的男嬰，取名泰。
一九四四年	四十一歲	前往上林溫泉、角間溫泉疏開。此時期投宿過的民家後改為林芙美子文學館。
一九四六年	四十三歲	前年返回東京開始寫作。出版《女人日記》、《旅情之海》、《浮草》。
一九四七年	四十四歲	出版《旅館聖經》、《人間世界》、《一粒葡萄》、《淪落》、《林芙美子創作筆記》、《舞姬之記》。
一九四八年	四十五歲	經常待在熱海專心寫作。出版《渦潮》、《暗花》、《林芙美子文庫》共十卷。雖然長年有演講與旅行，仍同時於報章雜誌連載九部中、長篇小說。

一九四九年	四十六歲	出版《晚菊》、《妻與良人》、《放浪記第三部》、《女性神髓》。 十一月開始連載《浮雲》。
一九五〇年	四十七歲	出版《茶色之眼》、《新淀君》。心臟瓣膜症開始惡化。
一九五一年	四十八歲	一月出版《浮雲》。 六月二十七日當晚身體不適，翌日凌晨心臟痲痺逝世。 七月一日，告別式於家中舉行，喪事委員長由川端康成擔任。 未完的遺作《飯》在《朝日新聞》的連載中斷，雖僅完成約三分之二，同年十月仍出版成書。

日本近代文學大事記

一八八五年	明治十八年	四月，坪內逍遙的文學論述《小說神髓》出版，講述近代小說的理論與方法，提出寫實主義，影響了之後的日本近代文學。 五月，尾崎紅葉、山田美妙、石橋思案、丸岡九華等人成立文學團體硯友社，推崇寫實主義，創刊日本近代第一本文藝雜誌《我樂多文庫》。
一八八六年	明治十九年	四月，二葉亭四迷發表文學理論〈小說總論〉，補充了《小說神髓》的不足之處，兩者皆為對於日本近代小說的重要評論。 七月，谷崎潤一郎出生於東京市（現東京都）。
一八八七年	明治二十年	六月，二葉亭四迷發表長篇小說《浮雲》，此作以言文一致的筆法寫成，宣告日本近代文學開始。
一八八八年	明治二十一年	十二月，菊池寛出生於香川縣。
一八八九年	明治二十二年	一月，饗庭篁村、山田美妙等十四名文學同好共同編輯文藝雜誌《新小說》。同月，夏目漱石初識正岡子規，開始進行創作。 四月，尾崎紅葉出版《二人比丘尼色懺悔》，登上硯友社主導地位。 五月，夏目漱石於評論子規《七草集》時首次使用漱石的筆名。 九月，幸田露伴的小說《風流佛》出版。明治二十年代，幸田露伴與尾崎紅葉並列為兩大代表作家，文壇稱作「紅露」。

		十一月，泉鏡花入尾崎紅葉門下。
一八九〇年	明治二十三年	一月，森鷗外發表短篇小說〈舞姬〉，對之後浪漫主義文學的形成有極大影響。
一八九二年	明治二十五年	三月，芥川龍之介出生於東京市（現東京都）。
一八九三年	明治二十六年	一月，島崎藤村與北村透谷創刊文學雜誌《文學界》，以浪漫主義為主，對抗當時主導文壇的硯友社。
一八九四年	明治二十七年	八月，甲午戰爭爆發。 十二月，樋口一葉接連創作出〈大年夜〉、〈濁流〉、〈青梅竹馬〉、〈岔路〉和〈十三夜〉等，轟動文壇。此時至一八九六年一月，後世評論者稱之為「奇蹟的十四個月」。
一八九五年	明治二十八年	一月，學術藝文雜誌《帝國文學》創刊。 四月，甲午戰爭結束。 六月，泉鏡花於純文學雜誌《文藝俱樂部》發表短篇小說〈外科室〉，帶起甲午戰爭後的觀念小說風潮。 十二月，金子光晴出生於愛知。
一八九六年	明治二十九年	一月，森鷗外、幸田露伴、齋藤綠雨創辦雜誌《醒草》，提倡近代詩歌、戲劇的改良。 十一月，樋口一葉逝世。
一八九八年	明治三十一年	一月，國木田獨步於雜誌《國民之友》發表小說〈武藏野〉，以浪漫派作家身分展開創作生涯。 三月，橫光利一出生於福島。 十二月，黑島傳治出生於香川縣。
一八九九年	明治三十二年	五月，壺井榮出生於香川縣。 六月，川端康成出生於大阪市。

一九〇〇年	明治三十三年	四月，與謝野鐵幹和與謝野晶子創立《明星》詩刊，傳承浪漫派精神。
一九〇三年	明治三十六年	三月，國木田獨步發表小說〈命運論者〉，此作與十月發表的小說〈老實人〉筆法轉向寫實，為開啟自然主義派先鋒之作。 十月，尾崎紅葉逝世。 十二月，小林多喜二出生於秋田縣。
一九〇四年	明治三十七年	二月，日俄戰爭爆發。
一九〇五年	明治三十八年	一月，夏目漱石於《杜鵑》發表〈我是貓〉，大獲好評。 七月，蒲原有明發表詩集《春鳥集》，引領日本現代詩的象徵主義。同月，石川達三出生於秋田縣。 九月，日俄戰爭結束。
一九〇六年	明治三十九年	三月，島崎藤村自費出版小說《破戒》。此作與夏目漱石的《我是貓》並譽為二十世紀初寫實主義的雙璧。 十月，坂口安吾出生於新潟縣。
一九〇七年	明治四十年	一月，在森鷗外的支持下，上田敏等人成立文藝雜誌《昴星》，標誌著新浪漫主義的衍生。 九月，田山花袋於雜誌《新小說》發表小說〈棉被〉，為自然主義的先驅，也是私小說的起點之作。 十月，小山內薰創刊《新思潮》雜誌，引介歐美戲劇以及文藝動向，隔年三月停刊。
一九〇八年	明治四十一年	六月，國木田獨步逝世。
一九〇九年	明治四十二年	三月，大岡昇平出生於東京市（現東京都）。 五月，二葉亭四迷逝世。 六月，太宰治出生於青森縣。

一九一〇年	明治四十三年	四月，志賀直哉、武者小路實篤、有島武郎、有島生馬創刊《白樺》雜誌，提倡新理想主義和人道主義。 五月，永井荷風創辦雜誌《三田文學》。 六月，社會主義者策畫暗殺明治天皇，政府大肆搜捕社會主義者和無政府主義者，史稱「大逆事件」。幸德秋水與同夥遭逮捕審判，翌年判處死刑。 九月，以小山內薰為首，集結谷崎潤一郎、和辻哲郎、後藤末雄等人第二次創立《新思潮》雜誌。 十月，山田美妙逝世。
一九一二年	大正元年	一月，德田秋聲的《黴》出版單行本，獲得空前的評價。一九一〇年發表的小說《足跡》也趁勢出版。兩部作品令德田秋聲奠定自然主義的地位。
一九一四年	大正三年	二月，山本有三、豐島與志雄、久米正雄、芥川龍之介、松岡讓、菊池寬等人第三次創立《新思潮》雜誌。久米正雄發表〈牛奶場的兄弟〉，豐島與志雄發表〈湖水與他們〉，皆為新思潮派的代表作。 七月，第一次世界大戰爆發。
一九一五年	大正四年	十月，芥川龍之介於雜誌《帝國文學》發表〈羅生門〉。在松岡讓的介紹下入夏目漱石門下。
一九一六年	大正五年	二月，菊池寬、芥川龍之介、久米正雄、松岡讓和成瀨正一等人第四次創立《新思潮》雜誌。芥川龍之介的短篇小說〈鼻〉受到夏目漱石激賞。 十二月，夏目漱石逝世。
一九一七年	大正六年	二月，萩原朔太郎自費出版第一本詩集《吠月》，獲得森鷗外讚賞，開拓象徵詩派的新領域。
一九一八年	大正七年	十一月，第一次世界大戰結束。同月，武者小路實篤於宮崎縣木城村發起「新村運動」，建立勞動互助的農村生活，實踐其奉行的人道主義。

一九二一年	大正十年	一月，志賀直哉開始於《改造》雜誌連載小說〈暗夜行路〉。 二月，小牧近江、今野賢三、金子洋文創刊雜誌《播種人》，鼓吹擁護蘇俄的共產革命，劃下無產階級文學時代的開始。
一九二二年	大正十一年	菊池寬創刊《文藝春秋》，致力於培養年輕作家。
一九二三年	大正十二年	一月，菊池寬創立文藝春秋出版社。 九月，關東大地震後，政府趁動亂鎮壓左翼運動者，社會主義評論家大杉榮遭憲兵隊殺害，無產階級文學運動暫時受挫停擺。谷崎潤一郎舉家從東京遷至京都。
一九二四年	大正十三年	六月，《播種人》改名《文藝戰線》復刊。 十月，橫光利一、川端康成、今東光、石濱金作、片岡鐵兵、中河與一等人創刊雜誌《文藝時代》，主張追求新的感覺。雜誌第一期揭載橫光利一的短篇小說〈頭與腹〉促成「新感覺派」的開始。
一九二五年	大正十四年	一月，三島由紀夫出生於東京市（現東京都）。 十二月，《文藝戰線》雜誌集結無產階級文學雜誌、學者，成立「日本無產階級文藝聯盟」，使無產階級文學得以迅速發展。
一九二六年	昭和元年	十一月，無產階級文學運動第一次內部分裂。「日本無產階級文藝聯盟」內部實行改組，改名為「日本無產階級藝術聯盟」。遭排除的非馬克思主義者另立「無產派文藝聯盟」，創立雜誌《解放》。
一九二七年	昭和二年	二月，芥川龍之介於文學講座上公開批評谷崎潤一郎的小說，展開一連串芥川與谷崎的小說藝術爭論。兩人於《改造》雜誌上撰文駁斥對方引發筆戰，直至七月芥川自殺。 五月，《文藝時代》宣布停刊。

一九二八年	昭和三年	六月，葉山嘉樹、林房雄、藏原惟人、黑島傳治、村山知義等人遭「日本無產階級藝術聯盟」剔除，另組「勞農藝術家同盟」。 十一月，藏原惟人退出「勞農藝術家同盟」，另組「前衛藝術家同盟」。 三月，藏原惟人為了讓無產階級文學運動者不再分裂對立，結合「日本無產階級藝術聯盟」、「勞農藝術家同盟」等團體組成「日本左翼文藝家」，之後誕生「全日本無產者藝術聯盟」。 五月，濟南事件。 六月，中村武羅夫發表評論〈是誰踐踏了花園！〉，公開抨擊無產階級文學。 十二月，「全日本無產者藝術聯盟」創立文藝雜誌《戰旗》，迎來無產階級文學的高峰。
一九二九年	昭和四年	三月，小林多喜二完成小說〈蟹工船〉，發表於《戰旗》雜誌。此作為無產階級文學的代表作，受到國際高度評價。 十月，橫光利一、川端康成、犬養健、堀辰雄等人創刊《文學》雜誌。 十二月，中村武羅夫、川端康成、龍膽寺雄、淺原六朗、嘉村礒多、久野豐彥、岡田三郎、飯島正、加藤武雄、權崎勤、尾崎士郎、佐佐木俊郎、翁久允等人組成「十三人俱樂部」，號稱「藝術派十字軍」。
一九三〇年	昭和五年	四月，以「十三人俱樂部」為中心，吸收其他現代主義派作家如舟橋聖一、阿部知二、井伏鱒二、雅川滉，成立「新興藝術派俱樂部」，公開反對馬克思主義，取代新感覺派，成為文壇上最大宗的現代藝術派別。 七月，小林多喜二因〈蟹工船〉遭到當局以不敬罪起訴，遭捕入獄。 十一月，黑島傳治發表以濟南事件為題材的長篇小說《武裝的城市》，遭當局禁止發行。
一九三一年	昭和六年	十一月，「全日本無產者藝術聯盟」底下的專業同盟與其他無產階級文化團體合併為「日本無產階級文化聯盟」，創辦《無產階級文化》雜誌。

一九三二年	昭和七年	三月，保田與重郎創刊《我思故我在》，反對無產階級派和現代藝術派，主張回歸日本傳統，為「日本浪漫派」之前身。
一九三三年	昭和八年	二月，小林多喜二遭當局逮捕殺害。 五月，室生犀星、井伏鱒二等人成立「秋聲會」，島崎藤村並成立「德田秋聲後援會」鼓勵創作低迷的德田秋聲。 十月，小林秀雄、林房雄、武田麟太郎、川端康成、廣津和郎、深田久彌、宇野潔二等人重新創立新《文學界》雜誌。另一方面，舟橋聖一、阿部知二成立《行動》雜誌。 十二月，《無產階級文化》發行最後一期，隔年「日本無產階級文化聯盟」被迫解散。
一九三五年	昭和十年	二月，坪內逍遙逝世。同月，直木三十五逝世。 四月，菊池寬為紀念好友芥川龍之介與直木三十五，創立「芥川賞」與「直木賞」。前者為鼓勵純文學新人作家，後者則是給予大眾作家的榮譽肯定。第一屆芥川賞頒予石川達三的〈蒼氓〉，直木賞得獎作家為川口松太郎。
一九三六年	昭和十一年	二月，陸軍中「皇道派」的青年軍官率領數名士兵，刺殺「統制派」政府官員，包含兩任前首相，並且一度占領東京。後來遭到撲滅。此政變又稱「帝都不祥事件」。 三月，武田麟太郎、本庄陸男、平林彪吾等人創立《人民文庫》，獲得無產階級派作家的支持。另一方面，保田與重郎、神保光太郎、龜井勝一郎、中島榮次郎、中谷孝雄、緒方隆士等人創刊《日本浪漫派》雜誌，伊東靜雄、太宰治、檀一雄等人也加入其中。
一九三七年	昭和十二年	四月，永井荷風出版小說《濹東綺譚》，此作體現荷風小說的深沉內涵，也流露出對時局的消極反抗。 十二月，日軍占領中國南京。
一九三八年	昭和十三年	二月，菊池寬以促進文藝發展、表彰卓越作家為目的，成立日本文學振興會。 三月，石川達三目睹南京大屠殺慘況後，寫成小說《活著的兵士》，發表後遭當局判刑。

一九三九年	昭和十四年	九月，第二次世界大戰爆發。同月，泉鏡花逝世。
一九四一年	昭和十六年	十二月，太平洋戰爭爆發。
一九四三年	昭和十八年	八月，島崎藤村逝世。 十月，黑島傳治逝世。 十一月，德川秋聲逝世。
一九四五年	昭和二十年	八月，日本宣布無條件投降。 十二月，以秋田雨雀、江口渙、藏原惟人、德永直、中野重治、藤森成吉、宮本百合子等戰爭期間遭受鎮壓的無產階級作家為中心，組成「新日本文學會」。
一九四六年	昭和二十一年	一月，荒正人、平野謙、本多秋五、埴谷雄高、山室靜、佐佐木基一、小田切秀雄等人創刊《近代文學》，提倡藝術至上主義，邁開戰後文學第一步。 五月，太宰治在《東西》雜誌發表無賴派宣言：「我是自由人，我是無賴派。」無賴派因此得名。 六月，坂口安吾《墮落論》出版。
一九四七年	昭和二十二年	七月，谷崎潤一郎重新執筆因戰爭而停止連載的小說《細雪》，至隔年三月共完成三冊。 七月，太宰治於《新潮》雜誌連載小說《斜陽》，同年十二月出版。 十二月，橫光利一逝世。
一九四八年	昭和二十三年	五月，太宰治完成《人間失格》。此作與《斜陽》皆為無賴派體現於小說創作上的代表作。 六月，太宰治自殺。同月，菊池寬逝世。
一九五〇年	昭和二十五年	六月，韓戰爆發。
一九五一年	昭和二十六年	一月，大岡昇平於《展望》雜誌發表〈野火〉，隔年出版，成為戰爭文學代表作之一。
一九五二年	昭和二十七年	二月，壺井榮於基督教雜誌《New Age》連載小說《二十四隻瞳》，同年十二月出版。

一九五三年	昭和二十八年	七月，簽署停戰協定。韓戰結束。
一九五八年	昭和三十三年	一月，大江健三郎於《文學界》發表短篇小說〈飼育〉，同年獲得芥川賞，是當時有史以來最年輕的受獎者。
一九五九年	昭和三十四年	四月，永井荷風逝世。
一九六五年	昭和四十年	七月，谷崎潤一郎逝世。
一九六八年	昭和四十三年	十月，川端康成以《雪國》、《千羽鶴》及《古都》等作品獲得諾貝爾文學獎，為歷史上首位獲獎的日本人。
一九七〇年	昭和四十五年	十一月，三島由紀夫發動政變失敗後自殺。
一九七一年	昭和四十六年	十月，志賀直哉逝世。
一九七二年	昭和四十七年	四月，川端康成逝世。

作者簡介

林芙美子

女流文學者賞得主。出生於福岡縣門司區，幼少時代隨母親與繼父輾轉流離。十九歲為了與情人相聚遷至東京，翌年遭毀婚，開始藉由寫作抒發心靈，寫下日後成為《放浪記》雛形的日記。一九二八年，於《女人藝術》開始連載作品，後集結以《放浪記》為名出版，一舉成為炙手可熱的作家。此後持續活躍，曾短暫旅居巴黎、倫敦，戰爭時期亦至戰地採訪、慰問。其他重要作品有《風琴與魚町》、《清貧之書》、《牡蠣》等，長年維持著同步寫作數個連載的勤奮筆耕生活。一九五一年逝世，《浮雲》為其生前最後一年出版的長篇小說，僅完成三分之二的《飯》，也於同年出版成書。

譯者簡介

李彥樺

一九七八年出生。日本關西大學文學博士。現任台灣東吳大學日文系兼任助理教授。從事翻譯工作多年，譯作涵蓋科學、文學、財經、實用叢書、漫畫等各領域。

幡011　**浮雲**

作　　者　林芙美子
譯　　者　李彥樺
封面設計　王志弘
校　　對　呂佳真
責任編輯　徐　凡

國際版權　吳玲緯
行　　銷　何維民　吳宇軒　陳欣岑
業　　務　李再星　陳紫晴　陳美燕　葉晉源
總 編 輯　巫維珍
編輯總監　劉麗真
總 經 理　陳逸瑛
發 行 人　凃玉雲
出　　版　麥田出版
地址：104473台北市中山區民生東路二段141號5樓
電話：(02)2500-7696
傳真：(02)2500-1967
發　　行　英屬蓋曼群島商家庭傳媒股份有限公司城邦分公司
地址：104473台北市中山區民生東路二段141號11樓
網址：www.cite.com.tw
客服專線：(02)2500-7718｜2500-7719
24小時傳真專線：(02)-2500-1990｜2500-1991
服務時間：週一至週五09:30-12:00｜13:30-17:00
劃撥帳號：19863813　戶名：書虫股份有限公司
讀者服務信箱：service@readingclub.com.tw
香港發行所　城邦（香港）出版集團有限公司
地址：香港灣仔駱克道193號東超商業中心1/F
電話：+852-2508-6231
傳真：+852-2578-9337
馬新發行所　城邦（馬新）出版集團【Cite (M) Sdn. Bhd.】
地址：41-3, Jalan Radin Anum, Bandar Baru Sri Petaling,
57000 Kuala Lumpur, Malaysia.
電話：+6(03) 9056 3833
傳真：+6(03) 9057 6622
讀者服務信箱：services@cite.my
麥田部落格　http://ryefield.pixnet.net
印　　刷　漾格科技股份有限公司
初版一刷　2021年5月
售　　價　480元
I S B N　978-986-344-903-4

國家圖書館出版品預行編目(CIP)資料

浮雲／林芙美子著；李彥樺譯. -- 初版. -- 臺北市：麥田出版：
家庭傳媒城邦分公司發行, 2021.5
　面；　公分. --（幡；RHA011）
譯自：浮雲
ISBN 978-986-344-903-4（平裝）
861.57　　110001988

城邦讀書花園
www.cite.com.tw

Printed in Taiwan.
本書若有缺頁、破損、裝訂錯誤，請寄回更換。